Sammlung Luchterhand 1068

Über dieses Buch: Ein Mann verliert sein Gedächtnis. Schmidt, der Ich-Erzähler, strandet auf einer subtropischen Insel, auf La Palma, für ihn Paradies und Hölle zugleich. »Die Apfelsinen hingen zentnerweise an den Bäumen. Genauso die Avocados. Auch die Bananenstauden sonderten ihre Früchte ab, als wäre es grüne Scheiße.« Schmidt hat nur einen Gedanken: ab nach New York, in die Stadt seiner Träume. Doch dazu braucht er Geld. Und ein Schiff, das ihn nach New York bringen soll, gibt es nicht ...
»Rabschs Sprachmacht ist enorm. Es gelingt ihm immer wieder, subjektive Wahrnehmungen zu beschreiben, als befänden sich seine Protagonisten in einem Zustand hohen Fiebers.« DIE ZEIT
»*Tazacorte* ist ein mittlerweile seltenes literarisches Ereignis – es ist: ein Abenteuerroman, der seine Spannung freilich weniger aus äußeren Ereignissen denn aus befremdlichen psychologischen Prozessen bezieht.« Stuttgarter Zeitung

Über den Autor: Udo Oskar Rabsch wurde 1944 in Ostpreußen geboren. Er lebt als Arzt und Schriftsteller in Stuttgart. Bisher erschienen folgende Romane: *Mexikanische Reise oder Abschied vom Regiment der Schwangeren* (1980), *Der Hauptmann von Stuttgart* (1981), *Julius oder Der schwarze Sommer* (1983).

Udo Oskar Rabsch

Tazacorte

Ein Inselroman

Luchterhand
Literaturverlag

Sammlung Luchterhand, Juli 1992
Luchterhand Literaturverlag GmbH, Hamburg · Zürich. Lizenzausgabe mit freundlicher Genehmigung des konkursbuch-Verlags Claudia Gehrke, Tübingen. Umschlagentwurf: Max Bartholl. Umschlagfoto: Juan Manuel Castro. Satz: Großhaus, Schmidt & Partner GbR, Berlin. Druck: Wagner, Nördlingen. Printed in Germany.
ISBN 3-630-71068-9

1 2 3 4 5 6 97 96 95 94 93 92

Tazacorte

Mi nombre es no mi nombre
y mi casa es no mi casa
(Garcia Lorca)

»Was ist passiert.«
»Sie sind auf den Kopf gefallen.«
»Nein, überhaupt nicht.«
»Sie wissen es nicht.«
Ich zog den nassen Lappen von meinem Gesicht.
»Nein, ich kann mich nicht erinnern.«
»Komisch. Sie können sprechen, sich eine Zigarette anzünden, aber das Schlimmste haben Sie vergessen.«
»Ja, ich finde es selber komisch.«
Ich tippte auf meine Stirn, »ich weiß nichts.«
»Nicht einmal, wie Sie heißen.«
»Nein, wenn ich es Ihnen sage.«

*

Ich wußte nicht, daß ich auf einer Insel war. Ich lag in einem verdunkelten kleinen Zimmer, hielt die Augen geschlossen und horchte auf ein Summen, das in unregelmäßigen Abständen aufhörte und wieder einsetzte. Später erfuhr ich, daß es die automatische Wasserpumpe war, die sich unter meinem Fenster im Hof befand.

Es störte mich nicht, daß ich nichts wußte. Und es war mir egal, daß ich unter dickem Bettzeug lag und daß die Luft dampfte, wie in einer Waschküche. Das einzige, was mich ärgerte, waren die verdammten Wassertropfen, die über meine Schläfe liefen und immer an derselben Stelle im Ohr landeten. Als ich etwas dagegen tun wollte, zupfte jemand die Bettdecke zurecht. Als wäre es unhöflich gewesen, daß ich mich bewegt hatte. Oder glaubte man, daß ich bereits tot war. Oder war ich tot, aber in diesem frischen Zustand des Gerade-gestorben-seins, wo die Seelen noch eine Zeit über den Körpern schweben und sich bedauern. Angeblich tun sie das.

»Gib mir die Schlüssel des Himmelreichs. Laß mich ein in die heilige Stadt.«

Ich teilte den Raum mit einer Frau, die die meiste Zeit neben meinem Bett hockte und laut in einem Buch las. Es war die Bibel, wie sie mir später erklärte. Als ob es eine Entschuldigung dafür gab, daß sie mein Gehirn mit unsinnigen Ideen vollgestopft hatte. Denn so mußte alles angefangen haben, mit Ideen, gegen die sich ein Kopfverletzter nicht hatte wehren können.

»Laß mich ein in die Stadt des Friedens,
in die gerechte Stadt.
Hoch auf Kamelen komme ich geritten,
Gold und kostbare Gewürze sind in meinen Truhen,
die Gesetze des Herrn habe ich befolgt
an jedem einzelnen Tag.«

Eine Schmeißfliege mischte sich in den selbstzufriedenen Vortrag. Sie suchte nervös das Freie. Jedesmal wenn sie gegen einen Lichtspalt knallte, bekam die Stimme einen Hauch von Gereiztheit. Ich hätte mich amüsiert, wenn ich Vergleiche gehabt hätte. Aber ich hatte keine. Für mich war alles in Ordnung, soweit.

Übrigens las sie nicht wirklich, wie ich bald bemerkte. Sie kannte den Stoff auswendig. Sie memorierte ihn nur, während ihre weitsichtigen Augen genau an der richtigen Stelle über das Papier huschten. Es wäre ihr hochmütig vorgekommen, wie sie mir später gestand, (obwohl ich es gar nicht wissen wollte, ich wollte überhaupt nichts von ihr wissen, sie hatte einen missionarischen Eifer, meinen unwissenden Zustand für ihre intimen Konfessionen zu mißbrauchen), zuzugeben, daß man etwas auswendig konnte, was man jedesmal lesen sollte wie neu.

»Wasser«, hörte ich jemanden sagen. Ich erschrak, obwohl ich sofort bemerkte, daß ich es selber war.

Den Rest des Nachmittags beschäftigte ich mich damit, die Bewegungen der Frau zu verfolgen. Sie neigte sich zum Beispiel zu einem kleinen Tisch hinüber und kam mit einer Tasse Tee zurück. Auf ihrem Kopf pendelte ein Haarschopf wie das kugelige Ende einer Narrenmütze. Ihre Augen verschwanden hinter einem Kranz von Falten, die von einem Gelächter stammen mußten, das sehr weit zurücklag und furchtbar gewesen war.

Jubilieren, geht es darum. Wenn ich an etwas litt, nicht ich persönlich, sondern auf der Karteikarte eines Beobachters, so waren es vielleicht vagabundierende Bemerkungen. Egal. Vor dem Zimmer hustete jemand. Es hörte sich nicht gut an. Für eine Ansammlung von Kranken mußte es ein Wort geben. Sie behandelten mich wie einen Kranken. Ich fühlte mich nicht krank. War ich in einem… Wo war ich.

Die Frau drückte mich entschieden ins Kissen zurück.

»Sie müssen doch wissen, wer Sie sind. Denken Sie nur fest darüber nach, wer Sie sind.«

Ihre Stimme klang irgendwie triumphierend. Triumph. Es verursachte ein Glucksen in ihrem Hals, wie bei einem Truthahn, fand ich später. Sie gab mir zu verstehen, daß ich mich ebenfalls freuen könne, wegen meiner dramatischen Rettung aus Seenot. Ich dachte darüber nach, aber es fiel mir nichts dazu ein. Diesmal nicht und später nicht. War es nicht, wie alles, eine Vortäuschung von etwas, wo in Wirklichkeit nichts war, was sich jedesmal herausstellte, wenn man nur die Chance hatte, genügend Zeit verstreichen zu lassen.

»Nein, widersprechen Sie nicht.«

Ich hatte nicht vorgehabt, etwas zu entgegnen. Mir war es egal. Wer Sie sind, wer Sie sind. Der Widerhall des Gesagten belustigte mich. Es war ein Kitzel in meiner Brust. Ich war dabei, albern vor mich hinzulachen. Obwohl ich auch eine unangenehme Bewegung bemerkte, klein, tief, wie aus einem Loch, das gar nicht mehr in mir selber war.

Ich würde mein Gedächtnis für immer verloren haben. Amnesie nannten sie es. Es sagte mir nichts.

*

Ich war von der Druckwelle eines explodierenden Benzintanks über Bord geschleudert worden. Die Kopfhaut war über dem ganzen Scheitel aufgeplatzt. Ich hatte geblutet wie ein Schwein, als man mich aus dem Wasser fischte. Sie hatten mich wieder zusammengenäht. Vielleicht hatten sie vergessen, etwas herauszuholen. Einen Fremdkörper zum Beispiel. Ein Stück Stahl, das seelenblind macht, allein durch seine spiegelnde Kühle.

Oder sie hatten in einem entscheidenden Moment etwas ausgesprochen, was sich bei einem Bewußtlosen einprägt wie nichts sonst.

»New York. Heilige Stadt.«

Es war eine Schießbude, auf einem Jahrmarkt. Es gab keine Individuen mehr, bloß Freude, Freude und einen Tumult von aufblasbaren Nattern aus Papier. An einem Seilzug wurde eine weiß beschriftete Tafel entlanggezogen, vor einer schwarz lackierten Blechwand, mit den Einschlaglöchern vieler Schüsse. Sie kippte hoch, ich sah »New York«, ich zielte, traf, sie kippte hintenüber, ich glaubte, erlöst zu sein, da kippte sie wieder hoch, »New York«, es war eine kleine qualvoll winkende Bewegung, weiter nichts.

*

Irgendwie mußte ich mich vors Haus geschleppt haben. Sie fanden mich auf der Straße, einer lehmbraunen Schotterpiste. Als sie mich hochhoben, sah ich das Meer, das heißt, da war nichts, außer ein glitzernder Spiegel.

*

In meinem Jackett hatten sie ein Ausweispapier gefunden. Adam Schmidt, Sanitätsdienst, zweiundvierzig Jahre. Das Foto zeigte einen viel zu jungen Mann in einer Uniform. Er hatte eine gewisse Ähnlichkeit mit mir. Andererseits war es ein Gesicht, wie es jeder haben konnte auf einem Paßbild.

*

Die Frau brachte neue Eisstückchen, schüttete sie in eine Schüssel und rührte um.

»Hören Sie auf mit dem Krach.«

»Wie bitte. Oh, sprechen Sie es noch einmal.«

Sie schien entzückt über meine Bemerkung und drapierte doppelt schnell ihre Kompressen um meine Stirn.

»Sie erinnern sich bestimmt wieder. Man muß sich doch an etwas erinnern können.«

Auf ihrer Zunge klebten kleine jubilierende Glöckchen.

Das ewige Leben, dachte ich. Vielleicht war ich im Himmel und der Eingang zum Paradies war ein Lazarett für Schwerverletzte, die kalte Wickel bekamen. Sie hatte die Tücher nicht richtig ausgewrungen. Die Tropfen liefen rasch um meinen Hals. Das Kissen war schon ganz naß.

»Machen Sie das Fenster auf. Ich kann nichts sehen.«

»Der Doktor sagt nein.«

Ich versuchte aufzustehen. Der rechte Arm ließ sich nicht richtig bewegen.

»Was ist mit meinem Arm.«

»Lassen Sie.«

Sie stopfte ihn unter die Bettdecke.

»Sie dürfen sich noch nicht anstrengen.«

Sie öffnete den Laden der Balkontür, der nach innen ging. Die Scheibe war durch eine Querstrebe unterteilt. Sie hatte zwei blaue Felder. Das untere war das Meer und das obere war der Himmel. Ich starrte minutenlang hinaus. Oder waren es Stunden, in denen ich zeitweise schlief. Der Anblick genügte mir. Von den Eisenstreben des Balkongeländers blätterte weiße Farbe ab. Die Frau knetete an einem Handtuch. Sie schaute mich wichtig an. Meer und Himmel, Farbe und Geländer, Handtuch und Wichtigkeit. Ich versuchte, Ordnung in die Begriffe zu bringen, aber sie benahmen sich wie die bewegte See. Mein Herz schlug schneller und mir wurde schwindelig. Es war eine ordinäre Übelkeit. Sie hielt mir die Schüssel unter das Gesicht.

»Beruhigen Sie sich. Es ist nichts wirklich Ernsthaftes. Eine vorübergehende Lähmung, sagt der Doktor.«

Ernsthaftes. Was könnte nicht ernsthaft sein. Das Nichternsthafte. Ich sortierte einige Wörter, die ich verstand, aber deren Bedeutung ich nicht wußte. Ist das Meer nicht ernsthaft.

Die Frau verschwand und kam mit einem Tablett zurück. Tee und Zwieback. Es war immer dasselbe in diesen Situationen, wie auf hoher See, mit einer eingespielten Besatzung um dich herum, die mit dem Hochmut von Schlafwandlern funktionierte. Die Schwester konnte ihre Sache auswendig. Sie gehörte zu der Sorte von Frauen mit roten Backen und elastischen Gelenken, die über sechzig waren, dann aber kein bestimmbares Alter mehr hatten, weil sie von einem unverschämt routinierten Lebenswillen angetrieben wurden, der sich, wenn sie verheiratet waren, nach dem Tod der Männer noch einmal verdoppelte.

Sie zog die Bettdecke zurecht und stopfte die Enden straff unter die Matraze.

»Es ist nichts Ernsthaftes. Wahrscheinlich nur eine kleine Blutung im Gehirn.«

Sie strich das weißgraue Schwesternkostüm glatt, über Rundungen, die sich in der unteren Körperpartie üppig erweiterten. Dann holte sie tief Luft und brachte die erste ihrer nicht enden wollenden Ansprachen hervor, als hätte sich ein Leben voller Wörter in ihrem Inneren aufgestaut und drängte nun unter freudiger Qual an die Oberfläche.

Bei ihrem Mann habe es genauso angefangen. Aber tatsächlich sei es Krebs gewesen, wie bei den meisten. Sie habe ihn noch auf die Hauptinsel hinübergebracht, zu einem Gehirnspezialisten nach Santa Cruz, Tenerife, damals wäre das noch möglich gewesen, man habe ihn noch operiert, aber es sei nichts mehr zu machen gewesen, er sei noch einmal aufgewacht aus dem Coma, sie haben sogar noch einmal Schach gespielt auf der Intensivstation, er habe sie gewinnen lassen, absichtlich, sie schaute kokett auf ihre Vergangenheit zurück und lachte entsprechend, er habe gesagt, mach dir keine Sorgen, es ist nicht schlimm, zu sterben, also ich müsse mir keine Sorgen machen, wenn es etwas Ernsthaftes sei, dann wisse sie, wie sie sich zu verhalten habe, sie werde es genauso machen wie bei ihrem Mann.

»Genauso wie bei deinem Mann.«

»Was haben Sie gesagt.«

Ihre Bemerkungen waren sterbenslangweilig. Vielleicht war es das, was ihr Mann gemeint hatte. Ich nahm mir vor, ihr nie mehr zuzuhören, bevor ich in eine meiner Ohnmachten fiel.

*

Ich wachte auf von nichts. Das Meer war still. Die Autos, die die spitzen Frauenschreie transportierten, waren davongefahren. Auch der Lärm der Hunde und der spatzenähnlichen Vögel in den Orangenbäumen war verstummt.

Ich hielt den Atem an, richtete mich hastig auf und stopfte mir ein Kissen in den Rücken. Der Morgennebel hing im Fenster. Dahinter erkannte ich einen barfüßigen Jungen auf dem Stoppelfeld und Männer in grauen Anzügen und Frauen in eng geschnittenen grauen Kostümen, als wären sie wieder belebt worden, eben jetzt, sie sangen ernst und standen auf den Trittbrettern eines altertümlichen Omnibusses, sie waren bereit, abzufahren, eine junge Frau mit dunklem, streng zusammengefaßtem Haar winkte mit dem Arm, ich rannte zur Straße hinauf und versank atemlos in der einzigen Falte ihres Kleides, kühl und unberührt, über den glühenden Ruinen, du bist süß, sagte sie, die Äste der Palmen, die Bäuche der Tonvasen, die Rahmen der Fenster, die Wände, alles wurde mitgerissen und umfing mich mit einer Güte, die mich ekelte.

Die Schwester fing mich auf, bevor ich aus dem Bett stürzte.

»Was ist los.«

Ich stieß sie zurück.

»Sie haben geträumt. Sie sind noch nicht ganz in Ordnung. Der Schock.«

Sie war eine Lügnerin. Zu einer Gestalt, die in der Tür saß und hustete, sagte sie, »vielleicht ist der verrückt.«

Man sprach englisch. Vielleicht war ich Engländer.

»Hauptsache, er kann ohne fremde Hilfe aufs Clo.«

Es war eine gleichgültige Männerstimme. Spanisch. Ich verstand spanisch. Vielleicht war ich Spanier.

»Ich muß immer noch das Gummituch unterschieben. Er hat sich nicht unter Kontrolle.«

Wieder der leise Triumph, der auf meiner ungünstigen Lage beruhte, wie mir schien.

»Sie soll nicht soviel quatschen, die Alte.«

»Nein, nein, Mister, seien Sie nicht undankbar. Denken Sie lieber darüber nach, wer Sie sind.«

»Das schafft er nicht.«

Hinter der Tür standen noch andere.

»Es ist ein kompletter Gedächtnisverlust, Orlando. Wir Mediziner nennen es retrograde Amnesie. Alles was vor dem Unfall liegt, ist ausgelöscht.«

»Was ist es.«

»Amnesie. Sein Gehirn ist kaputt«, kam es aus dem Gang.

»Nein, so ist es auch wieder nicht«, belehrte der in der Tür und unterbrach sich für einen asthmatischen Hustenanfall. »Es ist sogar ziemlich kompliziert. Er kann eigentlich alles, er spricht, denkt, ißt und trinkt ganz normal, er kann mathematische Probleme lösen, wenn er es gelernt hat, nein, das Problem liegt mehr auf dem Gebiet des Erlebens und der Wahrheit über einen selbst.«

Er hatte recht. Ich mußte grinsen. Ich sah die Pistolen am Gürtel eines Mannes im Hintergrund.

»Ich bin müde«, sagte ich und schloß die Augen.

Man hörte das Quietschen von Rädern, die etwas Öl vertragen konnten. Der Mann in der Tür bewegte sich auf einem Rollstuhl. Er lachte ein trockenes gleichgültiges Lachen, das nicht tiefer sitzen konnte als am Rand seiner Schneidezähne.

*

So hätte ich liegen bleiben können bis zum Schluß. Ich hätte es tun sollen.

*

Inzwischen hatte ich die lästige Decke vom Bett geworfen und mich mit Erfolg dagegen gewehrt, wieder zugedeckt zu werden. Im Stillen zählte ich die Gegenstände des Zimmers auf, ein Stuhl, ein Tisch, ein Waschbecken, ein Spiegel, ein Metallrost, durchhängend, quietschend, Licht und Schatten, die im Laufe eines Tages die verschiedenen Grade eines gedämpften Grau zusammensetzten. Ich mußte irgendwann einmal zu etwas entschlossen gewesen sein. Oder glaubte ich es nur, und in Wirklichkeit war alles längst entschieden. Auch damals. Von wem. Vielleicht waren es nur die Pausen eines Theaterstücks, oder jeder, egal ob er die Titelrolle besetzte oder nicht, machte nur zentimeterweise Fortschritte um ein Bett herum, hier eine Silbe, da ein fragender Tonfall, aber exakt festgesetzt, wie ein Mensch, der aus dem Mund eines großen Fisches tritt, mit Zylinder, Gehrock und einem unverfrorenen Grinsen.

Es klang kompliziert. Aber warum nicht.

*

»Sie sind ein großes Geheimnis, wissen Sie das«, war einer der idiotischen Sätze aus dem hemmungslosen Redestrom der Alten, »jeder hat doch ein Geheimnis«, kicherte sie.

Tatsächlich kam ich mir vor wie ein Gefangener, oder wie ein Teil einer erdrückend eng zusammengepackten Unzahl auf immer zerstörter Dinge. Vielleicht quietschten die Frauen da draußen deshalb wie hochsensible Schweine in Todesnot. Andererseits …

»Ich muß aufs Clo.«

Das Clo war ein Holzhäuschen auf einer Terrasse über dem Hinterhof. Der Wind bewegte unbekannte Gewächse wie ein grünes Wasser in einem gepflegten Aquarium. Schwärme zitronengelber Kugelfische flüchteten vor den violetten Mäulern einer anderen riesenhaften Art. Fliegende Schildkröten entpuppten sich schließlich als die Blätter von Bananenstauden, die am Fuß einer Felswand klebten, deren oberes Ende nicht zu sehen war.

Warum sollte ich mich genieren, daß ich in kurzen Abständen aufs Clo geführt werden mußte. Besser so, als ins Bett zu machen. Sie wollte, daß ich mich hinsetzen sollte zum Pinkeln, aber ich wollte nicht. Wir machten es schließlich im Stehen, wobei sie mich von hinten festhielt.

*

Es war April, als ich auf der Insel ankam. Es war heiß. Ich spürte die Hitze jeden Tag mehr. Wahrscheinlich ließ die Betäubung nach, oder die Ungeduld nahm zu.

»Was raschelt denn da so, verdammt noch mal.«

»Es ist der Levante. Er weht von Afrika herüber. Er treibt den Wüstensand vor sich her. Aber so lange wie diesmal hat es noch nie gedauert. Es geht schon seit Wochen so. Irgendetwas stimmt nicht. Zum Beispiel im vorigen Jahr...«

Der Levante. Wer war das schon. Oder war es einer wie ich. Es war das Fieber. Das Fieber und diese Nervosität, die von Anfang an da war und jetzt zu einem lästigen Zittern der Hände geworden war.

»Bringen Sie mir etwas Anständiges zum Trinken. Haben Sie keinen Wein da. Bringen Sie mir einen Wein.«

»Aber der Doktor...«

Sie brachte mir eine Flasche Roten. Man mußte ihr nicht zuhören. Sie tat zum Schluß, was man von ihr verlangte.

»La vida es una pelicula.«

Ich war nicht allein. Hätte es irgendetwas an meinen Verfehlungen geändert, wenn ich gewußt hätte, daß einige Kilometer hinter der Küste ein riesiger Vulkankegel stand, ockergelb am Morgen, ein gespitzter gläsern durchscheinender Mund, der den hellblauen Himmel berührte und über seine östliche Lippe die Milch der Passatwolke trank, wie ein menschlicher Mund. Idiotisch.

»Auf jemanden wie Sie haben wir gewartet«, sagte die Schwester mit einer unpassenden besitzergreifenden Begeisterung.

»Sie sind nicht wie die anderen. Ich habe mit dem Doktor gesprochen. Er meint auch, daß...«

Sie fuchtelte in der Luft herum. Ich konzentrierte mich auf die Silben. Ich hatte ein übertriebenes Verständnis für Silben. Au-Au-Au-gs-gs-burg-burg-burg. Es war eine eigenartige Mischung von Ekel und Erbarmen, angesichts der Zerstückelung der Worte, es hatte da einen Schrebergarten gegeben, also gut, »Schrebergarten« sagte ich, man mußte sie bei Laune halten vielleicht, »ja, Schrebergarten«, sie raste vor Entzücken, »ich wußte, Sie verstehen mich.«

»Mein Mann hätte es gar nicht nötig gehabt. Aber er ist demonstrativ in den Verein der Schrebergärtner eingetreten. Er war ein hohes Tier im bayrischen Landwirtschaftsministerium. Er hatte eine neuartige Kartoffel gezüchtet, die alles Gift aus dem Boden zieht, also keine Eßkartoffel, sondern eine Entgiftungskartoffel. Man hat ihn verlacht, stellen Sie sich das mal vor. Deshalb sind wir ausgewandert, hierher. Wir dachten, die Bauern hier sind noch bodenständig, naturverbunden...«

Sie wollte ein bißchen weinen, aber sie unterdrückte es.

*

Was war los. Ich war wieder eingeschlafen. Oder war es eine der Ohnmachten gewesen. Ich kletterte aus dem Bett.

»Zum Clo.«

»Nein, zum Spiegel.«

Als sie draußen war, übte ich. Ich zog die Beine an und streckte sie wieder aus. Man brauchte keine Erinnerung, um Muskeln in Gang zu setzen. Sie taten weh, aber sie funktionierten. Sie funktionierten prächtig. Mutter Erde. Fruchtbare Kuh, übermäßig fruchtbare Kuh. Sie hatte mich noch mal zu sich an Land gezogen. Ich nahm einen Schluck. Du mußt nur die Nerven behalten, sagte ich mir.

Ich beugte mich über das Waschbecken, nahe vor den Spiegel. Ein glattes, lebloses Gesicht. Ich kannte es nicht. Ich starrte es an. Ich kannte es nicht. Es war verdammt still in dieser Gegend. Jede Sekunde heilig. Ich zog den Nothebel und stieß die Tür auf. Was haben Sie heute Abend vor. Wieso fragen Sie. Ich möchte Ihnen etwas Gutes tun. Dieser Blick. Als wollte man sich umbringen. Es ist wirklich, weil ich so froh bin. Wie kann man froh sein in einer solchen Situation. Ziehen Sie sich die Decke über, Sie werden sich erkälten. Unangenehm. Ich sah, wie ihr Haar nach vorne fiel. Sehr langsam. Zeitlupe. Es war das Abendrot. Das Meer, das Meer.

Man taucht unter in Blut. Ich umarme das Leben. Von Ihnen will ich gar nichts, hören Sie. Was könnte ich schon von Ihnen wollen. Passen Sie doch auf, Sie drücken mich. Ich glaube, ich habe Speck angesetzt in der Kabylei. Aber gar nicht. Das Geländer bog sich. Es war heiß. Es schmolz vor Hitze. Die Tür klappte auf und zu. Ich machte einen Kopfsprung ins Freie.

Wir lagen unter dem Waschbecken, ich und die Schwester. Ich fluchte und versuchte, sie wegzustoßen. Sie hielt mich fest und redete auf mich ein, daß ich nicht hätte aufstehen dürfen und »sehen Sie, Herr Schmidt, Sie sind hingefallen.«

*

Sie hieß Pia und war das halbe Leben Nachtschwester in Augsburg in Deutschland gewesen. Sie konnte nicht mehr leben ohne zu helfen und hatte den Schwesternposten beim Arzt in Tazacorte übernommen, der übrigens der Krüppel auf dem Rollstuhl neulich war.

Sie ging trällernd mit meinen Eiskompressen aus und ein. Ein Schwerverletzter war eine Herausforderung und sie war ihr mehr als gewachsen, indem sie mir zeigte, daß es ihr nicht imponierte, daß mir speiübel war von der Leere im Hirn und den Horrormeldungen, die sie in mich hineinstopfte.

»Halts Maul«, sagte ich auf spanisch, was ihre pflegerischen Aktionen nur noch beflügelte. Sie hatte die Ideologie, daß man krank sein müsse, um ein gesunder Mensch zu werden.

Ich würgte und zog mir den Eimer ans Bett. Es kam nichts.

»Sehen Sie, lieber Herr Schmidt, Sie haben nichts im Magen. Es kann nichts kommen. Obwohl, ich kannte einen…«

Ich griff nach der Tasse. Sie mußte mir die Hand führen.

»Wo ist der Wein. Von dem Kamillenzeug wird mir schlecht.«

»Zuviel ist nicht gut für Sie, sagt der Doktor.«

»Ach was der Doktor. Stellen Sie sofort die Flasche her. Es ist Medizin für mich.«

Ich wußte doch genau, daß ich weg wollte. Du meine Güte, ich wußte es doch. Von mir aus, dann war es eben ein Schreckreflex, der auf jeden beliebigen Kontakt antwortet, vor, zurück, vor, zurück. Die Frau spielte sich auf mit Erklärungen, weil ich zitterte, seit dem ersten Erwachen, wie Espenlaub, aber ich hätte ihr ganz etwas anderes gezeigt, in diesem Krankenzimmerchen, ich hätte ihr den Rattenkäfig auseinandergenommen, wenn ich nicht sofort gewußt hätte, wohin, aber ich wußte es ja, ich wußte es ja, New

York, ich wußte nichts über New York, natürlich nicht, aber ich hatte genügend Zeit in den ersten Wochen, darüber zu brüten wie eine Henne über ihrem Ei, ich dachte, New York, schlief darüber ein, wachte darüber auf, rauchte, trank den roten Vulkanwein von San Miguel, der mich etwas beruhigte, horchte auf das Summen im Hof, New York, horchte auf das miserable Konzert der Kanarienvögel, New York, die Sandkörner der Sahara, die gegen das Fenster anprasselten, den sich selbst vermehrenden Wortschwall meiner Pflegerin, New York, New York, es war ein Leichtes, es lag hinter dem Horizont angeblich, es gab nur einen Horizont für alle, wie mir die Schwester verriet, um den Preis einer Kaskade von Vokabeln, von denen jede die Quelle einer neuen ausufernden Erzählung war, gespickt von den durchsichtigen Wolkenkratzern von New York.

*

Als ich die Bucht von Tazacorte zum ersten Mal sah, mußte ich grinsen. Komisch, wie einer, den ein Übel einholt, von dem er ziemlich sicher geglaubt hat, er sei ihm entkommen. Also ich grinste mechanisch, weil ich in der Scheiße steckte und nichts dagegen tun konnte.

Was ich sah, hatte die Gestalt eines riesigen aufgesperrten Tiermauls, das auf der Seite lag und sich bereits in dem instabilen Zustand einer schwarzbraunen borkigen Fäulnis befand. Rechts und links, im Abstand von einigen hundert Metern, stürzten Steilwände in den Himmel, an die sechshundert, siebenhundert Meter, deren morsche Rippen aus altem Lavaschutt bestanden und unentwegt Geröll in die Tiefe schickten.

Es war der Ausgang einer kilometerlangen Schlucht, die sich nach Osten, ins Inselinnere schlängelte und die sie den Barranco der Todesängste nannten. Unter der Nordwand lag der Hafenflekken, die lächerliche Winzigkeit dreier verkommener, stinkender Gassen aus Bretterbuden und einigen ruinierten Steinhäusern, die noch aus der Zeit der spanischen Eroberung stammten und die verrotteten Insignien des Stolzes auf der Fassade hatten, (oder der

Demütigung, je nach dem, auf welcher Seite man stand), verrutschte Torbögen, verrostetes Schmiedeeisen, abgeblätterten Königspurpur.

Das Haus des Doktors stand für sich, auf der anderen Seite der Bucht, das heißt, noch weiter südlich, auf einem schmalen, etwa fünfzig Meter breiten Landsaum, der den großen Barranco mit einem anderen kleinen verband. Genau genommen war es ein langgestrecktes stattliches weißes Gebäude unter der Felswand. Der Doktor wohnte und arbeitete in der südlichen Hälfte. Hinter einer blendend weiß gestrichenen Mauer versteckten sich Gartenterrassen und kleine Bananenplantagen. Die Stauden faulten vor sich hin und dienten als Schattenspender und Nährboden für wilde Geranienhecken und eine Vielzahl wuchernder Sträucher.

*

Ich schlief bis in den Mittag, bekam den Kopfverband gewechselt und schluckte die Tabletten, die gegen die Hirnschwellung sein sollten. Das Frühstück beschränkte sich auf ein Glas Wein oder zwei. Brauchte es Entschuldigungen, wenn man keinen Appetit hatte?

Ich zog den Pyjama des Doktors an und trat auf den Balkon. Ich wechselte argwöhnische Blicke mit dem Meer, das grau und schweigsam war. Was sollte ich denken. Eine von Flutwellen aufgerissene Schotterpiste, einige übermannsgroße graue Lavabrocken und ein schmaler Strand aus schwarzem Lavasand. Kinder bauten Burgen, warfen Steine ins Wasser und faßten sich an den Händen. Es war die größtmögliche Entfernung, die existierte, das war mir klar. Es war, als sagte dieses bleierne, lediglich vom kindlichen Badebetrieb bewegte Ungeheuer, daß es nie überwunden worden war.

*

Ich mußte mich informieren. Ich fing in meiner unmittelbaren Umgebung an. Was sollte ich sonst tun. Obwohl es mir idiotisch vorkam, in Bezug auf mein wirkliches Ziel. Der kurze Besuch des Doktors hatte Aufschluß darüber gebracht, wer nachts im Haus hustete. In gewisser Beziehung war er noch hilfloser als ich, tatsächlich am Ende, in jeder Hinsicht, ein Krüppel mit einem abscheulichen Lebensrest. Er hatte zwei schmerzende Armstümpfe infolge einer Amputation und eine nicht weniger schmerzende Arthrose beider Hüftgelenke, die ihn in den Rollstuhl fesselte, der abwechselnd von zwei Greisinnen bedient wurde, die seine leiblichen Schwestern waren und eine ähnliche Lebenslust zur Schau stellten wie die deutsche Diakonisse.

Mit anderen Worten, ich war an einem Ort für Endstationen gelandet, als das er sich um so mehr entpuppte, da er gleichzeitig die einzige, und auch nur behelfsmäßig funktionierende medizinische Ambulanz der Inselwestseite war. (Ah, das Meer, es war nichts als ein unwirkliches blaues Auge und andererseits endlos.)

Was den Doktor betraf, so hatte er seine Arme verloren, weil er so idiotisch gewesen war, das ganze Leben lang Röntgenuntersuchungen zu machen ohne Bleihandschuhe überzuziehen. Er war auf der anderen arroganten Seite der Medizin gestanden, wo Kranke und Sterbende exotisch interessante Gliedertiere waren, die man in mikroskopischer Ferne musterte. Er war aus allen Wolken gefallen, als er sich zu der wimmelnden Masse der Leidenden hinzugesellen mußte. Er hatte einfach in Bezug auf sich selbst nicht an die vernichtende Kraft des Röntgenstrahls geglaubt, obwohl er doch das Skelett seiner Hand jedesmal vor Augen gehabt hatte.

So saß er überrumpelt in seinem Rollstuhl und empfand es als eine zusätzliche Gemeinheit, die er jeden spüren ließ, daß es keinen Gott gab und daß er angewiesen war auf die Hilfe dreier Greisinnen, deren Anblick ihn an nichts erinnerte als an sich selbst.

*

Ich lehnte an der Tür und musterte das Meer. Es erwachte mit einer eigenartigen Konzentration, mit knappen Brandungswellen und einer erneuerten klaren Oberfläche. Ich zündete mir eine Zigarette an. New York. Ich mußte mir einen Plan machen. Ich mußte anfangen, wo ich aufgehört hatte. Meine Fragen an Pia hatten ihre Geschwätzigkeit aufs äußerte angestachelt. Der Extrakt ihrer hemmungslosen Wortfluten war, daß man eine kleine Barkasse auf Tazacorte habe zukommen sehen, daß sie plötzlich in Flammen aufgegangen sei, daß man einen Mann und eine Frau aus dem Wasser gefischt habe, ihn lebend, die Frau tot.

Ich starrte auf die Stelle, wo es gewesen sein mußte. Ich hielt mir ein Streichholz vor die Nase. So groß war das Feuer, so war es verlöscht. Ich wollte darüber nachdenken. Aber da war nur das Preußischblau der Wasserfläche und eine Unruhe, die in mir quirlte wie eine leerlaufende Maschine.

Ich raffte mich auf und zündete mir eine neue Zigarette an. Der Pyjama des Doktors war ein seidener mit Blumenornamenten bestickter Stoff. Ich bemerkte die elegante Bewegung darunter, als ich mir eine neue Flasche aus dem Zimmer holte. Ich lehnte eine weitere Stunde am Geländer des Balkons. Ob ich aufs Meer dabei schaute. Vielleicht. Jedenfalls zündete ich mir die Zigaretten an, als wäre es eine königliche Zeremonie.

*

Es war leicht, unwissend zu sein. Es war wie ein leichter Schlummer, aus dem ich in kurzen Abständen erwachte mit dem fast angenehmen Gefühl der Entbehrung, das sich auf nichts anderes zu richten brauchte, als auf den Schlaf, in den ich wieder zurück fiel. Oder war es die Erinnerung, daß ich nach New York wollte.

*

Nach drei Wochen wurden die Fäden gezogen. Sie machten es über dem Innenhof neben den beiden hölzernen Clohäuschen. Rings an den Mauern waren Töpfe und Tröge aufgestellt aus Holz oder Ton, und Plastikeimer und Blechdosen. Sie enthielten jede Art von Blumen, Kräutern, Kakteen, Farnen, Palmen und kleinen Nadelbäumen. Es war eine Art Volkssport auf der Insel, sich das Grünzeug ins Haus zu holen. Man konnte nachts darüber stürzen und sich das

Genick brechen. Eine ausgediente Hollywoodschaukel stand da und flatterte mit ihrem zerrissenen Segeltuch. Unten im Hof plätscherte Wasser aus einem Rohr. Die beiden Schwestern des Doktors versuchten, einen Schlauch über die Öffnung zu schieben. Tatsächlich versuchte es nur die eine, die für den Haushalt zuständig war, während die andere, die die Befehle gab und das Geld zählte, laut über ihre Ungeschicklichkeit schimpfte. Sie mußten über achzig sein, aber sie schwiegen sich hartnäckig über ihr Alter aus.

»Hört auf damit«, schrie der Doktor hinunter. Er hatte meinen Kopf zwischen seine Armstummel geklemmt und drückte ihn unnötig fest in seinen Schoß. Mit einem Auge sah ich in die schwarzbraune Felswand hinauf. Aus dem bröseligen Gestein ragten metergroße Granitblöcke, die durch nichts als einen Zufall festgehalten wurden. Pia klapperte ungeduldig mit Pinzette und Schere.

»Wir brauchen einen patenten jungen Mann, der uns in der Praxis hilft.«

Pfeifende Hustentöne unterbrachen den Satz des Doktors. Mein Kopf wurde hin und her geschüttelt.

»Ich glaube, Schmidt, Sie sind genau der richtige, Sie hat uns der liebe Gott geschickt. Ich habe Sie beobachtet, ich kenne Sie besser, als Sie denken. Ich habe schon mit Doña Pia darüber gesprochen. Sie ist natürlich einverstanden. Ich bin doch, ehrlich gesagt, so gut wie tot, und sie ist ein altes Mädchen, das auch nicht mehr jünger wird.«

Er lachte mit kalten Augen auf mich herunter und bezahlte mit einem Hustenanfall.

»Halten Sie still«, klagte Pia.

»Was meinen Sie dazu«, sagte der Doktor.

»Ich habe keine Ahnung von Medizin« sagte ich in seinen Bauch hinein, aus dem blubbernde Darmgeräusche kamen.

»Wenn Sie weitersprechen, werde ich Sie verletzen«, jammerte Pia begeistert.

»Ich weiß nicht, wie ich zu diesem Paß gekommen bin. Vielleicht war ich...«

Es fiel mir nichts Passendes ein. Was könnte ich gewesen sein. Ich nahm noch einmal Anlauf, es war angenehm komisch, am Fuß einer glatten grauen Woge, wo ich schon beim ersten Schritt ausrutschte und zurückpurzelte wie ein Clown. Ich mußte kichern.

»Sehen Sie, ich habe Sie geschnitten«, verkündete Pia triumphierend.

Ich hob den Kopf. Sie drückte ihn wieder zurück.

»Wir sind noch nicht fertig.«

Der Doktor glotzte mit abwesenden Augen auf mich herunter, als wäre ich ein durchschnittliches Sektionsmaterial in einem Krankenhauskeller.

»Ich weiß genau, was Sie denken, junger Mann.«

Er lachte sein freudloses hustendes Lachen. Sein Bauch schüttelte meinen Kopf im selben Takt.

»Alle, die hierherkamen, dachten, sie seien großartige Kerle, sie seien es schon zu Hause gewesen und sie würden es uns jetzt zeigen. Sie stolzierten auf neu gekauften Cowboystiefeln von einer Bar zur anderen und gaben an wie zehn nackte Neger. Zum Schluß waren es dann traurige Penner, denen Orlando aus dem Sozialhilfefond die Fischsuppe in der Cooperative der Fischer bezahlen mußte. Ja, genauso war es.«

Er krümmte sich unter einer längeren Hustenattacke. Ich befreite mich aus seiner Umklammerung und bekam einen Schwall Spucke ab.

»Schmidt, Schmidt«, ächzte er grinsend. »Sie sind ein Wunderknabe, verstehen Sie, nein, Sie verstehen es nicht. Sie haben doch eine einmalige Chance. Sie haben den Dreck der Vergangenheit vergessen, sind ein adretter junger Mann und bekommen mir nichts dir nichts einen feinen Job angeboten. Was wollen Sie mehr.«

New York. Es wäre übertrieben gewesen, es einen Gedanken zu nennen. Es war eigentlich nur ein Wort. Es existierte ehrlich gesagt ohne Zusammenhang in meinem Kopf. Oder war es ein mikroskopisch kleiner Schmerz des angeblich schmerzlosen Gehirngewebes, das Gefühle beherbergte, aber selber keine litt, egal, ich hatte kein Bild, nur eine Leidenschaft, so leer wie jede Leidenschaft, die sich damit erfüllte, zu brennen, vor Entbehrung, wegen etwas, das nie dagewesen ist.

»Wann sind Sie endlich fertig.«

Meine Unruhe steigerte sich, ich hatte keine Zeit zu verlieren. Ich schaute mitten in die rote Flamme eines Bougainvilleastrauchs, der im Wind flatterte. Die kleinen spatzenähnlichen Vögel gaben ein gleichmäßiges schrilles Kreischen von sich. Einige saßen frei in den Zweigen, andere in Käfigen.

Dann änderte sich etwas. Ich meinte, die Pfiffe würden atemlos. Oder rüttelte jemand anderes an der Bougainvillea als der Wind. Oder war es das Geräusch der Brandung. Ich wollte mich gerade damit beruhigen, daß ich mir sagte, ich sei nervös, als mich jemand schüttelte, wir alle wurden geschüttelt, der Boden rutschte hin und her.

»Was ist das, verdammt noch mal.«

Auf dem Dach klapperten Steine. Staubfahnen rutschten an der Felswand herunter. Ich hielt mich irgendwo fest, aber es nützte nichts. Der Doktor drückte mich mit beiden Armstummeln nach unten.

»Es ist gleich vorbei, mein Junge.«

Es prasselten noch einige Steine in den Innenhof, dann zogen sie den Rest der Fäden.

*

Ich hatte ihn nicht bemerkt. Ich lag auf dem Bett und wartete auf den Untergang der Sonne. Die Hitze nahm zu in den Nachmittagsstunden. Die Meerfläche flammte auf und schlug mit Wucht gegen die Jalousien. Irgendjemand mußte leise die Tür geöffnet und ihn auf seinem Rollstuhl hereingestoßen haben. Ich erkannte ihn an der keuchenden Ausatmung.

»Die ewige Jugend«, höhnte er, »die ewige Jugend.«

Er wiederholte es noch ein paar Mal und versuchte dabei, ein amüsiertes Lachen auszustoßen, was in einem kläglichen Husten unterging. Er glotzte mich hartnäckig an.

»Also geben Sie schon zu, daß es ein Trick ist mit Ihrer Amnesie. Kein Mensch vergißt alles, für immer, das können Sie mir nicht weismachen. Ich kenne solche Fälle genug. Es dauert ein paar Stunden, oder Tage, Wochen höchstens, aber dann kommt die Vergangenheit zurück. Sie wollen sich nicht verraten, das ist es doch. Sie haben doch etwas angestellt da drüben, in Ihrem verdammten Europa und jetzt wollen Sie frisch von vorne anfangen, der ewige frische traumhafte Jugendfrühling, ohne Schuld und Reue, ohne die verkrüppelten zurückgebliebenen Kameraden, nicht wahr, geben Sie es doch zu, Sie verdammter Heuchler...«

Ich griff nach der Flasche, um sie ihm an den Kopf zu werfen. Aber die hastige Bewegung machte mich schwindlig. Ich ließ mich zurückfallen und nahm stattdessen ein paar Schluck.

»Bei mir geht es ehrlich zu«, fuhr er fort, mit knapper Luft und hysterisch fistelnder Stimme, »ich bezahle für das Leben, das ich geführt habe, jeder kann es sehen, daß ich ein Scheißdreck bin, dem man eingeweichtes Weißbrot ins Maul schieben muß.«

Er bekam einen gemischten Lach- und Hustenanfall und zeigte krampfhaft mit den Armstummeln auf sich.

»Aber wenn Sie die Frauen sehen würden, die ich einmal angebetet habe, vor denen ich auf den Knien herumgerutscht bin, ach, du, du, du Göttin, Heldin, immense Schönheit, ich lecke deine Fußsohlen...«

Wieder jaulte er los wie ein Hund, dem man kochendes Wasser auf den Schwanz gegossen hat.

»Sie stinken bereits, ich meine, sie leben noch, aber sie stinken schon. Sie sind bereits ein Dreck, bevor wir zu Dreck werden, das ist vielleicht der einzige Unterschied zwischen den Männern und den Frauen, interessant, finden Sie nicht.«

Der Krüppel machte tänzerische Bewegungen in seinem Rollstuhl, ekelhaft, wie ein Schmetterling, der sich aus seiner Raupenschale zwängt. Ich rief nach Pia.

»Bringen Sie ihn raus, wer hat ihn überhaupt hereingeschoben.«

»Mich können Sie nicht an der Nase herumführen, mich nicht«, japste er noch auf dem Gang, »Sie Hochstapler, Sie Unschuldslamm, Sie Arschloch.«

Idioten. Ich mußte auf die Beine kommen, um nicht von diesen Idioten angesteckt zu werden. Den Rest des Tages blieb ich im Bett, aber ich ruhte nicht wirklich. Ich war angespannt wie ein Läufer in seinen Startlöchern, ernährte mich vom roten Vino de pais, rauchte den Vorrat meiner Zigaretten zu Ende und horchte nach draußen. Die Brandung rauschte wie Schnellzüge in der Ferne, vom Hafen trugen Windstöße abgerissene Musik herüber. Ums Haus kurvten Automobile, in denen Frauen die üblichen Schreie ausstießen. In den Morgenstunden waren es nur noch die Hunde, die die Avenida hinauf- und hinunterjagten. Ich dachte die ganze Zeit an New York, wie eine gefangene Ratte an New York denkt, vielleicht elegant, auf dem Sprung, aber tatsächlich beschissen.

*

Um die Mittagszeit wachte ich auf. Ich ging unverzüglich vors Haus, im Morgenmantel und den Stoffpantoffeln. Die Schotterpiste war aufgerissen wie nach einer Schlacht. Sie gabelte sich direkt neben dem Haus. Links ging es hoch in den kleinen Barranco, an dessen Ende die Oberstadt von Tazacorte hing. Geradeaus öffnete sich der neue Hafen, wo eine kilometerlange Mole aus Beton vor dem Meer stand. Sie war so hoch wie ein vierstöckiges Haus. Ich hatte den Eindruck eines Belagerungszustands, obwohl ich es nicht so formuliert hätte, damals. Es waren keine Menschen im Spiel, wenn man absah von den schwarzen Warzen, die auf den Betonquadern klebten und mit Angelruten ins Meer schlugen.

Der Seewind blies mir den Mantel auseinander. Ich hatte sonst nichts an. Blau gekleidete Schulmädchen kamen vom oberen Tazacorte herunter und kicherten. Ich starrte aufs Hafenwasser. Es lag ausgerollt wie eine blaue Tapete unter der Steilwand, groß wie zwei Fußballfelder. Eine Menge kleiner bunter Boote waren aufgemalt und schauderten an ihren Ankerketten.

Man lebte in der Erwartung von Oceanriesen. Anders konnte es nicht sein. Ich mußte nur hinübergehen und den Fahrplan studieren. New York. Ich hörte eine ungemein zärtliche Stimme, die

New York sagte. Sie war in mir, aber konnte genausogut schon über dem Wasser sein. Ich marschierte rücksichtslos auf den inneren Kai zu. Ich mußte an einigen Schiffsskeletten vorbei, kleine Kajütboote, die ihre Holzrippen in einen vollkommen ungetrübten blauen Himmel streckten. Eines war fachmännisch aufgebockt. Männer reparierten es mit Lappen und kochendem Teer. Ich bemerkte sehr wohl, daß sie sich gegenseitig anstießen und auf mich zeigten. Aber hauptsächlich achtete ich auf den Boden, der übersät war von Schlaglöchern, in denen das Wasser in den schmutzigen Regenbogenfarben des Dieselöls glänzte. Der Wind trieb Papierfetzen vor sich her. Der Müll lag haufenweise herum, alte Netze, Fischreste, Dosen, Kanister, Plastiktuben, halbvolle Säcke mit erstarrtem Zement, Schuhe, die nicht zusammenpaßten, da eine Zahnbürste, dort lachende Gesichter auf Romanheftchen. Ich verlor einen Pantoffel, verletzte meinen Fuß an etwas Scharfem, ging aber unverdrossen weiter. Ich übersah den großen Polizeilandrover, der an der Anlegestelle einer größeren weißen Yacht parkte. Zwei Männer lehnten bequem an seiner Schattenseite, ein anderer warf Steinchen ins Wasser. Ich hätte mir viel erspart, wenn ich das Bild erkannt hätte. Ich hastete an der inneren Kaimauer entlang. Draußen donnerte wie zögernd die Brandung gegen das Bollwerk. Die kleinen Boote waren untereinander vertäut, sie schienen benutzt, Geräte, Taue, Ruder, Eimer lagen zwischen den Sitzbänken. Aber niemand war zu sehen. Aus der Mitte des Hafenwassers ragten die rostigen Masten und der Teil einer Außenbordwand eines großen untergegangenen Schiffes. Ich unterdrückte das Gefühl der Panik.

Ich hatte mich natürlich verspätet. Es war nicht nötig, zu glauben, ich sei ein Spielball der Umstände.

In regelmäßigen Abständen gingen schmale Treppen ins Wasser. Ich atmete auf, als ich eine Stimme hörte. Ein Mann, eine Frau und ein Kind mühten sich, ein Ruderboot festzumachen. Das Wasser ging geräuschlos und nach einem unregelmäßigen Takt an der Mauer auf und nieder. Es folgte einer inneren unbekannten Melodie, einer lautlosen Musik der Tiefe, die sich lediglich in der Bewegung der Oberfläche äußerte.

Der Mann zog ein Tau durch einen der Eisenringe, die in der Mauer befestigt waren. Er stemmte sich ins Boot und zog. Die Frau sprang auf die Treppe. Das Boot wippte zurück. Der Mann fluchte hinter der Frau her. Währenddessen saß der Junge still und in sich gekrümmt auf der Heckbank. Sein Hemd war naß und klebte durchscheinend auf den Rippen. Er hatte kein Fleisch auf den Knochen. Zwischen den Knien hielt er einen gelben Plastikeimer voller Fische. Jetzt scheuerte das Boot wieder ein Stück die Treppe hinauf. Jetzt sprang der Mann.

»Wann fährt das nächste Schiff nach New York.«

Der Mann sah hoch und drohte mir auf die Wiederholung meiner Frage mit den Fäusten. Inzwischen hob der Junge der Frau den Eimer entgegen. Das Boot tanzte zurück, der Junge taumelte, der Eimer entglitt seinen Fingern und versank wie ein Stein. Die Fische lebten.

Der Mann sprang aufs Boot zurück und schlug mit Leibeskräften auf den Jungen ein, der stumm und in sich gekrümmt blieb. Dabei brachten sie das Kunststück fertig, mich mit stumpfen Blicken zu fixieren.

»Gibt es einen Schiffsverkehr zur Heiligen Stadt. Ich meine, fährt ein Schiff von hier nach New York. Hören Sie, ich frage ja nur.«

Der Mann stürzte die Treppe hoch und boxte mir einfach ins Gesicht. Konnte es sein, daß das stille Wasser des Hafenbeckens mit dem bunten Dieselöl, dem Bananenschrott, den toten Fischen, den alten Netzen, den ertrunkenen Hühnern, den morschen, entfärbten Planken der Ruderboote...

Ich stand da...

War es der schwache Kreislauf, der den Taumel des Denkens und die Angst der Haltlosigkeit erzeugte, oder umgekehrt. Jedenfalls stellte ich beruhigt fest, daß ich sehr wohl auf meinen Füßen stehen bleiben konnte, wenn ich es mir nur energisch genug befahl. Es war völlig normal, daß man nach New York wollte. Was sollte daran verrückt sein. Hundert Jahre lang wollten die Leute hier nichts anderes als nach New York, wie ich später erfuhr.

Der Polizeilandrover war herangefahren.

»Was ist los, was hat der Mann dir getan.«

Es war ein Neger, der auf dem Beifahrersitz sitzenblieb, während die anderen beiden den Fischer in die Mitte nahmen.

»Ein Verrückter. Der soll mich in Ruhe lassen bei der Arbeit.«

Es gab einige geflüsterte Befehle aus dem Rover heraus. Ich wurde auf die Rückbank gehoben.

Als wir losfuhren, stiebten lose Papierblätter durch die Luft wie ein Schwarm seekranker Möwen. Ich saß ungemütlich auf der Metallbank, zitterte, hielt den Morgenmantel zusammen und starrte durch die Windschutzscheibe. Es gab nichts zu sehen, nur die schwarze Inselklippe, an deren Fuß kleine menschliche Behausungen klebten wie weiß angemalte Erfindungen. Niemand sprach. Es war eine Art Verschwörung, davon war ich überzeugt. Ich brauchte Informationen, schnell. Jedes Wort bisher hatte sich als Information herausgestellt. Etwas, was das Wort Heimat verdient hätte, tauchte auf. Es war eine graue Eisscholle im Dunst.

»Sprechen Sie Deutsch«, fragte ich.

Die drei schauten sich an. Zwei der Männer grinsten. Der Neger nicht.

»Ich wollte mich nach den Abfahrtzeiten erkundigen, nach New York.«

Der Fahrer kicherte. Der Neger brachte ihn mit einer Kopfbewegung zum Schweigen. Vor dem Haus wartete Pia.

»Sie hätten nicht allein weggehen dürfen. Das haben Sie davon. Wie Sie aussehen.«

*

Ich kam noch einmal eine Woche wie zur Strafe in die Dauerpflege der Dauerrednerin. Ich döste die meiste Zeit im Bett und ernährte mich hauptsächlich vom Rotwein. Hin und wieder zwang ich mich, darüber nachzudenken, daß ich einen Anlauf genommen hatte, dessen Anfang zwar im Dunkeln lag, dessen Endstrecke aber abzusehen war, eine helle Ebene, nichts als der Atlantic, auf dessen anderer Seite New York war.

Ich träumte von seinen gläsernen Wolkenkratzern, seinen weißen Marmorpalästen, seinen hellerleuchteten Untergrundbahnen, die genauso aus durchsichtigem Kristallglas waren wie die Wände der Stationen und die kilometerlangen Tunnels, in denen sich festlich geschmückte Bahnbenützer spiegelten, mit Pharaonengesichtern auf überlangen Hälsen, die eigentlich kein richtiges Fahrtziel mehr hatten, denen es genügte, in Gespräche und mehr noch in verlockende gegenseitige Blicke vertieft, von einer Endstation zur anderen zu fahren. Unterdessen lärmte draußen die Brandung, die chronische Bronchitis des Doktors, die Kanarienvögel und die rasenden Automobile mit ihren Insassen.

*

»Was wollen Sie anziehen.«

Es war mein erster offizieller Ausgang.

Der Sanitätsdrachen hüpfte um mich herum, als ginge es um die Ausrichtung einer definitiven Prozession. Sie benahm sich gemischt, war betrübt und erfreut darüber, daß ich jetzt nicht mehr ihr gehören würde und daß ich wieder hergestellt war. Es war das einzige Mal, daß sie die Klappe hielt.

Meine Verwirrung hatte sich verloren, bis auf ein paar schrullige Eigenschaften, die jeder haben konnte und die ich vielleicht schon immer gehabt hatte. Ich wünschte mir graue Anzüge aus einem leichten geschmeidigen Stoff, feine italienische Cowboystiefel und elegante Hüte aus dünnem Filz. Vielleicht hatte ich bei meinen ersten Erkundungsgängen durchs Haus in den Schränken des Doktors gestöbert und war inspiriert worden. Außerdem hatte ich die Angewohnheit, schon seit dem ersten Sprießen auf meinem glattrasierten Schädel, bei jeder Gelegenheit einen kleinen Taschenspiegel zu zücken und das Haar zurückzukämmen. Deshalb brauchte ich Kämme. Außerdem Sonnenbrillen, weil mich schon normales Tageslicht schmerzhaft blendete. Pia schleppte ein scheußliches Sammelsurium davon an.

Ich saß also in Unterhosen und mit Sonnenbrille vor dem Frühstück und kämmte mein Stoppelhaar zurück. Vor Fremden hätte ich nicht so dagesessen, natürlich nicht, aber Pia zählte schon längst nicht mehr dazu. »Sie sehen wunderbar aus«, hörte ich sie glucksen. Wunderbar. Das Wort zählte nicht, es sei denn, es bedeutete...

»Ich weiß nicht, ob ich es zu Fuß schaffe. Könnten Sie mich rüberfahren in den Hafen.«

»Sie sollen nicht dahin gehen. Da sind nicht die richtigen Leute für Sie. Gehen Sie doch vor dem Haus ein bißchen spazieren, oder treten Sie Wasser, drunten am Strand. Das ist gesund. Sie müssen sich noch erholen. Sie sind noch ganz steif vom Liegen. Außerdem müssen Sie essen und zu Kräften kommen.«

Sie zog eine mitleidige Visage. Manchmal hatte ich den Eindruck, daß sie den Clown absichtlich spielte, um mich hinters Licht zu führen.

Ich schob mir eine Hälfte dieser nach nichts schmeckenden Weißbrote in den Mund, mir war es egal, ob Marmelade oder Schinken drauf war. Ich kaute mechanisch. Zu Kräften kommen. Ich fühlte mich nicht schwach, im Gegenteil, ich platzte vor Energie, wie sonst sollte ich mir diese andauernde Nervosität erklären.

Ich zog mir hastig den dunkleren der beiden Anzüge an, setzte den Hut auf und trat raus auf den Balkon. Ich wunderte mich über die Kinder, die immer noch zwischen dem Abfall am Strand spielten, kleine schwarze Burgen bauten, Steine ins Wasser schmissen und Hand in Hand ins Meer liefen, das aussah, wie ein ausgelaufenes graues Kuhauge.

Wo war die Linie des Horizonts. An diesem Tag war alles in einem grau glänzenden Dunst bis auf die klare grüne und schwarze Flanke der Insel. Vielleicht konnte ich sie erkennen, wenn ich die Lider zusammenkniff. Hätte ich den Mangel an Informationen über mein früheres Leben bedauern sollen, was hätte es mir jetzt genützt, der übliche Lebenslauf, Elternhaus, Schule, Beruf, die Stadt, in der ich möglicherweise aufgewachsen war. Gab es etwas, woran mein Gedächtnis hängen konnte, auf ewig. Es wird am Fuß eines dieser Glaspaläste sein, ich werde lässig dahinschlendern und im Vorbeigehen diese Vitrine sehen, mit zwei grünen kalifornischen Jadesteinen und einer gewissen Freundlichkeit zweier Herzensgedanken...

Nein, es interessierte mich nicht. Ich merkte, daß ich wieder abschweifte und zündete mir eine Zigarette an. Offenbar war ich beim Militär gewesen. Aber das war nichts Charakteristisches. Jeder Idiot geht zum Militär und tut auf Befehl idiotische Dinge. Außerdem hatte ich schnell kapiert, daß jeder nur unglücklich war über seine Vergangenheit.

»Verdammt.«

Ich hatte vergessen, das Streichholz auszublasen und schmiß es mit der Zigarette auf die Avenida hinunter. Ein karierter Hut wurde zurückgeschoben, ein Gesicht schaute hoch, rot wie eine Tomate.

Ich zündete eine neue Zigarette an. Sie produzierten sie selber auf der Insel, in einer riesigen Fabrik aus goldbraun getöntem Glas am oberen Eingang von El Paso. Die Amerikaner hatten sie hochgezogen, kurz bevor die Insel abgeschnitten worden war. Jetzt arbeiteten vielleicht ein Dutzend Leute da, aber sie machten keine speziellen Zigaretten. Es war eine Sorte, wie sie aus beliebigen Blättern von einem beliebigen Baum gemacht werden konnten.

Ich blies das Streichholz aus. Es zitterte. Ich begann mich mit jedem Mal mehr zu fragen, ob es meine Nerven waren oder der Untergrund.

Einzig die Absichten, die ich gehabt haben mußte, konnten mich weiterführen. Ich war mir sicher, daß das Ziel meines Schiffes New York gewesen war. Oft stand ich vor dem Spiegel und studierte mein Gesicht deswegen. Aber es kam nichts dabei heraus als ein paar graue kalte Augen, die sich an der Gräue des Meeres infiziert zu haben schienen.

(Häuser können so einsam sein, daß Stierhörner aus ihren Wänden wachsen, vollkommen bedeckt, mit einer grauen Flechte)

Pia lauerte, wie ich ins Zimmer zurückkam und auf die Flasche zusteuerte. Ich sei ein ordinärer Alkoholiker, es gäbe nur Alkoholiker auf der Insel, und ich sei auf dem besten Weg dazu, einer der schlimmsten zu werden.

»Einer der schlimmsten. Es ist Medizin für mich. Nichts weiter.«

Sie steckte mir etwas Geld zu. Ich nahm mir vor, als erstes eine kleine metallene Flasche mit Schraubverschluß zu kaufen, die ich bequem in die Jackentasche stecken konnte, für den Notfall.

Ich trat vors Haus. Ich mußte grinsen. Es war Mittag, eine Zeit, in der man lebensmüde war, wenn man nach draußen ging. Die Sonne war ein heißer grauer explodierender Fleck, an dem die Wolken wie Aschefahnen vorbeistürzten. Ich trat auf einen Hund, der im schmalen Schatten der Mauer lag. Er hob den Kopf und ließ ihn wieder fallen.

Ich hatte mir ausgerechnet, daß ich es bis zum Playa Mont zu Fuß schaffen würde. Es lag auf halbem Weg zum alten Hafen, auf der südlichen Seite der Bucht. Ich wußte nicht, daß es donnerstags geschlossen hatte.

Der Wind blies mir den Lavastaub ins Gesicht. Ich kniff die Augen zusammen, zog mir den Hut in die Stirn und marschierte los. Idiotisch, so zwischen der Felswand und dem Meer zu gehen. Ich hätte genausogut auf dem Mond spazieren können. Kein Mensch war auf der Piste. Ich schaute mich nach dem Daimler von Pia um.

Das Playa Mont stand ganz allein an der südlichen Wand der großen Schlucht. Es war der Treffpunkt der Land-, Wasser- und Bananenplantagenbesitzer und der Leute, die sich für etwas Besseres hielten. Von den Ausländern waren es vor allem die Deutschen. Es war also geschlossen und ich am Ende meiner Kräfte. Auf der gegenüberliegenden Seite war jedes zweite Haus eine Kneipe. Aber dazwischen erstreckte sich ein guter halber Kilometer von etwas, das wie eine Schutthalde aussah. Die Luft über dem Geröll flimmerte genauso wie die große Wasserfläche. Ich fing an zu verdursten.

Ich ließ mich auf das Trottoir nieder. Ein zwanzig Meter langes Stück Beton, das neben der Dreckpiste lag. Hinter einer Umzäunung aus Brettern gab es einen Innenhof voller Palmen, deren überhängende Zweige noch etwas Schatten nach draußen warfen.

Die Straße machte einen Bogen in den Barranco hinein, um auf der anderen Seite wieder zurückzukommen. Vereinzelte Asphaltstücke glänzten wie nie berührt. Die vierstöckigen Mietskasernen, die sich weiter innen auftürmten, hätten ausgestorben sein können, wenn nicht die bunte Wäsche zwischen den Fenstern gewesen wäre. Einige Fußpfade führten direkt über den Schuttplatz, wo das Meer und die gelegentlichen Sturzbäche aus dem Barranco jede Art von Dreck hinterlassen hatten. Zur Zeit war das Bachbett, das auf der Playa Mont-Seite verlief, trocken und voller Unrat. Ich schaute nach oben und bekam eine Genickstarre. Der Himmel war ein schmutziges Segeltuch, das schlaff in die Schlucht herunterhing und einen feinen grauen Staub von sich gab, der sich mit der Gischt der großen Brecher mischte und faul und salzig schmeckte.

Ich wollte den Rückweg antreten, als ich ein Motorengeräusch hörte. Eine Art motorisiertes Dreirad schob sich vor das silberne Meer, verlangsamte auf der Betonplatte, die das Bachbett überquerte, und hielt.

»Soll ich Sie mitnehmen zum Puerto«.

»Woher wissen Sie, daß ich zum Puerto will.«

Ich bekam keine Antwort und setzte mich auf eine kleine, aus Brettern bestehende Ladefläche über den beiden Hinterrädern.

Die Straße bestand aus großen Schlaglöchern. Ich hatte Mühe, mich festzuhalten, bis wir endlich zwischen die Häuser des Hafens rumpelten. Es war eine dunkle kurze Gasse, die in einen kleinen Platz mündete. Hinter einer langgestreckten Terrasse mit einem gedrungenen Lorbeerbaum, dessen wuchtiger Stamm aus vielen kleinen schlangenartig sich umwindenden Unterteilungen bestand, erstreckte sich ein eingeschossiges Gebäude. Rechts ging eine Auffahrt in einen geöffneten Torbogen hinein. Über ihm, auf einem geschwungenen Holzschild, das einmal in Farben geprangt haben mußte, war etwas von der An- und Abfahrt von Schiffen und dem Verkauf von Fahrkarten zu lesen.

Ich tippte dem Fahrer auf die Schulter. Erst jetzt sah ich, daß er keine Beine hatte. An ihrer Stelle lag ein blauer Plastiksack über der Sitzbank.

»Sie können mich hier absetzen.«

»Ist sowieso Endstation.«

Der Amputierte gab noch einmal heulend Gas, was im Lärm eines hohen Brechers unterging. Die Gischt perlte über die Häuser, erschuf Bruchstücke eines Regenbogens und löste sich wieder auf. Ich kämmte mir die feuchten Haare zurück und trat wie ein Blinder in den Torbogen.

»Sie hat sich verliebt in ihn, sie ist verrückt nach ihm«, sagte einer.

»Es ist der einzige übriggebliebene Mann, der noch arbeitet. Was bleibt einer Frau mit zwei Gören übrig, als sich in ihn zu verlieben.«

»Aber sie sagt, sie sei ganz verliebt.«

»Sie ist verliebt wie ein hungriger Köter in einen Kadaver verliebt ist, oder wie dein klappriger Fiat ins Benzin verliebt ist.«

»Ach, du bist nur eifersüchtig, gib es zu, daß du eifersüchtig bist.«

Drei Männer hingen an einem langen Tisch. Dahinter türmten sich Flaschen und große Holzfässer. Das war die rechte Hälfte.

Die andere diente als Apotheke. Es gab ein Pult mit großen braunen Flaschen und weißen Porcellanbehältern mit Aufschriften in altertümlicher Schrift. Eine Waage aus Messing stand da und in einer Holzvorrichtung, nach ansteigendem Gewicht geordnet, goldglänzende Stempel. In einem großen Glasbehälter waren bunte Kugeln aus Glas oder Zucker. In einem anderen bewegten sich dünne Vipern. Die Medizin schaute vornehm auf die Seite des Ausschanks hinüber. In der Luft kämpften die höheren Düfte der alkoholisch gelösten Arzneien gegen die vulgären Ausdünstungen von Bier und Wein.

»Kann man eine Schiffsfahrkarte nach America kaufen.«

Sie grinsten mich an.

»Das ist doch der, den man aus dem Wasser gefischt hat.«

»Was macht der, wo wohnt der jetzt.«

»Drüben, beim Doktor.«

»Nein, mein Herr, es fahren keine Schiffe.«

»Warum. Ich meine, kommt man denn von dieser verdammten Insel nicht mehr weg, oder wie.«

»Kommen Sie, beruhigen Sie sich. Trinken Sie ein Bier.«

»Machen Sie mir die Leute nicht verrückt, Schmidt.«

Im Licht des Torbogens stand jemand. Ich mußte meinen Kopf wegdrehen, trotz der Sonnenbrille. Ich haßte Befehle von Anfang an.

Ich mußte schon im Mutterleib ein schwaches Nervenkostüm gehabt haben. Der Mensch kam mir bekannt vor, mit seiner angenehmen, leisen Stimme. Er schlenderte lässig auf die Bar zu. Es war der Neger vom Hafen.

»Ich wüßte nicht, daß ich Ihnen Rechenschaft schuldig bin.«

»Das ist doch Orlando, der Polizeichef«, flüsterte der Mann hinter der Theke.

»Hier Ihr Bier«, sagte er laut.

»Ich mag kein Bier. Geben Sie mir einen Roten.«

»Das Leben kostet Geld.«

Orlando lehnte sich an den Tresen und spielte mit einem goldenen Kettchen, das er um seinen Zeigefinger kreisen ließ. Seine Stimme war wie Samt. Sie war von einer Nachgiebigkeit, die ihren äußersten Punkt erreicht hatte.

»Wovon wollen Sie Ihre Vorliebe für unseren Roten bezahlen. Er ist der beste von ganz Spanien, war es bereits in der Zeit der Weltherrschaft. Das will vielleicht nichts heißen für einen, der keine Vergleiche hat.«

»Ich weiß nicht, was Sie von mir wollen.«

Ich faßte mir verstohlen an die Tasche, wo Pia die Banknoten hingesteckt hatte.

»Ich will sagen, daß Sie auf den Vorschlag unseres Doktors eingehen sollten. Jeder, der kann, arbeitet hier für das Geld, das er ausgibt, falls er nicht von vornherein genug davon hat.«

Orlando mußte lachen. Es war ein fröhliches, kindlich hohes Lachen.

»Ich habe keine Ahnung von Medizin.«

»Machen Sie es trotzdem.«

Er nickte mir wohlwollend zu.

»Die Alternativen sind der Straßenbau und die Bananenplantagen. Aber da möchte ich Sie nicht so gerne sehen. Wozu habe ich Sie aus dem Wasser gefischt, he.«

Seine Augen schweiften wie beiläufig zur Tür, wo sich zwei Typen postiert hatten. Es waren seine Leibwächter, die sich anstrengten, genauso lässig dazustehen wie ihr Chef. Ich begriff, daß es unvernünftig war, zu widersprechen.

Dann wanderten seine Augen wieder zu mir. Ach was Augen, Gewitter, Wasserfälle, Eisberge, ewiger Schnee. Ich merkte, wie ich hysterisch wurde. Er war kein normaler Neger, vielleicht nicht einmal ein richtiger Mischling. Er hatte womöglich nur eine dunkle, wettergegerbte Haut mit einem violetten Schimmer, der unter den Fingernägeln und den Lippen am stärksten war. Allerdings waren das Innere der Lippen und die Zunge noch dunkler, von einem schweren, glänzenden, fast schwarzen Violett. Verräterisch. Wie es bei Herzkranken sein kann, lange, bevor sie von ihrer Krankheit wissen.

Im Übrigen war er ein Athlet, auch wenn er einen deutlichen Bauchansatz hatte. Er strotzte vor Kraft. Ich schätzte ihn auf Anfang Fünfzig. Ein gefährliches Alter. Wo man am höchsten Punkt stand, aber unter der Bedingung, daß es jetzt garantiert weniger wurde. Später, als er den Gewehrkolben über mir hob, sah ich diese typische Melancholie in seinen Augen.

»Also ich kann etwas für Sie organisieren, so oder so. Überlegen Sie es sich.«

Aus den Schatten seines Gesichtes, die sich abschüssig um die Augen gruppierten, kam für den Moment ein amüsiertes Lächeln, ohne daß die kurze gerade Nase, das sorgfältig gestutzte Lippenbärtchen oder die vollen festen Lippen irgend eine Bewegung gemacht hätten.

Was sollte ich dazu sagen. Daß ich an New York dachte, New York, New York, ohne mir vorstellen zu können, wie eine große Stadt aussah.

Orlando zog seine Pistolentaschen zurecht. Das Khakihemd spannte an den Knöpfen, besonders über dem Gürtel der scharf gebügelten Hose. Die Pistolen steckten falsch in den Halftern, mit den abgewetzten Griffen nach vorne. Unter den Achseln waren große Schweißflecken.

Ich durfte mich nicht verraten. Was ich dringend brauchte

waren also Geld und Informationen. Ich war auf eine verdammt unauffällige Weise ein Analphabet.

»Ich werde es mir überlegen«, sagte ich mechanisch und kämpfte gegen eine plötzlich Müdigkeit, die schwer an mir zog, als hätte ich Blei in den Knochen.

»Gut so, Schmidt. Der Wein geht auf meine Rechnung.«

Ich taumelte nach draußen.

»Sie werden sich wohlfühlen bei uns.«

Wohlfühlen, wohlfühlen. Geben Sie mir eine Fahrkarte. Ich übte wieder. Auto, Autobus, Bahnhof, Bahnsteig, grauer Asphalt, er glänzt in der Sonne, wie Feuer, nein ich riß mich los, ich erkannte mich im Gebiet der Abschiedswörter, mitten in den Schwaden des Dieseldampfs, der aus einem Auspuff quoll, hallo, hallo.

*

»Ist Ihnen nicht gut.« Ein Mädchen im blauen Schülerinnendreß führte mich an einen Wasserhahn. Mit einem Taschentuch betupfte sie meine Stirn. Es war neben einer der Holzbudenkneipen unter der Felswand. Ein Wasserrohr leckte an mehreren Stellen durch herumgewickelte Stofflappen hindurch.

»Schon gut, laß mich in Ruhe.«

In dem Waschbecken aus einem grau gewordenen beschädigten Porcellan lag Erbrochenes. Meine Schuhe standen in weggeworfenen Fischleibern. Von einem Felssims hing die fade Blüte eines vergessenen Straußes. Ich war am äußersten abstoßendsten Punkt von Tazacorte. Ich versuchte den Gedanken zu unterdrücken, daß ich ein Teil davon war.

Mühsam drehte ich mich um. Eine niedrige Kaimauer verlief etwa zwanzig, dreißig Meter vor der Gebirgsklippe und parallel zu ihr. Sie endete in einem mächtigen zerrissenen Klotz aus Stahl, Beton und großen Lavabrocken. Es war die ehemalige Anlegestelle, deren meerwärtiger Teil bereits versunken war. Aus dem klaren durchsichtig grünen Wasser winkte ein langhaariger Tang herauf. Kinder machten sich ein Vergnügen und ließen sich in die träge Dünung plumpsen, mitten hinein in den Unterwasserdschungel.

Den Abschluß bildete ein Mauerwerk mit tief eingelassenen Torbögen, die nach außen zugemauert waren. Es stieß an die überhängende Felswand und riegelte den alten Hafen nach Norden ab.

Eine Falle, eine typische Falle, das Ende der Welt, dachte ich. Ich benützte die Begriffe nüchtern, sachlich, als Etikett, das eigentlich nichts Dramatisches an sich hatte. Es war der normale, durchschnittliche Zustand, nur daß ich mich irgendwie deplaziert fühlte, belästigt, auf eine so penetrante Art allerdings, daß ich mich veranlaßt sah, ebenso penetrant meine Entfernung ins Auge zu fassen. Abscheu, Schrecken, das waren Gefühlsleistungen, die mir nicht zur Verfügung standen. Ich grinste blöde vor mich hin, während ich mich zur Bretterbudenbar hinüberdrehte. Ich verlangte einen Roten, zog Kamm und Taschenspiegel aus dem Jackett und kämmte das Haar sorgfältig nach hinten.

*

Was war das Ende der Welt. Mir reichte, daß ich es fühlte. Natürlich kamen im Lauf der Zeit die Informationen hinzu. Daß es eine der kleineren Inseln eines Archipels war, das sich auf der Höhe von Africa im Atlantic befand, daß sie San Miguel hieß und weit nach Westen, in den Ocean vorgeschoben war, verloren eigentlich schon, in einer Wasserwüste, die am Rand noch unerbittlicher sein kann als in ihrem Innern.

Vielleicht war sie die ganze Ursache meines zugegeben einseitigen Benehmens. Geographische Punkte können eine Besessenheit erzeugen, schlimmer als jede andere Krankheit. Man wurde unheilbar zum Erben der Blicke, die von hier geworfen wurden, der Stürme, die immer dieselbe Richtung hatten, der ewig untergehenden Sonne, der Fischerboote, die sie mitriß, als gäbe es eine Leidenschaft des Horizonts.

Sie war eben nichts anderes als der gigantische Ausguck, den eine Handvoll Vulkane über das Wasser gespuckt hatten und der die Form eines Herzens angenommen hatte, mit schwindelnden grünen Miradores, die voneinander getrennt waren durch die schwarzen Aderschächte von hunderten von Barrancos und von denen man nirgend anders hinschauen konnte als in die Richtung von New York.

»Ich gehe über Leichen. Nach New York gehe ich über Leichen«, hörte ich mich bemerken.

»Er übertreibt«, kicherte jemand nebenan.

*

An meinem ersten Arbeitstag stopften sie mich aus wie eine ihrer Puppen bei ihren karnevalistischen Festen, die sie zu Ehren einer Vielzahl von Heiligen jede Woche irgendwo feierten. Ich bekam einen der weißen Kittel des Doktors übergezogen mit einem Stethoskop, Mundspateln und einer kleinen Stabtaschenlampe, die aus irgend einer der Taschen lugten. Das Umlegen einer Krawatte verweigerte ich. Alles geschah unter dem maschinenhaften Lachen des Doktors, das sich anhörte wie das Fauchen eines gequälten Hundes. Pia hielt sich beleidigt zurück, weil die Ausstattung ins Ressort der beiden anderen Alten fiel.

Sie waren Zwillingsschwestern und der lebende Beweis dafür, daß es der Geist ist, der der Materie den Stempel aufdrückt, oder war es umgekehrt. Jedenfalls hatte die eine nach dem Besuch von Schule und Universität in Madrid ein hochnäsiges feines Gesichtchen auf die Insel zurückgebracht und eine ebenso feine hochnäsige Stimme. Sie war zu gut für die grobe Hausarbeit und hatte sie die letzten fünfzig Jahre der Schwester überlassen, einer Frau mit rauher Stimme, groben Gesichtszügen und gebeugtem Gang.

Jetzt allerdings kicherten beide unternehmungslustig, als sie den gynäkologischen Untersuchungsstuhl in mein Zimmer bugsierten, das heißt, der Arbeitsmensch von den beiden bugsierte ihn, der Kulturmensch tat nur so.

»Wo sollen wir ihn hinstellen«, fragte die feinere und gab vor, sich zu schämen. Sie hatten sich den Trick gemeinsam ausgedacht, weil sie meinten, einen Erinnerungsschub bei mir zu erzeugen, sollte ich tatsächlich Mediziner gewesen sein.

»Stellt ihn da rüber«, fauchte der Doktor. »Nein, da doch nicht, da sind doch die Fenster.«

Ich lehnte in der Tür zum Balkon und rauchte eine Zigarette. Es war ein starker ablandiger Wind. Die Brandungswellen wurden regelrecht enthauptet, die Schaumkronen meerwärts fortgerissen.

Ich hatte mich einverstanden erklärt, in der Praxis mitzuarbeiten. Es waren umgerechnet tausend Deutsche Mark pro Monat und freie Kost und Logis. Außerdem war man bereit, nichts von mir zu erwarten.

»Sie sollen das Gerät wieder rausstellen. Ich habe keine Ahnung von Frauen. Ich untersuche keine Frauen, das ist doch Blödsinn.«

Der Doktor palaverte mit seinen Schwestern. Ich schaute die leere Piste hinunter. Die Reifenspuren waren längst wieder mit schwarzem Treibsand zugeweht. An der Hausecke hieß ein Schild ›Avenida de Emigrante‹.

Da unten waren sie um die Ecke gebogen, ein halbes Jahrtausend lang, ist Zeit ein Beweis, wofür sind Mumien ein Beweis, für eine gewisse Eitelkeit angesichts der anonymen Sonnensuppe, es waren hysterische Haufen, eigentlich keine einzelnen Menschen, wenn einer die Hände in den Taschen hatte, war es viel, (nur darum lebe ich, um lässig zu schlendern), da drüben, immer noch die vollbepackten Schiffe mit dem melancholischen Menschenmaterial, wenn sie gewußt hätten, wie lächerlich sie aussehen würden in den modernen Untergrundbahnen, mit ihren Macheten, Hochzeitsbildern, sorgfältig verknoteten Seekisten und diesen tuberkulösen hohlen Backen, aber es gehörte zum guten Ton, in die neue Welt America.

Ich fing an, über einen Widerspruch nachzudenken, aber da drang schon »America« wie ein Triumphschrei über meine Lippen. Peinlich. Aber ich sah die drei zerbrechlichen Schiffe ziemlich genau.

Augenblicklich beendeten die Frauen das Möbelrücken. Es gab tatsächlich niemanden, der nicht jemanden kannte, der nach America ausgewandert war.

»Sehen Sie«, schnarrte es aus dem Rollstuhl, »die Erinnerung kommt wieder.«

*

»Sehen Sie, so geht das. Es ist ganz einfach.«

Ich lehnte im Türrahmen und rauchte eine Zigarette. Sie wollten mich zum Sanitäter machen, dabei hatte ich einen natürlichen Widerwillen gegen körperliche Beschädigungen. Pia bewegte sich mit einer Wichtigkeit, als arbeitete sie an etwas Höherem als einem aufgerissenen Bein.

Ein Bauer war den Abhang hinuntergestürzt beim Futterschneiden. Ein Ast war in seiner Wade steckengeblieben. Das Gesicht war blutig gerissen vom scharfen Lavageröll. Er hatte zwei Wochen gewartet. Ein Schwarm Fliegen war vom Eiter angelockt worden und bei ihm geblieben. Der Doktor saß hinter dem Schreibtisch und gab höhnische Kommentare ab.

»Doch nicht so. Den Verband von unten herauf, wie oft soll ich euch das sagen.«

»Kommen Sie her, kommen Sie her«, flüsterte Pia.

Ich war zu müde und zu nervös für eine geregelte Arbeit. Außerdem fehlte mir der Optimismus bei Dingen, die sich wiederholten. Sie langweilten mich, als wäre ich ihnen tausend Mal ausgesetzt gewesen, zum Beispiel denen, die im Wartezimmer saßen und zum tausendsten Mal übten, wie sie ihre Beschwerden vorbringen würden, mit immer derselben verdutzten Empörung, als gäbe es eine Gerechtigkeit der Nieren oder der Bandscheiben. Ich hatte kein Interesse am Unterhaltungsprogramm der Organe, die nach dem Motto spielten, schmerzt es oder schmerzt es nicht.

»Tut es weh«, fragte Pia, als hätte sie die Verletzung.

Ich schaute durch die offene Tür des Wartezimmers auf das Fenster zur Avenida. Die Sonne hing wie ein nasser Fleck auf der Scheibe, dann konzentrierte sie sich und stürzte blutrot ins Meer. Als hätte sie dasselbe Verlangen nach New York wie ich.

*

Später auf dem Gang sah ich Pia mit einem Mann tuscheln. Sie waren aufgeregt. Sie schauten zu mir herüber.

»Ich bin drüben im Playa Mont. Wenn er mich sprechen will, jederzeit...«

»Verschwinden Sie. Wenn Orlando das hört…«

»Was wollte der Mann.«

»Ach nichts.«

Ich rannte die Treppe hinunter. Die Piste war leer. Das Meer stand in Flammen, nur weil ich Hut und Sonnenbrille vergessen hatte. Ich hielt die Hand vor die Stirn und torkelte über den Schotter, Richtung Playa Mont.

»Was ist, brauchen Sie eine Mitfahrgelegenheit.«

Orlando saß in einem der beiden weißen Korbstühle auf der weißen überdachten Veranda seiner weiß angemalten Villa. Es war die linke Abteilung des langen Gebäudes, das er von Staats wegen konfisziert und dessen andere Hälfte er an den Doktor verkauft hatte. Es war ein Flachbau mit einem Vordach auf vier weißen Säulen aus Beton. Eine hohe weiße Mauer ging hinüber zum anderen Haus. Ziersträucher und Bananenstauden lugten dahinter hervor.

Orlando kam breitbeinig die Treppe herunter.

»Was macht die Arbeit, Schmidt.«

»Relativ sinnlos.«

»Wie meinen Sie das.«

»Die Leute krepieren so und so.«

»Aber man kann helfen.«

»Wie zum Beispiel. Indem man den ganzen Müll auf die Straße wirft. Wo man hintritt, ist eine Ratte.«

»Ich bitte Sie, Schmidt, das ist der Kreislauf der Natur.«

»Jeder zweite kotzt und hat Durchfall. Es ist unästhetisch.«

»Ich verstehe, was Sie meinen. Aber das ist doch normal. Es ist die natürliche Auslese. Es ist noch nicht lange her, da hatten wir große Epidemien. Gott sei Dank, will ich mal sagen. Tazacorte platzte aus den Nähten. Es war während dieser Einwanderungswelle. Man konnte sie ja nicht rausschmeißen. Es ging sehr schnell. Wenn es einen erwischte, war er in ein, zwei Tagen hinüber. Es war eine Art Cholera.«

»Und was ist es jetzt.«

»Jetzt ist es normal.«

Wir bestiegen den Landrover und waren in einer halben Minute vor dem Playa Mont. Wir setzten uns unter das Holzdach. An der Bar räkelten sich die beiden Leibwächter.

Das Licht rammte gegen die Felswand und schien schwarze Löcher zu hinterlassen. Die Häuser des Puerto brachen auseinander wie unter Sprengungen. Eine Frau trat vor eine Tür und zog sich wieder zurück.

Der Polizeichef wischte sich den Schweiß aus dem Bauchnabel. Es spritzte zu mir herüber. Ich zwang mich, ruhig zu bleiben. Schlafen Spinnen oder haben sie einen natürlichen Tod. Haben Hasen ein Ziel, warum ändern sie es so häufig. Ich sah einen unermüdlich zuckenden Blitz über meiner linken Schläfe. Ich nahm mich zusammen. Jetzt nur keine Blöße geben. Ich behandelte mein Gehirn wie einen Muskel, den man zusammenzieht.

»Ist Ihnen schlecht. Sehen Sie, Sie haben sich noch nicht ganz erholt.«

Der Polizeichef schickte einen seiner Hilfspolizisten in die Küche, nach Eis und Wasser.

»Da, halten Sie die Hände rein.«

Er faßte ins Wasser und spritzte sich etwas aufs Hemd. Ich tat nichts. Er spritzte lachend zu mir herüber. Das Zittern nahm augenblicklich zu. Ich hielt mich am Stuhl fest.

»Also die Müllabfuhr«, sagte Orlando langsam und lehnte sich zurück.

»Da gibt es keine Probleme, denke ich. Die Leute dürfen einfach nichts mehr auf die Straße schmeißen. Wir machen das einfach so, ab jetzt. Ich fahre mit dem Landrover meine Runden, regelmäßig, ich rieche alles, ich rieche hervorragend, stimmts.«

Er drehte sich zur Bar hinüber.

»Stimmts Metamores, daß ich einen dollen Riecher habe.«

»Stimmt«, grölten die beiden und schubsten sich. »Stimmt, Chef.«

»Also stimmt.«

Orlando drehte sich wieder zurück und schaute zufrieden in sich hinein. Er war weggetreten. Der Alkohol. Die Hitze.

»Außerdem ist da der Junge, ich weiß nicht, wie er heißt, na ja, Sie werden ihn sehen, ein Depp, er ist nicht richtig im Kopf. Er fährt mit einem Handkarren durch die Gegend, er hat eine Soldatenuniform an, er sammelt das Zeug ein und wirft es hinter dem alten Hafen ins Meer.«

Er patschte sich wieder auf seinen Bauch.

»Es schwimmt ja doch keiner mehr in diesem Wasser. Oder schwimmen Sie gern.«

Ich zögerte. Ich wußte nicht, ob ich schwimmen konnte. Ich wußte, wie Schwimmbewegungen gehen, aber ob ich schwimmen konnte...

»Niemand schwimmt hier mehr. Man holt sich nur den Tod.«

»Und was genau liegt auf der anderen Seite.«

Ich deutete aufs Meer, das im Moment so unwirklich dalag wie ein Eimer blaue Farbe.

»America.«

»Nein, ich meine, ist es New York. Was würde man sehen, wenn man so weit sehen könnte.«

»Florida vielleicht, oder Cuba. Aber sehen Sie, da unten.«

Orlando zeigte nach Süden. Ich sah nichts als die Steilwand mit ihrem Trockengestrüpp, die wie der kilometerlange zerfressene Rumpf eines gestrandeten Schlachtschiffs aufragte.

»Sehen Sie nicht, da unten, der Schatten da, das ist Hierro.«

»Was ist das.«

»Eine Insel.«

»Na und.«

»Man sieht sie nicht jeden Tag. Sogar relativ selten. Es hängt von der Atmosphäre ab.«

Ich beobachtete das Gold, das die untergehende Sonne aufs Wasser nagelte und einen Mann, der an einer Reling stand.

»Wo ist die Stelle, wo mein Schiff verunglückt ist.«

Orlando schien überrascht zu sein. Er machte eine unbestimmte, übertrieben lässige Bewegung.

»Da drüben irgendwo.«

»Haben Sie noch etwas gesehen, vom Schiff, von der Besatzung.«

»Nein. Es brannte doch schon, als wir ankamen. Nein, es war nichts zu sehen.«

*

»Machen Sie die Zigarette aus, kommen Sie herein.«

Pia zog mich ins Untersuchungszimmer und machte einen Freudentanz um eine nicht weniger alte Frau, die im Hemd und mit nackten Füßen neben dem Spritzenwagen stand.

»Sehen Sie, da unten, was da so raushängt wie ein männliches Geschlecht, das ist die Gebärmutter. Es ist ein Vorfall. Der Beckenboden ist nicht mehr stark genug. Sie hat zu viele Kinder bekommen. Sie schiebt es zurück, aber es kommt jedesmal wieder vor.«

Ich konnte kein Blut sehen. Ich haßte den Anblick der Injektionsgeräte. Zu Handreichungen irgendwelcher Art war ich nicht zu gebrauchen, weil mir die Hände zitterten. Ich sagte es ihr, aber sie gab nicht auf. Ich zündete mir eine Zigarette an.

»Der Schuster wird einen Ledergurt machen mit einer Einlage...«

»Hören Sie, Schwester, es ist mir unangenehm, aber...«

Ich ging über den Gang in mein Zimmer.

Das gynäkologische Gestell war immer noch da. Ich stieß es wütend durch die Tür. Eine Beinstütze drehte sich und knarrte wie eine Kaffeemühle.

Mir war schlecht. Ich beugte mich über das Waschbecken, aber es kam nichts. Meine Narbe wurde feuerrot dabei. Ich strich mit dem Zeigefinger darauf entlang. Wo waren meine Gedanken, meine Wünsche, wonach sehnte ich mich wirklich. Da. Nein. Es war nur ein Schmerz. Wie sollte ich ihn nennen. Gelungene Heimfahrt. Ich grinste in mein Spiegelbild und zog den Flachmann aus dem Jackett. Ich machte ein paar hastige Schlucke und beobachtete wie gewohnt ihre veredelnde Wirkung. Natürlich hatte ich keine Heimat, aber wenigstens wußte ich, wohin ich wollte.

*

Es verging eine weitere Woche unter dem ausgebrannten Himmel von Tazacorte, aus dem das Licht herunterbrach, als wollte es die Häuser in die Felswand schlagen. Dann war endgültig klar, daß ich in der Sprechstunde keine Hilfe war. Man verabredete sich, mich als Fahrer mit dem Praxisauto zu beschäftigen, einem alten Daimler, den Pia bisher gefahren hatte. Er diente für Hausbesuche und dringende Medikamententransporte. Mir war es recht. Ich konnte besser spionieren.

*

Ich saß im Daimler vor dem Playa Mont. Es war heiß wie immer. Beide Türen standen offen. Der Mercedesstern projizierte sich undeutlich auf die gegenüberliegende Wand. Das Meer flimmerte farblos. Ein Hund hatte sich unter dem Wagen verkrochen und stöhnte. Ich hatte eine Flasche Roten von der Theke geholt, den Sitz nach hinten gestellt und den Hut nach vorn geschoben. Ich fluchte über die Hitze und den langen Vormittag. Es war kurz vor zwölf. Ich mied die Mahlzeiten in Gesellschaft der Greise. Sie zermalmten das Essen, als bekämpften sie damit den Tod, von dem sie zu glauben schienen, er würde sie nur durch Auszehrung erwischen.

»Was ist mit dem Geld.«

Ein junger Mann in Jeans, der am Rand der Terrasse saß und die Beine auf einem Tau liegen hatte, sprach einen großen Blonden an, der mit einem Eis in der Hand über den Gehweg trottete.

»Was für Geld.«

»Stell dich nicht so an, Robert. Das Geld für die Waschmaschine. Du hast vor einem halben Jahr sofort eine Waschmaschine für deine Alte gebraucht und sie am selben Tag von mir bekommen. Du hattest das Geld zufällig im Moment nicht dabei. Aber du hast mir hoch und heilig versprochen, es am nächsten Tag vorbeizubringen.«

»Moment, ja...«

Es war ein Riese mit einem Kindergesicht hinter einem blonden Schnauzbart.

»Ja, aber du hast uns keine Rechnung geschickt. Sieglinde sagt, ohne Rechnung keine Bezahlung.«

Der Satz klang abgesprochen.

»Außerdem, du weißt doch, das Geld ist nicht mein Ressort.«

»Schon gut.« Der junge Mann wippte mit dem Tau. Das Problem schien ihn zu amüsieren.

»Bring mir das Geld morgen vorbei, ins Büro, irgendjemand wird da sein.«

»Du kannst dich auf mich verlassen, todsicher.«

Ich döste wieder ein, die Hitze, der Alkohol. War ich in Deutschland, auf einem losgerissenen Stück davon, das auf den Atlantic hinaustrieb, einem Alpenberg, der geschwärzt war von einer Explosion und mit Palmen winkte, an dessen Fuß Geschäfte, Kundschaft, Geld...

Pias Stimme unterbrach mich. Sie rannte unpassend für ihr Alter und ihre Dickleibigkeit über die Betonplatte. Genauso unpassend war, daß sie Turnschuhe anhatte und Begeisterungsschreie ausstieß, weil ein Junge hohes Fieber hatte, den wir sofort besuchen sollten. Ich stellte den Sitz hoch und zog die Fahrertür zu.

»Wohin.«

»Erst mal in die obere Urbanisation, die zweite Straße.«

Ich ließ den Motor an und drückte den ersten Gang rein. Sie wußte nicht, was sie bei mir anrichtete mit ihren scheinheiligen Katastropheneinsätzen. Ich brauchte Tage, um mich wieder davon zu erholen. Ich nahm an, weil mein Gehirn zu langsam funktionierte. Mit ihrer Hektik warf sie mich auf den Ausgangspunkt zurück, der in einem bloßen Wort bestand, das auf einem nervösen weißen Täfelchen klebte. Ich warf ihr einen mißmutigen Blick zu, während ich den Wagen ums Playa Mont zog. Noch im Sitzen mußte sie aufgeregt zappeln, eine absurde Bewegung für Greise. Ich schaltete in den zweiten und ließ die Kupplung kommen. Der Wagen bockte und gab Geräusche von sich wie ein Panzer. Es fehlte ihm jede Eleganz.

»Was ist das für ein Hafen, wenn keine Schiffe mehr anlegen. Es ist ein Nichts von einem Hafen, der reine Schrott von einem Hafen.«

»Wie kommen Sie darauf, warum sagen Sie das, passen Sie doch auf, wohin sie fahren.«

Die Piste flimmerte genauso wie das Meer. Der Schotter knatterte unter den Rädern wie die kleinen Steine unter den Wellen am Strand. Man brauchte in Tazacorte nicht besoffen zu sein, um Halluzinationen zu bekommen.

Die Etagenwohnung war in einem der fünfstöckigen Mietshäuser der unteren Urbanisation. Orlando hatte sie mitten in die Öffnung des Felskanals gesetzt. Sozialer Wohnungsbau für Bananenarbeiter und heruntergekommene Ausländer. Die Gebäude standen auf Betonstelzen, für den Fall, daß das Meer heraufschwappte. In die schmalen Gassen hatte man Bananenstauden gepflanzt als wären es Zierpflanzen. Das Treppenhaus war schmutzig, die Wände beschmiert, aus den offenen Türen kam Geschrei und dampfende Schwaden, die nach Essen, Fäkalien, Babywindeln, Tabak und billigem Parfüm rochen. Ich stolperte über das Grünzeug, das sie selbst in die dunkelsten Ecken postierten. Das Krankenzimmer war ein Verschlag, aus dem heiße, säuerliche Luft quoll. Ein Kind lag unter einer dicken Bettdecke und schüttelte sich.

»Es hat Angina. Wollen Sie sich die Mandeln ansehen.«

Ich lehnte mich in den Türrahmen und zündete mir eine Zigarette an.

»Wir bräuchten Penicillin, aber wir haben keins.«

Ich angelte mir einen Stuhl und stellte einen Fuß drauf. Penicillin. Ich grinste über die Anwandlung. Penicillin war ein Zauberwort. Ich inhalierte tief. Tatsächlich spürte ich einen Geschmack, den ich mit einem geradlinigen Willen verband.

*

Der Krankenbesuch hatte mich unternehmungslustig gemacht. Ich setzte Pia vor der Praxis ab und fuhr zurück ins Playa Mont. Ich hatte beim Vorbeifahren den Waschmaschinenverkäufer erkannt, der sich mit einem älteren Mann lebhaft unterhielt. Ich setzte mich an ihren Tisch. Es ging um den Kauf eines Hauses oben auf der Hochfläche, zwischen dem mittleren Gebirgsgrat und der Steilküste. Sie nannten es das Aridanetal.

Früher war es ein dicht besiedeltes Gebiet gewesen mit zwei Kleinstädten, Los Llanos und El Paso und einigen kleinen Dörfern. Jetzt standen viele Häuser leer. Das Beste hatten die Deutschen aufgekauft. Aber auch Engländer, Schweden, Holländer. Sie waren wie die Verrückten hinter den Besitztiteln her. Das Playa Mont war eine Art Börse dafür, mit lärmenden Transaktionen am Abend, die nicht selten in Hysterie und Schlägereien endeten.

Noch war nicht viel los in der Kneipe. Die beiden Männer begrüßten mich wie einen, den man lange kannte. Es ärgerte mich, aber ich zwang mich, höflich zu sein.

»Was ist los mit dieser verdammten Insel, wem gehört sie, was machen die Leute hier.«

Ich hätte nicht so heftig sein sollen. Aber die beiden schien es nicht zu stören. Man schien von vornherein eine gewisse Nachsicht mit mir zu üben, was mich von neuem ärgerte.

Der Jüngere entschuldigte sich bei seinem Gesprächspartner und rückte seinen Stuhl zu mir herüber. Die Insel, so erklärte er, lebe in einer eigenartigen Isolation. Es sei aber ein freiwilliger, kein aufgezwungener Zustand. Jeder könne eines der Fischerboote nehmen und auf die Hauptinsel Tenerife hinüberfahren, oder nach Gomera, oder Hierro, die man bei geeigneten Luftverhältnissen alle am südlichen Horizont sehen könne. Aber niemand wolle es. Es bestehe eine allgemeine Neigung zum Rückzug auf die eigene umgrenzte Sphäre. Selbst San Miguel sei in zwei sich völlig entfremdete Hälften geteilt, was allerdings durch die geographische Situation befördert werde. Seitdem der Tunnel durch ein Erdbeben oder einen Sprengstoffanschlag eingestürzt sei, gebe es ohnehin keine rechte Verbindung mehr über den Gebirgskamm hinweg. Und niemand käme auf die Idee, die nördliche oder südliche Landumfahrt zu benützen. Und die Umschiffung sei wegen widriger Strömungen recht gefährlich. Und selbst wenn es ein bequemes Verbindungsmittel geben würde, so würde niemand einen wirklich plausiblen Grund haben, es zu benützen, bis auf ein paar Verrückte oder Außenseiter oder Leute, die notorisch mit nichts zufrieden seien. Denn an keiner Stelle der erreichbaren Welt könne man es besser haben als genau auf der Westseite von San Miguel.

Zur letzten Bemerkung lachte der Ältere der beiden und sagte, es würde sich ganz schön auf die Quadratmeterpreise schlagen, das Selbstlob. Der Jüngere reagierte nicht darauf. Er, Schmidt, könne es ja nicht wissen, aber vielleicht erinnere er sich wieder, oder wisse mehr als sie. Es habe schleichend begonnen, bestimmte Krankheiten haben zugenommen, hauptsächlich in den Industriestaaten, man habe das Ganze heruntergespielt, Infektionskrankheiten, Allergien, Krebs. Einige Leute haben sich abgesetzt, dann seien es immer mehr geworden, bis es schließlich zu panikartigen Völkerwanderungen gekommen sei. Es habe kleine Kriege gegeben, eher Scharmützel an den Grenzen. Die Inseln hier seien eine Art Zwischenstation gewesen für Südamerika.

Inzwischen habe sich eine eigenartige Ruhe eingestellt. Die Verbindungen zwischen den Staaten seien einfach eingeschlafen. Die Völker lebten kraftlos vor sich hin, apathisch, gleichgültig. Es bestünde eine geradezu hermetische Abschottung, ohne daß es dazu irgendwelcher militärischer Maßnahmen bedürfe.

Wie es draußen aussehe, wissen sie nicht. San Miguel, schon vorher durch seinen Vulkanismus und das schroffe Gebirge abweisend, sei bei dem ganzen Durcheinander einfach vergessen worden.

»Und mitten dahinein sind Sie geplatzt, Schmidt. Ein erstaunlicher Nachzügler. Sie müssen verstehen, daß Sie ganz schön für Unruhe gesorgt haben.«

Ich schaute aufs Meer, immer aufs Meer. Es belästigte mich, daß sie mehr über mich wußten als ich. Es war eine unverschämte Anbiederung. Dabei langweilten mich alle Informationen, die nicht New York betrafen. Sie entfachten keine Neugierde in mir. Dagegen das Meer, das Meer, ich nickte zu ihm hinüber, wie du daliegst, scheinbar träge, gleichgültig.

»Wollen Sie etwas trinken, soll ich Ihnen etwas bestellen.«

»Was. Ja.«

Sie können ganz gut hier leben, fuhr der Jüngere fort, während er seinen Kunden herausfordernd ansah, das Dumme sei nur, daß es Leute gäbe, die glaubten, sie stünden kurz vor dem Ausbruch des großen Vulkans, was er persönlich nicht glaube.

»Wäre auch schlecht fürs Geschäft«, meckerte der Ältere.

»Und wer hat das Sagen, wer ist der Boss hier.«

Die beiden schauten sich vielsagend an. Dann drehten sie sich zum Tresen hinüber, wo die beiden Leibwächter Orlandos herumlungerten.

»Orlando.«

»Ja und nein.« Der Jüngere wollte umständlich zu erklären anfangen.

»Verstehen Sie, ich muß weiter, ich brauche ein Schiff, irgendeines, das mich rüberbringt nach New York.«

»Es gibt keine seetüchtigen Schiffe mehr, jedenfalls nicht hier auf der Westseite. Da werden Sie kein Glück haben.«

Ich stieg wütend in den Daimler und jagte ihn mit durchdrehenden Rädern die Avenida hinunter. Ich mußte sofort auf die Ostseite. Ich brauchte eine Karte. Im Wartezimmer des Doktors hing eine alte Militärkarte. Die Sprechstunde hatte noch nicht begonnen. Ich holte Pia aus ihrem Zimmer.

»Erklären sie mir, wie ich auf die Ostseite komme.«

»Auf die Ostseite, warum auf die Ostseite. Niemand fährt auf die Ostseite.«

Die Insel war vielleicht fünfzig mal zwanzig Kilometer groß, in der Luftlinie, an ihren längsten Stellen. Sie hatte die Form eines Herzens, mit der Spitze genau im Süden. Ihre Längsachse bestand aus einer zusammenhängenden Kette von Vulkanen, die bis zu zweitausend Meter hoch waren. Man nannte den Gebirgsgrat die Cumbre. An ihren steilen Abhängen wuchsen mächtige Kiefernwälder. Der Norden bestand fast allein aus einem einzigen riesigen Krater, der Caldera, einem Rund von neun Kilometern Durchmesser und tausend Meter tiefen Wänden. Nach Westen ging der zerklüftete Krater in eine tief sich windende Schlucht über, die den Namen Barranco des Angustias, Schlucht der Todesängste hatte. Wo sie ins Meer mündete, lag der alte Hafen von Tazacorte.

Alle zehn Jahre ging einer der Vulkane hoch. Zuletzt war es zwischen Las Manchas und El Paraiso passiert, wo eine kilometerbreite bizarre schwarze Narbe bis ins Meer hineinreichte.

»In welche Hauptstadt, was meinen Sie.«

»Santa Cruz, hier.«

Ich tippte auf eine Ansammlung roter Kleckse an der Ostküste und fuhr einen roten Strich entlang, der das dichte Schwarz der Höhenlinien kreuzte.

»Die Querverbindung geht sowieso nicht«, triumphierte Pia, »der Tunnel ist längst eingestürzt.«

»Und um die Südspitze.«

»Da ist die Lava vom letzten Ausbruch dazwischen, da kommt man mit dem Auto nicht rüber.«

»Also die Nordumfahrung.«

»Geht auch nicht. Da ist seit Jahren niemand mehr gefahren. Die Piste war vorher schon miserabel. Sie wird inzwischen verschüttet sein.«

»Das wird man sehen.«

Ich rannte die Treppe hinunter.

»Aber Orlando sieht es nicht gerne.«

Pia rannte mir hinterher.

»Der Daimler gehört ihm. Er ist nur für die Krankenbesuche da.«

»Es ist eine Übungsfahrt, einverstanden. Wenn ich Krankenbesuche fahren soll, muß ich mich mit den Straßenverhältnissen vertraut machen.«

*

Ich stoppte am Playa Mont und ließ mir meinen Flachmann füllen. Es war schon Nachmittag, eigentlich zu spät für eine Strecke, für die man vermutlich gut einen Tag brauchte. Aber das überlegte ich nicht, als ich den Barranco hinauffuhr, an dem trockenen Bachbett entlang, mit den Spuren der reißenden Wassermassen, die alle Jahre einmal einen kilometergroßen Lehmpilz ins Meer spülten. Hinter dem Autoschrottplatz und der alten Kirche ging es in die linke Wand hinein. Die Wracks abgestürzter Autos hingen im Fels wie mißratene Ausstülpungen desselben. Die Straße wand sich über Sattel mit Türmen und Brücken aus grauem, porösem altem Lavadreck. Auch hier steckten blanke Granitblöcke lose in den Wänden und konnten jederzeit herunterbrechen.

Das letzte Stück war eine kilometerlang ansteigende steile Gerade mit einer beschädigten Betonbrüstung an der Seite des Abgrunds. Der Blick huschte in einem Nu aufs Meer, hinweg über die grüne Bananenschräge des Aridanetals mit seinen weißen Dorfflecken und den nackten braunen Kegeln der Vulkane. Und wieder zurück in die schwindelnde Höhe der Cumbre, auf der reglos die Milch der Passatwolke hing. Tief unten im Grund des Barranco waren die Mietshäuser der Urbanisation nur noch eine Reihe schmutziger Dominosteine, die kleiner und kleiner wurden.

Bei einem ehemaligen Aussichtscafé bog die Straße über die Kante der Schlucht. Augenblicklich beruhigte sich der Motor. Der Daimler tuckerte auf einer beschaulichen Allee mit Eukalyptusbäumen. Zwei Verkehrspolizisten auf alten BMW-Motorrädern näherten sich von hinten und überholten mich. Sie verzögerten die Fahrt und schauten in den Wagen. Dann fuhren sie schnell voraus, wendeten und kamen wieder zurück. Ich fluchte leise vor mich hin. Ich hatte keine Wagenpapiere. Sie fuhren vorbei. Einer hatte ein Funkgerät mit Antenne auf dem Rücksitz.

Es war eine dieser schrägen Ebenen hoch unter den Wolken. Weit voraus blitzten die weißen Würfel des Dorfes Tijarafe. Die tiefen Barrancos dazwischen sah man nicht, erst im letzten Augenblick, wenn die Straße das Auto wie im Sturzflug hinunterführte. Am Felsen klebten Kiefernwälder, auf den Flächen waren Äcker, Palmen und Mandelbaumhaine. Hier und da ein Gehöft. Das Meer war weit in der Tiefe, gerade eben ein silberbeschlagener Saum des Himmels.

Tijarafe war eine Ansammlung von Bars entlang der Piste. Dunkel gekleidete Männer lehnten an den Wänden mit Zigaretten, Bierflaschen und Weingläsern in der Hand. Der Wind war kalt, nicht die Badebrise von Tazacorte. Brüder. Ich faßte mir an die Stirn, als ich die Wagentür aufstieß. Irgendetwas war dagegen geflattert. Ich stieg umständlich aus und steuerte auf die Barriere der Männer zu. Der scharfe Wind blies mir den Hut vom Kopf. Egal.

Sie musterten mich argwöhnisch. Sie trugen die Kleidung armer Leute, die Feldarbeit betrieben und keine Wäsche zum Wechseln hatten. An der Theke atmete ich auf und bestellte einen Roten.

Ich hatte noch nicht getrunken, als sich eine dunkle Hand auf meine Schulter legte. Es war Orlando, der mir einen freundschaftlichen Klaps gab und fragte, ob ich eine Spazierfahrt mache. Er bestellte sich einen Cortado und schnippste in die Richtung seiner beiden Hilfssheriffs, damit sie auch einen bekamen.

Ich sagte: »ja, ich interessiere mich für die Insel, Land und Leute.«

Orlando grinste, »ich weiß, wofür Sie sich interessieren.« Seine Stimme wurde um eine Spur heftiger.

»Aber es gibt keine Schiffe mehr auf der Insel, jedenfalls keine mehr, mit denen man übers Meer fahren kann, auch nicht in Santa Cruz, soviel ich weiß. Und es kommen auch keine mehr.«

Dieses verdammte Zittern, jeder konnte es sehen. Der Junge hinter der Theke kratzte mit dem Fingernagel Kaffeereste aus kleinen Mokkatassen. Er trug eine Lederhose und hatte lederne Hosenträger über einem karierten Hemd und schwindsüchtige Backen und atmete durch den offenen Mund. Er schaute mich andauernd an, mit einer Gleichgültigkeit, die aufs äußerste angespannt war. Plötzlich entfärbte sich das Gesicht und die bunten Karos des Hemdes.

»Außerdem ist die Straße an verschiedenen Stellen abgerutscht. Unmöglich für den Daimler. Es wäre schade um den Sprit.«

Orlando hob bedauernd die Schultern. »Also, Sie verstehen. Wir sehen uns dann unten im Playa Mont.«

*

Ich hatte schlechter geschlafen als sonst. Ich schwamm in Schweißausbrüchen. Pia rief durch die Tür »Frühstück«. Ich erhob mich, wechselte die Unterwäsche und den Anzug und legte mich wieder hin. Ich stellte den Ventilator so, daß er mir in die Hosenbeine blies, zog mir eine neue Flasche Roten ans Bett und zündete mir eine Zigarette an.

Plötzlich stand sie vor mir. Ich verschluckte mich und versaute das Jackett. »Schleichen Sie sich nicht so an.« Ich bekam einen Hustenanfall. Pia klopfte mir den Rücken.

»Ich habe mich nicht angeschlichen.«

»Sie haben sich angeschlichen. Klopfen Sie, wenn Sie hereinkommen, oder pfeifen Sie, oder rufen Sie von weitem, irgendeine verdammte Warnung. Ich hasse diese Plötzlichkeiten.«

Ich zitterte am ganzen Körper. Die Nerven, oder die Insel, die sich bewegte, wann es ihr paßte.

»Wir müssen eine Krankenfahrt machen.«

*

Nein, es war die Finsternis.

Ich haßte die Krankenbesuche im alten Teil des Hafens, in den verwinkelten Gassen, Fluren, Höfen und Kammern, die unverhoffte Finsternis am hellichten Tag, als wäre sie beabsichtigt, um auf engstem Raum Einsamkeiten zu schaffen. Pia führte mich an der Hand. Ich hörte das Trommeln von Pferdehufen, das Schreien der Verfolger.

»Weiter«, flüsterte Pia und ruckte an meiner Hand. Ich stolperte über etwas Weiches, Mensch oder Hund. In einem Lichthof klappte ein Gesicht unter einem Strohhut hervor, eine weiße Pupille, eine weiße Mähne und die weichen runden Finger eines jauchzenden Kindes. Über einem Pritschenwagen drei, vier Soldaten.

»Sprechen Sie lauter, verdammt nochmal. Was drängeln wir uns in die Gräber anderer Leute.«

Ich fluchte vor mich hin und zog Grimassen.

Gehört das zu deinem verschissenen Plan, gehört das dazu.

»Sprechen Sie mit mir.«

In dem Raum, in dem es sein sollte, war etwas Licht. Nicht viel. Es kam von einem Fenster, das schmal und in einem Winkel in die dicke Mauer eingelassen war, so daß man nicht hinaussehen konnte. An den Wänden kauerten Leute. Sie kauerten immer so bei diesen Gelegenheiten. Vielleicht waren es gewohnheitsmäßige Sterbewächter. Ich kannte sie nicht, obwohl sie aus dem Ort sein mußten. Sie hatten alle denselben gleichmachenden Ausdruck der Trauer.

»Wo ist der Kranke.«

Ich erschrak vor der Stille. Es war die einzige Antwort, die übrigblieb. Einer der Kauernden unterbrach sie und stöhnte. Pia nahm seine Hand und tastete nach dem Puls.

»Wollen Sie mal.«

»Nein.«

Die Luft dampfte von der Anstrengung des Sterbens und des Bedauerns. Ich lehnte mich in die Tür und steckte mir eine Zigarette in den Mund. Pia ging zum Sims der Schießscharte, schüttete ein Pulver in ein Metallröhrchen und etwas destilliertes Wasser dazu und hielt ein Feuerzeug darunter. Dann zog sie den Inhalt in eine Spritze auf. Sie entblößte den Arm des Betreffenden und machte die Injektion.

Der Kranke schaute hoch. Das Licht fiel auf ein Auge, das trübe war wie das eines gekochten Huhns. Ich rannte durch die Gänge, ich stürzte, erhob mich, rannte weiter, in ein Zimmer hinein, wo eine Frau an einem Spülstein stand und Gemüse reinigte, wo ein Mann auf einem Stuhl saß und sein Arm baumelte über der Lehne wie gelähmt, wo ein Mann und eine Frau hintereinander über eine Bettkante gebeugt waren, endlich ins Freie, vors Haus, in die herunterplatzende Sonne. Ich beugte mich über den Daimler.

»Ist Ihnen nicht gut.«

Es war eine Schülerin in ihrem blauen Dress. Eine sah aus wie die andere.

»Hau ab, Kleine. Dem Onkel ist schlecht.«

*

Ich bedauerte es nicht, von den Erinnerungen getrennt zu sein. Vermutlich hatte ich denselben Dreck im Kopf gehabt wie alle anderen. Ich hätte natürlich etwas über mich erfinden können, aber warum.

»Sie bedauern es also nicht, sich an nichts erinnern zu können.«

Pia stellte die Frage zum wievielten Mal.

Sie wollte verhindern, daß ich ausstieg und an die Bar ging.

»Es dreht sich doch alles um Erinnerungen, finden Sie nicht, Herr Schmidt. Wenn man jemandem sagen will, wer man ist, wer man wirklich ist, so erzählt man doch Erinnerungen. Ich kenne zum Beispiel…«

Ich suchte die Bar ab. Es war noch niemand da. Das Mittagslicht schlug wütend auf die Bucht. Der blaue Wellenschlag neben der Brücke verkümmerte. Die Geranien vor dem Playa Mont schwollen an zu blutroten Luftballons. Die Bananenstauden hängten ihre spitzen Köpfe in den Barranco, als wäre er eine Oase des Sauerstoffs. Ich klebte an der Windschutzscheibe und atmete um die Wette mit ihnen.

»Quatsch. Man erzählt, was man in der Zukunft vorhat. Jeder normale Angeber tut das. Oder man erzählt Lügen, querbeet, wenn man einigermaßen lügen kann.«

*

Das Leben war eine einzige Verzögerung, wenn es so weiterging. Ich lag auf dem Bett und fluchte, weil der Wasserhahn tropfte. Pia hatte die Balkontür geöffnet, aber die Brandung war nichts gegen den tropfenden Hahn. Orlando hatte versprochen, ihn reparieren zu lassen, aber er war mit seinen Leuten oben auf der Cumbre bei San Nicolas und sprengte neue Straßentrassen in die alte Lava. Pia hatte einen Waschlappen unter den Hahn gelegt, aber es funktionierte nur solange, bis er naß war. Statt mich zu beruhigen, machte der Alkohol hellhörig. Ich zitterte wegen eines einzigen dröhnenden Tropfens. Jetzt dröhnte es an der Tür.

»Stehen Sie auf, Herr Schmidt. Kommen Sie rüber in die Sprechstunde.«

»Unter dem Motto, der Mensch, wie er stinkt und fault«, brüllte ich zurück.

Sie näherte sich mit ihren Turnschuhen. Es war eine Beleidigung des Greisenalters, derartige Schuhe zu tragen. Sie zog mir die nassen Hosen herunter.

»Welchen Anzug.«

»Den mit dem Fischgrätenmuster. Den habe ich noch nicht angehabt.«

Die Leute im Wartezimmer grüßten. Ich ging wortlos an ihnen vorbei ins Sprechzimmer.

»Hallo Doktor.«

»Ah, der junge Mann. Wieder in Ordnung.«

Ich lehnte mich ans Fenster und schaute in den Hof.

»Was meinen Sie, ob mich Orlando auf die Hauptinsel hinüberfährt. Sein Schiff funktioniert doch. Was glauben Sie, was er dafür verlangt.«

»Kein Geld der Welt. Er verläßt San Miguel niemals. Sie sollten hier nicht rauchen.«

»Ich habe gesündigt.«

Eine dicke Frau mit rosigen Backen tänzelte herein. Sie nahm ihre Krankheit von der lächerlichen Seite.

»Sie sollen Gewicht abnehmen, das wissen Sie doch, Sie haben einen schlimmen Diabetes. Sonst fallen Ihnen die Beine ab.«

Der Doktor betete gelangweilt seine Ratschläge herunter, während er die Patientin angeekelt betrachtete. Sie hatte ein bayrisches Dirndl an, das sie kokett hochzog, um die riesigen blauen Schlangen ihrer Krampfadern zu zeigen.

»Nein, ich komme lieber jeden Tag zu Ihnen, Doktor. Das macht mich gesund. Ich kann es mir schließlich leisten. Mein Mann hat mir ein schönes Konto hinterlassen.«

Sie knisterte mit einem Fünftausendpesetenschein, den Pia im Seitenschub des Schreibtisches in einer Stahlkassette verschwinden ließ. Sie war nicht verschlossen.

Dann gab es einen Erdstoß, einen der größeren. Es erschreckte mich nicht mehr. Ich hatte mich inzwischen darauf eingestellt. Ich zitterte ja von vornherein. Es war das einzige, was ich mit dieser nervösen Insel gemeinsam hatte. Also ich sah bereits die stumme Bewegung der Bananenstauden über dem Hof, dieses andere Nikken, bevor es richtig losging. Das Wartezimmer wurde evakuiert, der Doktor an einem installierten Fahrgestell die Treppe hinuntergelassen. Aber da war es auch schon vorbei. Nur das Geröll auf der Straße vermehrte sich noch um einige Brocken und von der

Hochebene stürzten noch einzelne Bananenstauden und trieben wie grüne Riesenquallen im Meer. Ich machte es mir auf dem Balkon bequem, um auf das übliche Spektakel zu warten.

Zuerst kamen die Bananenlords in ihren protzigen Landrovern über die Avenida, dann die Deutschen aus den etwas entfernteren Landgütern, dann der Mob aus dem Puerto. »Es ist soweit«, prostete einer hoch. Ich prostete zurück. Nebenan stiegen Orlandos Frauen mit Campingtaschen in den Landrover. Seine Gorillas standen schon am Steg der Yacht und hielten die Gewehre vor sich hin. Man schubste sich in die Boote mit der üblichen künstlichen Panik. Jeder wußte, daß es nicht wirklich ernst war. Ich beobachtete die Ausfahrt der Boote, die ein Stück vor die Küste fuhren und in der Dünung taumelten wie ein Schwarm Möwen.

Als sie zurückkamen, brachten sie einen Verletzten mit, einen gewissen Northeim, der im Puerto in einem Kellerloch hauste. Er bezeichnete sich als philosophischen Emigranten. Er war zwischen zwei Boote gekommen und hatte sich den Brustkasten gequetscht. Er hustete Blut, rang nach Luft und sah blaß aus. Er hatte angeblich gar nicht auf die Boote gewollt. Er war mit dem Fahrrad an den Pier gefahren, um zuzuschauen.

*

Es war vier Uhr morgens. Ich stand unsicher an dem Holzbrett einer Bretterbudenbar und fragte mich, ob ich auf mein Zimmer gehen sollte. Das Meer gluckste schläfrig zwischen den Steinen. Die letzten hingen genauso blöde in den Unterständen wie ich. Ich hatte die Nacht damit zugebracht, in den verschiedenen Bars darauf zu warten, daß der Mann wieder auftauchte, der mich neulich so dringend sprechen wollte. Die Feuchtigkeit verklebte mir die Nase. Zwischen den Beinen schlängelte sich der Bodennebel. Ich mußte mir eingestehen, daß ich keinen Schritt vorangekommen war. Dabei war ich müde, als wäre der Stillstand körperliche Schwerarbeit. Ich hatte alle Mühe, den Taschenspiegel hochzuhalten und meine Haare zurückzukämmen, bevor ich aufbrach.

Das Kellerfenster des deutschen Philosophen war wie immer

erleuchtet. Das Haus ragte gespenstisch in die Dunkelheit. Es war die frivole Mischung zwischen einem biederen englischen Bürgerhaus und einer chinesischen Pagode. In den drei Stockwerken waren die Fenster an vieleckig vorspringenden Erkern angebracht. Das pantoffelförmige Dach hatte Holzschindel, die unten abgerundet waren. Wände, Türen und Fenster waren eingerahmt von geschnitzten Figuren, Blumenornamenten und Gesichtern. Das Vordach über dem landwärtigen Eingang stand auf verzierten Holzsäulen, ungewöhnlich elegant und zerbrechlich für eine grob hingehauene Gegend wie diese. Das ganze schien angeschwemmt aus einer asiatischen Kolonie und dazu bestimmt, beim nächsten Wirbelsturm wieder davonzukreiseln. Es mußte einmal in den verschiedensten Farben geglänzt haben. Jetzt hatte die Hauswand nur noch ein bleiches Blau und die Tür- und Fensterrahmen, die zum Meeer weisende überdachte Veranda, ihre breiten Treppenstufen, die Geländer und das ganze Dach bleiche rote und gelbe Farbtöne. Wenn man näher trat, erkannte man die schweren Schäden, die Löcher im Dach, die zerbrochenen Fensterscheiben, die von der Hitze und dem Salz aufgerollten Wandbretter, die eingestürzten inneren Etagen.

Ich entschloß mich, Northeim zu besuchen. Er lag auf dem Bett, rauchte und las in einem Buch.

»Was macht Ihr Brustkasten.«

Er wollte das Hemd hochziehen.

»Nicht nötig. Hauptsache, Sie haben es überlebt.«

Es war ein Raum von zwei auf drei Metern etwa, mit einer sparsamen Einrichtung, bis auf die Unzahl von Büchern, die wie ein Erdrutsch aus den Wänden quollen. Auf dem oberen Bord eines der Regale lag ein Reisekoffer. Sonst gab es einen Schreibtisch mit einer eingelassenen ledernen Unterlage, einen Stuhl, ein Feldbett und ein Grammophon, das aus der Zeit seiner Erfindung stammen mußte. Irgendwann hatte das Mobiliar eine eigene Farbe gehabt. Inzwischen hatten die immerglimmenden Zigaretten alles, einschließlich des Porcellans eines einsamen Tellers, mit einem gelbbraunen Firnis überzogen, der den beißenden Geruch von schwarzen Gauloises absonderte.

Ich bemühte mich um einen Plauderton.

Mit der nervösen Ungeduld stieß ich die Leute nur vor den Kopf. Ich fragte ihn, was er drüben im Hafen gesucht hatte, beim Erdbeben.

»Ich wollte dabei sein und zuschauen, das war alles. Ich fahre nicht aufs Meer hinaus, prinzipiell nicht. Außerdem bin ich wasserscheu.«

Ein Lächeln huschte über sein Gesicht. Ich haßte diese Geheimzeichen, die mir gewollt oder ungewollt signalisieren sollten, daß ich nicht Bescheid wußte.

»Aber wenn es hart auf hart kommt, paddeln Sie bestimmt auch vor die Küste, geben Sie es zu.«

Er saugte gierig an seinem giftigen Kraut.

»Wollen Sie auch eine.«

Ich lehnte ab und nahm eine von meinen eigenen.

Northeim hatte den groben Schädel eines Bauern, dicke Augenwülste, dicke Lippen, verwirrtes ungepflegtes Haar. Der Hals steckte in einem dicken roten Wollhemd, das bis oben zugeknöpft war. Die Augen schauten wie die eines verwunderten Kindes, groß, rund und unverschämt direkt.

»Warum sind Sie nicht abgehauen, wie alle vernünftigen Männer, endgültig, meine ich«, ich war wütend, weil er mir auswich.

»Zur Zeit«, sagte er, »ist es immer noch die Mode, hier zu sein. Aber das hat mich nie interessiert. Außerdem war ich schon auf der Insel, längst bevor es schick wurde. Bis auf ein paar englische Ladies und ein paar Skandinavier war ich der einzige ausländische Resident. Daß ich Europa verlassen habe, hatte geschichtliche und ästhetische Gründe, hauptsächlich ekelte ich mich, wenn ich ehrlich bin. Mit anderen Worten, ich wollte weit genug entfernt und nah genug dran sein, um seinen Untergang zu erleben. Ich ging davon aus, daß es einen kontinentalen Feuersturm geben würde, aber ich muß eingestehen, ich habe mich getäuscht.«

Er sprach abgehackt, mit langen Pausen, die so lang waren, daß man glauben mußte, er habe den Faden verloren. Dabei arbeitete es in ihm, wühlte und würgte, bis es endlich im Mund war und gesagt werden konnte.

Ich zündete ein Streichholz an und schaute in die Flamme. Ich überlegte, ob ich gehen sollte. Die Vergangenheit interessierte mich nicht. Ich hatte keine Lust, etwas darüber zu erfahren. Oder sollte ich sagen, daß an der Stelle dieser Begierde bei mir ein Bluterguß saß. Jedenfalls schien sie für alle, die ich kennenlernte, das einzige zu sein, wofür sie sich interessierten.

»Europa war längst nichts mehr wert«, fuhr er fort, »es hatte im 19. Jahrhundert das Maul zu voll genommen, über die Selbstherrschaft des Geistmenschen, den Gottesstaat auf Erden etc. Die Monarchien und Republiken kamen unisono auf die Banalität der Massenkriege herab, die Lust am Untergang wurde eine demokratische Pest, Arbeiter, Bürgerliche und die akademische Elite stimmten unterschiedslos dafür, sie grölten und die militärische Vernichtungs-, Transport- und Vergnügungsmaschine verteilte Ideale billig, es gab den mühelosen Gewinn von Stolz, Angst, Sorge, Freude, Trauer und Hoffnung, verbunden mit der Ausgabe von Tapferkeitsmedaillen, der mechanisch exakte Explosionskörper fabrizierte eine grassierende Gefühlswelt und es kümmerte niemand, daß sie flach und verlogen war.«

»Hören Sie auf, was soll das, ich habe keine Ahnung, wovon Sie sprechen.«

Er mißachtete meinen Einwand vollständig. Seine Augen fixierten mich gleichgültig. Seine Sätze explodierten aus seinem Mund mit unerträglich falschen Pausen.

»Nur daß sich die Methode verfeinerte und bis in die Moleküle ging. Es gab ein riesiges einstimmiges Plebiszit für Waschmittel, Vergasungsmotoren und Radioaktivität. So war Europa ein stinkender bleicher Kadaver, als ich es verließ, obwohl äußerlich immer noch so lebensfrisch wie eine raffiniert herausgeputzte Mumie. Aber niemals mehr hatte es die Kraft, zu zeigen, wie Gott und Mensch gemeinsam verschwinden konnten.«

»Dagegen hier, San Miguel, dies ist der Ort des heiligen, naturgemäßen Urfeuers, das alles in sich zurückschlingt. Verstehen Sie, was ich meine. Ich habe eine falsche Überlegung gemacht und das Schicksal hat mich an den richtigen Ort geführt.«

»Nein«, sagte ich und starrte auf seinen Kragenknopf, hinter dem die Halsschlagader unnötig schnell pulsierte. Der Nebel drückte durchs Kellerfenster. Er zuckte von verhüllten Blitzen, die auf meine linke Gesichtshälfte übergriffen. Es waren die Vorboten eines Migräneanfalls, wie ich inzwischen wußte. Ich strengte mich an, meinem Gehirn eine gerade Gedankenlinie zu verpassen. Ich schaute im Geist über das nächtliche Meer auf den einzigen Punkt New York.

Northeim klebte mit seinen Kinderaugen frech auf meinem Gesicht. Die Leute glaubten, sie könnten intim mit mir sein, nur weil ich eine Gedächtnisschwäche hatte. Ich hatte hier nichts verloren. Ich packte meine Zigaretten ein und zog den Hut in die Stirn.

»Sie sind der Prototyp des neuen Menschen«, sagte er noch schnell. Ich hatte mich schon erhoben. Ich zögerte. Gab es eine Verbindung zwischen mir und New York, die er mir verraten konnte.

»Wieso«, sagte ich nachlässig, »seit wann gelten Schwachsinnige als Aushängeschilder der Menschheit. Ist es die Mode.«

»Das Zeitalter bricht um«, erwiderte er, »die Natur nimmt sich ihr Recht, jetzt vor aller Augen. Mit der Vorherrschaft des Menschen ist es aus. Wenn es sie je gab. Die Luft ist vergiftet, die Reinheit des Wassers längst dahin, die Erde ist in einem mörderischen Tumult. Sie wissen es nicht, Schmidt. Sie brauchen es auch nicht zu wissen. Denn es ist nur für den Menschen so, nicht für die Natur, natürlich nicht. Für sie ist es ein ganz gewöhnlicher Wechsel der Gestalt.«

Northeim verstummte atemlos. Er fischte mit zitternden Nikotinfingern nach einer neuen Gauloise.

»Die Religion ist ein blödes Geschwätz, ihr Interesse am Menschen ein lügnerischer Selbsttrost, ohne Zweifel verzeihlich für den Durchschnitt, aber tatsächlich blöde, eitel und aufgeblasen, wo die Schöpfung mörderisch in sich zusammenbricht, einmal mehr nach vielen tausend Malen. Und der menschliche Geist, der sich zu nichts anderem fortentwickelt hat als zur immer mehr verfeinerten Lüge, er möchte erhaben sein, er möchte sich entsetzen, als gehörte er nicht dazu, als wäre er nicht ein Muskel, ach, was sage ich, eine Faser, eine Fibrille der allgemeinen Wut.«

Der Mann starrte mich großartig an. Er mußte verrückt sein. Mir wäre es gleichgültig gewesen, wenn mich nicht die Vorstellung erschreckt hätte, daß ich genauso werden mußte, wenn ich nicht so schnell wie möglich wieder verschwand. Die Philosophie einer Ratte, die sich auf eine Planke gerettet hatte und sie zu ihrem Rattengott ernannte. Ich unterdrückte das Gefühl der Panik.

»Ich brauche handfeste Informationen«, sagte ich und schaute durch das Bodenfenster auf die Fußbleche der parkenden Autos.

»Handfeste Informationen.« Northeims Unterlippe zitterte. Es schien, als wollte er sich auf mich stürzen.

»Sind es keine handfesten Informationen, wenn ich Ihnen sage, daß wir die gestrandeten Kinder dieser Epoche sind, daß wir die ganze Schuld der Geschichte mit uns herumschleppen, daß wir uns winden und quälen müssen, aber daß wir auch, wie keine Generation zuvor, alles in einem großen Feuer verbrennen dürfen. Wir werden uns auf die Seite der Natur stellen und wir werden so schuldlos sein wie sie.«

»Interessant«.

Ich schaute zur Tür. Northeim beschäftigte sich mit einer neuen Zigarettenpackung.

»Sie wissen nichts«, fing er dann nochmal an, »vielleicht haben Sie nie viel gewußt, Schmidt, aber jetzt ist alles unwichtig geworden. Was für eine Chance, besonders für Typen wie Sie. Aber Sie wollen unbedingt den alten Fehler machen, die alte Illusion wiederbeleben, die noch immer America heißt.«

»Ach, wer hat Ihnen gesagt, daß ich abhauen will.«

Ich gab mir einen Ruck, warf einige Bücher vom Tisch und rannte zur Treppe hinüber. Northeim schwang sich aus dem Bett, unerwartet behende für einen Kettenraucher, der sich die Rippen gequetscht hatte. Er bückte sich nach den Büchern, während ich die Tür hinter mir zuschlug.

Worte. Ich verstand später so viel, daß sie Northeim dazu dienten, die innere normale Anspannung (an Herz, Magen, Gehirn, in dieser Reihenfolge) zu reduzieren. Er machte es auf seine Art. Er ließ die Worte herumtoben, während es mir guttat, dauernd auf den Beinen zu sein, oder mit dem Daimler herumzufahren, zwischen nichts als ein paar Bretterbudenkneipen, die sich mit einer lächerlichen Anmaßung gegen das Meer reckten, grau und verbeult, mit jedem Fortschreiten der Nachtstunden bekamen sie mehr den Charakter tuberkulöser Feriengäste.

Ich grinste darüber, als ich mich gegen einen Tresen lehnte. Das Meer gluckste gefährlich zwischen den Steinen. Vielleicht war auch ich eine Ratte auf einem Stück Dreck im Weltmeer, vielleicht war New York das Mekka der Ratten.

*

Ich saß im Schatten der großen Klippe auf der mittleren Terrasse des Hinterhofs, einem kleinen natürlichen Felssims mit rostigem Gartenmobiliar und einer kniehohen Mauer aus weißgetünchten Hohlblocksteinen und wartete ab. Es war kurz nach elf. Es war heiß und sollte noch heißer werden. In einer guten Stunde würde die Sonne direkt auf den Küstenstreifen brennen. Die Handarbeiterin der beiden Greisinnen brachte mir Kaffee herauf und schnappte nach Luft. Ich wechselte ab zwischen Kaffee und Wein. Es hielt mich in der Balance zwischen einer erträglichen Wachheit und der wünschenswerten Betäubung. Ich durfte nur New York nicht aus dem Auge verlieren.

Ich konzentrierte den Blick auf die Linie des Horizonts, der zu diesem Zeitpunkt noch messerscharf unterschied zwischen zweierlei Blau, als ich das Plärren der Kleinen des Polizeichefs hörte. Es war ein dreijähriges Mädchen, das jede Gelegenheit benützte, um von zu Hause fortzulaufen. Jetzt krabbelte es auf dem steilen Kakteenabhang in meine Richtung. Ich sah zuerst nur das gepunktete weiße Kleid, das sich eine Weile bewegte und dann still blieb. Sogleich setzte ein trotziges Weinen ein, das aber wieder durch die hartnäckige stumme Fortbewegung abgelöst wurde. Drüben im Haus des Polizeichefs hing ein Arm aus dem Fenster. Die Weiber kümmerten sich nicht um ihre Bälger.

»Verschwinde«, zischte ich auf den Blondschopf hinunter. Auf der Avenida ging eine Windhose hoch, glitt mit gebeugtem Hals zum neuen Hafen hinüber und zerbrach an der großen Mole. Die

Kleine krabbelte über den Rand der Terrasse. Sie öffnete triumphierend den Mund. Mißgelaunt stand ich auf und gab ihr einen Tritt, der sie in die Kakteen zurückschickte. Sie schrie wie eine Sirene. Ich ging auf mein Zimmer, wo ich Pia in die Arme lief.

Sie wollte einen Krankenbesuch machen, mitten in der Mittagsglut.

»Es ist zu heiß«, sagte ich.

»Er stirbt«, sagte sie.

Sie lebte von drastischen Ereignissen, was sollte ich machen. Sie war hinter ihnen her wie der Teufel hinter der Seele, sie war nur deshalb Diakonisse geworden.

»Ich weiß, wenn einer soweit ist. Man sieht es an den Augen, am Gang, an Kleinigkeiten...«

Ich hielt den Kamm unter den Wasserhahn und kämmte mir das Haar zurück. Dann setzte ich den Hut besonders sorgfältig auf den Kopf.

»Kommen Sie schon.«

Sie dirigierte mich in eine der Calles der neuen Urbanisation, von denen eine aussah wie die andere. Ich hatte die Siedlungsstraßen der Einfachheit halber numeriert, von eins bis acht, vom Meer her gesehen. Diesmal hatte ich vergessen zu zählen. Ich hatte bereits zuviel Alkohol in mich hineingeschüttet. Außerdem störte mich der Modergeruch der fetten Blüten, die aus den Fenstern hingen wie erstickende vorwurfsvolle Mäuler.

Ich blieb im Auto sitzen, öffnete nur die Tür und drehte am Radio. Es gab knackende Geräusche von sich. Pia grölte plötzlich durch die Straße, daß der Sterbende mich zu sprechen wünsche. Er sei so gelb wie eine Zitrone. Selbst das Blut an der Injektionsstelle sei zitronengelb. Aus den Stockwerksfenstern hingen die Nachbarn, »gelb, gelb«, schrien sie, als ich keine Anstalten machte, aus dem Auto zu klettern, was ich dann tat, als das Geschrei seinen selbstlobenden Charakter verlor und sich böse auf mich konzentrierte.

Es war ein gewisser Ortega. Er war Steuermann auf einer der großen Fähren zwischen den Inseln und dem spanischen Festland gewesen. Jetzt flankierten zwei vornehme schwarz gekleidete

Damen sein Bett und fächelten mehr sich selbst als dem Kranken Luft zu.

Eine Bananenstaude streckte ihre aufgerollte grüne Zunge durch das geöffnete Fenster. Ich schlug sie aus dem Weg. Einige dieser Miniaturvögel wurden aufgescheucht und stießen Alarmpfiffe aus.

»Ich zähle die Tage bis zu meinem Tod. Warum bin ich noch nicht tot.«

Ortega schaute nicht auf, während er sprach. Er schämte sich. Jeder schämte sich vor den anderen, wenn er sterben mußte, weil es ihm peinlich war. Ortega strich müde über seinen knotigen Bauch, der von einem Leintuch bedeckt war. Rechts neben dem Bett stand ein Nachttisch mit einer gehäkelten Tischdecke, einer Handklingel und einem gelben Fleck. Er hatte Tee verschüttet, wofür sich die Frauen eilfertig entschuldigten. Auf einer Kommode lag eine bauchige Flasche mit einer Fregatte im Innern, mit weißen, geblähten Segeln.

»Ich habe gehört, daß Sie nach America wollen.«

»New York«, verbesserte ich ihn.

Er zuckte mit der Schulter.

»Wenden Sie sich an einen gewissen Juan. Er hatte früher eine Hütte in den Casas de San Remo. Wo er jetzt wohnt, weiß ich nicht. Fragen Sie am besten die Holländerin unten am Markt. Haben Sie Geld. Sie brauchen Geld.«

»Hatte er Stuhlgang«, fragte Pia.

»Nein, seit einer Woche nicht mehr«, die Frauen im Chor.

Gott erbarme sich unser. Der Singsang unter meinem Körper, das schwarzpolierte Chorgestühl.

»Nehmen Sie sich vor dem Polizeichef in acht. Er hat die Tollwut. Er geht über Leichen.«

Pia steckte ihm das Mundstück des Klistiers in den After. Dann drückte sie energisch den Stempel in die Spritze. Das Glycerin entleerte sich seufzend.

»Es krepiert hier doch jeder an Krebs.«

Mit dieser Bemerkung zog ich mich an die Tür zurück und steckte eine Zigarette an. Die Sterbenden wollten sich wichtig machen, ich hatte schon einige dieser Tips bekommen, die sich immer als Nieten herausstellten.

»Seien Sie doch ruhig, vor dem Patienten. Außerdem stimmt es gar nicht.«

»Was. Daß er an Krebs stirbt oder daß jeder an Krebs stirbt.«

»Daß jeder an Krebs stirbt.«

»Also jeder zweite. Und wenn es jeder zweite ist, dann ist es genausogut jeder. Jedenfalls muß es an der verdammten Insel liegen, dem Klima, der Luft.«

Ich horchte in mich hinein. Kleine Schlange des Verderbens. Jeder hatte sie in sich. Sie strich ums Herz, ums Gehirn, eine Zärtlichkeit, kein Zufall. Wer hatte mir das erzählt. Die Gedanken verdampften in der Mittagshitze wie Wassertropfen.

*

Die folgende Nacht war wie jede. Sie begann im Fieber der Erwartung und endete im Desaster der Besäufnis. Auch mich packte jedesmal dieser trügerische Elan, der aus einer Mischung von Meereskühle, Musik, Gelächter und der optimistischen Hin- und Herfahrt von vollbesetzten Landrovern bestand.

Ich zog mir einen frisch gebügelten Anzug an, kämmte mir die Haare naß zurück und nahm mir vor, einen entscheidenden Schritt vorwärts zu tun. Bevor ich zur Holländerin ging, hatte ich noch Zeit, im Playa Mont einzukehren, das regelmäßig die erste und letzte Haltestelle meiner nächtlichen Rundgänge war.

Ich bestellte mir einen Fisch, aber mir war schon vorher schlecht.

Ich schaute auf die im Dunkeln liegende Schutthalde, als Orlando ins Licht der Laternen trat. Er ging genau in der Spur der Caterpillars, die seit neuestem den Dreck hin und her schoben und keiner wußte, warum. Er hatte ein Kettchen am Zeigefinger, das er im Takt der Schritte kreisen ließ. Tief an den Schenkeln wippten die Pistolen.

»Wir sitzen da und verblühen.«

Dieser Satz kam von einem Nachbartisch mit drei Frauen, die tatsächlich schon verblüht waren.

»Sie sollten den Fisch nicht essen«, sagte er und zog sich einen Stuhl her.

»Die Chance steht fünfzig zu fünfzig, daß Ihnen schlecht wird.«

»Mir wird nicht schlecht. Ich esse immer Fisch«, sagte ich mißmutig.

Ich winkte zur Theke hinüber, weil mein Glas leer war. Ich stocherte in den Gräten herum. Ich hatte so gut wie nichts gegessen. Wie konnte man essen, wenn man permanent unter Kontrolle stand. Es war ganz normal, daß mir schlecht war davon. Ich gurgelte mit dem Wasser und spuckte es gegen den Stamm einer Palme, während Orlando mich belustigt betrachtete.

»Ich möchte weiterreisen. Können Sie das verstehen.«

Ich wußte, daß es eine rhetorische Frage war, schon bevor Orlando gutmütig auflachte.

»Ich sagte Ihnen schon, Schmidt, daß Sie mir die Leute nicht verrückt machen sollen mit der alten Geschichte.«

»Was für einer alten Geschichte. Ich habe nichts zu tun mit irgendeiner alten Geschichte, das wissen Sie genau.«

Seine Miene glättete sich. Für einen Moment blitzte unverhohlene Wut in seinen Augen.

»Hören Sie zu, Schmidt. Zugegeben, es ist nicht lange her, da war America noch Thema Nummer eins hier. Die Leute brachten sich um deswegen. Es war die nackte Hysterie, unkontrollierbar. Ich will das nicht mehr. Wir haben uns optimal hier eingerichtet. Es gibt ein paar Reiche und jede Menge arme Leute, wie überall, aber alle können sich ordentlich amüsieren, verstehen Sie. Man hat Ihnen einen leichten Job gegeben und Sie verdienen eine Menge Geld dabei. Was wollen Sie mehr. Lachen Sie sich eines unserer hübschen Mädchen an und halten Sie bloß Ihr Maul. Ist das zuviel verlangt. Schauen Sie mich an. Ich war mein ganzes Leben noch nicht einmal auf der Ostseite dieser Insel, und bin ich unglücklich deswegen. Ich bin es nicht.«

»Ich dachte, Sie könnten mich vielleicht nach Tenerife hinüberbringen. Ihr Boot…«

»Im Prinzip gerne.« Er lächelte und gab seiner Stimme wieder diese samtene Verbindlichkeit, wobei er die Schultern bedauernd hochzog. »Aber wie die Dinge im Moment liegen...«

War es ein Beben oder nur die kleine gemeine Lüge aus einem grinsenden Negergesicht. Alles zitterte, das Glas, meine Hand und die gelbe, vogelköpfige Blüte, die sie zur Verzierung auf den Tisch gestellt hatten. Ich stürzte auf die Straße.

»Was ist los, Mann. Machen Sie sich doch nicht verrückt.«

Es machte mich verrückt. Über kurz oder lang machte es mich verrückt.

Ich biß die Zähne zusammen. Sie klapperten trotzdem. Es waren Sekunden, vielleicht nur Bruchteile von Sekunden. Es waren einfach die Nerven.

Ich fuhr zum Marktstand hinüber. Er war an der Ecke, wo die neue Urbanisation mit dem alten Hafen zusammenstößt. Er war unter einem runden Holzdach untergebracht. Das Gemüse stand in Kisten auf Hockern und Holztischen. Es gab aber auch Wurst, Fleisch, Konserven und Eingemachtes in Gläsern. Ich war dem Stand immer ferngeblieben, weil ich mir nichts zum Essen einkaufte und weil er von einer unverändert großen Traube von Hausfrauen umlagert war.

Jetzt drängte ich mich durch einige fleischige Oberarme und Busen zu den Aufbauten durch, wo Sieglinde wie eine Primaballerina herumtanzte, lachte, Scherzworte verteilte, in einem fort redete und dabei zielsicher kassierte, Banknoten wechselte, Münzen verschwinden ließ und wieder zwischen die Finger zauberte. Ihre Augen glänzten so hart wie das Geld in ihrer Hand, aber ich zog keine Schlüsse daraus, was ich hätte tun sollen.

Sie begrüßte mich kreischend, was mir äußerst unangenehm war, weil ich sofort im Mittelpunkt des allgemeinen Interesses stand, ah, der Herr sei zu stolz, bei ihr seine Zigaretten einzukaufen, was, er wisse nicht, daß es bei ihr auch Zigaretten gäbe, nein, das solle keine Rüge sein, aber gar nicht, nur hereinspaziert, womit könne sie dienen, er könne sich ruhig umschauen.

Ich gab ihr zu verstehen, daß ich sie in einer persönlichen Angelegenheit sprechen wollte. Wir zogen uns in den Schutz eines Kistenstapels zurück.

»Kennen Sie einen gewissen Juan von den Casas de San Remo«, fragte ich.

Das Grinsen in ihrem Gesicht verlosch in einem Moment und machte einer häßlichen mißtrauischen Grimasse Platz.

»Ich habe ihn von Anfang an gefördert, ich habe ihm jede Menge Arbeit zugeschanzt, ja, ich habe an ihn geglaubt, weil er aussah wie ein Guanche, ich hätte nicht so gutgläubig sein dürfen. Jetzt droht er mir, weil man ihm eingeredet hat, ich hätte ihn betrogen.«

»Ich suche ihn nur, ich kenne ihn überhaupt nicht.«

»Ah, Sie haben nichts mit ihm zu tun.« Ihr Gesicht war wie eine Gummimaske, die übergangslos verschiedenste Seelenzustände darstellte. Jetzt strahlte sie wieder, als hätte sie die beste Nachricht ihres Lebens erhalten.

Sie war ein verlogenes Schwein, um es kurz zu machen.

Angefangen bei dem Umstand, daß sie zu denen gehörte, die glaubten, weil sie bereits über zehn Jahre auf der Insel waren, daß sie die rechtmäßigen Eingeborenen seien und jedem Vorschriften machen könnten, eingeschlossen den Insulanern. Sie lachte schrill auf, wobei ihr Mund fürchterlich zuckte. Juan habe sich mit den zuletzt eingewanderten neureichen Deutschen zusammengetan, giftete sie, die protzige Villen bauten, die Insel verschandelten und niemals imstande sein würden, wirklich Wurzeln zu schlagen, wie sie es getan habe.

»Sehen Sie, ich bin eine einfache Marktfrau geworden, einfacher eigentlich noch als meine mißgünstigen miguelanischen Konkurrentinnen im oberen Tazacorte, die ihre Männer antreiben, Marktstände aus Plastik und Glas hinzusetzen, mit Kühltruhen und Computerkassen.«

Sie versuchte, eine charmante Bewegung zu machen, griff aber nur hektisch nach einem Büschel Mohrrüben zweiter Wahl, die sie irgendeinem armen Hund überteuert andrehen würde. Ich kam wieder auf Juan zu sprechen und erfuhr soviel, daß er keinen festen Wohnsitz habe, der Verbrecher, daß er seine Frau mit einer Horde Kinder habe sitzen lassen, daß er manchmal hinter dem Steuer von amerikanischen Straßenkreuzern gesehen werde, die am Rand irgendeiner einsamen Piste parkten. Wenn sie sich die Mühe machen solle, etwas herauszufinden, so müsse ich ihr die verlorengegangene Arbeitszeit natürlich bezahlen. Ich willigte ein und war froh, ihren glitzernden Geldaugen den Rücken zu kehren.

Als ich das Knäuel der Hausfrauen hinter mir ließ, erschrak ich wieder. Ich faßte die Schutthalde ins Auge und das Meer, aber da war nichts. Ich zog den Hut ins Gesicht, wendete den Kopf vom Wind weg und zündete mir eine Zigarette an. Am Marktstand wurde getuschelt und herübergeäugt. Ich hätte wissen müssen, daß von Anfang an alles verraten war. Ich überließ es meinem Körper, sich einigermaßen lässig in einem für einen anderen maßgeschneiderten grauen Anzug die paar Schritte zum Daimler zu bewegen, ohne daß man merkte, daß ich tatsächlich etwas humpelte, wegen zweier fehlender Zehen am rechten Fuß, die man aus einem mir nicht erinnerlichen Grund amputiert hatte. Ich warf mich hinters Steuer und kurvte zum Playa Mont zurück.

*

Ich war verrückt, daß ich etwas ändern wollte. Ohne Freunde und mit einem Benehmen, das einem keine schaffte. Aber daß Geld zaubern konnte, das hatte ich schnell begriffen.

Deshalb fand ich mich, wenn auch mit dem leichten Ekel gegen das Alter, beim Nachmittagskaffee des Greisenquartetts ein, der, wenn es nicht zu sehr stürmte, jedesmal auf der Terrasse neben den Scheißhäuschen eingenommen wurde. Ich brauchte Fünftausend sofort, wenn ich Schwung in die Sache bringen wollte. Der Doktor ließ mir von der eingebildeten seiner beiden Haushälterinnen zwei Tausender auf den Tisch blättern.

»Ziehen Sie kein Gesicht, Schmidt. Ich weiß, daß es nicht reicht, nicht für Ihre Pläne. Sie übernehmen sich, lassen Sie es sich gesagt sein. Sie können sich nicht die teuersten Anzüge und Schuhe nach Maß anfertigen lassen und gleichzeitig da hinüber wollen. Wir haben Erfahrung damit. Da muß man sich ganz schön querlegen. Es waren die reinen Gespenster, die hier abgezogen sind, so haben die sich abgerackert. Man hat sich den Fahrpreis vom Mund weggespart. Ganze Dörfer haben in der Schwindsucht deswegen gelebt. Am Abreisetag sind sie über die Avenida da unten gekrochen wie die ältesten Wasserschildkröten.«

Er war selber eine. Er japste nach Luft, aber er redete soviel, daß es ihn fast das Leben kostete.

»Ja, ja, nach New York. Das kann ich sehr gut verstehen. Das kann jeder hier gut verstehen.« Er schaute triumphierend über den Kaffeetisch und nickte der Reihe nach jede einzelne Kaffeetasse an. Die alten Damen machten in derselben Reihenfolge aufgeregt Bewegungen, die ihn besänftigen sollten.

»Glauben Sie ja nicht, daß wir immer auf dieser Drecksinsel gelebt haben.« Er heulte mächtig auf, was zur Strafe einen Orkan von einem Hustenanfall nach sich zog. Pia blieb wie eine verschmähte Liebhaberin stehen, als er sie wegstieß, als sie helfen wollte.

»Lassen Sie mich in Ruhe, Sie alte Schachtel.«

»Die Insel ist ein Haufen frischer schwarzer Scheiße, ein nach Hölle stinkender Lavadreck, das denken Sie doch, Schmidt, geben Sie es zu, daß Sie es denken, und da haben Sie vollkommen recht, da brauchen Sie sich nicht die Erlaubnis vom Polizeichef zu holen, so denkt jeder hier, immer noch, obwohl sie jetzt die Parole des Naturschutzparks ausgegeben haben...«

»Ich kann tatsächlich mit der Natur wenig anfangen. Sie sagt mir...«

»Sie sagt Ihnen nichts. Natürlich sagt sie Ihnen nichts. Sie ist grausam und mörderisch von Anfang an...«

Er fuchtelte aufgeregt mit seinen Armstummeln über die Tischplatte, stieß einen Teller mit Mandelplätzchen um, eine Spezialität von Tazacorte, hustete spuckend über den weißen Leinenlatz, den sie ihm vorgebunden hatten und begann schließlich mit einem völlig veränderten, ruhigen, fast nachsichtigen Ton.

»Schmidt, machen Sie weiter so. Dieses Inselchen hat ein kurzes Leben. Zu kurz für einen gestandenen Mann mit Aussichten. Auch ich wollte einmal nach New York, mitten hinein ins wahre Leben, natürlich, natürlich. Hier werden nur Hasen produziert, und Kanarienvögel, und beide von einer besonders unauffälligen Sorte...«

Er atmete hustend aus und machte wegwerfende Bewegungen mit seinen beiden Armstummeln.

»Und Krüppel wie ich, nicht wahr, Schmidt, das denken Sie doch.«

Ich dachte an das Geld in der Kassette in seinem Sprechzimmer.

»Nein, Doktor, ich dachte an nichts.«

»Er hat sein Leben für die Kranken geopfert...«

Die beiden ungleichen Zwillinge begannen, im Duett einen gut geölten Propagandatext über ihren Bruder herunterzuheulen, den ich mir nicht zu Ende anhörte. Ich ging ins Sprechzimmer und zog die Schublade vor. Ich lauschte noch einmal, um sicher zu sein, daß mir niemand gefolgt war. Ich brauchte das Geld dringender als sie. Es ging um Leben und Tod. Die da draußen waren so gut wie tot. Mein Leben war in New York. Ich spürte es. Auch die offene Stelle, genau dort, wo mein Herz schlug. Als ob ein beständiges Rinnsal kalten Blutes da heraus käme. Herzblut, kein normales Blut natürlich. Ich klappte die Stahlkassette auf. Ich nahm die Scheine heraus. Es waren Tausender und Fünftausender. Schon der Gedanke an New York tat gut.

Ich hatte noch Zeit bis zu meiner Verabredung. Die Holländerin hatte einen Treff mit Juan von San Remo ausgemacht, um halb zehn an den Bretterbuden an der alten Mole. Ich wollte mich nicht vorher schon besaufen und lungerte vor der Villa auf der Avenida herum. Ich lehnte am Daimler und hatte den Fuß auf der Kaimauer, als die Kleine des Polizeichefs angeturnt kam. Sie stellte sich vor mir auf und babbelte etwas. Ich achtete nicht darauf und beobachtete das Wasser, wie es gegen den Strand torkelte. Sie hatte vergessen, oder hatte sie mir verziehen, daß ich sie in die Kakteen geschubst hatte. Plötzlich breitete sie die Arme aus und stürzte sich von der Mauer. Ich konnte sie im letzten Moment auffangen. Sie roch nach Zitronenbonbons.

»Wie heißt du«, fragte ich.

»Si«, flüsterte sie in mein Ohr. Es kitzelte und ich hielt sie von mir weg.

»Also wie heißt du.«

»Si«, sagte sie wieder.

»Ich heiße Adam.«

»Adam, Adam«, hauchte sie mit einem verräterischen Lächeln und einem süß-sauren Geruch aus ihrem Mund.

Ich bog in die Gasse ein und bemerkte das Zittern unter den Füßen. Es war reger Verkehr. Nur nicht auffallen. Ich faßte mir vors Gesicht, als würde ich über etwas nachdenken. Diese verdammte Panik, ausgerechnet jetzt.

»Ist Ihnen nicht gut.«

Es war eine dieser im Dutzend vorkommenden schwarzgelockten Schülerinnen in ihrem blauweißen Schülerinnendreß. Oder war es die von neulich. Sie trug heute einen Pferdeschwanz, aber so geknotet, daß er seitlich abstand. Ruhige dunkle Augen musterten mich mit einem unpassend erinnerungsvollen Blick. Diesmal wird es kalt werden, die Schneeflocken werden schwarz, gelb und orange sein. Warum hast du es getan, mein Gott, warum hast du es getan. Ich höre doch die Trommeln Africas.

»Verschwinde.«

Ich steuerte über den Platz auf die alte Mole zu. An der letzten Bretterbude lehnten der Polizeichef und seine beiden Leibwächter. Sie waren damit beschäftigt herüberzuglotzen und zu grinsen. Nicht Orlando, aber die beiden Typen.

Der eine, Bosco Metamores, war vor Jahren angeblich aus Nicaragua eingewandert. Er hatte ein viereckiges Gesicht mit einer ungewöhnlich breiten Sattelnase, als wäre sie einmal plattgedroschen worden. Der andere, Edgar Chamorro, hatte eine ähnliche Schlägervisage, nur daß sie dem Leben länger ausgesetzt gewesen war. Seine Haut hing dünn und grau zwischen den vorstehenden Knochen, wegen einem Magengeschwür oder wegen dem Alkohol, oder wegen beidem.

Sie begrüßten mich wie einen ahnungslosen Neuling in ihrem Privatbetrieb, jovial und herablassend, während sie gleichzeitig unterwürfig zu Orlando schielten.

»Was machen die Frauen.«

Metamores machte eine ordinäre Handbewegung.

»Man erzählt sich, daß Sie sich nichts aus Frauen machen. Oder ist der Herr wählerisch.«

»Oder etwas anderes.«

Chamorro lachte brüllend über seinen Einfall. Er schlug sich auf den Revolver, hustete, verschluckte sich und bekam eine blaue

Gesichtsfarbe. Metamores schaute enttäuscht aufs Meer. Er hätte gerne Streit angefangen.

»Er soll das Maul halten«, zischte Orlando.

Metamores nickte zu mir herüber.

»Er ist der Sanitäter, warum tut er nichts dagegen.«

Chamorro hatte aufgehört zu atmen und sah veilchenblau aus. Ich rührte mich nicht. Metamores schwang sich schließlich vom Hocker, stakste vorsichtig an der Bar entlang und schlug Chamorro auf den Rücken.

Während sie abzogen, beobachtete ich die andere Straßenseite. Vor der gemauerten Brüstung, über die das Wasser der großen Brecher spritzte, standen die feineren Holzbudenkneipen. Mit weißen Gartenstühlen, Schilfrohrmatten als Sonnenschutz und bemalten Eingängen. Es gab billigen Fisch und billigen Wein. Und es war der Lieblingstreffpunkt der Einheimischen, die in Großfamilienstärke anrückten und bis in die tiefe Nacht dort tafelten.

In der Menge der ein- und ausgehenden Gäste drängelte sich schon seit geraumer Zeit ein Mann, den ich schließlich wiedererkannte. Es war der, der mit Pia geflüstert hatte. Er war klein und hager und hatte zerrissene Jeans und ein schmutziges Unterhemd an. Sein Haar hing in nassen Strähnen auf die Stirn, ein wilder zipfliger Schnauzbart verbarg den Mund und die Augen stachen dunkel und fiebrig in meine Richtung. Die rechte Hand, die verkrampft auf seinem Schenkel lag, machte schaufelnde Bewegungen, bis ich merkte, daß ich gemeint war.

Er verschwand im Innern des Restaurants. Ich folgte ihm. Der Raum war mit Bretterwänden in kleine Séparées unterteilt, aus denen Gelächter und Gespräche drangen und sich zu einem nichtssagenden Getöse vermischten, das jedesmal, wenn ich durch eine der Öffnungen schaute, für Sekunden verstummte. Ein Kellner nahm mich am Arm und führte mich in einen Verschlag, der als Abort diente.

Der Schwarzhaarige stand über dem Ausguß und grinste mich wild an. Es war Juan. Er war blaß und zitterte. Ich erschrak. Ich schüttelte etwas ab, was ein endgültig häßlicher Gedanke hätte werden können.

»Sie haben ein Schiff. Ich meine, Sie fahren nach America, New York.«

»Ja, das stimmt. Ich bin gerade dabei, den Motor in Ordnung zu bringen. Ich brauche noch einige Ersatzteile.«

»Wann können wir fahren.«

»Ich sagte doch, es sind noch Reparaturen notwendig. Sie sind sehr teuer. Ich brauche zuerst noch Geld.«

»Wieviel ist es.«

»Mindestens fünftausend Deutsche Mark.«

Ich hatte umgerechnet zweitausend in der Tasche.

»Sind Sie Maschinist. Haben Sie das gelernt mit den Motoren.«

»Nein, ich habe nichts gelernt. Aber ich weiß, wie man sie repariert. Ich repariere auch den Motor am Boot des Polizeichefs.«

Er schaute ängstlich zum Eingang.

»Sie können ihn ja fragen. Aber verraten Sie mich nicht.«

»Wie kann ich wissen, daß ich Ihnen trauen kann.«

Juan brauste auf. »Die Leute von San Miguel lügen nie, das sollten Sie wissen.«

Juan war von Gran Canaria, wo sie angeblich alle logen.

»Hier sind hundertfünfundzwanzigtausend Peseten.«

Ich hielt ihm den Packen Scheine hin.

»Als Anzahlung, für die Überfahrt, einverstanden.«

Er schnappte sich das Geld und sprang über die Ufermauer.

»Und was kostet die Überfahrt ganz.«

»Das kommt darauf an. Wenn es soweit ist, melde ich mich bei der Holländerin am Markt.«

Sein Kopf balancierte noch zwischen der Mole und der hellen Brandung, dann war er verschwunden.

*

Ich platzte vor Ungeduld. Die Abendsonne lag wie ein dunkelrotes Ei auf dem Silbertablett des Oceans, mit einem genauso gefärbten Flor aus Wolken. Zugegeben, ich hatte nichts in der Hand als diese angeblich antiquierte Vorstellung von New York. Aber dafür saß ich genau in den richtigen Startlöchern. Die Leute von Tazacorte hatten lange genug trainiert, aber dann die Nerven verloren.

Am nächsten Tag kam ich nicht hoch. Ich hatte zuviel getrunken, um meine Nerven zu beruhigen. Außerdem war es einer dieser Tage, wo die halbe Sahara über der Insel hing und die Atmosphäre aus glühender Glaswolle bestand. Selbst durch die Ritzen der Fensterläden kam das Zeug.

Pia stand in der Tür.

»Wir müssen eine Krankenfahrt machen.«

»Halts Maul.« Sie hatte mich erschreckt. Ich lag mit gespreizten Beinen und offener Hose vor dem Ventilator. Auf der Brust balancierte ich eine halbleere Flasche.

»Sie haben doch versprochen, vor den Krankenbesuchen nicht zu trinken.«

»Kann mich nicht erinnern.«

Sie stieß die Fensterläden auf. Das Licht explodierte vor meinen Augen. Draußen lag eine Frau, kilometerlang. Sie spannte sich tatsächlich über den ganzen Horizont. Sie lag auf der linken Seite, mit dem Gesicht zu mir. Rechts zeigte sie in den Himmel, links hing das Herz heraus, wie ein Pendel, das tief hinunter bis ans Wasser reichte. Ihr Kleid bestand aus metallischen Plättchen, Geldmünzen, die sich einerseits aus dem Ocean, andererseits aus dem Himmel speisten, sie waren dunkelblau oben, hellblau unten und brillierten in Windböen, indem sie mit der Farbenlehre gingen, rot, grün, violett, dann entfärbten sie sich zu weißen Splittern, von denen Strahlen übers Meer huschten und wo sie an den Klippen oder den Häusern von Tazacorte auftrafen, brannte es sofort, Geld, Geld, die Frau lächelte wie eine müde Löwin, normal eigentlich, dann hob sie die Pranke und rief »New York, New York«, die Körper der Auswanderer rannten gebückt über die Avenida, weil jeder einen Neger auf dem Rücken trug und Herzen für zwei, dann wollte sie etwas Schreckliches tun, aber bekam keine Gelegenheit dazu, weil ich mich einen besoffenen Idioten schalt, während Pia das Tablett mit dem Tee und den Eiskompressen durch die Tür bugsierte.

*

Pia mußte den Daimler zwei Tage wieder selber chauffieren. Ich verbrachte die Zeit in meinem Zimmer, fluchte über meinen labilen Körper und die labile Insel und erholte mich dabei. Schließlich kletterte ich aus dem Bett und fuhr zum Stand der Holländerin hinüber. Juan hatte nichts von sich hören lassen. Den Abend brachte ich hinter mich wie üblich. Ich lehnte am Tresen unter der großen Felswand und sah zu, wie die Dunkelheit aus der Cumbre kroch und über die Steilküste aufs Meer fiel. In den Häusern gingen die Lichter an, einigermaßen lächerlich, als hätten sie mehr zu bieten als die Errungenschaften des Bösen, Gewächse im Darm, die Einsamkeit der Familien und einige gewohnheitsmäßige Bemerkungen. Hahahahaha. Eine Frauenstimme lachte die Tonleiter hinauf. Ich zuckte zusammen. Ich war noch nicht besoffen genug. Ich schlenderte hinüber, in einen der Mauerbögen. Sie waren dunkler als die Nacht. Leicht zu finden. Ich blieb auf eine Zigarette. Als ich zurückkam, gab es ein paar trübe Augen mehr und eine demokratische Aneinanderreihung von Köpfen, Zigaretten, Schultern und Bierflaschen. Ich ließ sie links liegen. Sollten sie mich doch für ein eingebildetes Arschloch halten, das in teuren Anzügen über die Strandpiste lief, den Mund nicht aufbekam und sich alle paar Minuten die Haare in den Nacken kämmte. Im Übrigen hatte ich diesen Unfall gehabt. ›Jedem ist irgendwann einmal etwas Schreckliches passiert, aber keiner benimmt sich so wie Sie‹, hörte ich Pia meckern. Trotzdem waren sie Kretins, weil sie sich mit der Insel abgefunden hatten. Ich schrak hoch wegen der Polizei, die im Stadium der Euphorie an der Straßenecke herumlungerte und mich anpöbelte.

»Señor Schmidt, ich erkläre Sie hiermit zum Sanitätsunteroffizier«, schrie Orlando aus vollem Hals. Seine Hilfstypen mußten ihn festhalten, sonst wäre er hingestürzt.

Ich machte die Runde noch einmal.

»Ich war Marxist. Wo standen Sie politisch.«

Die Unterhaltung verstummte. Zwischen zwei und drei kam das Stadium der Selbstbesinnung. Man stand an der Theke und konzentrierte sich auf sich selbst. Ich gab mir noch eine Woche. Sei noch eine Woche geduldig, dann haust du ab.

Ich wollte in den Daimler steigen und vor die nächste Bar fahren, als mich ein Bananenarbeiter am Ärmel zog. Er war außer Atem. Ich sollte zu der Alten kommen, Calle Nr. 4, obere Urbanisation.

»Ein Pflegefall. Holen Sie die Schwester.«

»Es ist dringend.«

»Ich bin beschäftigt. Sie sehen doch, daß ich beschäftigt bin.«

Er zog stark an meinem Ärmel. Ich stemmte mich dagegen. Die Leute wurden aufmerksam. Es würde Ärger geben.

»Also gut.«

Es hatte angefangen zu regnen. Unter den Vordächern der Spelunken drängten sie sich wie Ratten vor verstopften Rattenlöchern. Im Moment wollte ich nichts anderes, als einer von ihnen sein.

*

Der Lichtschalter funktionierte nicht. Ich tastete mich die Treppe hoch, trat in etwas Weiches. Es stank nach altem Urin und Erbrochenem. Eine Büchse schepperte über die Stufen. Dann ging das Licht an. Eine lose Glühbirne hing von der unverputzten Decke, mit jahrealten Schichten aus Motten und Staub.

Ich sah zuerst den Arm, der aus der Tür zeigte, die ein kleines zerbrochenes Fenster in der Mitte hatte.

»Ich habe den Schlüssel.«

Es war eine dieser schwarzgelockten Schülerinnen von Tazacorte, jetzt mit einem rosaroten durchsichtigen Nachthemd. Sie musterte mich mit den gleichgültigen Augen einer anderen Welt. War es nicht die Schülerin von neulich.

»Kann ich jetzt die Tür zumachen.«

Sie machte sie zu. An einem Klebestreifen hing ein Stück Papier: Angelita Rodriguez Muerte.

Die Nachbarin war tot. Es war die Frau mit den elephantenmäßigen Krampfaderbeinen. Jetzt hingen sie verschieden dick und verschieden blau aus dem Bett. Am Handgelenk hing eine Goldkette. Ich schaute mich um. Niemand konnte etwas dagegen haben, wenn ich für meine Bezahlung selber sorgte. Ich hatte Schwierigkeiten, das Ding über die geschwollene Hand zu streifen. Dann schrieb ich den Totenschein aus.

*

Ich parkte vor der Villa, kurbelte das Fenster herunter und zündete mir eine Zigarette an. Irgendwo schrie ein Esel, diesen panischen Schrei in der Art einer gigantischen knarrenden Tür. Die Brandung rannte seltsam hartnäckig gegen die große Mole des neuen Hafens und zerbrach, mein Ocean, mein menschenleerer Ocean, der dumpfe Aufschlag von wievielen Körpern. Die Hundemeute jagte über die Avenida, als hätte sie eine sichere Beute.

*

Am nächsten Tag gab es einige Aufregung in der Villa, als die leere Kassette entdeckt wurde. Orlando befragte uns der Reihe nach, aber es kam nichts dabei heraus. Anschließend fuhr ich zum Marktstand. Die Holländerin sagte, daß Juan dagewesen sei, aber die Reparaturen seien noch nicht abgeschlossen. Außerdem habe das Geld nicht gereicht. Ich gab ihr die Goldkette in Zahlung.

Zwei Tage verstrichen ergebnislos. Ich wartete hauptsächlich im Playa Mont. Ich hatte keine Vorstellung von Motoren. Wieviel Zeit man dafür brauchte, sie zu reparieren. Entweder sie funktionierten oder sie funktionierten nicht. Ich war ein leerer haltloser Mensch. Pia hatte mich so beschimpft. Sie wollte mich wohl zum Beweis des Gegenteils reizen. Dabei hatte sie recht. Wo der Kopf saß, hatte ich das Gefühl einer klaffenden Verletzung mit einem Gebirge auf der einen und einem Meer auf der anderen Seite.

Ausgerechnet in diesem Moment kippte einer um, direkt vor dem Playa Mont auf dem Gehsteig. Es war eine entschiedene Bewegung, die ich schon mehrfach gesehen hatte, bei den Einheimischen, wenn sie mit ihren schwarzen Anzügen auf die Straße traten, um sich von der Hitze oder sonst etwas erschlagen zu lassen, es war Selbstmord. Natürlich schauten die übrigen Gäste auf mich, der ich gewissermaßen den Außenposten der Praxis darstellte. Ich versuchte, so zu tun, als hätte ich nichts gesehen. Anstrengungen für einen Scheißdreck.

»Kommen Sie doch, helfen Sie.«

Mir fehlte die Kraft, über ein paar Brandungswellen zu rudern und jetzt sollte ich etwas gegen den Tod tun. Vor meiner Zeit gab es Leute, die waren über den ganzen Ocean gerudert. Sie mußten die Insel entsetzlich gehaßt haben.

»Er ist doch tot«, sagte ich von meinem Stuhl aus, »das sieht man doch.«

War es freier Wille, daß sie ungeschützt in die Sonne gingen um diese Tageszeit. Die Hitze knipste einem das Herz aus, einfach so. Ich machte mir eine Notiz über Namen und Adresse des Betreffenden, wegen des Leichenschaugeldes. Wenigstens wollte ich kassieren, wenn sie mich schon belästigten.

*

Durch die graue Glut des Schrottplatzes bugsierten sie eine Schubkarre, Northeim und ein Junge, der eine Geschwulst am Hals hatte so groß wie sein Kopf. Sie amüsierten sich über etwas und mein Anblick schien das Vergnügen zu steigern. Northeim zog den widerstrebenden Krüppel ins Playa Mont.

»Was essen Sie da.«

»Fisch und Kartoffeln. Als ob es etwas anderes gäbe.«

»Aber Sie essen ja gar nichts.«

»Weil es mir nicht schmeckt.«

»Kann mein Freund es aufessen.«

»Wenn es ihn nicht stört.«

Northeim gab ihm ein Zeichen. Der Doppelkopf warf sich über den Teller, als hätte er tagelang gehungert. Northeim zeigte aufs Meer. Es war eine tintenblaue Pyramide, an der zerzauste Wattebäuschchen klebten. Es war dieselbe Tinte wie an seinen Fingern.

»Was hätten Sie dort, was Sie hier nicht haben. Menschenskind, Schmidt, Sie haben es doch am allerwenigsten nötig, zu verschwinden.«

Er sprach unverschämt laut. Ich drehte mich nach den Leuten um. Es gab keine Geheimnisse auf der Westseite. Ich begriff es später.

»Sie brauchen doch nichts zu vergessen, wie die andern, die abgehauen sind, damals. Zugegeben, es waren die besten von uns. Obwohl, sie dürften böse erwacht sein auf der anderen Seite. Dagegen Sie, Sie haben es doch geschenkt bekommen, das Vergessen, durch einen einfachen Unfall. Was wir uns schwer erarbeiten mussten, hat bei Ihnen ein Schlag auf den Kopf bewirkt.«

»Natürlich sind wir die Kinder des Zeitalters, ich meine, die Müllhalde der Geschichte. Was also konnten wir anderes werden als Verräter, Philosophen, Alkoholiker, Verrückte, Huren, Feiglinge, ich mache da keinen Unterschied, wohlgemerkt, wir brennen, im Feuer der Städte, der Natur, der Liebe, des Geldes, wir sind verstoßen aus der Heimat, mit brennenden Bildern davon in unserem Geist, mit den Lügen der Frauen, mit der Dummheit der Männer, mit der Hartherzigkeit der Kinder, genauso gut wie mit dem Gedankenbild der Erlösung. Alles wirbelt in unserem Kopf herum, wir können kaum atmen davon, der glühend-eisige Wind, der Winter des Herzens, wir machen den Mund auf und es springt.«

Northeim sprach mit einer Erregung, die keinen Unterschied machte, ob er nach einem Streichholz für seine Zigarette fragte oder nach den Ursachen seines Weltdramas. Ich war ein von vornherein mißratener Schüler. Belehrende Begeisterung machte mich augenblicklich müde, als wäre es meine Energie, die sie im Nu verbrauchte.

Ich griff langsam nach meinem Glas, kippte einen Schluck hinunter, schob es wieder langsam von der Kante des Tisches weg, nahm den Hut ab, kämmte mir die Haare zurück, setzte den Hut wieder auf, zog ihn zurecht, so daß er über die Augenbrauen ging, wippte zurück gegen die Bretterwand und starrte auf Northeim.

Ich konnte nichts sagen dazu. Was sollte ich schon sagen. Ich war nicht froh, aber ich litt auch nicht. Obschon. Diese Gesichter ohne Gesicht, diese Worte ohne Worte, dieses Tätätärä, wenn ein Vorhang zurückschlug, wuchtig, und dann nichts, nur die

Wucht der Bewegung. Ich schüttete ein halbes Glas in mich hinein.

»Schön und gut«, sagte ich, »mein Hauptproblem ist ein Mann in den Casas de San Remo, den ich aufsuchen muß. Wie kommt man da am besten hin.«

Der Junge mit der Geschwulst schaute vom Essen hoch und stotterte, »schlechte Menschen in San Remo.«

»Kannst du ihn nicht hinfahren«, sagte Northeim. »Wir fahren alle zusammen hin. Am schnellsten geht es mit seinem Boot.«

»Wann.«

»Jetzt.«

»Also gut.«

*

Auf einem schmalen Boot mit einem schnurrenden Außenbordmotor. Es war still. Die silbernen Wasserstraßen, erlöse mich, Herr, erlöse mich, ist es dein Wille, daß ich untergehe, so gehe ich unter, ist es dein Wille, daß ich gerettet werde, so rette mich.

»Wer spricht.«

»Ich habe nichts gesagt.«

Northeim hatte sich neben mich in den Bug gesetzt. Der dickhalsige Junge grinste uns an. Auf der rechten Seite die Felsmauer der Küste, schwarz und zerklüftet, als hätte sie sich aufgebäumt, mit maßloser Wut und wäre plötzlich erkaltet. Darüber die grüne Schräge der Bananenplantagen, wie das Seitenschiff eines Doms, dessen First aus schwarzen, gelben und roten Vulkantürmen bestand. Auf der linken Seite waren es die gleichmäßigen, zum Fallen neigenden blauen Türme des Meers, die den Horizont unsicher machten.

Natürlich war es ein Terrain für radikale Äußerungen. Ich nahm es Northeim nicht übel, daß er in die verschiedenen Richtungen fuchtelte, als wären es sichtbare Beweise für seine Einbildung.

»Vor zwanzig Jahren haben Astrophysiker entdeckt, daß irgendwo da draußen, im Weltraum, einige hundert Sonnen aufeinander zustürzen, jede so groß wie unsere Sonne, zusammen mit ihren ganzen Planeten, schöner als unser Planet, daß sie dabei sind, zu zerplatzen und in Nichts zu zergehen, und daß dabei ein Sog entsteht, unvorstellbar, in eine Antiwelt, die also aus der Vernichtung ihrer Vorgängerin entsteht, und daß dieser Untergang auf die vielen anderen Millionen Sonnen dieser einen Milchstraße übergreifen wird und daß er schließlich auf tausende und abertausende benachbarter Milchstraßensysteme übergreifen wird bis an die Grenzen des Universums, das sich selber vernichtet... «

Northeim ächzte erschöpft und griff zitternd nach einer neuen Zigarette, die er sich hastig anzündete.

Ich hörte nicht richtig zu. Ich hatte zu tun, daß mir nicht übel wurde vom Seegang. Es waren Wortspiele, einlullende Rezitationen, Worte wie Seifenblasen, Welten wie Seifenblasen.

»Ich finde es ekelhaft, daß die Leute hier alle mit Würmern befallen sind«, sagte ich, »über kurz oder lang werden sie auch mir aus dem Darm kriechen.«

Northeim lachte amüsiert, »ich bin auf einem kleinen Bauernhof groß geworden. Wir haben die Kartoffeln noch mit den Engerlingen zusammen aus dem Boden gebuddelt. Aber Schmidt, was wollen Sie eigentlich, wenn hundert Sonnen zusammenbrechen, was können Sie anderes wollen.«

Ich schaute auf Northeims Schultern, die ungewöhnlich athletisch waren für einen Philosophen und in einer engen abgetragenen Cordjacke steckten. Ich war zu müde. Ich mußte mich anstrengen, die Zigarette zwischen den Lippen zu halten.

»New York«, sagte ich nur, »ich denke immer an New York.«

»Sie verbrauchen sich«, rief der Philosoph, »auf der untersten Ebene, Schmidt, nach dem Prinzip von Lust und Laune. Wenn Sie tatsächlich eine Bewegung von hier nach da vorhaben, so finden Sie sich mitten im Strom der Wiederholungen, was dumm und schmerzlich ist. Oder Sie bemühen sich auf eine mittlere Ebene, angeblich der elitäre Ort des Wissens, wo Anarchie und Schrecken herrschen, wo es keine freie Bewegung mehr gibt, nur Zuckungen. Es kann nach eigenem Willen, nach mutiger Tat aussehen, ja, anmutig, tänzerisch sein, alle Merkmale eines lebendigen Daseins haben, dabei ist es in Wahrheit die Hölle, ein andauernder unheilbarer epileptischer Krampfanfall.«

»Dabei, wie einfach wäre es, in die Sphäre des unbewußten Schöpfers einzutreten, du sollst keine anderen Götter neben mir haben. Eins-Sein, Stille, in der die Sternenmusik braust und braust...«

»New York«, sagte ich, »für mich ist alles in New York.«

Der verrückte Northeim schaute mich nachsichtig an und fischte nach einer seiner Zigaretten.

*

Es dauerte etwa zwei Stunden, die Fahrt an der Küste entlang. Wo die Lava das letzte Mal ins Meer gestürzt war, auf der Höhe des Pico Pirigoyo, glänzte ein schwarzer, zweihundert Meter tiefer Wasserfall. Aus dem Wasser reckten sich Figuren im Tumult des Untergangs, ein Drama, das in keinem Verhältnis stand zu dem kleinen plätschernden Wellengang. Wir passierten Puerto Naos mit seinen von Stürmen und Brandungsbrechern zertrümmerten großen Hotels. Noch ein paar Jahre und sie gehörten zu den natürlichen Brocken der Steilwand. Der schwarze Bogen des Strandes war zerwühlt und mit Lavaschutt und abgerissenem Mauerwerk übersät. Auf der Strandpromenade glitzerten kleine Inseln aus Pflastersteinen zwischen wilden Blumen, Gras und Kakteen.

»Was sich nicht alles Puerto schimpft«, sagte ich mißmutig.

»Wo eine Hütte am Meer steht, nennen sie es Hafen. Das ist hier üblich.«

San Remo saß auf einer schwarzen Platte aus alter Lava, die sich über die Steilküste ergossen und ausgebreitet hatte wie ein zu flüssiger Tortenboden. Die Brandung schäumte, gurgelte und spritzte zwischen natürlichen Bögen, Treppen und Höhlen. Die Behausungen waren hineingepaßt in das bizarre Ufer, da ein Bretterverschlag und dort eine weiße Villa. Es waren Aufenthaltsorte für die heißen Sommermonate, standen vorübergehend leer oder waren von den ausgewanderten Besitzern für immer verlassen. Niemand schien sich um die Häuser zu kümmern. Als wir uns näherten, wurden die Schäden sichtbar, die eingestürzten Mauern, die verblichenen Farben. Andererseits, wie schnell hätten die Reparaturtrupps sein müssen, wenn eine einzige Brandungswelle alles zunichte machen konnte, kurz, es war eine Ortschaft mit der Heiterkeit einer Eintagsfliege.

Der Idiot kurvte durch ein Felstor in ein geschlossenes rundes Wasserbecken. Die Oberfläche war vollkommen still, ein halbgeöffnetes blaues Auge unter einem schwarzen Lid. An einem Steinstrand spielten Kinder. Sie hatten die Schuhe in der Hand und machten Sätze von Stein zu Stein. Ein Mann hockte am Fels, hielt eine Angelrute und war eingeschlafen. Northeim weckte ihn. Er kannte Juan und deutete mit der Hand über die Klippe. Wir kletterten eine Treppe hoch. Der Idiot blieb im Boot.

Aus einem flachen Schuppen aus Brettern kam Rauch. Zur Landseite hin war ein Sonnendach aus Schilfmatten. Wir steuerten darauf zu. Man mußte genau auf den Boden schauen. Die Lava hatte unregelmäßige Falten gemacht zum Schluß, als ob Taue aufgerollt worden wären, so dick wie Männerarme. Es klang hohl unter den Füßen. Zwei Männer winkten unter dem Vordach. Sie schlugen Tintenfische gegen die Wand. Ihre Zeigefinger steckten im schnabelförmigen Maul der Tiere. Wir seien eingeladen. Ich trieb den Philosophen zur Eile.

Juans Hütte stand auf der landwärtigen Seite eines Schildkrötenteichs. Es war ein seichtes Loch mit einem übelriechenden Brackwasser. Die Hütten standen dicht bei dicht. Ihre Konstruktion war äußerst provisorisch, die erkennbaren Baumaterialien Pappkarton, Treibholz und Wellblech. Als konzentrierten sich die Bewohner auf etwas ganz anderes, ja sie taten es, ich wurde ziemlich euphorisch und atmete tief durch.

Tatsächlich war vor den Hütten ein Ruderboot aufgebockt. Einige Männer arbeiteten daran. Planken wurden ausgebessert, Farbe erneuert, Ritzen mit teergetränkten Lappen verstopft. Eine dicke Blonde trat vor eine Tür. Ein halbes Dutzend Kinder trappelte hinterher. Die ersten hielten sich an ihrem Rock, die anderen an den ersten fest.

»Wo ist Juan.«

Einer der Arbeiter nickte zu der Frau hinüber.

»Das ist seine Frau.«

»Wo ist das Boot, das er für America fertigmacht.«

»Es gibt kein Boot für America.«

Die Leute amüsierten sich.

»Er ist ein Spinner, un poco loco.«

Sie zeigten sich an die Stirn.

»Das einzige Boot, das wir hier haben, ist das da. Gerade gut, um vor der Klippe Fische zu fangen.«

»Ich will mein Geld zurück.«

Ich ging auf die Frau los. Die Kinder wichen schreiend zurück. Die Bootsarbeiter und der Philosoph hielten mich fest. Die Insel schüttelte sich. Ich verlor das Gleichgewicht. Sie legten mich auf den Schotter neben den Teich.

»Meine Sonnenbrille, mein Hut.«

Die Frau brachte ein Glas Wasser.

»Wein, wenn ich bitten darf. Ich bleibe hier, bis Sie mir das Geld zurückgeben.«

»Ich weiß nichts von einem Geld, glauben Sie mir.«

»Ich werde warten, bis Ihr Mann kommt.«

»Ich weiß nicht, wo er ist. Vielleicht kommt er heute gar nicht mehr nach Haus.«

»Wir können noch etwas warten«, schaltete sich Northeim ein. »Aber spätestens um sieben müssen wir los. Ich sage dem Jungen Bescheid.«

Ich starrte auf das Wasser vor meinen Füßen, auf schwimmende moosbedeckte Panzer, mit Flügeln, Papageiengesichtern und Schnäbeln, die zerfressen waren von Altersfäulnis. Sie tauchten hoch, husteten und schnappten nach mir. Ich rutschte entsetzt zurück.

»Keine Angst, sie tun nichts.«

Vom Rest des Tages wußte ich nichts mehr. Sie flößten mir Wein ein, als sie merkten, daß es mich beruhigte. Vielleicht war Juan dagewesen und hatte mit mir gesprochen. Die Sonne fiel an mir herunter genauso wie die glattgewaschenen hausgroßen Lavabrocken am Strand, die singende Laute von sich gaben und aufs Meer hinausschwammen.

Ich meldete mich einen Tag krank. Man gewöhnte sich an meine Schwächeanfälle. Der Doktor hustete höhnisch, als ich mich zum Nachmittagskaffee auf der Terrasse einfand.

»Machen Sie so weiter, junger Mann. Sie erinnern mich an die alten Zeiten, wo noch etwas los war, auf der Avenida. Sie war voll von Typen wie Sie. Sie verkauften ihre Hütten, ihre Weinbergstücke, ihre Ziegen und Frauen für ein Billet nach America. Sie kampierten da drüben zwischen den Felsen bis sie endlich einen Stehplatz bekamen auf einem der großen Überseeschiffe. Wenn es dann losging, waren sie Wracks. Sie hatten den letzten Fusel gesoffen, die letzten Weiber gehabt und die letzte Pesete verloren.«

Er hustete atemlos. Seine Augen quollen vor, als wollten sie mir etwas bedeuten. Ich zündete umständlich eine Zigarette an und blies ihm den Rauch ins Gesicht. »Nicht mit mir, du alter Krüppel«, murmelte ich laut genug, daß er es hören mußte.

Ich schaute zum Meer hinüber. Es war sehr unruhig, seit Tagen, mit einer riesigen, schweigend sich erhebenden Dünung. Es mußte einen Grund dafür geben, obwohl, es wehte kein Wind, nicht hier. Zugegeben, Juan hatte mich reingelegt, jeder auf der Insel wußte es. Ich war nicht übel denkend genug. Ich mußte lernen, an das Böse im Menschen zu glauben.

*

Ich fand niemanden, der sich für New York interessierte. Vor den Bretterbuden wurde es früher still als sonst. Der Geldautomat, der bei drei gleichen Früchten, die auf der Anzeigetafel erschienen, Geld spuckte, funktionierte nicht. Also machte ich mich auf den Heimweg. Als ich den Daimler gefunden hatte, brachte ich den Zündschlüssel nicht ins Schloß. Ich ließ ihn stehen und stolperte zu Fuß über die Avenida, die sich unter der Wucht der Brandung schüttelte.

Auf der Veranda des Polizeichefs war Licht. Der Landrover war nicht da. Es ging alles sehr schnell. Seine Geliebte erschien auf der Treppe und zog mich ins Haus. Die anderen seien auf einer Fiesta in La Laguna. Sie führte mich durch einen großen fensterlosen Mittelraum, zeigte mir die Bar, das Büro, die Waffenkammer, ein großes blau gekacheltes Badezimmer, »das hat er alles selbst gemacht«, das Kinderzimmer mit zwei Mädchen, deren Köpfe und Arme ineinander verknotet waren, Bilder mit Märchenfiguren, die mit Reißnägeln an die Wand geheftet waren, »das hat Orlando alles selbst gemalt«, wieder die Bar, wo sie mir etwas einschenkte, »bloß keinen Bananenschnaps«, berührte meine Schulter, meine Hand, zog mich eine Treppe hoch ins nächste Stockwerk, sie habe mich beobachtet, schon die ganze Zeit, es gäbe nicht viel zu sehen zwischen der Felswand und dem Meer, man sei sehr gründlich, wenn es etwas zu beobachten gäbe, ich sei ein so schöner Mann, sie liebe mich, es sei Liebe auf den ersten Blick gewesen, es gäbe keinen Mann wie mich auf der Westseite, ich habe so geschmackvolle Anzüge an, und der Hut, sie nahm mir den Hut ab, das Schlafzimmer, sie strich über eine giftig rote Überdecke, gab mir einen kleinen Stoß und lachte, als ich mir die Haare im Liegen zurückkämmte, das sei nicht nötig, jetzt, sie nestelte an den Knöpfen meiner Hose, es war kompliziert, wie bei neuen Hosen immer, sie war schlank, eher hager, keine reizende Figur, sie schwitzte und stieß immer wieder hervor, was für ein schöner Mann was für ein schöner Mann und daß sie mich liebe, »Sie schlendern so hübsch über die Avenida«, sie zog mir die Hose herunter, streichelte und küßte mich, dann setzte sie sich auf mich, es gab einen Tumult, bei dem ich nicht unterscheiden konnte, ob es mich schmerzte oder guttat, sie sagte jedenfalls, daß es guttun solle, weil es sich um Liebe handele, ich hatte keine Ahnung von Liebe, es war das erste Mal seit meinem Unfall, vielleicht war ich zu besoffen, um eine Meinung zu haben, es interessierte mich auch nicht, erst als sie weinte und schrie, machte ich mir Sorgen, daß man uns hörte, daß sie Orlando anlockte, sie ließ sich schwer auf mich fallen, sie ächzte, »du bist so gut, du bist so gut«, ich stieß sie von mir weg aufs Nachbarbett.

»Beruhigen Sie sich.«

Wir zogen uns an und gingen in die Bar hinunter, wo sie wieder anfing, meinen Anzug zu loben. Ich murmelte, daß ich ihn mir eigentlich nicht leisten könne. Ich wurde hellwach, als sie mit einem Bündel Geldscheinen ankam und sie mir ins Jackett stopfte.

»Orlando hat genug davon. Außerdem ist er Ihnen etwas schuldig.«

Ich zwang mich, in ihre Augen zu sehen. Sie hatte das erschöpfte Gesicht von Frauen, die grandios als Geliebte anfangen und den Rest des Lebens Bedienung sind, das Übliche. Sie wollte es mir erzählen, es fing mit Klagen an und würde mit Klagen enden. Ich unterbrach sie gleich zu Anfang.

»Was ist er mir schuldig. Er hat mich doch aus dem Wasser gefischt.«

»Nachdem er Ihr Schiff versenkt hat, absichtlich, das weiß doch jeder. Hat man es Ihnen noch nicht erzählt. Es war kein Unglücksfall, natürlich nicht.«

Sie fing wieder zu weinen an, irgendwie hemmungslos und über mehr, als ich wußte. Ich ließ sie stehen und trat auf die Avenida hinaus. Es war finsterer als je. Als ob die Schwärze sich noch steigern konnte, eine Quelle im Meeresgrund hatte, oder unter der Cumbre. Die Brandung umrauschte mich. Ich hielt mich an der Zigarette fest. Es war ein gutes Gefühl, wieder Geld in der Tasche zu haben.

*

Sie wollten mir einreden, ich habe geträumt, ich sei in das trockene Bachbett neben der Villa gestürzt und habe mir da meine Verletzungen geholt.

»Ich zeige das Mädchen an.«

»Was ist passiert.«

Orlando hatte sich inzwischen vor mein Bett postiert. Also gut, ich erzählte das Ganze nochmal. Daß es stimme, daß ich ziemlich unsicher gegangen sei heute morgen, jawohl, daß ich mich an der Mauer entlang getastet habe und daß ich zeitweise am Boden gelegen und eingeschlafen sei, ob das ein Verbrechen sei. Aber daß ich sehr wohl gemerkt habe, wie es Tag geworden sei, mit diesem scheußlichen grauen Licht, das nicht einmal vor den Bananen Halt mache, im Fallen habe ich sie doch genau erkannt, die Angelita Muerte, wie man schon so heißen könne, sie sei verkleidet gewesen, ja natürlich, mit einem schwarzen Hut mit einer wippenden Feder drauf, wie eine Nutte auf Karneval, mit einem eng anliegenden schwarzen Kleid, mit weißen Rüschen am Hals und an den Armen, mit grünen Strümpfen und roten Schuhen mit extrem hohen Absätzen, idiotisch, auf diesem Acker von einer Straße, mit diesen aufgeplatzten Herzen, mit diesen versteinerten Kadavern davon, sie habe versucht, sich zu benehmen wie eine Dame auf einer Jagdgesellschaft, was ich durchschaut habe, ich habe es durchschaut, also könne ich nicht so besoffen gewesen sein, wie die verkalkte Mafia hier behaupte, den Hund habe sie an der Leine gehabt, anfangs, so sei sie an der Strecke der Herzen entlanggegangen, aber habe den Köter bereits aufgehetzt, gegen mich, eine riesige Dogge, das Vieh sei auf mich losgesprungen, mit eleganten Sprüngen, ich meine, so etwas könne man nicht erfinden, beim ersten Angriff habe es mir den Oberarm aufgerissen, da, ich habe es umarmt und wir haben uns im Schotter gewälzt, ich habe undeutliches Rufen gehört, aber es habe nicht abgelassen von mir, seine Tatzen haben bereits meinen Anzug zerrissen, als ich es am Hals zu fassen bekommen habe und etwas zerbrochen sei. Es habe mir noch etwas roten Schaum ins Gesicht geblasen, »tu das nie wieder«, habe ich zum Schluß gesagt.

Orlando machte ein undurchsichtiges Negergesicht. Ich sagte ihm offiziell, daß ich eine Anzeige machen wolle. Ich würde mich an ihre Eltern halten. Sie sollten mir den Anzug bezahlen und ein anständiges Schmerzensgeld.

»Ach was«, sagte Metamores mit einem hündischen Blick auf seinen Chef, »Angelita hat doch gar keinen Hund. Sie waren einfach besoffen, das ist alles.«

»Jedenfalls hatte sie einen menschenfressenden Köter bei sich, das reicht.«

Als sie gegangen waren, sagte Pia in überflüssigem Flüsterton, »wissen Sie nicht, daß sie eine der Töchter des Polizeichefs ist.«

»Umso besser. Dann werde ich mich an ihn halten, oder ihre Mutter.«

»Sie hat keine Mutter mehr. Die ist ausgewandert, damals. Orlando hat sie heiraten wollen, aber sie hat es nicht gewollt. Sie war die Tochter der reichen Bananenbaronin, oben auf dem Time. Das Kind lebt allein. Es ist frühreif. Es bekommt Unterstützung von der Großmutter, nicht viel, es reicht gerade zum Leben. Orlando meidet sie, ich glaube, sie erinnert ihn zu sehr an die Frau. Er muß sie sehr geliebt haben.«

Verdammte Geschichten. Sie waren von der Art dieses freßlustigen Treibsands, der sich unter dem Vulkankegel an der Südküste sammelte. Sie verschütteten meinen wunderbaren einzigen Gedanken New York.

»Warum haben Sie die Flaschen weggeräumt. Wo sind die Zigaretten. Geben Sie mir ein Hemd aus dem Schrank.«

»Wo wollen Sie hin. Ich muß Ihnen den Arm verbinden. Sie wissen, daß wir noch Krankenbesuche machen müssen.«

»Keine Sorge, ich gehe nicht aus.«

Ich war unruhig. Ich mußte mich beherrschen. Die Nerven. Die Muskulatur zuckte. Ich hätte losrennen können, mit einer Affengeschwindigkeit. Ich mußte kichern, es paßte nichts zusammen, auch das Denken war blöde. Nueva York, wie sie hier sagten. Ich ging zum Fenster und drückte die Plastikjalousie herunter.

So blickten Seefahrer übers Meer, verliebte Blicke in den Horizont. Wir brauchten uns nur treiben zu lassen, vor dem immerwehenden Passat. Es war nur logisch. Was hätte ich sonst gewollt, als Mann an der Reling eines Schiffes am äußersten Rest der alten Welt, der die Form eines erkalteten Herzens hatte. Warum besoffen sich die Vernünftigen allabendlich bis zur Bewußtlosigkeit. Weil sie es nicht aushielten auf der schwarzen Kruste, die jederzeit explodieren konnte.

Ein Botaniker hätte seine Freude gehabt an der vorstürzenden Natur, die es vermutlich deshalb so eilig hatte, weil sie sich vor ihrem eigenen Untergrund fürchtete, die jadegrünen Täler aus Palmen, die Gebirge, die blauschimmernd die Wolken flankierten mit einer kolossalen unsterblichen Kiefernart, die tropfenden Urwälder aus Lorbeerbäumen, die in selbsterzeugter Dunkelheit vor sich hindämmerten, die Riesen der Eukalyptusbäume an den Rändern der Bergpisten, die sich wie in Anbetung hochreckten und nichts kannten als das Blau des Himmels, die verwitterten Weinberge, die die Lavawüsten rostig rot färbten, das dampfende Rosa der Mandelbaumterrassen, die gegeneinander wogenden Meere der Bananenplantagen, die einen Krieg der grünen Farbe austrugen und dazwischen die knallbunten Standorte der Geranie, Zitrone, Orange, Feige, Marguerite und so weiter, aber ich war kein Naturtyp, von Anfang an nicht, mich lockte einzig dieser blasse Strich des Horizonts.

*

Pia hatte den Anzug über den Stuhl gehängt und das frischgebügelte Hemd. Ich zog mich eine Stunde zu früh an. Die Sonne stand noch hoch über der Klippe. Einige Herzen würden platzen. Ich blieb am Fenster und horchte. Nicht einmal Orlandos Gören gaben Laut. Ich ging zum Spiegel und kämmte mir die Haare zurück. Ich ging wieder zum Fenster und hielt mich am Griff fest. Das Meer war grün. Eine einzige Bananenplantage.

*

Das Wasser lag tückisch über seinem Abgrund. Ich wartete gespannt, aber es geschah nichts. Das Playa Mont füllte sich mit seinen Abendbesuchern.

»Du mußt dein Geld in Grundbesitz anlegen.«

Sie hatten sich neben mir niedergelassen. Ein aufgeschwemmter Dicker mit einem weit geöffneten Khakihemd, aus dem borstige graue Haare vorstachen und ein dünner, sorgenvoll blickender Mann Mitte vierzig, mit einem korrekt gebundenen Schlips über einem weißen Hemdkragen.

»Warum, glaubst du, haben die Spanier, sofort nachdem sie landeten, die Guanchen abgeschlachtet. Bitte sag mir warum.«

»Weil sie nicht an Gott glaubten.«

»Falsch. Es ging von Anfang an um Grundbesitz. Die ersten, die hier einer geregelten Arbeit nachgingen, waren die Notare. Überhaupt gingen die ersten Schriftstücke der Menschheit über nichts anderes als Grundbesitz. Allerdings benützte man besser Blut als Tinte, es war realistischer.«

Der Dünne erschrak. War er im Begriff, ein Mitglied dieser blutsaugenden Bande zu werden. Dabei dachte er doch nur an die Heiterkeit der weißen Villen neben den grimmigen alten Lavaflüssen, alle hatten eine, unaufhaltsam aber ging das Bauerwartungsland zur Neige.

»Wir haben hin und her gerechnet, meine Frau und ich. Wenn wir einen Kredit von zweihundertfünfzigtausend Deutschen Mark aufnehmen, bei einer Laufzeit von zwanzig Jahren, zahle ich jeden Monat eine Rate, die so hoch ist wie mein ganzes Einkommen. Es ist unmöglich.«

»Ach was. Wenn du erst einmal in deinem Häuschen sitzt, kann dich niemand mehr vertreiben.«

*

»Erst waren es die Schatten der Vergangenheit und jetzt sind es die Schatten der Zukunft.«

Die Tür zum Behandlungszimmer stand offen. Der Doktor mußte sich die halbe Nacht an seinen Tisch geklammert haben, nur um mich zu ärgern. Er grinste rechthaberisch durch die Tür. Ich tat so, als hätte ich ihn nicht bemerkt und dachte an eine Oase, eine ockerfarbene Wüste und ein übertrieben herausgeputztes Kamel.

*

Der Barranco des Angustias trennte die wie ein Zeltdach ansteigende Hochebene der Westseite in eine nördliche und südliche Abteilung. Die südliche war das sogenannte Aridanetal und lag um einige hundert Meter tiefer als die nördliche, so daß die Nordwand der Schlucht die Südwand um einiges überragte. Von Tazacorte fuhr man einen guten Kilometer in die Schlucht hinein, wo sich dann die Straße teilte und in Serpentinen durch die beiden Wände kletterte. Der Punkt, wo die Nordserpentine auf das Hochplateau kam, wurde El Time genannt. Er war einige hundert Meter landeinwärts von der Felsnase, die über dem Hafen thronte, und auch schon um einige hundert Meter höher.

Gleich neben der Straße befand sich ein ausgedientes Panoramarestaurant mit riesigen Fensterfronten, die zerborsten waren und aufs Meer hinunterschauten. Im Februar erglühten dort Mandelbaumplantagen wie rosaroter Schnee. Vorn am Abgrund war ein Beobachtungsturm, der ständig von einem Angestellten des Polizeichefs besetzt war. Rechts neben dem Turm endete eine zweigleisige Schiene, die fast lotrecht vom Puerto hochkam und an die sechshundert, siebenhundert Meter lang war. Sie war auf kleine Stahlpfosten geschweißt, die je nach der Felsoberfläche verschieden weit herausstanden, so daß die Schiene im Endeffekt einen gleichmäßigen Steigwinkel von etwa siebzig, achtzig Grad hatte. Der obere Endpunkt war gegenüber dem Startpunkt im Hafen landeinwärts versetzt. Ein vierrädriger Karren wurde auf ihr mittels einer Motorwinde heraufgezogen und hinuntergelassen. Er bestand aus einem stählernen Boden und einem hölzernen Aufbau, der den unteren, talwärtigen Teil wie einen Bauch umfaßte. Neben den Rädern waren stählerne Haken angebracht, die unter einen seitlichen Vorsprung der Schienen faßten und den Wagen festhielten. War der Aufzug in Betrieb, gab es alle paar Meter ein schrilles Geräusch, wenn Metall in Metall griff. Natürlich war die ganze Vorrichtung in einem miserablen Zustand. Was verrosten konnte, war verrostet. Nur die Schleifstellen glänzten. Nach oben wurden Fische transportiert, nach unten Bananen. Selten fuhren Leute mit, die es eilig hatten. Manchmal Kinder aus Spaß.

Es war an einem Montag. Ich hatte mir vorgenommen, den Daimler für heute stehen zu lassen, aufs Meer zu schauen und Leute auszuspionieren. Das Rote Kreuz hat heute geschlossen, würde ich zu Pia sagen, wenn sie um die Ecke gespurtet kam, keine Widerrede. Ich lehnte mich also an eine der gehätschelten Palmen des Playa Mont und wartete. Waren es Italiener oder Franzosen, die hinter der Bar standen und grinsten. Ich konnte mir ihre Namen nicht merken, obwohl ich die meiste Zeit mit ihnen zusammen war. Sie waren etwas Besonderes, wenn sie wie die Stierkämpfer um die Tische sausten, Ehrgeiz, ja, auch jetzt, wo ich einem winkte, obwohl ich der einzige Gast war, sie genossen ihren untadeligen Charakter, vermutlich, ungerührt von ihrer servilen Tätigkeit, mit dem weißen Handtuch über dem angewinkelten Arm,

»Schreiben Sie es auf die Rechnung.«

Ich trat auf den Platz hinaus. Als ich mich umdrehte, grinsten sie, alles Fassade, meine Knie waren matschig, allein vom Anblick der kahlen Bucht, dreihundert Meter bis auf die andere Seite, es mußte irgendein Gift sein, nein, nicht der Alkohol, das Gift der Entfernung vermutlich, ich machte kehrt und bestieg den Daimler.

In diesem Moment passierte es.

Ich hielt es zuerst für das Kreischen der Seilbahn. Aber es war die gellende Stimme eines Menschen, die zwischen den Felswänden hin und herging. Ich schaute zum Time hoch. Der Transportwagen hatte sich von der Schiene gelöst und pendelte in halber Höhe an seinem Seil, unendlich langsam. Jedesmal wenn er auf den Fels schlug, sprühten silberne Pünktchen heraus und stürzten nach unten, wie aus einer Gießkanne. Es waren Schwärme von Fischen. Der Wagen kam auf der einen Seite zum Stillstand und pendelte, schneller werdend, wieder zurück. Ein Arm winkte heraus.

Ich ging zum Marktstand der Holländerin.

»Da kommt jede Hilfe zu spät«, sagte ich vorsorglich, »völlig sinnlos, da noch helfen zu wollen.«

So war es nachher auch. Der Wagen hatte sich schließlich verhakt. Ich beobachtete die letzten Fische, wie sie über die unteren Felsen sprangen und auf die Dächer des Puerto.

Der Tote war der uralte Vater der Bananenbaronin, die hinter dem Time ihre Villa hatte. Er hatte sich zweimal die Woche rauf und runter ziehen lassen, um sich einen zu genehmigen. Er war ein Breiklumpen. Die Bananenbaronin hieß Doña Erundia. Irgendjemand sprach mich noch am selben Abend an, sie wolle mit mir reden, ob ich etwas gesehen habe. Ich ließ mir einen Tag Zeit. Ich hatte nichts gesehen.

Orlando kippte auf seinem Stuhl zurück, balancierte mit seinem Glas und schaute angestrengt aufs Meer.

»Sie brauchen sich keine Sorgen zu machen«, sagte er und ließ sich wieder in den Schatten plumpsen.

»Ich mache mir keine Sorgen.«

Er ging nicht darauf ein.

»Wenn ich denke, daß ich dringesessen hätte. Ich fahre montags immer mit der Seilbahn hoch, das weiß jeder.«

»Ich zum Beispiel weiß es nicht.«

Er hatte sich vornübergebeugt und starrte auf den Boden, »ich störe sie, ich bin ihnen im Weg.«

»Wer sind ›sie‹.«

Er schloß die Augen, »die feinen Herrschaften in den oberen Etagen, El Time, El Paso, Las Manchas, egal. Sie haben immer auf das dreckige Tazacorte heruntergespuckt. Ich bin aus Tazacorte hochgekommen. Mir gehört die halbe Westseite, was so gut ist wie die ganze Welt. Sie hassen mich dafür.«

*

Die Villa der Bananenbaronin war ein mehrstöckiges weißes Gebäude. Man hatte es direkt an die Fallinie der nördlichen Wand des großen Barranco gebaut. Mit der Breitseite schaute es in die Schlucht hinunter und streckte waghalsige Balkone vor. Die Risse waren von den Erdbeben. Zur Hochebene hin gab es Gartenterrassen mit automatischen Bewässerungsanlagen, die glitzernde Fontänen hervorbrachten. Dazwischen bewegten sich weißgekalkte Treppen und sorgfältig geharkte Kieswege.

Ich stand an einem schmiedeeisernen schwarzgelackten Gartentor und wartete, bis zwei riesige Köter festgekettet waren. Zum ersten Mal sah ich die große Caldera, die ihren grauen Trichter über zweitausend Meter in die Höhe streckte, als wäre sie ein gespitzter Mund, der beim Kuß des Himmels erstarrt war. Über die östliche Lippe schwappte die dicke weiße Milch der Passatwolke und löste sich dann vollständig auf.

Doña Erundia empfing mich auf einem der Balkone. Sie sah aus wie ein alter Kartoffelsack, auf dem ein abgeschlagener Kopf thronte, der allein im Gleichgewicht gehalten wurde von zwei mächtigen Fettwülsten unter dem Kinn und im Nacken. Ihr Kopfhaar war schütter und von einer unbestimmten schmutzigen Farbe. Dafür hatte sie einen dichten blonden Schnauzbart. Der einzige Ausdruck in dem unbeweglich fetten Gesicht war eine staunende Wut, die älteren Datums sein mußte, aber durch den Unglücksfall frisch angefacht worden war.

»Daß er es gewagt hat, der Bastard«, jaulte sie mit einer überraschend hohen Stimme, »er war nichts als einer von hundert verdammten dreckigen Bananenarbeitern, ein winselnder kleiner Köter. Luis, hol die Liste, damit der Herr Doktor es sieht.«

Im Innern der Räume bewegte sich jemand.

»Ich bin nicht der Doktor.«

Stöhnend veränderte sie ihre Position auf einem zerknautschten Polster, das einmal die Form eines Sessels gehabt hatte.

»Lassen Sie nur.«

Sie klopfte mir mit der Faust aufs Knie. Es war ein winziger abschließender Knopf an einer mächtigen Armwalze. Sie versuchte charmant zu sein, was den Ausdruck ihres Gesichts zu einer stillen Tobsucht steigerte.

»Es ist eine Liste der Monatslöhne. Er konnte nicht einmal seinen Namen schreiben. Er mußte einen Haken machen, damit er seine jämmerlichen Peseten ausbezahlt bekam.«

Sie lachte, brach ab und rang nach Luft.

»Die undankbare Ratte. Dabei haben wir seine ganze Familie durchgebracht. Sein Vater ist auf unseren Plantagen gestorben, sein Onkel, seine Mutter, einfach alle. Wir haben auch noch die Beerdigungen bezahlt. Und geboren wurde er auch unter unseren Bananenstauden, genauso wie seine Schwestern. Wahrscheinlich haben sie es noch während der Arbeit miteinander getrieben. Also wenn er irgendeinem sein Leben verdankt, dann uns.«

»Tante, sei doch ruhig, das interessiert den Mann doch gar nicht.«

Ich hatte ihn nicht bemerkt. Es war ein Mann um die Fünfzig, in einem weißen Anzug, der um einige Nummern zu weit war, mit einem gedunsenen, glatten, ungewöhnlich bleichen Gesicht. Das Haar war schwarz, glänzte vor Pomade und klebte fest auf dem Schädel. Er schnippte mit einer lässigen Bewegung die Asche von der Zigarette. Ich sah durch die Bodenrisse hindurch in die Schlucht hinunter und rückte meinen Stuhl an die Wand.

»Hast du die Liste.«

»Nein.«

»Warum bist du so ungezogen. Warum gehorchst du deiner Tante nicht.«

Er sagte nichts, lehnte sich an die Brüstung und wippte hin und her.

»Bitte geh solange nach drinnen, wir haben etwas zu besprechen. Spiel ein bißchen auf dem Klavier, tu deinem Tantchen den Gefallen.«

Während er ging, grinste er mich ironisch an. Seine aufrechte Haltung hatte etwas Verkrampftes. Der rechte Oberschenkel machte eine eigenartige Biegung nach außen. Er schwenkte ihn vorwärts, als wäre er gelähmt.

»Er hatte einen bedauerlichen Unfall.«

Doña Erundina verfolgte mißmutig seinen Abgang.

»Ich bin nicht seine Tante, nicht wirklich.«

Sie kicherte kurz und warf mir einen Blick zu, der vermutlich amoralisch sein sollte.

»Er ist irgendwie aus der Verwandtschaft, Sie verstehen.«

Eine Küchenhilfe brachte Kaffee. Es ertönte eine dunkle langsame Klaviermusik.

»Natürlich war es Orlando«, giftete sie wieder los, »er hat die Halterungen der Schiene durchgesägt. An allem, was hier passiert, ist er schuld, wissen Sie das nicht.«

Ich wollte etwas sagen, etwas Unbestimmtes, mich interessierte nichts auf dieser Insel.

»Seien Sie ruhig. Sie wissen nichts, Sie wissen gar nichts.«

Sie schenkte sich dieses scheußliche Zeug von Bananenschnaps ein. Ich beobachtete eine Ameise, die in einem verschütteten Tropfen schwamm. War es für sie ein süßes Meer. Ob sie glücklich war, als sie aufgab.

»Es gibt eine Menge Bananenschnaps auf dieser Insel, Señora, und die Leute besaufen sich damit. Zum Beispiel ihre Enkelin, die Angelita Muerte, sie ist doch ihre Enkelin. Ich kann es mir nicht anders vorstellen, sie muß besoffen gewesen sein, als sie ihren Hund auf mich hetzte...«

»Wir wollen von den Bananen nichts mehr wissen«, unterbrach sie mich, »er macht einfach weiter damit und schmeißt dann alles ins Meer, er ist verrückt, er ist ein Verbrecher, er macht die Leute kaputt für nichts, wir könnten besser leben ohne die ganzen Plantagen.«

Sie atmete schwer. Ich war aufgestanden und nestelte mir eine Zigarette aus der Schachtel für den Nachhauseweg. Ich versuchte, mich zu erinnern, warum ich gekommen war, ich hätte sie etwas fragen können, aber ich war mir sicher, daß sie nichts wußte von New York. Kennen Sie New York, ich grinste bei dem Gedanken.

»Wir haben auch vorher gelebt, ohne Bananen. Außerdem dürfte es Sie interessieren, Señor Schmidt, daß Orlando längst gewußt hat, daß Sie kamen, Sie und Ihr Schiff. Man ist nicht überrascht gewesen, wie es heißt. Schon am Abend vorher ist man wie verrückt den Time hochgefahren und hat sich die Hälse ausgerenkt mit den Feldstechern, Orlando und seine Leute.«

»Tatsächlich. Aber wie konnten Sie es erkennen, von hier aus.«

»Ich kenne seinen Landrover.«

»Sie haben sein Auto gesehen, sonst nichts.«

»Junger Mann, Sie kennen die Verhältnisse nicht. Es fahren nicht viele den Time hoch. Und wenn einer hochfährt, dann weiß die alte Señora schon, wer es ist. Und wenn drei Galgenvögel aus einem Auto klettern, dann weiß hier jeder, was los ist. Wollen Sie noch ein Schnäpschen.«

»Nein, der Rote ist mir lieber.«

Ich konnte ihn trinken, ohne daß mir schlecht wurde.

»Warum starren Sie mich so an.«

»Sie sehen schrecklich aus.«

»Ich bin nicht mehr die Jüngste, Señor Schmidt.«

»Das meine ich nicht.«

(War ich zur Arbeit gegangen wie immer. Ich gehe zum Kiosk

über die Straße, ich trinke dort meinen Kaffee, ich zünde mir eine Zigarette an, während ich den Bürgersteig betrete, ich zähle das Geld in meinem Portemonnaie, ich hebe nur einmal meine Augen zum Himmel, ich habe dich vergessen, ich wollte dich nie vergessen, aber ich habe dich vergessen)

»Ich weiß, daß ich häßlich bin. Ich hatte zuviel Kummer. Ich habe zuviel gefressen. Immer diesen Bananenbrei. Ich war schon als Kind fett, aber hübsch irgendwie.«

Sie gab zwei schrille Töne von sich, die ein verschämtes Lachen hätten werden sollen. Dabei mühte sie sich, ihre kastenförmigen zerbeulten Beine auszustrecken.

»Ach bitte, Señor Schmidt, was meinen Sie wirklich.«

»Ich meine die Zeit, wie die Zeit vergeht.«

Sie riß den Mund auf, versuchte es jedenfalls. Sie hatte zwei einzelne auseinanderstehende Zähne im Unterkiefer, oben nichts. Und eine vollständig schwarze geriffelte Zunge. Sie jaulte unbewegt. Sie bekam nicht genügend Luft, um richtig weinen zu können. Langsam bildete sich eine Träne im Augenwinkel.

»Wenn Sie wüßten, Señor Schmidt, wie es in mir drinnen aussieht, wie zart ich bin.«

Sie ballte ihre kleinen Fäuste.

»Ich glaube Ihnen.«

Ein dünner stechender Blick traf mich aus den in Fett ertrinkenden Augen. Ich unterdrückte einen hysterischen Anfall von Ekel.

»Verstehen Sie mich nicht falsch, Doña Erundina, ich bin auf die paar Sachen angewiesen, die ich habe. Ich brauche einen zweiten Anzug, bei dem Klima. Es war schließlich ihre Enkelin, die ihn ruiniert hat.«

Sie legte wieder die Hand auf meinen Schenkel und rief nach Luis. Er sollte die Geldbörse bringen. Ich sollte näher rücken. Ich beobachtete sie mit berechnender Abscheu. Ich spürte die Macht in mir, die einzig auf der Schwäche des anderen beruhte.

»Hier haben Sie fünftausend als Schmerzensgeld und fünftausend für den Arbeitsausfall.«

Sie tätschelte mich.

»Es wird mehr, wenn Sie etwas herausfinden gegen den Hurensohn.«

Ich steckte das Geld ein. Mit einer eigentümlichen Gier, die sofort in Gleichgültigkeit umschlug, als ich es in den Fingern spürte. Und mit der Befriedigung, daß ich jetzt eine Methode wußte, wie ich die Überfahrt finanzieren konnte. Ich nahm den Hut ab und kämmte die Haare zurück. Im Bananental von Aridane schwammen die kleinen Vulkane wie braune Kapuzen auf einem hellgrünen Wasser.

*

Es war eine der üblichen Schotterpisten, die vom Haus hinunter auf die Chaussee führte, gerade eben ein Absatz an der Felswand, aufgerissen vom Wetter und von den Erdbeben. Als ich bremsen wollte, trat ich ins Leere. Auch die Handbremse hing lose in meiner Hand. Ich setzte den Daimler einfach an die Wand. Es gab ein häßliches Geräusch und Blechschaden. Vielleicht war es der Rost gewesen, vielleicht Orlando. Ich dachte schon nicht mehr darüber nach, als ich auf der Ladefläche eines Bananenlasters den Time hinuntergondelte.

Unten betrat ich das Playa Mont wie einen Bahnsteig, auf dem man zu einem unerfreulichen wenn auch kurzen Zwischenaufenthalt gezwungen war. Ich schob den Hut auf die Nase und kippte den Stuhl gegen einen der Stützpfeiler. Zwischen den Flaschen schwamm das Meer. Ich ärgerte mich, weil ich mich mit den Angelegenheiten der Insulaner verzettelte.

*

Pia spurtete um die Ecke wegen der abendlichen Krankenbesuche.

»Wo ist der Daimler.«

»Er hängt oben auf dem Time. Die Bremsen haben versagt.«

»Warum haben Sie es nicht gleich gemeldet.«

Ich zuckte mit den Achseln. Sie versuchte, mich aus dem Stuhl zu ziehen.

»Verschwinden Sie.«

Ich blieb an der Stelle bis nach Mitternacht. Rotwein, Zigarette, Kaffee in gemischter Reihenfolge. Die Wolken zwängten sich durch den Barranco. Oder war es der Rauch der Waldbrände. Die Häuser des alten Hafens vibrierten. Die Boote zuckten auf der Wasserfläche. Der Westwind trieb die Bananenstauden zurück, sie rollten über den Strand und klatschten an die Mole, daß das weiße Fleisch heraussprang. Das Meer wurde silbern, dann schwarz, dann löste es sich auf.

*

Ich balancierte so gut wie blind über die Avenida zur Villa zurück. Die Geliebte des Polizeichefs hatte auf mich gewartet und zog mich über die Veranda.

Es war leichter, als ich dachte. Es war eigentlich nur die Hitze, die mich außer Atem brachte. Ich stemmte mich hoch, so daß ich eine gute Ausgangsposition hatte. Sie hatte mich nicht verraten. Orlando hatte sie zusammengeschlagen, wegen des fehlenden Geldes. Diesmal hatte sie zwei Fünftausend-Pesetenscheine zurechtgelegt.

»Wie willst du es.«

»Ja, ja, ja«, wimmerte sie im Takt der Bewegung.

Sie wollte es möglichst lange hinausschieben. Sie wollte, daß ich sie umarmte und küßte. Sie behauptete, daß sie mich liebe. Ich schaute hinunter, wie ich in ihrem blonden Flaum steckte und vor und zurück ging. Ich wunderte mich über ihre Aufregung. Ich fühlte nichts dabei, nichts besonderes.

»Ich bin nicht in Übung«, sagte ich, während ich mich anzog.

»Das nächste Mal wird es bestimmt besser. Es ist eine Frage der Übung.«

Sie schaute verliebt zu mir hoch. Ich überwand mich und strich ihr über die heiße Stirn.

»Was denkst du«, flüsterte sie.

Ich dachte an die vielen Frauen in der Urbanisation, die keinen Mann hatten, oder deren Männer erledigt von der Arbeit nach

Hause kamen. Ich vergaß, ihr zu antworten. Ein oder zwei Mal am Tag. Ich könnte in Geld schwimmen. Ich trat vor die Tür, zog den Hut in die Stirn und zündete mir eine Zigarette an. Zu glauben, daß das Weltmeer ein paar Schritte entfernt lag und dasselbe Wasser New York kitzelte. Es war zum Verrücktwerden.

*

»Sieglinde, haben Sie etwas gesehen.«

»Gesehen.«

Sie machte ein spitzbübisches Gesicht und rechnete sich aus, wieviel Geld sie einem aus der Tasche ziehen konnte.

»Ich habe aufgepaßt, daß die Wespen nicht ins Eis fielen.«

Sie wedelte über die Eisbehälter, obwohl keine Wespen da waren.

»Diese Angelita soll am Kiosk gestanden und ein Eis gelutscht haben, als der Wagen von der Schiene ging.«

»Es waren eine Menge Kinder da.«

Sie wedelte wütend gegen die unsichtbaren Wespen.

*

Ich parkte den Daimler vor dem Eingang zur Calle Nr. 4 der oberen Urbanisation. Es war eine Sackgasse, an deren Ende ein hoher Maschendrahtzaun eine Schutthalde begrenzte, die als Fußballplatz der Gemeinde bezeichnet wurde. Ich hatte keine Zeit zu verlieren, ich spürte den Marathonlauf des Herzens. Trotzdem zwang ich mich, lässig zu gehen, jede Bewegung konnte verräterisch sein. Ich war auf dem Weg zu einem Mann, von dem man sagte, er wisse, wo die Bananenbarone ein Fluchtschiff versteckt hielten. Er war die meiste Zeit Klempner bei einem der obersten Wasserbesitzer gewesen. Inzwischen war er wegen einer asthmatischen Bronchitis ans Bett gefesselt. Ich hatte Pia schon mehrfach zu ihm gefahren. Sein Gesicht war von Mal zu Mal dunkler geworden, die Lippen waren aufgeblüht wie eine violette Blume. Er wollte für eine Auskunft egal welche erst eine Zigarette haben.

Ich sagte ihm, daß er wisse, daß es gegen den Willen der Schwester sei und steckte sie ihm zwischen die Lippen. Hinterher nuschelte er nur noch und gab mir zu verstehen, daß er einen Lageplan des Schiffsverstecks machen werde.

Am nächsten Tag war die Tür verschlossen. Die Nachbarn brachen sie auf. Er hing mit dem Kopf nach unten aus dem Bett und hatte eine violette Landkarte aus gestauten Adern auf der Brust. Ich war überzeugt, daß es Mord war, aber ich bemühte mich nicht, nach Zeichen äußerer Gewalt zu suchen. Auf dem Totenschein machte ich wie immer das Kreuzchen hinter der Rubrik »natürliche Todesursache«. Dann suchte ich nach Geld für die Bescheinigung.

*

Ich lehnte am Daimler und schaute aufs Meer. Pia wollte mir Arzneimittel herunterbringen für eine junge Frau mit Durchfall und Erbrechen. Als sie ans Auto kam, hatte sie die Kleine des Polizeichefs im Schlepptau. Das Mädchen schlug mit dem Kopf einer Puppe auf die Avenida und betrachtete mich mit böse glänzenden Augen.

»Kann Sarah mitfahren.«

»Unmöglich. Wie stellen Sie sich das vor. Ein Mensch im Stadium der Hosenscheißerei.«

»Aber Sie haben sich doch neulich so gut mit ihr unterhalten.«

Sie spionierte hinter mir her, das alte Biest.

»Ach was, sie kann jeden Moment losplärren oder zur Mammi zurückwollen oder in die Hose scheißen. Kommt nicht in Frage.«

Die Kleine schnitt eine Grimasse und lief auf die andere Straßenseite, wo sie auf die Kaimauer kletterte. Hinter ihr winkte das Meer.

Ich stieg ins Auto, klappte die Tür zu und ließ die Scheibe herunter.

»Sie kommt mir nicht ins Auto, nicht wenn ich fahre.«

»Adam Auto, Adam Auto«, krakeelte die Kleine und wippte auf der Mauer.

Ich schaute noch eine Weile in den Rückspiegel und wartete darauf, daß sie stürzte.

*

Ich mußte in die Calle Nr. 1, zu einer ehemaligen Ballerina aus Mailand. Eigentlich stammte sie aus Schweden. Ihr Vater war ein berühmter Brückenbauer gewesen und sie war eine blonde Schönheit mit schlanken, elastischen Beinen, die sie mir elegant aus dem Bett entgegenstreckte.

»Hier ist das Zeug, das Sie einnehmen sollen. Auf dem Zettel steht drauf, wie.«

Ich wollte wieder gehen, als mein Blick aufs Meer fiel, einen blauen Körper, der mit blauen Armen bis an den Fensterrahmen reichte.

»Was machen Sie den ganzen Tag«, fragte ich so unauffällig wie möglich.

»Ich habe Zeit.«

Sie betrachtete mich trotzig, während sie ihren kunstvoll geflochtenen blonden Zopf mit einigen Spangen über dem Scheitel befestigte.

»Abends tanze ich in der Strandbar im Puerto.«

»Ich habe Sie noch nie gesehen.«

»Ich bin auch nicht immer dort.«

»Wo genau ist es.«

»In der Cooperative der Fischer.«

»In dem großen scheußlichen Steinhaus unterhalb der Urbanisation.«

»Ja genau, zwischen den Fischen, was soll ich machen. Meine Mutter gibt mir nichts mehr.«

Es gab eine Pause. Sie machte Dehnübungen mit ihren Beinen, indem sie sie gestreckt bis an die Stirn hob und langsam kreisend zur Seite legte. Sie hatte ein ziemlich knappes Höschen an.

»Und sonst.«

»Was sonst. Sonst bin ich zu Hause. Auf dem Geröll kann ich nicht gehen. Ich breche mir die Füße.«

Ihre Augen strahlten. Sie standen in völligem Gegensatz zu ihrem mißmutigen Gesicht. Vielleicht träufelte sie sich etwas ein.

»Haben Sie den Unfall gesehen.«

»Welchen.«

»Damals, als ich ankam.«

»Ja natürlich, ich habe Sie gesehen, ich meine Ihr Schiff. Ich dachte, jetzt kommen sie aus America. Woher sind Sie wirklich gekommen. Es heißt, Sie erinnern sich an nichts mehr, stimmt das, Sie verraten es einfach nicht, ist es so. Wollen Sie Ihr Schiff wieder heben.«

»Augenblick, Sie haben es von Anfang an beobachtet.«

»Ja doch. Es hatte zwei große Segel und einen Schornstein. Ich sagte zu Mama, Mama wohnt einen Stock über mir, es ist ein Segelboot. Oder ist es ein Dampfer. Es ist jedenfalls komisch, sagte Mama, obwohl sie nichts sehen konnte, wegen ihrer Augen, und dann war da die riesige Explosion.«

»Wie riesig.«

»Wie meinen Sie.«

»Was verstehen Sie unter einer riesigen Explosion. War das Feuer so groß wie das ganze Schiff oder kleiner.«

»Nein, nein«, rief sie begeistert, »viermal, fünfmal, zehnmal so groß wie das Schiff. Zuerst. Dann brannten einzelne Stellen und dann ging es ganz plötzlich unter. Und dann gab es einen dumpfen Schlag. Mama wußte auch nicht, woher er kam.«

»Es war der Knall der Explosion.«

»Aber da war doch alles fast schon vorbei.«

»Es kommt darauf an, wie weit das Schiff entfernt war. Wie spät war es eigentlich.«

»Es war nachmittag.«

»Die Uhrzeit wissen Sie nicht.«

»Nein.«

»Wie hoch stand die Sonne.«

»Die Sonne war noch nicht zu sehen, hier vom Fenster aus...«

Sie bekam plötzlich dicke Backen. Einen Moment lang sah sie aus wie die Putten, die über den Altären schweben, dann kotzte sie den Tee in den Topf zurück, elegant, ohne Anstrengung, sie konnte gut kotzen.

Kotzen war eine ihrer Hauptbeschäftigungen, wie sich später herausstellte, (wenn der Himmel ein Tummelplatz pausbäckiger prallärschiger Engel wäre).

»Lassen Sie das Kind in Ruhe.«

Die Mutter stand in der offenen Tür und riß mich aus meinen Gedanken.

»Sie weiß gar nichts, nicht wahr«, sagte sie zu dem Mädchen hinunter und tätschelte ihren Zopf. »Sie muß sich erholen, sie muß heute Abend wieder tanzen. Was hat denn die Schwester geschickt.«

»Sie soll jede halbe Stunde eine Kohletablette nehmen«, sagte ich, »es schadet nichts, wenn sie Verstopfung bekommt.«

Die Mutter schlug die Tür hinter mir zu. Ich konzentrierte mich auf die Treppe. Das Licht im Flur funktionierte nicht.

*

Am nächsten Abend tanzte sie auf dem Tisch in der Cooperative der Fischer, wo ich mich gegen meine Gewohnheiten eingefunden hatte.

Die Frauen schnitten Grimassen und die Männer grölten. Sie selbst machte ein Gesicht, als schwebte sie in der feinen verletzlichen Welt eines Spinngewebes und wäre gleichzeitig entrüstet und außerordentlich glücklich.

Nach der Vorstellung kam sie zu mir. »Ich gehe noch schwimmen, kommen Sie mit, ich muß mir den Dreck abspülen, warum kommen Sie nicht mit, man bekommt eine gute Laune davon.«

»Ich habe prinzipiell keine gute Laune. Außerdem bekommt man einen Ausschlag von dem Wasser, das wissen Sie doch. Außerdem ist es stockdunkel.«

»Na und. Dann sieht uns niemand.«

»Außer die Ungeheuer der Tiefe.«

»Sie sind ein Angsthase, geben Sie es zu.«

Ich lehnte an der Mole. Sie hatte eine große Plastiktasche dabei, aus der sie ihre diversen Shirts zauberte. Sie balancierte über die glitschigen Steine, mit erhobenen Armen, die schließlich als einzige ins Licht der Strandbars ragten, auch als sie dann durchs Wasser kraulte.

Ich zog an meiner Zigarette. Die Schwärze der Nacht war angenehm.

»Kommen Sie mit mir nach Hause. Ich möchte Ihnen gerne etwas vortanzen, Ihnen ganz allein,« sagte sie, als sie sich abtrocknete.

»Aber die Mama.«

»Wie alt schätzen Sie mich.«

Sie sah sehr jung aus, kindlich.

»Neunzehn.«

»Falsch. Ende zwanzig, genau achtundzwanzig.«

»Schämen Sie sich, so unverschämt jung zu sein.«

Ich sprach automatisch.

Sie lächelte kokett, weil sie glaubte, daß ich scherzte, aber ich scherzte nicht.

»Außerdem schläft Mama schon, seien Sie unbesorgt.«

»Keine Sorge.«

»Was haben Sie gesagt.«

»Nichts.«

Wir gingen in die Calle Nr. 1, in den dritten Stock. Der Raum war zu klein für die großen Sprünge, die sie mir vorführen wollte. Ich mußte ihr die Hand halten für eine Pirouette. Ich machte es falsch und wir kippten um. Sie nahm meine Hand und legte sie auf ihren Kinderbusen.

»Schlafen Sie mit mir. Ich habe Vertrauen zu Ihnen. Ich habe noch nie mit einem Mann geschlafen.«

»Wenn Sie mir Geld dafür geben.«

»Ich habe kein Geld. Aber Sie können meinen Pullover haben. Er ist sehr wertvoll, Kaschmirwolle, mein Vater hat ihn mir in Rom gekauft. Oder die Lederjacke.«

Sie stürzte zum Schrank.

»Sie ist sehr groß geschnitten. Ich liebe sie.«

Billige Liebe. Ist Liebe billig. Sie schien billig zu haben zu sein. Eine Aufwallung des Gefühls, zu der ich nicht fähig war. Für mich war es ein relativ kleiner Dienst, der übermäßig bezahlt wurde, Gott sei Dank.

»Nein, tut mir leid, ich brauche Geld, nur Geld.«

Sie streifte sich Hemd und Hose ab und machte ein paar kunstvolle Schritte, die sie in der Tanzausbildung unter dem Motto Verführung eingeübt hatte. Wie erfahrene Frauen erfahrene Männer verführten. Ich war Analphabet, in jeder Hinsicht. Die Mama hatte ein gemeinsames Sparkonto eingerichtet, für den Notfall, in der Hispano-Amerikanischen Bank in Los Llanos. Sie versprach, fünftausend für mich abzuheben. Ich sollte im Vorschuß mit ihr schlafen. Ich versprach ihr, es zu tun, wenn ich das Geld sah.

*

Meine Frauenliste hatte sich um einen Posten erweitert. Das Geld war also nicht mehr das Problem. Ich mußte mich um die Leute kümmern, die etwas wußten. Ich stand auf der Calle Nr. 1 und überlegte, ob ich noch einmal zum alten Hafen zurück sollte, als ich eine Bewegung bemerkte. Zwei Frauen, nein, eine Frau und ein Kind, das Shorts anhatte und einen Eimer trug. Sie pinselten etwas auf eine Bretterwand und klebten ein Plakat drauf. Sie drehten dann wie auf Kommando die Köpfe nach mir. Sie hatten die Gesichter steinalter Schildkröten. Die eine war Angelita. Ich erschrak und sie lachte. Mach dich nicht verrückt, murmelte ich leise an meiner Zigarette entlang, mach dich bloß nicht verrückt.

*

Ich wachte auf mit den üblichen Kopfschmerzen. Das Meer donnerte durchs Zimmer wie ein Eisenbahnzug. Ich kramte nach einer Flasche. Dann fluchte ich über die Zeremonie, die es brauchte, bis ich rasiert war. Ich hätte einen elektrischen Rasierer benützen können, aber ich wollte es nicht. Der Boden wackelte, vermutlich war es der Boden. Ich sah an mir herunter. Ich hatte im Anzug geschlafen. Pia würde etwas zu bügeln bekommen. Sie war hinter nichts anderem her als hinter meiner Wäsche. Wieder wackelte der Boden, vermutlich die Brandung, oder die falsche Insel.

Im Playa Mont die übliche Versammlung des späten Vormittags. Die Deutschen hauptsächlich und die einheimischen Landbesitzer mit den Notaren und Maklern. Quadratmeterzahlen, Baugenehmigungen, Wasser- und Wegerechte, Zisternen, Elektrizität. Einem Bäuerchen führte man die zitternde Hand. Pfundweise zirkulierten die Geldscheine. Dabei lag der Körper, über den sie sich stritten, schon im Fieber.

Es gab einen einzigen großen Erdstoß. Ich hatte mich vorsorglich an die Holzwand gesetzt, die nur ächzte. Die Leute warfen sich unter die Tische. Der Steinschlag verursachte einige Prellungen. Ich ging herum, schaute sie an und stellte Rechnungen aus.

Herzchen im Weltmeer. Wie ich es haßte.

Man plazierte sich wieder an die Tische und fuhr fort, sich wegen ein paar Quadratmeter Lavadreck anzulügen. Der Scheinwerfer der Mittagssonne richtete sich auf den alten Hafen. Es würde Stunden dauern, bis sie ihn wieder losließ. Ich mußte warten. Ich kämmte mir die Haar zurück und zündete mir eine Zigarette an.

*

»Mein Herz ist nicht in Ordnung und mein Schwanz ist nicht in Ordnung. Aber ich lebe noch«, prostete mir ein glatzköpfiger Athlet zu, der einen Dauerplatz in der zweiten Bretterbude im alten Hafen hatte, sich als den Rest eines katholischen Künstlerbundes der alten Welt vorstellte und seinen hellen Trenchcoat öffnete, um mir die Narbe über seinem Brustbein zu zeigen.

Ich haßte die Demokratie der Alkoholiker. Ich drehte mich zur Wasserfläche und schloß die Augen.

*

»Keine Angst«, grölte mein Nachbar, »du bist einer von uns«.

Erster Versuch, Salvador Ventura zu treffen.

(Die Engel fahren auf schnellen Endurogeländemaschinen, das konnte ich vorher nicht wissen.)

Durch die Vermittlung einer Kneipenbekanntschaft war ich mit einem gewissen Salvador Ventura auf dem Kirchplatz im oberen Tazacorte verabredet. Ich solle Geld mitbringen, er wisse etwas von dem Schiff. Ich notierte mir Namen und Treffpunkt auf einem der Totenscheine, die ich immer bei mir trug, seitdem der Doktor mir das Ausfüllen übertragen hatte. Pia sei zu umständlich damit, hatte er mir anvertraut, sie stelle sich entsetzlich kleinlich an mit der »Todesursache«. Dabei sei es idiotisch, irgendetwas zu spezifizieren, solange man die Leiche nicht aufgeschnitten habe. Ich solle jedesmal »Herzversagen« schreiben, das sei nie falsch, letzten Endes. Ich ließ die Notiz offen im Zimmer liegen, was ich nicht hätte tun sollen, wo mir jeder im Haus nachspionierte.

Ich parkte den Daimler auf einem der Taxiplätze am Ende der gekachelten Promenade, die wie ein Schiffsbug über das grüne Meer der Bananenplantagen ragte. Ich ging die geschwungene Treppe zum Kirchplatz hoch, der schwarz von Leuten war. Ich arbeitete mich vor bis zum Rosenspalier. Man diskutierte erregt. Orlando war auch da, zusammen mit seinen beiden übelgelaunten Gorillas.

Er war gerade dabei, eine Rose abzubrechen und winkte mich zu sich.

»Ich kann an den Rosen nicht vorbei, ohne mir eine zu pflücken.«

Er steckte sie in den Ausschnitt seines verschwitzten Hemdes.

»Ach übrigens, das mit diesem Ventura, das lassen Sie besser sein. Sie kennen den Burschen nicht. Ich hatte gerade eine ziemliche Auseinandersetzung mit ihm. Er glaubt, er könne sich über die Verkehrsregeln hinwegsetzen mit seinem Motorrad. Und das ist noch das Wenigste. Ich glaube, ich habe ihm eine Lektion verpaßt.«

Mir wurde schlecht. Die Sonne. Ich hatte vergessen, meinen Hut aufzusetzen. Sah ein Knab ein Röslein stehn. Ich hatte wieder dieses Zucken in meiner rechten Gesichtshälfte. Ich schaute an der Reihe der gespitzten Mäuler des Knabenchors entlang. Jemand zog mich an den Haaren.

»Ich glaube, ihm ist schlecht«, sagte Orlando zu Chamorro, der mich unter die Arme faßte. Sie legten mich auf die Mosaikbank des Säulengangs. Orlando betrachtete mich verträumt, zog die Rose aus seinem T-Shirt und kratzte die Dornen ab.

»Was haben wir denn da so dick in den Taschen.«

Metamores zog den Packen Peseten hervor, den ich mir ins Jackett gestopft hatte.

Es waren meine ganzen Ersparnisse.

»Señor Schmidt, wir müssen es konfiszieren, das wissen Sie. Ein Ausländer darf nicht so viel Geld auf einmal bei sich haben. Das ist Gesetz, da ist nichts zu machen. Sie können es sich in kleinen Portionen wieder abholen.«

Ich habe es nicht mehr wieder gesehen.

*

Am nächsten Tag gab es eine Schießerei. Der Polizeichef, Chamorro und Metamores saßen in der letzten Bude des alten Hafens und schossen in die Hunde, die unter der Klippe lagen. Einer der Kellner kam hergelaufen und schrie »die Tanks, gebt acht auf die Tanks«. Sie schossen vor seine Füße und ließen ihn tanzen. Der Schotter spritzte durch die Gegend. Die Hunde, die noch lebten, rauften sich um die Kadaver der toten.

»Das war sehr unvorsichtig. Sie hätten ihn verletzen können.«

Ich setzte mich neben den Polizeichef.

»Ja, sehr unvorsichtig«, äffte Orlando mich nach und schaute melancholisch auf das Massaker.

Chamorro und Metamores gingen zwischen die raufenden Tiere und setzten ihnen die Gewehre an den Kopf.

»Es war sehr unvorsichtig.«

Orlando schwieg. Er hatte sich in seinen Stuhl sinken lassen.

»Scheußlich«, fing ich wieder an.

»Sie wollten es doch, wegen der Seuchengefahr.«

»Aber nicht mitten in der Mittagshitze und mitten im Ort.«

»Wann hätten wir die Biester sonst erwischen sollen.«

»Sie müssen sofort weggeschafft werden.«

»Bei der Hitze schleppt die keiner weg.«

Orlando rutschte noch tiefer in seinen Stuhl.

Am Eingang des kleinen Platzes vor dem blauen Holz des Northeimschen Eckhauses erkannte ich Angelita. Sie stand unbeweglich da, in einem weißen dünnen Kleid, das sich in der Brise ein bißchen bewegte. Für Momente schien es sich im Mittagslicht aufzulösen, so daß die bloße Form ihres Körpers übrigblieb. Hatte sie die ganze Zeit über dagestanden. Ich schüttelte unwillig den Kopf, »hau ab, hau bloß ab«.

»Was ist los«, grunzte der Polizeichef.

»Nichts.«

Ich klebte am Stuhl fest. Der Schweiß, das Plastik und die Blutdünste. Der Nachmittag legte sich über die Bucht wie ein Brennglas. Ich zückte meinen Taschenspiegel und kämmte mir die Haare zurück.

*

»Hallo, Herr Schmidt.«

Es war Angelita. Sie lehnte an einem Stapel brauner Bananenstümpfe vor der Öffnung der kleinen Plantage zwischen der Villa und dem Playa Mont. Das Licht war so hell, daß ich nur ihre Umrisse erkannte. Daß ich sie für einen Moment (einen Moment?) so geliebt habe, als wäre sie mein Leben. Es war Zeitverschwendung gewesen. Ich verfluchte mich bis zum Schluß, in meinen nüchternen, wachen Augenblicken. Nur weil mein Gehirn eine Wüste war, eine leere, ahnungslose Wüste für eine hitzige Fata Morgana in Gestalt einer schwarzäugigen, schwarzgelockten ägyptischen? Schülerin aus der Nachbarschaft.

Ich war zu Fuß, weil der Daimler nicht angesprungen war. Die Piste war leergebrannt von der üblichen Mittagsglut. Eine Rennbahn für Menschenratten. Ich zitterte, als ich den Schatten der Hauswand verließ, keine Verstecke, vielmehr die undurchsichtige Seite eines durchsichtigen Spiegels, das Maulbeergebüsch blau wie Stahl, die lange weiße Mauer mit den nachtschwarzen Eingängen in den Bananendschungel, lautlose Schlangen auf den von Kindern ausgetretenen Fußpfaden. Angelita verschwand in eine der Öffnungen. Ich wollte vorbeigehen und sah auf die blauen

Adern des Nil hinunter, in denen ihre weißen Schenkel steckten. Wie konnte ein ganzer Erdteil sehnsüchtig sein. Unter Zwang änderte ich die Richtung. Mein grauer Anzug färbte sich blau unter den blauen Blättern einer nubischen Oase.

»Hier bin ich.«

Sie lehnte an einer ungepflegten Bananenstaude, die in eine phosphoreszierende Fäulnis überging. Es war eine der Plantagen, deren Besitzer ausgewandert waren und die von den Bananenarbeitertrupps Orlandos widerwillig in Schuß gehalten wurden. Ihr Bauch war unförmig groß wie der einer Schwangeren kurz vor der Niederkunft.

»Sie sollten in der Hitze nicht spazieren gehen. Auch noch ohne Hut. Sie hatten doch eine Kopfverletzung.«

Ich faßte mir an den Kopf. Mein Herz raste völlig überflüssig. Ihr weißes Kleid hatte vorne einen Reißverschluß. Er war von unten her halb geöffnet. Ich sah den Zipfel eines Kissens.

»Kommen Sie ruhig her. Ich will Ihnen etwas zeigen.«

Sie streckte mir die Hand entgegen.

(Wie kann man einen Gedanken aus der Wüste vertreiben. Wie.)

Sie ergriff meine Hand. Förmlich. Sie machte so etwas wie einen Knicks dabei. Sie führte sie auf ihren Bauch. Ich fühlte das Kissen. Und durch das Kissen hindurch das Zucken.

»Es sind die Muskeln«, sagte ich, »es sind die üblichen Muskelzuckungen, die sie hier alle haben. Es könnte das Pflanzenschutzmittel sein, das sie hier tonnenweise versprühen.«

»Nein. Es ist ein Kind«, sagte sie.

Ich ärgerte mich. Ich hatte meinen Hut vergessen und noch nicht gefrühstückt.

»Wenn nicht jetzt, dann später.«

Ich stolperte gegen einen der violetten Blütenköpfe, die man vergessen hatte abzuschneiden. Die Bananenfrucht wuchs nicht, wenn man die Blüte hängen ließ. Ich stützte mich gegen den Bananenstrunk. Das Mädchen zog mich an sich. Sie schob ihr Kleid hoch und knöpfte meine Hose auf. Sie hatte schnelle geübte Finger und einen prallen elastischen Bauch, in dessen Mitte ein dünner Strich schwarzer Haare bis in den Bauchnabel ging.

»Haben Sie keine Angst.«

»Ich habe keine Angst.«

Warum sollte ich vor einer kleinen frühreifen Göre Angst haben.

*

Die Apfelsinen hingen zentnerweise an den Bäumen. Genauso die Avocados. Auch die Bananenstauden sonderten ihre Früchte ab als wäre es grüne Scheiße.

Ich hatte vor der Villa geparkt und war im Daimler sitzen geblieben. Ich mußte eingeschlafen sein. Ich merkte nur undeutlich, wie Pia mich rüttelte und aus dem Wagen ziehen wollte. Vor dem Haus warteten welche. Ich schob den Hut ins Gesicht und hatte das Gefühl, längst tot zu sein.

»Hauen Sie ab«, sagte ich zu meiner eigenen Überraschung.

Man klopfte ans Fenster. Sie ließen mich nicht in Ruhe. Ein Kerl saß auf dem Kotflügel. Sie brauchten einen Arzt, ausgerechnet in dem Fischerkaff an der Südspitze. Der Typ und Pia ließen es nicht gelten, daß ich keiner war. Ich sollte unbedingt mitkommen. Widerwillig ließ ich mich auf den Beifahrersitz schieben. Wir fuhren zum neuen Hafen hinüber und bestiegen ein schnelles Schlauchboot mit Außenbordmotor. Wir passierten die Stelle, wo der Lavateig ins Meer gestürzt war. Das Wasser dampfte an den schwarzen Säulen entlang, als wären sie noch heiß. In Puerto Naos wartete ein alter Opel. Wir fuhren an der südlichen Seite des Lavastroms wieder den Berg hinauf. Zuerst auf der Serpentine durch die Steilwand, dann durch die immer noch sehr steilen Barrancos von Las Manchas, in denen einzelne weiße Gehöfte im Schatten von Palmen standen. Bei San Nicolas waren Orlandos Leute dabei, neue Trassen durch die Lava zu sprengen, um die Nord-Süd-Verbindung wieder herzustellen. Das Auto kletterte im Schritt eine schmale asphaltierte Straße hoch, die unter einer mächtigen, hunderte von Metern aufragenden ockergelben Felsnase im Dorf Jedey endete.

Es war eine mit Blumen überschüttete Plattform hoch über dem Meer, das Bild eines frischen Grabes, auf dem schwarzgekleidete alte Frauen auf langen Bänken saßen und die seltene Durchfahrt von Automobilen abwarteten.

Hinter Jedey klebte die Piste an der Inselflanke, als hätte man sie künstlich angebracht und wäre ziemlich ungeschickt dabei vorgegangen. Außerdem bestand sie aus nichts anderem als Kurven und Schlaglöchern. Die beiden auf den Vordersitzen riefen sich Kommandos zu, die keinen erleichternden Effekt hatten, was das gnadenlose Rütteln des Fahrzeugs betraf. Unter dem rechten unbefestigten Straßenrand glänzte der geriffelte Ocean in achthundert oder tausend Meter Tiefe. Riesige Eukalyptusbäume warfen Schatten, die nach Hustensaft rochen. Einmal war ein Bauernhof unter der Straße, eine Tür und der Arm eines Kindes, der zurückgerissen wurde. Er hatte vorher auf dem Nacken einer Ziege geruht. Es war unterhalb von einem vorragenden Felsbalkon mit einem Kinderspielplatz, dessen Schaukel und kleines Karussell aussahen, als wären sie niemals benützt worden. Mir war schlecht, als wir den westlichen Abhang des San Antonio Vulkans erreichten und in die Tiefe zirkulierten.

Man sah nicht viel. Die Piste war ein Absatz mit einer ausgefahrenen Spur an einem glattwandigen fast geometrischen Kegel, der mit schwarzem Lavapuder bedeckt war. Die Wolken wehten mal dünner mal dicker aus der Tiefe herauf und sprangen wie überflutendes Wasser auf die Fahrspur.

Pia spähte, indem sie unentwegt plapperte, durch die Windschutzscheibe, und half dem Beifahrer, die Schlaglöcher anzusagen. Der Fahrer ließ sie reden und schraubte den Opel mit immer derselben rücksichtslosen Geschwindigkeit durch die Serpentine. Ich war hellwach, überwach, besoffen vor Wachheit, und starrte in den Abgrund, mit einem Gefühl vollkommener Unverletzbarkeit. Daran änderte sich nichts, als die Reifen abrutschten, der Wagen zur Seite kippte und im letzten Moment von dem sich aufwerfenden Lavaschotter gestoppt wurde. Ich drückte mich in den Rücksitz, während die andern ausstiegen und eine neue Fahrspur schaufelten. Pia redete durchs offene Wagenfenster auf mich ein und langweilte mich.

»Wissen Sie, Herr Schmidt, daß für mich das Ideal des Mannes der Kämpfer ist. Ich meine nicht den Soldaten, die Uniform, die Bewaffnung oder so. Nein, es ist dieser Typ von Mann, den es zwischen den Kriegen gab, ich habe ihn noch genau vor Augen, weil ich einen Vater hatte, der ihn verkörperte. Das schmale Gesicht, der graue Hut, das graue Jackett und die Hose, alles war etwas zu groß, wegen der Weltereignisse, dem Hunger, der Front, der Tuberkulose und der Jagd nach Liebe. Ich habe diesen Mann bewundert, ich habe ihn schon als kleines Mädchen bewundert, ich glaube, ich war drei oder vier Jahre alt, ich sprang damals über die hin und her schiebenden Eisschollen eines kleinen Flusses in Niederbayern, ich und meine Freundin Mitzi, wir organisierten Schokolade und Kaugummi bei den Amerikanern, ich denke immer noch oft an meinen Vater und wissen Sie, Sie erinnern mich sehr an ihn.«

Ich schnippte mißmutig die Zigarettenasche zwischen ihre Beine. Wieder eine dieser demokratischen Geschichten. Die Alte wollte mich bei Laune halten, das war alles. Oder gab es Götter in grauen Anzügen, die durch Wolkenlöcher spähten und das Wachstum überflüssiger Bananen segneten.

Tief unten, in den Lücken der Wolken, bewegte sich das Grün einiger Plantagen, der rote Klecks des Fischerkaffs und die weißen Kandelaber der Brandung.

*

Das Nest bestand aus einer Serie neuer kleiner Hütten aus weiß gestrichenem Holz und roten Wellblechdächern. Sie standen genau über dem Platz der alten, die in die Lava eingebacken waren. Sie umrahmten eine kleine graue Bucht, gegen die eine riesige Dünung anrannte.

Wir parkten neben der Bar. Es war ein Schilfdach auf dünnen Holzstelzen, mit einem Eisschrank und Tischen und Stühlen aus bleichem Holz. Eine Menge kleiner Kinder und Hunde streunten zwischen zerrissenen Netzen und Fischgräten. Die Einwohner hatten sich vor dem Haus des Kranken versammelt.

Pia machte es wie immer. Sie ging rein und kam zurück mit dem üblichen wichtigen Gesicht.

»Machs kurz«, murmelte ich, während ich einen besonders hohen Brecher verfolgte, der sich in einer Staffette weißer Explosionen verbrauchte.

Er habe Krebs. Das rechte Bein sei doppelt so dick wie das linke. Es sei praktisch Matsch. Es würde schon stinken.

»Es reicht. Geben Sie ihm die Spritze und dann nichts wie weg.«

Man müsse ihm das Bein abnehmen. Sie werde es tun.

»Ja dann tun Sie es, nehmen Sie eine Säge und tun Sie es. Ich fahre inzwischen voraus.«

Ich solle aus dem Auto rauskommen und ihr helfen. Sie trommelte aufs Wagendach und heulte. Ich schmiß ihr die Erste-Hilfe-Tasche vor die Füße.

»Den Teufel werde ich tun.«

Der Pulk der Dorfbewohner näherte sich dem Auto. Einige hatten Gewehre in der Hand. Das Meer war unendlich trostlos.

*

Es fand in der Bar statt. Es wurden drei Tische aneinandergerückt. Die Frauen schrubbten den Unterleib und die Beine. Pia sammelte verschiedene Werkzeuge aus den Küchen und dem Reparaturplatz für die Boote. Der Kranke und ich tranken um die Wette, während das Meer unbedingt die paar armseligen Hütten verschlingen wollte, aber nicht konnte, und jedesmal in einem höhnischen Geknatter der Kiesel verebbte.

Es wurde dunkel. Das Dieselaggregat funktionierte nicht. Man hängte Ölfunzeln ins Dach. Pia postierte Leute mit Taschenlampen. Ich sollte ihr die Instrumente reichen. Sie hatten alles angeschleppt, Messer, Scheren, Nadeln, Schnüre, Zwirn, Nägel, Zangen, Sägen, Schüsseln und Eimer mit kochendem Wasser. Die Stimmung besserte sich. Ich fluchte vor mich hin. Jeder Tag verkam unweigerlich in einer hauswirtschaftlichen Veranstaltung.

Der Kranke bekam ein Opiumstück zu kauen, was aber wieder herausgefischt werden mußte, weil er zu besoffen war und sich verschluckte. Pia fing mit einem großen Messer an. Es versank wie in Butter. Die schwarze Flüssigkeit war Blut. Ich mußte

Handtücher dagegen drücken. Sie versuchte es weiter oben, in der Leiste. Sie schwitzte und heulte, weil sie nichts sehen konnte. Ich drückte und sie fischte herum.

Der Wind hatte gedreht. Er blies Asche vom Vulkan und entsetzliche Schreie.

»Was ist das.«

»Es sind die Esel.«

»Sie sollen still sein. Man kann nicht arbeiten bei dem Krach.«

Dann kam das Blut im Schwall. Die Handtücher waren sofort schwer. Pia versuchte, mit dem Zwirn um die Ader herumzukommen. Sie wühlte in einem Sumpf.

»Puls hundertneunzig.« Es war ein ehemaliger Landvermesser, der die Herzkontrolle übernommen hatte. »Unregelmäßig.«

Ich kicherte nervös. Es wurde unaufhaltsam lauter. Als Pia mit der Säge nicht zurechtkam, platzte ich schallend heraus. Ich nahm sie ihr einfach aus der Hand und sägte am Rest des Knochens. Der Mann erzählte etwas. Ich schnitt die hinteren Muskelbäuche durch. Sie schnurrten zum Knie. Es gab einen kurzen Gesang.

»Wohin mit dem Bein.«

»Begraben«, sagte einer.

»Warten Sie, der Rest kommt nach.«

Es gab eine Pause. Die Blutung stand von allein. Ich kicherte wieder in mich hinein. Mein Anzug war hinüber. Ich bekam ein weißes Hemd und eine Sonntagshose von den Fischern.

Der Mann war ohnmächtig. Das Herz jagte mit Unterbrechungen. Pia suchte nach einem Stück gesunder Haut, um die Wunde zu verschönern. Aber alles war morsch, wie bei einer Weihnachtsgans, die zu lange gekocht war. Der Zwirn riß jedesmal durch.

Die Esel schrien nicht mehr. Es dämmerte. Der Vulkan hing aus den Wolken herunter wie eine Trompete. Es war das Grau eines neuen Morgens, der alles mit einem grauen Zuckerguß überzog. Die Zuschauer waren erstarrt. Selbst die Brandung stand an der Stelle, auch die Hunde, die übernächtigten Kinder mit ihren Schwimmreifen und den schwarzen Augenringen. Ich war dabei, mir eine Zigarette anzuzünden, als ich fiel. Blasmusik erhob sich in den Pausen des Meeres, der Wind trieb sie herüber. Ich stand auf dem Nordpol, das Eis war durchsichtig und die Luft warm, ein Mann und eine Frau, die flimmernden Birken und das hölzerne Podium zum Tanzen.

Am späten Vormittag traten wir den Rückweg an. Ich hatte auf einer Campingliege in einer der leerstehenden Hütten gelegen, keinen Schlaf gefunden und die Kakerlaken beobachtet. Wir fuhren in demselben alten Opel mit denselben schweigsamen Männern. Das Licht war unverändert grau und stumpf. Es sickerte zögernd durch den Wolkenbrei, der sich um den San Antonio drehte.

Fuencaliente, das Dorf, das landeinwärts hinter dem Vulkan lag, war ganz in Wolken gehüllt, schien menschenleer und vollkommen mit melancholischen Gedanken beschäftigt. Als wäre jedes der aus dem Dunst vortretenden Häuser eine unbegreiflich traurige Erinnerung.

*

Wir machten Stop in der Kneipe am östlichen Ausgang der Ortschaft. Ich nahm mein Glas und lehnte mich in die Tür. Ich kam mir vor wie auf dem rauhen Buckel eines Walfisches, der sich für einen Augenblick selbst vergessen hatte und aus dem Atlantic aufgetaucht war. Unter den Wolkenfenstern das gerippte blaue Skelett des Oceans. Von hier ging es ohne Unterbrechung ins ewige Eis des Antipols. Klar, daß mir kalt war.

Ich ging zurück an die Bar. Pia machte sich wichtig. Es gäbe einen Onkel von Ventura, in den Salinen unten, sie habe es von den Fahrern. Sie wollten mir einen Gefallen tun, sie würden mich zu ihm hinunterbringen.

»Dann kann ich also die Kotzstrecke wieder runterfahren.«

Es gab noch eine andere Straße. Eine unsinnig breit ausgebaute Teerstraße, die zum Arbeitsbeschaffungsprogramm Orlandos gehörte. Wir fuhren ein paar Meter auf die Ostseite, die sich unter Wolken versteckte, dann ging es unmittelbar vor einer Tankstelle nach Süden hinunter, fast wie im freien Fall.

Ich hatte Pia zurückgelassen. Die beiden Begleiter waren nach wie vor schweigsam. Der Opel stürzte durch die Wand wie eine Möwe, zuerst an einigen weiß gekalkten Häusern vorbei, vor denen schwarz gekleidete Menschen saßen wie vor ungemütlichen Grabstätten. Wo nötig, waren Gassen in den Fels gesprengt. Ein scharfer Wind rüttelte am Auto. Auf einem Absatz hatte ein Optimist eine Plantage anlegen wollen, unter einer mehrere hundert Quadratmeter großen Plastikplane auf einem Holzgerüst, an dem jetzt die zerfetzten Reste davon knatterten.

In künstlich angelegten Mulden schlängelte sich ein vertrocknetes Astwerk, halb verschüttet vom schwarzen Treibsand. Aber diesmal waren es die lebendigen Weinstöcke des feurigen Vulkanweins von Fuencaliente. Ich begrüßte sie wie Artgenossen, während ich meine Metallflasche an den Mund führte.

Dann querten wir den schwarzen Aschemantel des Teneguia, der bereits wieder im Begriff war, ein malerisches Ornament von Kakteengewächsen zu produzieren.

Dann schimmerte das trübe Silber des Weltmeers über die letzte Klippe. Davor war der Leuchtturm und das blutige Rot der Saline, auf der ein gewisser Ezequiel mit einem Rechen kleine Salzberge aufhäufte.

Er wollte zuerst nichts reden, überhaupt nichts. Erst bei der Geschichte von der Operation reagierte er mit einem interessierten Blick auf mich. Der Gestorbene war ein Verwandter von ihm, was aber nichts besonderes hieß. Die Einheimischen heirateten längst Vettern und Basen. Ja, es gäbe Vorbereitungen für eine Schiffspassage, ob mit einem Schiff von hier oder einem Sammeltransport von Tenerife, das wisse er nicht, es sei alles eine Frage des Geldes, früher der Muskelkraft und des Muts, heute des Geldes.

Er musterte meinen relativ dünnen Körperbau, verächtlich, wie mir schien, den notdürftig gesäuberten blutigen Anzug und den grauen Borsalino, den ich mir wegen des Windes auf den Kopf drücken mußte. Salvador Ventura, ja, ich solle in der Bodega in der Höhle von San Nicolas nach ihm fragen.

Ich streckte ihm einen Tausend-Peseten-Schein hin, einem Mann in zerrissener Kleidung und mit blutig aufgeweichten Händen und Muskeln, die so dünn waren wie die Sehnen, an denen sie hingen.

Ezequiel schaute das Geld an, dann mich und dann das Meer. Alles mit derselben traurigen Verachtung.

*

Sind es die verwandten Blicke, die seltsam ähnlichen Gewächse.
Du hast die Schönheit nie berührt
den Papiervogel in der Nähe der Sonne
Arme in schwarzem Knabensamt
Verräter Verräter
umsonst hast du die gelben Kreppschuhe angehabt
bist zum Waldrand vorgestoßen
mit unnötiger Hast
ins mannshohe Schilf
aber die Schönheit
hast du nie berührt

»Was ist los.«

Ich schreckte hoch.

»Wollen Sie heute überhaupt nicht aufstehen.«

Pia stand mütterlich anklagend in der Tür. Dazwischen das Chaos zweier umgestürzter Stühle, eines Bademantels, einiger Hemden, Handtücher und Flaschen, eines umgekippten Aschenbechers, eines unberührten Tellers mit Ziegenfleisch in Bohnen, auf dem sich große Schmeißfliegen tummelten und jeder Menge Tassen mit eingetrockneten Kaffeeresten. Ich selbst lag nackt auf dem Bett mit meinen italienischen Halbschuhen an den Füßen. Die Nachmittagshitze war durch die Ritzen der Fensterläden gekrochen und hatte alles mit einer alten reißenden Haut überzogen. Das einzig Frische war die Pfütze Rotwein auf meiner Brust. Pia wollte sie aufwischen, was einen stummen Ringkampf zur Folge hatte, in dem ich siegte.

Ich wollte wieder einschlafen. Aber mein Herz schlug zu schnell. Ich zählte den Puls. Hundertvierzig. Viel zu schnell. Ich stand auf und suchte nach einer vollen Flasche, es war keine da. Ich zog den Bademantel über und ging auf die Veranda. Das Meer hing matt am Ufer, als hätte es die Vergeblichkeit seiner Brandung erkannt. Ich schaute zu den Fischern hinüber. Sie sortierten die Netze. Das Geschäft ging schlecht. Auch unter den Fischen herrschte der Krebs. Gut für die Hunde. Nicht hier sein. Ich war fremd wie jeder, der die Avenida de Emigrante hinunterging.

Ich dachte an Nueva York, die kilometerlangen sauberen Gehsteige, die Männer in grauen Maßanzügen, die Frauen in unbestechlich eng geschnittenen grauen Kostümen, die Fahrstühle, die in gut geölten Laufwerken zwitscherten, die stillen Marmorböden der Museen, das mathematisch genaue Glitzern der Wasserspiele, die exakte Müllabfuhr und die geheime Verkehrspolizei.

Es hat Leute gegeben, die es mit nichts anderem geschafft haben als mit einem kleinen Ruderboot, ohne Scherz.

Bevor Pia mich hindern konnte, nahm ich den Daimler und fuhr nach San Nicolas hinauf. Das Lavafeld mit der Straßenbaustelle querte ich zu Fuß. Das Meer bestand aus einem dünnen Blau, das von einem Netz silberner Wasserstraßen zusammengehalten wurde. Links in den Barrancos wühlte schon die Dunkelheit, die Kakteen erstarrten und die Felsen bekamen dramatische Risse.

In der Bodega kannte man keinen Ventura, angeblich. Ich lehnte mich an den übermannshohen Granitblock, den sie vor den Eingang postiert hatten. Der Kopf eines kindischen Riesen der landeinwärts schaute. Drunten im Bananenmeer von Todoque leuchteten die runden Augen der Wasserspeicher.

*

Als ich nach Tazacorte zurückkam, ging ich gleich in die Calle Nr. 2, zu zwei Schwestern, Zwillingen. Die eine war gertenschlank, hübsch und intelligent, die andere war das Gegenteil und verschlimmerte es dadurch, daß sie an der Bierflasche hing, sich nicht wusch und eine ordinäre Ausdrucksweise hatte. Ihre Männer waren nach Venezuela ausgewandert und hatten sie auf einem Haufen Kinder sitzenlassen. Sie lebten in einer Dreizimmereinheit von Orlandos Sozialbauten. Tagsüber hielten sich alle in der Küche auf. Schon auf der Treppe hörte ich das Radio plärren, die

Kinder herumtoben und die Hunde bellen. Die Hübsche wischte mir einen Stuhl ab.

»Schön, daß sie wiederkommen, Adam.«

»Ich heiße Schmidt, nennen Sie mich Schmidt. Haben Sie das Geld.«

»Meine Schwester möchte auch. Aber wir haben nicht ganz das Doppelte.«

»Es geht sowieso nicht zweimal bei der Hitze.«

Ich schubste den Pudel zur Seite, der sich an mein Bein gelehnt hatte. Ich sah auf ihre eng anliegenden Jeans und die weiße, frisch gewaschene Bluse. Es roch nach einem billigen Parfüm, das bei jeder ihrer Bewegungen neu zu explodieren schien. Mit dem Dunst von abgestandenem Kaffee, knoblauchhaltigem Fisch und feuchten Windeln ergab sich eine üble Mischung. In ihren Achseln waren große Schweißflecken, die mit jeder Minute größer wurden.

Ich zog mir das Hemd aus. Sie wollte mir helfen. Ich machte eine unwillige Bewegung, schob die Kinder zur Seite und stellte mich ans Fenster.

»Der Rest der Familie bleibt?«

»Nein. Wenn es Sie stört.«

Ich zündete mir eine Zigarette an. In der Gasse faulten Bananenstrünke. Sie sahen aus wie die Kadaver von Leuten, die vergessen hatten, umzufallen. Ich schloß das Fenster. Die Hübsche kommandierte die Kinder nach draußen. Die großen in den Flur und die kleinen mit der Schwester ins Nebenzimmer. Eines der Mädchen kicherte und wollte durch den Türspalt gucken. Sie gab ihr eine Ohrfeige und stieß sie in den Flur zurück, wo ein ohrenbetäubender Lärm begann. Dann setzte sie sich auf mich.

»Was ist los.«

»Nichts«, sagte ich, »der Lärm.«

Sie faßte zum Radio hinüber und drehte es leiser. Dann öffnete sie meine Hose, es ging schnell, wie üblich, maschinenmäßig, bis auf die Peinlichkeit des Moments, wo sie sagte, ich sei das höchste Glück der Welt, sie wäre schon naß, wenn sie mich nur ansähe, sie würde alles tun, was ich verlangte, sie würde sich wegwerfen für mich.

Ich verachtete sie dafür. Mühsam verbarg ich meine Verachtung, als ich das Geld zählte und ging. Ich war hinter etwas anderem her, was es nicht gab, nicht hier.

Den Rest der Nacht verbrachte ich in den verschiedenen Hafenkneipen und lauerte auf Bemerkungen. In Bezug auf New York wurde nichts gesagt. In der Morgendämmerung fand ich mich in meinem Zimmer ein, stand rauchend am Fenster und sah zu, wie sich das Meer entpuppte. Ich lauschte. Es wurde ausgeatmet, das war alles.

Ich suchte nach einem Blatt Papier. Ich mußte mir eine Strichliste machen, von den Frauen, damit ich den Überblick nicht verlor.

*

»Hallo, Schmidt, Herr Schmidt, sind Sie da.«

Unten auf der Straße standen Northeim und der Idiot, der diesmal eine komplette Militäruniform anhatte. Ich zog den Bademantel über und trat an den Rand des Balkons. Ich mußte nochmal zurück, um meine Sonnenbrille zu holen.

»Was ist los. Was wollen Sie.«

Northeim strahlte. Er mußte verrückt sein mit seiner aufgeregten Definitionslust und daß er mich deswegen mitten aus dem Schlaf riß.

»Sie leiden unter der alten Schuld«, rief er hoch. Er sonderte seine Sentenzen ab, egal unter welchen Umständen. Jeder hätte sich geniert, auf einer glutheißen Schotterstraße am Meer einem Fremden so etwas zuzurufen.

»Ich wußte es, gleich als ich Sie das erste Mal sah, Sie fühlen sich schuldig, Sie haben sich selbst das Todesurteil gesprochen, der Gedanke überflügelt die Zeit, natürlich, aber warum warten Sie nicht einfach ab, Sie Erzengel an der Pforte des Paradieses. Am Ende wird die Tat alles sein.«

Ich verstand ihn nicht. Der Idiot in Uniform fing an zu weinen. Ich machte ihnen ein Zeichen an die Stirn.

»Wir werden es zusammen tun. Wir werden ein glühender Leib sein.«

Die beiden mußten sich am hellichten Tag besoffen haben. Und

Northeim konstruierte eine Rechtfertigungstheorie daraus, jeder sei dem andern gleich, jeder dieser Penner, dieser Verräter, Säufer, Schieber und Huren wären brüderlich in einer Demokratie des Glücks. Nein, meine Verachtung mußte einen besseren Grund haben als den der Eitelkeit.

»Wir haben eine Nachricht für Sie, von der kleinen Angelita Muerte. Sie behauptet, sie kenne Sie.«

»Was will sie.«

Der Depp hielt einen Zettel in der Hand.

»Was steht drauf. Lesen Sie doch vor, was drauf steht.«

Northeim wollte ihm den Zettel aus der Hand nehmen, aber der Depp wehrte sich.

»Er hat den Auftrag, es Ihnen persönlich zu übergeben.«

Sie diskutierten noch eine Weile, dann wickelten sie das Papier um einen Stein und warfen ihn hoch.

Ich solle in die Bodega von San Nicolas kommen. Ventura erwarte mich.

*

Ich hatte es eilig. Als ich zum Auto kam, lehnte einer an der Fahrertür. Er atmete schlecht. Er schaute mich mit aufgerissenen Augen an. Er trug ein Unterhemd und eine schmutzige Arbeitshose. Der Brustkasten war gewölbt wie ein Faß. Er verschlang die Luft, ohne sie wieder herauszubringen. Er ging mir nicht aus dem Weg.

»Ich kann Ihnen nicht helfen. Sie sehen doch, die Praxis ist geschlossen.«

Ich zog mein Jackett über. Ich vergewisserte mich, daß ich diesmal Schreibstift und Notizblock dabei hatte.

»Außerdem ist die Schwester nicht da. Und der Arzt kann nichts tun. Sie bräuchten eine Beruhigungsspritze, habe ich recht.«

Der Mann kam schweratmend auf mich zu. Als ob jemand helfen könnte. Ich wollte ihn von mir wegstoßen, aber überwand mich und legte ihm die Hand auf die Schulter.

»Beruhigen Sie sich.«

Ich drehte ihn vom Wagen weg. Die Sonne verirrte sich hinter einer Passatwolke. Ich würde zu spät kommen. Es würde dunkel sein und ich würde mich garantiert wieder verfahren in Orlandos Baustellen.

»Er will die Insel zubetonieren, ich glaube, das will er«, sagte ich zu dem Mann, der steifbeinig zur Kaimauer ging, sich abstützte und auszuatmen versuchte. Der Blick des Meeres war unendlich gleichgültig.

»Ich werde im Playa Mont Bescheid geben. Man wird Ihnen einen Wagen schicken.«

*

Als ich in die Serpentine von Los Llanos bog, überholte mich ein Motorrad. Das heißt, es blieb zuerst eine ganze Weile auf meiner Höhe, obwohl jederzeit aus der nächsten Kurve einer entgegenkommen konnte. Es saßen zwei drauf, mit Helmen, auf dem Rücksitz eine Frau. Ich drosselte das Tempo und sie taten dasselbe. Dann zogen sie schnell davon.

Auf den kleinen Plazas von Argual saßen schwarzgekleidete Leute in langen Reihen vor den weißgetünchten Mauern. Raben, die nicht fliegen wollten. Jeder schien darüber nachzudenken.

Dann passierte ich das unbewohnte Villenviertel von Los Llanos. Der Urwald schwappte über Mauern und schmiedeeiserne Tore, die erdfarben waren vom Rost. Violette Blüten so groß wie Kindsköpfe waren auf die Straße gestürzt und kugelten sich im Wind. Ich gab mir Mühe, den Dingern auszuweichen. Jedesmal, wenn sie unter die Räder kamen, gab es Geräusche wie bei tiefen Atemzügen. Ich hätte eine Dienstwohnung haben können in einem der Häuser, aber ich wollte nicht.

In Las Manchas war die Piste gesperrt. Sie machten Sprengungen für die neue Straße. Eine Menge Leute schaute zu. Orlando leitete die Aktion. Der Lavastrom war auf das Hindernis des alten Dorfes gestoßen und hatte sich aufgeworfen und Falten gebildet, aufgereckte Gestalten, Gesichter und unterirdische Blasen. Weiter unten hatten die Deutschen bereits wieder Häuser in den Koks gesetzt. Angeblich lief die Insel nie ein zweites Mal an ein und derselben Stelle über. Schwarzgefärbte Arbeiter rannten durcheinander. Der Polizeichef legte die Dynamitstangen höchstpersönlich in die Löcher. Die Caterpillars dröhnten. Die Luft roch nach Schwefel und Dieselöl. Heimat oh Heimat. Ich begann einen Schlager zu summen, stieg aus und legte den Kopf auf den Daimler. Niemand kümmerte sich um mich. Dann tippte mich jemand auf die Schulter und sagte »Schmidt«. Ich drehte nur den Kopf. Es war Angelita. Sie hatte das Visier ihres Helms nach oben geklappt, ihre Augen glitzerten vom Meer. »Schmidt«, sagte sie nochmal.

»Kennen wir uns«, sagte ich und blieb an ihren Augen hängen. Es mußte das Abendlicht gewesen sein, die Gewißheit des Endes aller Tages. Sie lächelte selbstsicher über mich hinweg.

»Wir bringen Sie zu Ventura. Fahren sie hinter uns her.«

Wir fuhren die Piste nach San Nicolas zurück und von dort auf der oberen Straße nach El Paso. Hinter einem einzeln stehenden Haus ging es in den Berg hinein, ein Gebiet unter der Cumbre, das sie Cabeza vaca, Kuhkopf, nannten. Es war eine der harmlos hinter einer Felsnase verschwindenden Pisten, die gleich darauf an Felswänden durchs Himmelblau irrten. Die Fahrbahn hatte die Beschaffenheit eines ausgetrockneten Wildwassers. Mit dem Geländemotorrad war es noch relativ einfach. Ich hatte Mühe, das Tempo zu halten. Der orangene Helm mit dem schwarzen Zopf verlor sich regelmäßig hinter einem Kakteengebüsch, einem wilden Weinstrauch oder einer Palisade aus Kiefernstämmen, um hoch über mir auf einer Felswand herumzugeistern, die ein Sternenhimmel aus Fettpflanzen war.

Verrückt. Es erinnerte mich an etwas, das soviel war wie mein Leben. Es mußte an der Höhenluft liegen. Sie hatte die Wirkung zweier rasch hintereinander gekippter Bananenschnäpse.

Inzwischen kurvten wir im Kiefernwald, über tausend Meter hoch. Die Bäume hingen haltlos in der Felswand. Ich schrammte mit heulender Kupplung über die Steinbrocken. Das Gestrüpp kratzte an den Fenstern. Die Ölanzeige, oder war es die Kühlanlage, leuchtete schon eine ganze Weile. Ich hielt an und hupte. Die beiden parkten das Motorrad eine Serpentinenwindung über mir und kamen zu Fuß zurück.

»Das ist ein Daimler und kein Maultier. Wenn ich weiterfahre, ist er kaputt.«

Wir hatten das Ziel fast erreicht. Es war ein ausgedehntes Hochplateau mit einer versteckten Weinplantage. Der Bruder Venturas fuhr weiter. Angelita blieb bei mir. Sie zog den Helm ab.

»Ich liebe Sie, Adam Schmidt. Seien Sie still, ich werde mit Ihnen fahren nach America, zuerst fahren wir zu den Niagarafällen, dann nach Kanada. Meine Mama ist auch dort. Es ist ein riesiges Land, tausend Mal so groß wie diese Insel. Wir haben genug Platz da, wir werden herumreisen, fischen, jagen, nie an derselben Stelle sein, uns immer liebhaben, jeden Tag.«

Sie mußte es in der Schule gelernt haben. Es war verdammt noch mal zu hoch für mich. Ich war dabei, einen Höhenkoller zu bekommen, dieses komische Brausen im Ohr, das Brechen der ausgetrockneten Äste, die polternden Steine, diese allgemeine Neigung in den Abgrund. Ich lehnte mich unauffällig gegen den Daimler, fischte nach meinem Kamm, nahm den Hut ab und kämmte mir die Haare zurück.

»Ich hoffe, du hast niemandem erzählt, was wir in der Plantage gemacht haben. Ich hatte etwas getrunken, das war alles.«

»Sie lieben mich auch, ich weiß es.«

Wir schauten aufs Meer, als hätten wir etwas gemeinsam. Das Motorrad kam zurück, mit Ventura auf dem Rücksitz. Es war ein schlanker, junger, sehr muskulöser Mann mit blondem, kurzgeschorenem Haar mit einer langen Strähne im Nacken. Er hatte einen regenbogenfarbenen Bluterguß am rechten Auge und trug den rechten Arm in einer schwarzen Schlinge. Er spähte sekundenlang in den Abgrund, wegen Orlando, wie er sagte und rieb sich die Hände. Das Geschäft schien ihm Spaß zu machen. Ja, es gäbe noch eine einzige Überfahrt, ein wirklich letztes Mal, mit einem Schiff, das irgendwo im Norden verborgen liege, es koste eine Menge Geld selbstverständlich, ich müsse mit umgerechnet zwanzigtausend Deutschen Mark rechnen, Deutsche Mark oder Dollar, das sei gleich, mit Peseten könne er nichts anfangen. Wegen der Währung solle ich mich an die Holländerin vom Markt wenden. Sicherheiten? Es sei eine Sache des Vertrauens. Zehntausend Mark Anzahlung, dann könne er mir das Schiff zeigen.

Angelita lächelte mich an. Mein Atem ging zu schnell, die dünne Luft, wie sollte ich auf der schmalen Piste den Daimler wenden, unmöglich, und mit wieviel Frauen mußte ich noch schlafen, um so viel Geld zusammenzukratzen.

»Wir werden es schaffen«, sagte Angelita und ließ sich von den beiden jungen Männern Feuer geben.

*

Die Seele ist ein Gummibärchen unter den Sternen. Es war einer der zusammenhanglosen Gedanken, die durch meinen Schädel tropften, als wäre er eine Zuckerbäckerei. Er kam mir, als ich am späten Abend auf der häßlichen der beiden Zwillingsschwestern lag. Mehr als dreitausend Peseten hatten sie nicht zusammengebracht, gerade fünfzig Deutsche Mark, zu wenig für zwei. Vielleicht lag es daran, daß ich etwas aus der Facon kam, oder am Ekel, oder am Wunsch, zu sein wie das Meer in seinem unbeugsamen Bett, oder wie das Bild des Meeres. Zum Schluß küßte sie mich auf den Mund. Was war in sie gefahren, es war gegen die Abmachungen.

Noch auf der Straße wischte ich mir den Mund ab. Ich verachtete die Frauen dafür, daß sie mich bezahlten, damit ich sie liebte, ohne sie zu lieben. Ich verachtete sie für die verzweifelte Hoffnung, die sie damit zu verknüpfen schienen.

Dabei, hätte ich auf mein Innerstes gehört, aber was war mein Innerstes, es war doch der gleiche ununterscheidbare Brei, den man optimistisch den guten Kern nannte, ich hätte mir eingestehen müssen, daß da etwas war wie ein solidarisches Mitfühlen mit Genossinnen, Schwestern, die unter demselben Krieg des Vergessens litten wie ich, die auf die verwüstete Leere zurückschauten, unschuldige kindliche Gefährtinnen, verzweifelt abgeschnitten von ihrem vormals abenteuerlichen Aufbruch ins Leben, und das einzige, was sie herübergerettet hatten aus dem schönen Land der Illusion, war vielleicht dieser eine Blick, diese typische Wendung des Kopfes, die Art, wie sie ihr Haar zu einem Zopf flochten, der Rock, wie er ums Knie spielte, der Bauch, der Hosenbund, die entblößte Brust, die sie wie zum ersten Mal zitternd zum Vorschein brachten, ja, es verknüpfte uns eine nicht aussprechbare Erinnerung, eine Vertrautheit, die durch die Zeit zur Lüge geworden war, die keiner einzelnen galt, die sich auf jede erstreckte.

*

Ich wachte auf, weil ich mich übergeben mußte. Das Bettgestell wackelte, oder wackelte nicht. Jedenfalls zuckten meine Beine und auf das Hausdach prasselte ein Steinregen. Vielleicht war ein Köter in der Wand gewesen und hatte ihn losgetreten.

*

Wieder ein Sonntag mit vorläufigem Mist. Ich war mit der Holländerin verabredet wegen der Devisen. Sie lebte in einem Häuschen in Argual, einer in den Bananenplantagen westlich von Los Llanos verstreuten Siedlung. Sie hatte einen deutschen Freund. Es war der geduckt gehende eisleckende Riese, den ich einmal im Playa Mont gesehen hatte. Es wunderte mich nicht, daß die beiden zusammen waren. Sie war eine Hysterikerin von der bösen Sorte und er ein Tanzbär, der um sie herum dienerte. Sie hatte sich ein besseres Leben versprochen und schob ihm die Schuld in die Schuhe, weil es nicht eingetroffen war.

»Ich finde die Insel wunderbar, ein Paradies, nicht wahr, Robert, so schöne Menschen, ich meine die Einheimischen, nicht die fetten Deutschen.«

Robert war dabei, Kaffeetassen auf den Tisch zu stellen.

»Die ist nicht sauber, die hast du nicht richtig gespült. Ach, Herr Schmidt, kennen Sie den einen, den Glatzkopf, der immer im Playa Mont sitzt, er war Generaldirektor in einer Bank, der Deutschen Bank, in München, ein ekelhafter Kerl, er traut sich und kommt jeden Tag an meinen Stand, um mit mir zu flirten, der alte Bock.«

Sie kicherte verzweifelt. Der Neid hatte sie ausgemergelt. Ihr Gesicht hatte genauso viele Falten wie ihr Arsch, der in ein paar zu weiten Jeans steckte.

»Wie man hört, wollen Sie die Insel verlassen. Haben Sie denn ein Schiff. Wollen Sie auf die Hauptinsel hinüber. Bleiben Sie lieber bei uns, da drüben sitzen Sie nur fest, die lassen einen nicht weg. Aber natürlich nehme ich Ihr Geld in Verwahrung. Ich habe sehr gute Beziehungen zu den Banken. Die Umtauschaktion dauert aber ihre Zeit. Sie können sich ganz auf mich verlassen, mein Mann und ich stehen ganz auf Ihrer Seite, nicht wahr, Männilein.«

Er war gerade dabei, den Kaffee einzugießen. Sie riß an seinem Kopf und schlug ihren Mund mehrere Male gegen seine Backe.

»Ist er nicht süß. Sei süß, sei süß. Ich liebe ihn. Ich könnte nicht leben ohne ihn.«

Sie musterte ihn kalt. Er versuchte, sie abzuschütteln.

»Sei doch vorsichtig, Männilein, du hast den Kaffee verschüttet, hol sofort eine andere Tischdecke. Was soll denn Herr Schmidt von uns denken.«

Als ich mich verabschiedete, ging sie mit ans Gartentor. Es sei ihr zu Ohren gekommen, sie sei ja keine, die auf den Klatsch etwas gäbe, im Prinzip klappte es mit ihrem Mann ja noch...

Ich unterbrach sie und sagte, daß ich es für Geld täte, mit jeder, egal. Die Holländerin kicherte nervös.

»Wieviel.«

»Hundertfünfzig.«

»Deutsche Mark.«

»Deutsche Mark.«

Wir verabredeten uns für den nächsten Tag, wo sie ihren Mann auf eine längere Besorgung schicken wollte.

*

Ventura hatte mich nach La Laguna bestellt, auf den Kirchplatz, wegen der Übergabe der Anzahlung. Ich hatte das Geld, wollte aber erst das Schiff sehen, das Geld gegen den Anblick des Schiffes, würde ich ihm sagen.

Er wollte mich im Schutz eines der Dorffeste treffen, die die Hitze der Augustnächte vergessen machen sollten, mit Umzügen, vornehmen Ansprachen, Opernvorstellungen, Filmvorführungen, Pferderennen, bis alles unausweichlich in ein und demselben wüsten Besäufnis endete.

Pia war mit dem Daimler unterwegs. Ich ging zu Fuß zum Playa Mont hinüber, um mir ein Taxi zu nehmen. Die beiden Kellner standen vornehm mit dem weißen Tuch über dem angewinkelten Arm zwischen den Trümmern des Lokals, das eine einzige große Flutwelle eine Woche zuvor kurz und klein geschlagen hatte. Die Villa in der Avenida hatte keinen Schaden genommen, nur daß der Schäferhund des Polizeichefs an seiner Kette ersoffen war. Es sollte Tote gegeben haben, aber ich glaubte es nicht, weil keine Totenscheine verlangt wurden.

Es war kein Taxi da. Es waren überhaupt keine Autos da. Ich überquerte den Schuttplatz. Die Dunkelheit saß sprungbereit unter den zwei Felsnasen. Die Schlaglöcher wurden größer. Auf den Bänken waren keine Liebespärchen wie sonst. Der alte Hafen gluckste harmlos. Nur ein Radio lärmte. Hinter einer Theke war ein Türspalt mit gelbem Licht.

Eine Hand schob sich dazwischen. Die Tür wurde langsam aufgezogen. Es war Angelita. Sie lächelte komisch, als wüßte sie etwas, was niemand sonst wußte. Hinter ihr die Hälfte eines aufgewühlten Bettes und eine nackte Birne, die tief herunterhing.

»Wohnst du hier.«

Neben der Tür parkte der Holzkasten auf Rädern, der dem Beinamputierten gehörte. Ich lauschte die Felswand hinauf. Nein, nur der übliche Steinschlag. Angelita kam heraus und knöpfte sich das Kleid zu.

»Sie sind alle auf dem Fest in La Laguna. Ich soll Sie hinauffahren.«

*

Wir fuhren mit dem Geländemotorrad. Sie hatte nichts an außer diesem geblümten Kleid. Ich mußte sie umarmen, sonst hätte ich keinen Halt gehabt auf der kurzen Sitzbank. In der ersten Kehre hinter der renovierten Kirche der spanischen Konquistadoren rutschte ich nach vorn in ihr Haar. Es war feucht und duftete. In der Serpentine ließ sie das Motorrad von einer Seite zur anderen tanzen.

»Halten Sie sich fest.«

Die Fußrasten waren abgewetzt. Unter dem Gummi schaute das Metall vor und sprühte Funken, wenn es in den Kurven den Boden berührte. Ich schaute zum Meer hinüber. Mir wurde schließlich schlecht. Ich sah den Fortschritt einer dunklen Wolkenmasse, die sich über den Horizont bog wie ein Pudding, der rotglühende Risse bekam. Meine Hände trafen sich über dem Herz der Kleinen.

Als ich abstieg, waren meine Hosen ruiniert, je ein großes Brandloch von den Auspuffrohren. Außerdem war die Fahrt umsonst gewesen. Orlando hatte seine Leute rund um den Platz postiert. Ventura war angeblich dagewesen.

*

Wieder vergingen Tage. Ich zählte sie nicht, obwohl das ungeduldige Zittern zunahm. Sie waren sich vollkommen gleich, das Frühstück im Playa Mont, der Halbschlaf in der Hitze der Nachmittage, die Krankenfahrten, die Besuche bei meinen Kundinnen, das Warten auf eine Nachricht von Ventura, die Gesichter aus Stein, der militärische Schritt der Bedienung, die Gelächtermaschine am Nebentisch, der bleiche Baum und das Bachbett, der Ast mit dem Fell des Löwen, der schwarzblaue Nil, das dunkle Leben, die achtlos brennende Zigarette...

»Er schläft wie ein Murmeltier«, hörte ich sagen. Vor der Sonne standen zwei Männer mit Schatten wie von zwei herabstürzenden Felsen. Eine speckige Pistolentasche tätschelte mein Gesicht.

*

Es war die einzige Bar in einem einsamen Dorf im Norden, Garafia, wo Ventura mich abholen wollte, um mir das Schiff zu zeigen. Es sollte in einer der unzugänglichen Buchten unter der Steilküste liegen. Ich tat, als wäre es ein gewöhnlicher Arzneimitteltransport. Ich packte das Zeuge demonstrativ in den Kofferraum. Ich brauchte zwei Stunden über die von Barrancos zerrissene Gegend.

Die Häuser von Garafia hingen verloren in einem kilometerlangen steil abstürzenden Gelände. Ein beständiger, in Momenten stürmisch jaulender Wind hatte Gras und niedrige Büsche schon längst nach unten gebürstet. Aus vereinzelten Senken schauten Palmwipfel hervor, als gäbe es etwas zum Jubeln. Es war bitterkalt. Auf dem Dorfplatz standen Ziegen ohne Bewegung. Sie blickten auf einen rachitisch verbogenen Alten, der die ausgetretenen Granitplatten fegte, was umsonst war, weil der Wind augenblicklich alles wieder auseinandertrieb. Die Bar war leer. Ich lehnte mich an den Tresen und versuchte, mir eine Zigarette anzuzünden. Noch im Innern wehte es stark. Eine Schwingtür japste beim Aufgehen und fiel stöhnend zurück. Ich verbrauchte den Rest meiner Streichhölzer. Schließlich begnügte ich mich mit dem Anblick des Alten, dessen Geduld mich nervös machte.

Ventura und der Barkeeper kamen gleichzeitig durch die Hintertür. Wir kippten noch einen und brachen auf. Der Barkeeper setzte sich ans Steuer eines Landrovers. Hinter der Kirche ging eine schmale gepflasterte Straße bis an den nächsten Barranco und begleitete ihn dann steil nach oben. Die Pflastersteine glänzten grau und vornehm, als hätte man sie noch gestern übertrieben lange poliert. Die Francoverbannten hatten sich vor einem halben Jahrhundert die Hände damit aufgerissen.

»Wir müssen doch nach unten, wo fahren Sie denn hin.«

Ventura drehte sich um und lächelte mich aufmunternd an. »Wir müssen auf die andere Seite hinüber. Der Übergang ist weiter oben.«

Ventura war ein Mitglied der reichen Bananendynastie. Er vertrieb sich seine Tage mit Sport, Segeln, Surfen, Auto- und Pferderennen. Daneben hatte er verschwörerische Ideen, die ihren Ursprung in der gesellschaftlichen Langeweile und in seinem jugendlichen Übermut hatten. Er wollte die Verhältnisse auf praktische Weise kritisieren, inszenierte abenteuerliche Coups gegen die herrschenden Cliquen und fühlte sich keinem Lager zugehörig. Bei einem Waldbrand, bei einem Sabotageakt gegen die Bananenlaster, bei einer Sprengung einer neu in den Berg getriebenen Straßenpiste konnte man zuerst an Ventura und seine Bande denken.

Er sprach mit einer jungenhaften Begeisterung, während er seine muskulösen braunen Schultern mal so mal so in das Leder des Beifahrersitzes warf. Er war nervös, aber wie ein Sportsmann, der sich darauf konzentrierte, der Beste zu sein.

Ich fröstelte auf der Rückbank und starrte mißmutig durch die Scheiben. Der Rover kletterte senkrecht, wie es schien, den Berg hinauf. Regengüsse hatten Steine aus dem Fahrweg gelöst und tiefe Löcher hinterlassen. Der Wagen bockte, die Räder drehten durch.

Die Piste gabelte sich. Links verschwand sie im Barranco, wo plötzlich ein Jeep zum Vorschein kam. Beide Wagen bremsten in einer Wolke von gelbem Staub. Es wurde gehustet. In dem Jeep saßen junge Leute, gut gekleidet, mit weißen Hemden und Krawatten, auf der Rückbank Angelita. Sie schaute mich an, ich erwiderte ihren Blick. Ich war ein Idiot. Beide Wagen setzten zurück. Es wurde hin und hergerufen, übermütig, bis man sich einigte, dann tastete sich unser Rover in den Abgrund, ich war ein Idiot, daß ich mich umwendete, genau wie sie, daß ich ihnen nachschaute, bis sie hinter der Kuppe verschwanden.

Wir durchquerten den flachen, oberen Einschnitt des Barranco und fuhren an dessen nördlichem Rand wieder nach unten, meerwärts, jetzt auf einer Graspiste aus sprödem, braunem, glattgedrücktem Gras. Das Meer schloß sich ohne Übergang an, war aber tausend Meter tiefer, mit Wellen wie in Gelee und diesen kilometerlangen silbernen Adern, die ebenso reglos waren.

»Was sind das für Linien. Als ob Schiffe ihre Bahn gezogen hätten.

»Nein«, sagte der Barkeeper, »nein, keine Schiffe.«

Die Piste endete im Nichts an der Kante des Hochplateaus. Erst im letzten Augenblick erkannte man einen alten bröseligen Maultierpfad, der wie ein zufälliger Riß in der Wand hing. Wir stiegen aus und machten uns an den Abstieg. Ganze Gruppen von Kandelaberkakteen versperrten den Weg, mit Auswüchsen wie erhobene Arme. Ventura schlug sie mit der Machete in den Abgrund. Es dauerte nicht lange, dann hörten wir zwei dumpfe Explosionen.

»Fischer«, sagte der Barkeeper, »sie fischen mit Dynamit.«

»Eine Schweinerei«, schimpfte Ventura.

»Was willst du, die Dinger sind sowieso nicht genießbar, achtzig Prozent kann man wegschmeißen.«

»Dann soll man sie in Ruhe lassen. Was geht es uns an, wenn die Natur spinnt.«

Nach einer Weile sahen wir eine weiße Yacht, wie ein Spielzeug mit drei Menschenfiguren, die Kurs aufs offene Meer hielt.

»Das ist Orlando, ganz klar.«

Dann schaukelte etwas in der Dünung, undefinierbar erst, dann erkannten wir Teile von Schiffsaufbauten, dann einen großen umgekehrt treibenden Schiffsrumpf. Orlando hatte das Schiff in die Luft gejagt.

»Aus der Traum«, sagte Ventura lakonisch, »er hat es gemerkt, der Hund. Er hat zu viele Spitzel auf der Westseite.«

*

Ich blieb den Rest des Nachmittags in der Bar von Garafia und ließ mich vollaufen. Ich war immernoch der einzige Besucher, bis auf den Arm, der über der Theke lag und zu einem Jungen gehörte, der zwischen dem Nachschenken einschlief. Die Eukalyptusbäume auf dem Platz verneigten sich krampfhaft und die Schwingtür quietschte dramatisch.

*

Wie ich zurückgefahren war, wußte ich nicht mehr. Erst am El Time nahm ich die Umgebung wieder wahr. Es war ein trüber Abend, wie manchmal, wenn die Passatwolke ohne zu zögern über die Cumbre stürzte und einen rauchigen Deckel auf den großen

Barranco legte. Ich parkte den Daimler vor dem Playa Mont und ließ mir ein Glas Roten bringen. Ich leerte es in einem Zug. Ich hatte meine Stammplätze, dort an der Wand aus Bambusrohr, da an einem blau angemalten Holzpfosten, den sie sonst zum Abstützen der schwangeren Bananenstauden gebrauchten und hier an einem Tischchen für zwei, das ich mit niemandem teilen mußte.

Also den Rest des Tages beobachtete ich das Meer, putzte mir die Sonnenbrille, suchte nach Begriffen, die das Meer steigern konnten, beobachtete das Meer, kämmte mir die Haare zurück, beobachtete, wie sich die übliche Abendgesellschaft einfand, das Meer verlor seinen Glanz, ein Mann umarmte eine Frau, das Meer schrumpfte ungenau an den Rändern, die Yacht des Polizeichefs tuckerte durch etwas, was eine trübe Pfütze war und schließlich ein Tintenklecks mit einem weiß schäumenden Rand, zwei junge Frauen schoben ihre Köpfe unter eine Laterne, glattgeschorene Schädel mit einer Haarbürste, violett bei der einen, rosa bei der andern, Stahlringe in Ohr und Nase, stählerne Manschetten an Fuß- und Handgelenken, Tätowierungen auf der Haut, nackte Schenkel in offenen Armeestiefeln, eine Lederkluft mit Nägeln in den Schulterstücken, sie grüßten mich wie im Krieg, sie konnten mich am Arsch lecken, die Paradiesvögel, immer neue Autoladungen ergossen sich über die Bucht und verstopften die Aussicht, Karneval mit einer Menge weggeworfenem Fleisch, schlecht beleuchtet von den noch funktionierenden Glühbirnen, gib mir mein Herz zurück, ich schaute in eine leere Mündung, ich war eine Schießbudenfigur, eine schwarzgelockte ägyptische Schülerin hielt das Gewehr an die Wange, schoß, traf mich, und erzeugte in einem Räderwerk eine Bewegung, die ein Bild hochklappen ließ, das im selben Moment eine Fotoapparatur in Gang setzte, die ein Blitzlichtsofortbild eines Paares in maßgeschneiderter grauer Kleidung machte...

Orlando schlug mir auf die Schulter und grölte »das haben Sie gut gemacht, Schmidt, den Spitzel haben Sie mir gut gespielt, das war ein Spaß in Garafia, stimmts, stimmts, ihr Affenärsche.«

Ich konzentrierte mich auf einen regenbogenfarbenen Ölfleck

in der grauen Brühe der übergeschwappten Gischt neben dem ausgewaschenen Betonpier. Am Geländer lehnte ein Schauerarbeiter mit dem Gesicht zum Himmel und ließ Blut aus der Nase tropfen.

*

Ich war einige Tage apathisch. Für meine Umgebung, vor allem für Pia, war es ein alarmierender Zustand, weil ich nichts aß, nicht einmal mehr trank und wieder aufs Clo geführt werden mußte. Ich selbst empfand es als eine wohltuende Pause, wie ein Boxer vor dem Ertönen des Gongs.

*

Als ich das erste Mal wieder ohne Hilfe aufstand, fand ich einen Zettel vor der Tür. Es war das Papier von einem Schreibblock, wie ihn die Schüler benutzten. Ich kannte keine Schüler außer Angelita. »Ich liebe dich«, stand drauf und ein Herz aus Lippenstift war um die Worte gemalt.

Ich zog mich an und ging zu Fuß in die Urbanisation hinüber, Calle Nr. 2, die in der Dunkelheit noch mehr zu faulen schien als sonst. Die Häuser standen unsicher auf ihren Fundamenten, warum gehst du nicht endlich in die Knie, warum betest du das Abendessen nicht an, den Duft des Ziegenfleisches auf den Butangaskochern.

Ich fluchte leise vor mich hin. Ich konnte ihre Wohnung nicht finden, die wievielte Tür war es, rote Fensterläden, die Straßenbeleuchtung funktionierte nicht, ich hätte mich von Pia fahren lassen sollen, meine Halbschuhe knallten auf den Schotter, eine Gardine wurde zurückgezogen, ich verlangsamte den Schritt, eine Wand ragte zur Hälfte in ein Zimmer, dessen Mauern tiefblau getüncht waren, links ein Abtritt mit einem Wasserhahn, rechts ein Tisch und ein Stuhl und ein glatzköpfiger Mensch in einem wallenden scheußlichen roten Morgenmantel, der Fischen die Köpfe abschlug, die immer denselben Sprung über das Blau machten.

»Angelita Muerte.«

»Eine Tür weiter.«

Ich klingelte. Es war niemand da. Die Fenster waren dunkel. Am Ende der Straße wohnte eine Kindergärtnerin, die zu meinen Kundinnen gehörte. Ich fühlte mich zu schwach, aber ging hin. Vierter Stock. Auf jedem Absatz rang ich nach Luft. Es klappte wider Erwarten. Wir taten es wortlos.

»Warum sagen Sie nichts«, sagte die Kindergärtnerin mittendrin.

Ich hielt ihr den Mund zu. Dafür wurde ich nicht bezahlt. Ich wusch mich hinterher ausführlich. Auch sie hatte ein gemeines Parfüm, das sie bei jedem meiner Besuche großzügig verschüttete. Ich roch noch tagelang danach. Duschen half nichts. Sie lag mit gespreizten Beinen auf dem Bett und schaute mir zu.

»Ziehen Sie sich die Decke über.«

Auf der Straße zündete ich mir eine Zigarette an und versuchte, die Umarmungen zu vergessen. Ich hörte das Motorrad erst, als die Bremsen quietschten.

»Was ist los.«

Ich wich erschreckt zurück. Es war Angelita. Sie zog den Helm vom Kopf und lachte.

»Schlafen Sie mit mir auch, jetzt gleich.«

»Du weißt doch, daß ich es nur für Geld tue. Außerdem bist du zu jung.«

»Ich habe Geld, das ist kein Problem.«

»Ich bin sehr teuer geworden. Ich habe ziemlich viel Geld verloren, neulich.«

»Weil Orlando das Schiff gesprengt hat, stimmt das.«

»Woher weißt du das.«

»Jeder weiß es. Was wollen Sie jetzt machen. Eigentlich sollten Sie sich das Schiff von Orlando dafür nehmen. Wenn Sie mich mitnehmen, helfe ich Ihnen dabei.«

»Ich brauche nur Geld. Das andere mache ich schon alleine.«

»Ich habe genug, sehen Sie.« Sie faßte in ihre Umhängetasche und zog ein Bündel Fünftausender heraus.

»Wieviel ist es.«

»Fünfundzwanzigtausend.«

»Also dann.«

Ich nahm es ihr schnell aus der Hand und stopfte es zu dem anderen Geld in die Innentasche des Jacketts. Sie klappte die Fußstützen für den Beifahrer herunter.

»Du weißt doch, daß mir davon schwindelig wird. Ich fahre nicht mehr Motorrad.«

»Nur das kurze Stück, Herr Schmidt, ich fahre vorsichtig.«

Sie hatte die Schultern eines Athleten. Ich mußte grinsen, bei dem Gedanken, daß das Schiff schon im Hafen lag. Es war nur eine Frage des Geldes. Angelita drehte sich um und klappte das Visier ihres Helms hoch.

»Sie wissen, Schmidt, ich liebe Sie. Es hat nichts mit der Bezahlung zu tun. Es bleibt in der Familie.«

Sie war ein unverschämtes junges Ding. Egal. Ich stieg auf und hielt mich an ihr fest.

*

Es war verrückt, ich könnte schwören, sie hatte bereits alles gewußt. Die Parterrewohnung in der Calle Nr. 2 gehörte ihr allein, seit die Mutter nach America verschwunden war. Jeder wußte, daß sie die uneheliche Tochter des Polizeichefs war. Nichts besonderes auf der Westseite, wo eine Menge unehelicher Kinder herumlief und der Polizeichef einen guten, wenn auch unübersichtlichen Anteil daran hatte. Zog man von den Gerüchten neunzig Prozent ab und stellte in Rechnung, daß der negroide Einschlag verbreitet war, so gab es mindestens ein Dutzend dieser Orlandosprößlinge.

Sie habe kein Geld, obwohl sie die Enkelin der reichen Bananenbaronin auf dem El Time sei. Sie sei zu stolz, sich Geld schenken zu lassen, Geld sei Scheiße, sagte sie, aber sie müsse sich einige Nächte um die Ohren schlagen, um es in diversen Bars als Aushilfskellnerin zu verdienen. Das Essen mache eine Nachbarin, die Miete für die Wohnung bezahle die Großmutter.

Sie plapperte eine Menge Zeug, während sie in der Küche den

Kaffee aufbrühte. Ich saß im Wohnzimmer und versuchte geduldig zu sein. Ich hatte es mir zur Regel gemacht, meiner Kundschaft durch Schweigen Aufmerksamkeit vorzutäuschen, was gut funktionierte. Jeder war zu sehr mit sich selbst beschäftigt, um nicht daran zu glauben. Ich warf gelegentlich ein »ach« oder »nein, tatsächlich« ein, Äußerungen, die das erwünschte Interesse mühelos vermitteln konnten.

»Sie hören mir gar nicht zu. Ich bin Ihnen zu dumm und zu langweilig. Dabei liebe ich Sie. Ich habe Sie von dem Tag an geliebt, als man Sie aus dem Wasser zog. Sie waren noch bewußtlos. Ach, ich glaube, ich liebe Sie, seit ich denken kann, oder soll ich sagen, seit ich fühlen kann. Ist es fühlen oder denken, was meinen Sie.«

Sie war nervös. Sie versuchte, es durch ununterbrochenes Reden zu vertuschen. Sie wurde rot, als sie ihr Höschen auszog.

»Soll ich Ihnen zuerst den Rücken massieren. Die Männer haben es gern, wenn man ihnen zuerst den Rücken massiert. Sehen Sie, wir lernen gerade Anatomie in der Schule. Hier, das ist die Rückenmuskulatur.«

Sie schlug ein Buch auf. Ich sah einen geflügelten Rücken unter einem Totenschädel. Ihre Hand zitterte. Sie hatte dieselbe Krankheit wie ich.

»Diese Streifen da sind die einzelnen Muskelfasern. Man muß sie quer anfassen. Man muß sie zwischen den Daumen und die übrigen Finger nehmen, so, und hin und her bewegen, unsere Lehrerin hat es uns gezeigt.«

Sie stand nackt vor mir, mit einem Stück meiner Haut in der einen und einem Anatomiebuch in der andern Hand. Außerdem hatte sie Zeichnungen gemacht, die ich bewundern sollte. Sie stöberte zwischen den Papieren auf dem Tisch und zeigte mir eine.

Ich sagte, »ja, sie sind gut gemacht, sehr ähnlich. Wo sollen wir es machen.«

»Oh ja, entschuldigen Sie.«

Wir standen im Wohnzimmer, das zur Straße hinauszeigte. Es hatte keine Vorhänge. Im Licht konnte uns jeder sehen. Die Einrichtung war typisch für Leute, die sich etwas Geld gespart und

Möbel gekauft hatten, die den Stil der Reichen nachahmen sollten. Spanplattenmöbel mit einem dicken, nach Gift riechenden Klarlack, eine Vitrine mit Nippesfiguren, zum Beispiel ein Schäfer an einem Schäferstab mit einem liegenden Schaf. Zwei mächtige Sessel hatten einen brokatähnlichen Überzug. Die Hälfte des Zimmers war verbarrikadiert mit einer rustikalen Eckbank und Tischgarnitur. Der ursprüngliche Pomp duckte sich jetzt kläglich unter hundert kleinen nützlichen Dingen, die eine chaotische Schülerin benützte oder liegen ließ, Zettel, Bücher, Malstifte, Zeitschriften, Hosen, Lippenstifte, Zigaretten, Turnschuhe, Beutel mit Badesachen etc.

In einer kleinen roten Reiseschreibmaschine steckte ein Gedicht:

Noch dreht sich die Cumbre
und noch
drehen wir uns im Fieber
das Gewitter ist vorüber
die Pfeile zittern noch
im Wiesengrund
noch
entzücken wir uns
und sterben vor Glück
da steigen die Vögel
empor die Wege über den Waldrand
und du
bist bei mir.

»Nicht lesen!« Sie riß das Blatt aus der Maschine. Es zerriß. Ein angefangenes Mikadospiel rutschte vom Tisch, die bunten Holzstäbchen raschelten sekundenlang auf dem Boden.

Sie führte mich ins Schlafzimmer, das auf die Calle Nr. 3 hinauszeigte. Sie zog die Vorhänge zu und machte einen Kassettenrecorder an, aus dem ein blecherner Rhythmus kam. Es war das Kinderzimmer, immer noch. Mit einer großen Bewegung umfaßte sie eine ganze Kompanie Plüschtiere und Puppen, die auf dem Bett aufgereiht waren und legte sie zu einem Haufen daneben. Nur einen sehr abgenützt aussehenden Teddybär legte sie ins Bett zurück.

»Kommen Sie, wir schmusen zuerst ein bißchen.«

Ich zerdrückte die Zigarette und legte mich hin.

»Sie sind ein schöner Mann. Sie sind ein alter, aber ein schöner Mann.«

»Ich bin nicht zu alt...«

Kaiser, wieviel Schritte gibst du mir. Es war auf glatten Dünen aus schwarzem Lavastaub. Der Wind katapultierte die Körner wie Nadeln auf die Unterschenkel. Sie hatte sich über das Brunnenloch gebeugt. Ich war bei ihr, bevor sie sich umdrehen konnte. Sie fischte nach meinem Herz, wie lächerlich.

Am nächsten Tag konnte ich mich nicht erinnern, ob wir es gemacht hatten oder nicht. Sie schlief in meinen Armen, sie war sonderbar heiß und schwer, ich stieß sie von mir weg, sie wurde nicht wach davon. Ich zog mich an und ging vor die Tür. Ich hängte den Hut ans Geländer und kämmte die Haare zurück. Dann steckte ich mir eine Zigarette in den Mund und ging im Dunkeln durch den Gang.

*

Das Nachmittagslicht überzog den Felsen von Tazacorte mit einer Blässe, als könnten Steine eine Krankheit haben und verbluten. Die Diakonissenschwester war immun dagegen. Ich trottete hinter ihr her und schleppte die Rotkreuztasche. Dabei war die ganze Aufregung umsonst.

Der Betreffende saß gemütlich im Sessel, entspannt, die Knie etwas auseinander gewinkelt, die Arme auf den Lehnen, den Kopf leicht zur Seite geneigt, nur der Unterkiefer hing schief, wie bei einer ordinären Enttäuschung.

»Tot«, sagte Pia, »schon ein paar Stunden, mindestens.«

Die Frau schrie auf, ungebührlich laut für den Zeitpunkt, als wäre es jetzt erst entschieden worden, durch ein Wort. Dabei war sie stundenlang mit dem Leichnam im Wohnzimmer gesessen, hatte Kaffee getrunken und sich unterhalten. Es war ein gewisser Martinez. Er stand auf meiner Liste. Es war kein Zufall, verdammt noch mal. Sie krepierten, bevor sie mir etwas verraten konnten.

Die Frau fing an zu toben. Pia und der Sohn hielten sie fest. Sie war übermächtig im Schmerz. Sie zog die beiden schreiend mit sich aufs Sofa, wo es hin und her ging. Das Möbel rutschte von der Wand und die drei kugelten sich zwischen Wand und Sofa. Zuletzt hörte man noch angestrengtes Atmen und das Quaken der Frösche aus den Wassertanks.

*

Den Rest des Tages saß ich im Playa Mont und beobachtete das Meer. Es wäre klüger gewesen, ich wäre normalen Tätigkeiten nachgegangen, normalen Vergnügungen und Geselligkeiten, allein zur Tarnung. Aber ich konnte nicht. Jeder Gedanke war auf New York konzentriert, auf das Boot des Polizeichefs und auf die möglichen Verräter für mein Glück. Ich hatte herausgefunden, daß die Leibwächter Orlandos im Wechsel auf dem Boot übernachteten.

Die Nacht zuckte über das Wasser. Es wurde silbern, dann tintenblau, dann versank es in sich selbst, dann kam das in den Himmel hochrauschende Schwarz mit den Positionsleuchten der Fischerboote, die sich zu unbekannten Sternzeichen gruppierten.

*

Der Vergaser funktionierte nicht richtig. Der Wagen sprang wie ein Ziegenbock. Ich kurbelte das Fenster herunter, rauchte und chauffierte meterweise in den Barranco hinein. Links die Urbanisation mit den bunten Wäscheleinen zwischen Wohnblocks. Fröhlich beflaggte Schiffe, die eine Flutwelle auf den Sand gesetzt hatte oder ein Spekulant. Am Straßenrand stand einer der Losverkäufer mit den schon erwähnten Augen eines gekochten Huhns.

Die beiden Leibwächter wohnten auf dem Autofriedhof kurz vor der Gabelung der Straße. Ich hatte es auf Edgar Chamorro abgesehen. Die miesen Jobs landeten regelmäßig bei ihm. Er sei der letzte Arsch, hatte er mir mehrmals gestanden. »Was wollen

Sie tun«, hatte ich ihn gefragt, worauf er trotzig geschwiegen und aufs Meer gestarrt hatte.

Er saß auf dem Kühler eines Autowracks mit dem beleidigten Gesicht eines Mannes, der auf billige Gelegenheiten wartete. Er hatte eine Frisbeescheibe in der Hand.

»Edgar, sind Sie allein.«

Er schrak zusammen. Die Hände gingen an die Pistolen. Er trug sie wie der Chef.

»Was tun Sie so allein.«

»Ich spiele Frisbee, das sehen Sie doch.«

»Geht das denn ohne Partner.«

Ich versuchte, einen leutseligen Ton anzuschlagen.

»Ich würde gern ein paar Würfe mit Ihnen machen, aber ich habe so ein Ding noch nie in der Hand gehabt, jedenfalls kann ich mich nicht daran erinnern.«

»Passen Sie auf«, sagte Chamorro. Er warf die rote Scheibe mit Wucht nach unten. Sie streifte einige trockene Grasbüschel, ging mit einem Ruck wieder hoch, beschrieb ansteigend einen halben Kreis und begann, langsamer werdend, wieder zu uns zurückzufliegen, schaffte es aber nicht ganz. Sie landete scheppernd zwischen einigen Blechen.

»Verdammt.«

Wir schlenderten zwischen die Autowracks und suchten sie.

»Es ist schon enorm«, fing ich wieder an. »Darf ich mal versuchen. Ich habe so ziemlich alles vergessen. Sie wissen, der Unfall.«

»Ah ja.« Chamorro verfiel in Schweigen.

Sie hatten genug Zeit gehabt, sich abzusprechen. Ich knallte die Scheibe gegen eine Autotür. Ich lachte gequält. Versprich ihm etwas, und du kriegst alles aus ihm raus. Aber was konnte ich ihm bieten.

»Sie waren noch nie in der Praxis. Sie sind ein gesunder junger Mann.«

»Gesund«, Chamorro schnaubte böse.

»Schauen Sie sich meine Schulter an.«

Er schaute verächtlich auf seine rechte Schulter. Man sah einen muskulösen, braungebrannten Oberarm.

»Das kommt von dem verdammten Fässerschleppen. Ich kann sie kaum noch bewegen vor Schmerz. Mitten in der Nacht mußte es sein. Orlando behauptet, es sei Wein, von seiner Finca. Ich weiß nicht, wofür das gut sein soll. Sie haben ein ganzes Lagerhaus damit vollgestopft, unten, in ... «

Er schaute mißtrauisch hoch.

»Ach, was rede ich. Wir haben uns unheimlich vollaufen lassen, anschließend, das ist schon in Ordnung.«

Er stöhnte und faßte sich an den Arm. Die Haut der Backen blähte sich auf. Das Jochbein warf einen scharfen Schatten neben den Mund. Die Sonne durchschlug meinen Hut wie ein Skalpell.

»Lassen Sie uns unters Dach gehen.«

Die Behausung war nichts besseres als ein Bretterverschlag mit einer überdachten Holzveranda, dessen einziger wirklicher Halt die Felswand war. Möglich, daß Orlando irgendwo da oben durch den Berg kreuzte. Die heiße Luft war wie ein Vergrößerungsglas. Man konnte aus hundert Metern Entfernung eine Eidechse sitzen sehen.

»Sie waren doch dabei, als das da draußen passierte.«

Es sei ein Unfall gewesen, gab er sofort zur Antwort.

»Natürlich, aber wie ist es passiert.«

Chamorro zierte sich. Es sei ein Tag gewesen wie jeder andere. Sie seien im Playa Mont gesessen und hätten etwas getrunken. Er habe ihn zuerst bemerkt, den Punkt am Horizont, nördlich vom alten Hafen, es sei Rauch gewesen, aus einem Schornstein, vielleicht habe es aber auch schon gebrannt.

»Sie konnten es doch gar nicht unterscheiden, es war doch viel zu weit weg.«

Sie seien dann gleich ins Auto gestürzt und zum neuen Hafen hinübergefahren.

»Welche Uhrzeit.«

Wisse er nicht, halbzwei vielleicht. Sie seien mit höchster Kraft gefahren.

»Wie schnell.«

Er wisse es nicht.

»Wieviel Zeit braucht man bei Vollgas für einen Kilometer.«

Er zuckte mit den Schultern. Zehn Minuten vielleicht, bei glatter See, sie sei spiegelglatt gewesen, wie heute. Wir schauten zum Meer hinunter. Mir war es egal, was es verschluckt hatte. Wir machten eine Pause. Chamorro bot mir etwas zu trinken an. Ich wollte Kaffee. Der Alkohol machte mich wehleidig. Chamorro steckte einen verkalkten Tauchsieder in einen Topf. Er könne nichts genaues sagen, nur so ungefähr.

»Ist schon gut. Haben Sie sich das Boot angeschaut. Was war es für ein Boot.«

Nein, er sei im Führerhaus gewesen. Die Scheibe sei immer verschmiert, es nütze nichts, sie zu putzen, das Salz und das Dieselöl. Er habe nur auf die Kommandos von Orlando gehört.

»Aber Sie müssen doch etwas gesehen haben, wenn Sie Kurs auf das Boot hielten.«

Nein, es sei nur irgendwie altmodisch gewesen, wie selbstgebastelt, provisorisch irgendwie.

»Warum, was war anders.«

Anders. Es gäbe eine Menge Boote hier, jedes sei anders, aber trotzdem, die Aufbauten, die Farbe, der Schornstein, das Segel, die Kajüte, es sei einfach anders gewesen.

»Wieviel Leute haben Sie gesehen.«

Zwei, an der Reling.

»Sonst keinen.«

Nein.

»Was machten sie für einen Eindruck. Waren sie glücklich.«

Chamorro lachte müde. Glücklich. Ob ich Witze mache. Er lachte nochmal. Sein Gesicht bekam den Ausdruck größten Schmerzes. Wer frage nach Glück. Es gab eine längere Pause. Die Eidechsen bewegten sich, als blätterte jemand nervös in einer Zeitung. Chamorro wollte das kochende Wasser auf das Kaffeepulver schütten, es ging daneben. Verflucht. Woran solle man das Glück von Personen erkennen.

»An der Art wie sie dastanden. Natürlich kann man es sehen. Wie sie dastanden, Menschenskind, ganz einfach, wie sind sie dagestanden.«

Ich packte ihn an der Jacke. Chamorro lehnte sich verlegen zurück.

»Schon gut.«

Ich stieß ihn weg. Ich hatte den Faden verloren. Ich wußte nicht mehr, ob ich mich verabschiedet hatte. Ich fand mich auf dem vor Hitze zitternden Schotterweg wieder und ließ den Daimler in Richtung Playa Mont hinunterrollen. Ich hatte vergessen, ihn zu fragen, ob er von der Insel genug hatte. Natürlich hatte er genug.

*

Die verdammten Ablenkungsmanöver. Dabei wollte ich mich mit einer einzigen Idee begnügen. Auf der anderen Seite des Oceans zu sein.

Pia war im Flur und hielt ein halbes Dutzend Bälger fest, die unbedingt zu ihrer Mama wollten, die im Sterben lag. Ich schüttete das Morphiumpulver in die Kuhle am Handgelenk und hielt es der Frau unter die Nase. Sie klammerte sich an mir fest, ihr Rotz lief auf meinen Ärmel, aber sie bekam nichts hoch.

Ich schüttelte sie ab.

»Pia wird es Ihnen spritzen.«

Ich ging runter zum Auto, um die Tasche zu holen. Ich hätte mich nicht so abrupt drehen sollen. Jeder mußte leiden, alles vielleicht, warum nicht. Die Sonne krachte wie ein Stein gegen meine Stirn. Es gab einen Strahlenkranz ums rechte Auge, ich kannte das Startsignal für meine Anfälle. Den Tag konnte ich vergessen.

Ich tastete mich in den Flur zurück. Ich mußte unbedingt die Augen geschlossen halten. Pia kam.

»Bring mich raus, ganz unauffällig.«

»Hinten, durchs Gebüsch?«

»Nein, ganz normal, über die Straße.«

Wir gingen untergehakt. Mir war kotzübel. Die spitzen Zacken waren an einer Leuchtschnur befestigt und strangulierten mein Gehirn. Ich stolperte und sie benahm sich mütterlich.

»Bilde dir bloß nichts ein.«

Sie bildete sich etwas darauf ein. Sie machte eine Ehrenrunde ums Auto, nur um mir zu zeigen, daß ich sie brauchte. In ihren

Augen war jeder, wenn er ihr nur eine ganz kleine Chance dazu gab, in einer hilfsbedürftigen Situation.

*

»Ich weiß gar nichts.«

Es war ein rotblonder Athlet in Segelschuhen, der sich mit kleinen Bootsfahrten vor dem Hafen Geld verdiente. Er schielte zu Bosco Metamores, der an der Bar hing und so tat, als hörte er nicht zu. Der Wind arbeitete in den Palmblättern, die über das Wellblechdach schabten. Ich schnippte meine Zigarettenasche vor Boscos Füße. Er starrte mißmutig nach Süden, auf die neue Befestigung des Hafens. Die Brandung erzeugte Fontänen, die zwanzig, dreißig Meter hoch waren.

»Haben Sie Feuer.«

Ich beugte mich über die Hand des andern. Ich wußte nicht, wie ich vorgehen sollte. Ich war ein sehnsüchtiger Idiot, kindisch in der Meinung, es würde mir in den Schoß fallen, ein zufälliger Tischnachbar würde mir ... ein Zauberwort, ein Sesam-öffnedich, eine nächtliche Flucht auf die glitzernde See hinaus... Die Teerflecken auf der Straße tanzten im Mittagslicht, ein Sieb, das jemand schüttelte oder was, der Alkohol oder die Nerven, ich blinzelte, um das Niesen zu vermeiden.

*

Orlando hatte sich einen Tripper geholt. Er war beim Doktor gewesen, der sich darüber amüsiert hatte. Es gab kein Penicillin auf der Westseite. Ich überlegte, ob er vielleicht mit denselben Frauen schlief wie ich.

»Von welcher kann es sein«, fragte ich ihn im Playa Mont.

Orlando grinste gequält, »schlecht zu sagen.« Er kratzte sich am Hosenladen.

»Wie lange muß es her sein.«

»Das kommt darauf an.«

Wir überlegten.

»Der Doktor sagt, drei bis fünf Tage, aber auch nicht immer, wenn es Tripper ist. Es kann auch etwas anderes sein. Es hilft alles nichts. Wir haben kein Penicillin hier.«

»Vielleicht drüben, auf der Ostseite, in der Hauptstadt.«

»Hauptstadt«, gab Orlando höhnisch zurück.

»Schicken Sie einen Ihrer Gorillas mit dem Schiff.«

»Nein, das Schiff bleibt hier, das habe ich lieber in meiner Nähe.«

Er zog an seinem Hosenbund. Ich überlegte, ob es mich auch juckte.

»Wie geht es weiter«, fragte der Polizeichef, »Sie waren doch beim Roten Kreuz, wie geht so ein Tripper ohne Penicillin.«

»Kommt darauf an.« Ich genoß seine Hilflosigkeit.

»Kommt darauf an, kommt darauf an«, äffte er mich nach. »Quatschen Sie nicht so von oben herab, sagen Sie mir einfach, wie es normalerweise ausgeht, nicht die Ausnahmen, ganz normal, ich bin ein ganz normaler geiler Bock, ich habe mir einen Tripper eingefangen und wie geht es jetzt weiter.«

»Also Sie vögeln einfach weiter quer durch die Westseite und werden jede einigermaßen scharfe Frau infizieren, und wenn Sie denken, das Jucken läßt nach, dann haben Sie sich schon wieder angesteckt, und so weiter, bis Sie nicht mehr pinkeln können und ihr Ding krumm in die Gegend steht vor lauter Narben.« Ich erntete ein mühsam unterdrücktes Entsetzen.

»Ach was«, sagte Orlando betreten, »ich verspreche Ihnen, ich werde mich beherrschen, sagen Sie mir bloß, wie lange es dauert, ohne Penicillin.«

»Es kommt darauf an. Drei bis fünf Wochen, dann heilt es von selbst, vielleicht.«

»Warum nicht gleich so, Schmidt«, Orlando hatte wieder Oberwasser, grinste und schob seine Pistolen nach vorne. Sie wirkten wie ein Mieder. »In drei Wochen sehen wir uns wieder.«

*

Nach drei Tagen hatte er die Geduld verloren. Er hatte beschlossen, auf die Ostseite nach Santa Cruz zu fahren. Ein Konvoi wurde zusammengestellt. Es sah nach einer kriegerischen Invasion aus. Drei Laster mit Bananenarbeitern mit Gewehren. An die Holzverschalung wurden Bananenblätter gebunden. Vorn fuhr der Landrover mit Orlando und seinen beiden Polizisten. Den Schluß machte ich mit Pia, die als einzige wußte, wie Penicillin aussah.

Wir benutzten den alten Landweg über die Cumbre. Erst ging es durch El Paso auf den eingestürzten Tunnel zu. Die Milch der Passatwolke lag wie immer reglos auf der scharfen Kante des Gebirges. Einzelne Zungen brachen ab und rutschten in den Bergwald.

Man erzählte sich alles mögliche über die Ostseite. Daß es wie im Treibhaus sei, immer regnete, die Menschen in der Agonie von Malaria, Lungenentzündungen und Pilzkrankheiten lägen und Angst haben mußten vor giftigen Schlangen, Ratten und Wespen.

Am Fuß der Steilwand ging es nach rechts ab. Es war ein von Regengüssen ausgewaschener und vom Buschwald halb verschlungener Fahrweg. Die Leute mußten immer wieder nach vorn zu Aufräumungsarbeiten. Ich fluchte über die Piste. Ich wollte nicht, daß der Daimler Schaden nahm. Ich hatte vor, mich abzusetzen.

Pias Greisengesicht begeisterte sich über die ungewöhnliche Expedition. Es war der reine Altersschwachsinn.

»Soll ich ein Stück fahren.«

»Nein.«

Ich kurbelte verbissen am Lenkrad.

»Erzählen Sie mir lieber etwas über den Unfall. Sie haben doch den Vater von Chamorro in Behandlung. Was hat er Ihnen erzählt.«

»Über welchen Unfall.«

»Wie mein Schiff untergegangen ist, diesen Unfall.«

Der rasche Anstieg drückte auf die Ohren. Wir kamen auf freies Gelände hinaus, nachdem das niedrige Dickicht von einem lichten hohen Kiefernwald abgelöst worden war. Es sah aus wie eine überdimensionale Kokshalde aus einem guten Dutzend säuberlich aufgeschichteter kegelförmiger Berge. Sie bestanden aus einem walnußgroßen, porösen, samtig sich anfassenden und von Wind und Regen gesäuberten schwarzen Lavaschotter. Der Fahrweg wand sich über die glatten Abhänge immer höher hinauf. Der Koks war locker und doch fest genug, daß selbst die Laster nur eine flache Spur hinterließen. An manchen Stellen wuchs unverhofft eine Kiefer, wie ein grünes Kunstprodukt.

Ich öffnete das Fenster und schnippte meine Zigarette hinaus.

»Also was ist.«

»Ach lassen Sie doch die alte Geschichte. Es ändert doch nichts mehr.«

Nein, es war keine alte Geschichte. Es war die interessante Ironie der Zufälle, oder, menschlich gesehen, eine Sauerei.

»Es interessiert mich aber, rein theoretisch. Was hat der Alte erzählt, was ihm der Junge erzählt hat.«

Die Passatwolke mischte sich jetzt mit dunkleren Wolken, die um den Vulkan Pirigoyo herumjagten, wie schwarze Hausschweine, die die Idee der Freiheit erkannt hatten.

Pia wußte nur soviel, daß Chamorro eigentlich nichts habe sehen können, er sei ja im Ruderhaus gewesen, Orlando habe ihm Befehl gegeben, längsseits zu gehen. Chamorro sei damit beschäftigt gewesen, nicht aufzulaufen. Es seien zwei Leute an der Reling gestanden und hätten zugeguckt. Ein Mann in einem weißen Anzug und Cowboystiefeln, einem grauen Hut und einem weißen Hemd. Die Frau habe ein schwarzes leichtes Kleid angehabt, schwarze Stöckelschuhe. Ihr Haar sei brünett gewesen, habe im Wind geweht. Sie seien untergehakt dagestanden. Plötzlich habe Metamores, der am Bug gewesen sei, geschrien, zurück, zurück. Er habe den Rückwärtsgang reingehauen, sei mit voller Kraft weg vom andern Schiff. Er habe noch gesehen, wie der Mann auf Deck sich nach vorne gebeugt habe, gelacht habe, dann die Frau umarmt habe, dann sei das Schiff explodiert.

»Er hat es in die Luft gejagt. Der verdammte Neger hat es in die Luft gejagt.«

Ich triumphierte. Ich wußte nicht, warum, aber ich benahm mich, als hätte das Prinzip des Lichts gegen das Prinzip der Schweinereien gesiegt.

Wir kurvten um den nächst höheren der schwarzen Kegel. Tief unter uns die mit weißen Hausflecken gesprenkelte Ebene von Los Llanos. Ein grünes Prospekt zwischen dem blauen Einband des Himmels und des Oceans.

Ich zündete mir grinsend eine neue Zigarette an. Den linken Arm ließ ich aus dem Fenster baumeln. Der Daimler tuckerte mit dreißig Stundenkilometern raschelnd über die Steinchen. Ich fühlte mich schwerelos. Ich fuhr direkt in das schwarze Licht der Sonne hinein, bis wir wieder in das Halbdunkel des Hochwalds tauchten.

Der Paß war in Wolken gehüllt und dunkel von dicht stehenden hohen Kiefern, die vor Näße trieften. Auf einer unbenutzten, durch Erdrutsche und Wasserrinnen schwer beschädigten Piste ging es die Ostflanke hinunter, die vielleicht noch steiler war als ihr westliches Gegenstück. Das Gelände war verfilzt von Ginsterbüschen, die winterlich glänzten von einer silbergrauen Bartflechte, mit der sie über und über bedeckt waren. Wolken stiegen herauf wie Luftschiffe, blähten sich auf und verpufften. Dazwischen war der Blick frei auf grüne regennasse Landschaften, die in tausend Meter Tiefe an blauen Buchten lagen und das Sonnenlicht widerspiegelten.

Wir trafen auf eine kleine asphaltierte Straße und fuhren durch Dörfer, die menschenleer waren. Die Fassaden der Häuser waren gepflegt, die Vorgärten bestellt, die übermäßigen Blumenrabatte unter Kontrolle. Rote Tomatenbeete wechselten sich ab mit grünen Kartoffelackern, dazwischen Körbe, die eben noch in Benutzung waren.

Ich wurde nervös. Durch die Wolken glänzte wiederholt die Hauptstadt herauf, ein geballter weißer Fleck unter einer hohen Felsnadel. Eine lange Mole streckte ihren gekrümmten Zeigefinger ins Meer. Ich vergewisserte mich, daß das Geld in meinen Taschen steckte.

Schon kilometerweit vor der Stadt waren Automobile im wilden Durcheinander abgestellt worden. Schon hier wurde es schwierig, durchzukommen. Dann trafen wir auf stadtwärts gehende Menschen, deren Zahl immer größer wurde. Sie hatten Blumen im

Haar, Papierschlangen um den Hals und Bierdosen in der Hand. Manche trugen bunte Trachten. Ganze Schulklassen trippelten in irgendeinem phantastischen Einheitslook. Am Straßenrand in Buden wurde Fleisch gebraten und Alkohol ausgeschenkt. Konfetti und Bonbons flogen durch die Luft, die von Kanonenschlägen erschüttert wurde.

Vor einem Tunnel, der durch die ins Meer vorspringende Bergnase führte, kam es zur Stockung. Polizisten auf Motorrädern versuchten, den Verkehr in Gang zu bringen. Eine niedrige Kaimauer trennte die Straße vom Meer. Wenn die Gischt eines großen Brechers herüberschwappte, machte die Menge Fluchtversuche und erzeugte von neuem die totale Konfusion.

Wir waren hinter einem zerklüfteten Eisberg zum Stehen gekommen, ein blau und weiß angemaltes Gebilde aus Pappkarton, das auf einen Bananenhänger konstruiert war. Auf kleinen Plattformen und in Nischen waren Meerjungfrauen postiert in durchsichtigen Gewändern, deren Farbe gelb, türkis, blau, orange war. Dazwischen Pagen, die auf kleine Leitern kletterten und Speisen und Getränke reichten. Rohe Fleischstücke waren von den Tellern gerutscht, klebten an den Wänden der Eisberge und ließen rote Spuren unter sich. An der Spitze ein menschengroßes Seepferdchen, an dessen Nacken sich ein König und eine Königin festhielten und angestrengt huldvoll in die Menge hinunternickten, wobei sie graziös aus Schatullen Bonbons in die Luft warfen. An einer Stelle war das Pappmaché aufgebrochen und zeigte die mächtigen schwarzen Stollenräder des Tiefladers. Weiter vorne war eine regelrechte Bodega auf einen Laster montiert mit einer wie wahnsinnig tanzenden Trachtengruppe. Und direkt im Tunneleingang steckte ein Federvieh, so groß wie ein Haus, mit Fenstern in der Seite, aus denen verkleidete Menschen grimassierten.

Spätestens jetzt schien Orlandos Expedition gescheitert. Die tarnenden Bananenblätter waren längst heruntergerissen. Seine Leute standen in voller Bewaffnung auf den Ladeflächen. Da sprang er aufs Führerhaus des ersten Lasters und ließ sie in die Luft feuern. Es gab ein ganz schönes Geknatter, die doppelläufigen Flinten für die Hasenjagd und die paar Pistolen, die sich hell dazwischen mischten. Die Menschenmasse schrie begeistert auf und animierte jetzt ihrerseits Orlandos Besatzung zum Abfeuern ihrer Munition. Für die Polizei schien es eine Maskerade unter vielen zu sein. Wir bekamen bevorzugte Durchfahrt durch den Tunnel.

Ich ließ Pia ans Steuer, um mich besser orientieren zu können. Ich dirigierte sie zum Hafen, den ich an den Aufbauten und Krananlagen erkannte, die über die Köpfe der Leute ragten.

»Langsam. Hier rein. Nach rechts.«

Ich faßte ihr ins Steuer. Sie meckerte hektisch.

»Aber ich verliere die andern, wenn ich nicht dran bleibe.«

»Fahren Sie da rein, verdammt noch mal.«

Auch hier Buden und Amüsement, aber weniger Gedränge. Der Hafen war eine Ruine, ich sah es mit einem Blick. Die Ladekräne waren verrostete Wracks. Die Baggerschiffe hatten sich jahrelang nicht mehr bewegt. Die Zufahrt war längst versandet. Am Außenkai verkam eines der großen spanischen Fährschiffe. Es hatte ein Leck an der Backbordseite, hing schräg im Wasser und scheuerte im Takt der Dünung an der Mauer, wobei es durchdringend kreischte. Im Innenbecken lag eine ganze Flotte kleinerer Fischkutter, für immer aneinandergekettet, mit Tang, der über die Bordwände kroch und kleinen Gartenbalkonen neben den Ruderhäuschen, von denen einige von frischer Farbe glänzten. Zwischen den Booten flatterte bunte Wäsche im Wind.

Orlando beugte seinen Kopf ans Fahrerfenster. Ich hatte nicht bemerkt, daß sein Konvoi hinter mir parkte.

»Sie sollten mir glauben, was ich sage, Schmidt. Geben Sie die Hoffnung auf. Es gibt keine Schiffe mehr.«

»Es war nur eine Besichtigung, Orlando, weiter nichts.«

Orlando schaute auf meine Hand, die eine volle Zigarettenschachtel zerdrückte. Während ich die Faust zu entspannen versuchte, sagte er:

»Also los, fahren Sie hinter uns her, wir müssen uns beeilen.«

Wir blieben auf der Küstenstraße. Die schmalen Gassen ins Innere der Stadt waren verstopft. Es ging schrittweise voran. Am Nordausgang der Stadt blieben wir wieder stecken. Man war dabei, eine mittelalterliche Schaluppe aus dem Meer zu schieben, auf rollenden Holzbohlen. Vor dem Schiff eine Gruppe Soldaten in Pluderhosen und federgeschmückten Helmen, mit Schwertern und Schilden. Hügelaufwärts, schwimmend, auf tausenden von Köpfen, eine Burg, oder die Attrappe davon. Auf den Zinnen bunt bekleidete Bogenschützen, die Pfeile in die Luft schossen. An die Mauern waren Leitern gelegt, kletterten Angreifer hoch, wurden in die Menge zurückgestoßen, schwammen auch zuerst auf den Köpfen und versanken dann. Ein Eckturm rauchte, stand dann in Flammen. Einige Köpfe auch. Die Menge drehte sich in sich selbst und summte. Von hinten stießen neue Angriffswellen gegen die Burg vor. Mauerstücke wurden umgelegt und rutschten über die Köpfe und hochgehobenen Arme hügelab, wie Eisschollen auf einem braunen Wildwasser. Der Bug des Schiffes warf sie seitlich weg, wo sie unter der Menge zertrampelt wurden. Die Leute in der Burg wuchteten eine neue Mauer in die Höhe, mit an den Zinnen festgebundenen Bogenschützen. Die Bodentruppen hatten das Schiff nun bis vor die Festung gebracht. Der Kampf stand unentschieden. Die Begeisterung ging nicht aus, genausowenig wie die Zahl der Kämpfenden. Zivilisten und karnevalistisch verkleidete Zuschauer mischten sich ein auf beiden Seiten. Selbst von den bewaldeten Felsen im Hintergrund seilten sich welche ab. Das Feuer griff auf den Mittelteil der Burg über. Vom Schiff wurden Taue auf die Zinnen geworfen und befestigt. Das Schiff setzte sich in Bewegung und rutschte mit immer größerer Geschwindigkeit, die Menge wie Wasser zerteilend, meerwärts. Mit einem Ruck spannten sich die Seile. Menschen wurden wie Puppen in die Luft katapultiert. Die Ecktürme brachen ab, das Mittelstück der Festung wurde dem Schiff hinterhergerissen, der Fahrtwind blies die Flamme hoch, die Schaluppe schwamm schon gemächlich im Wasser, als die Burg aufzischend ins Meer stürzte, zerbrach und brennend im Wind davontrieb, dort ein Türmchen, da eine zinnenbesetzte Mauer, die Zugbrücke.

Orlando ließ im allgemeinen Tohuwabohu mit den Lastwagen eine Bresche bahnen. Wir fuhren auf der Hauptgeschäftsstraße parallel zur Küstenstraße ins Stadtinnere. Parkende Autos wurden zur Seite gerammt. Die Besucher zweier Bars, deren Tische und Stühle draußen standen, flohen in Panik. Es war kein Spaß mehr. Eine Ampelkreuzung überquerten wir bei Rot. Dann passierten wir den Kirchplatz, auf dem gerade geheiratet wurde. Eine Horde blumenwerfender Kinder wurde abtrünnig und schloß sich unserem Konvoi an. Wir hielten vor einer Apotheke.

Ich war erschöpft. Falscher Ort. Oder der Tumult des Zeitmeeres und ein Mann ohne ein Schiff. Ich setzte die Flasche an die Lippen. Orlando stieß mich vom Laster.

»Denken Sie daran, es geht hauptsächlich ums Penicillin.«

Die Apotheke war geschlossen. Ein Schild hinter der Glasscheibe sagte, von 13 bis 17 Uhr. Auf Klopfen wurde nicht geöffnet. Orlandos Leute schlugen mit den Gewehrkolben gegen das Schloß. Die Menge rückte näher, aber niemand protestierte. Aus der Gegend des Hafens kam ein Polizeijeep mit zwei Uniformierten. Die Bananenarbeiter auf den Lastern johlten und hielten die Gewehre in die Höhe. Der Jeep bog in eine Seitengasse.

Ich stand vor einem Medikamentenschrank und hatte einen Schwächeanfall. Ich hielt mich an einem Schubladenknauf fest, nur so jetzt bleiben...

»Was ist, machen Sie weiter.«

Ich leerte die Behälter mit Antibiotika. Außerdem steckte ich mir Ampullen zur Betäubung ein. Pia sammelte noch Verbandsstoffe, Desinfektionsmittel und Salben. Draußen hielten die Bananenarbeiter die Leute zurück. Dann rannten wir aus der Apotheke. Ich wurde hochgehoben. Die Fassaden der alten Bürgerhäuser, dunkler Stein, dunkles glänzendes Holz, schwer von Jahrhunderten, mein Blick fiel zur Seite. Angelita. Wie kam sie hierher. Sie saß auf ihrer Geländemaschine. Sie hatte mehrere Kleider übereinander an, obwohl es nicht kalt war. Sie war sehr blaß, hatte die dunklen Augen auf mich gerichtet. Orlando riß mich am Arm.

»Was ist, setzen Sie sich hin, wir fahren los.«

*

Der Ausflug auf die Ostseite hatte mich angeknackst, ich gebe es zu. Ich boykottierte Pias Kompromißvorschläge, ich solle doch wenigstens aufschließen. Ich klemmte vorsorglich den Stuhl unter die Türklinke. Es war Kundschaft da, Türerütteln, Rufen, Leute im Innenhof. Ich hörte die Stimme des Polizeichefs, wie er sie beruhigte. Es war eine Deutsche dabei, ein altes versoffenes Luder mit einem labilen Herzen.

Ich schlief wieder ein, träumte, von einer alten Frau, die auf einem Leiterwagen saß und hinten die Beine herunterbaumeln ließ, ich zog sie über ein Lavafeld, ich sagte, so geht es nicht, sie mußte weinen, du hast es mir versprochen, ich will überall hingehen, wo du hingehst, aber es geht doch nicht, der Wind riß ihr den rosafarbenen Hut vom Kopf, und die Haare, der Hut rollte in einen Krater, ich ließ den Wagen los und rannte hinterher, ins Feuer, ich wachte auf von der Hitze und hörte das alte deutsche Luder immer noch plärren, ich ging auf den kleinen Balkon, die Alte deutete theatralisch auf die Stelle, wo sie das Herz vermutete.

»Bitte, bitte, Herr Schmidt, das Herz.«

»Keine Sprechstunde, Bühlmann, hauen Sie ab, aber schnell, sonst kriegen Sie eine böse Spritze.«

»Bitte, bitte«, rief sie wieder, verdrehte die Augen, machte einen Schritt zurück, verlor das Gleichgewicht und fiel rücklings in die Bougainvillea, unter deren roten Blättern sie vollständig verschwand. Sie hatte schwer gesoffen, ich haßte Säufer, die anderen auf die Nerven gingen. Ich tastete mich ins Bett zurück.

»Herr Schmidt, Herr Schmidt.«

Jetzt war es Pia. Sie warf Steine an mein Fenster.

»Die Tänzerin.«

Ach was, die mit ihrem neurotischen Darm.

»Die Tänzerin ist tot, die Tänzerin ist tot.«

Wieso. Ich wurde mühsam wach. Ich hatte auf die Bettdecke gekotzt. Eine ganze Flasche Calvados. Ich konnte das ausländische Zeug nicht vertragen. Ich hatte bestimmt schlecht geträumt.

»Schmidt, Schmidt, kommen Sie runter, sie atmet noch.«

Was denn. Wir holperten im Daimler hinüber zur Urbanisation, diesmal Pia am Steuer. Das Meer rauschte durchs Seitenfenster.

Irgendwo war ein Wolkenloch, aus dem die Sonnenstrahlen herunterkamen wie dampfende Stahlplatten.

»Halt an. Mir ist schlecht.«

Pia führte mich ans Wasser.

»Weiter.«

Wir gingen bis zu den Hüften hinein.

Als wir uns dann über die Tänzerin beugten, schlug sie ihre römischen Augen auf, lächelte geziert und sagte, »Pose«, das verlogene Arschloch.

*

Ich warf die Füße einfach vor. Avenida de Generalisimo Franco. Eine Drecksrinne mit verlausten Hunden. Sie waren still. Sie erinnerten sich an das Massaker. Einer ging nicht aus dem Weg und bekam einen Extratritt.

*

Neben mir lümmelte ein Freak, der durch die Pampa lief, seltsame Steine und Hölzer sammelte und damit um Geld schnorrte.

Jeder wollte ein Geschäft machen, egal womit. Die eine konnte tanzen und wollte es verkaufen. Einer machte Schmuck und quälte die Passanten damit. Es gab einen Landrover für Rundfahrten. Dabei waren es in Wahrheit Sackgassen. Ein klappriges altes Fischerboot fuhr ein Stück aufs Meer hinaus, von wo man das Inselghetto bewundern sollte. Das Emigrantenpack war erfinderisch. Es verkaufte sich die Lügen gegenseitig.

Ich schätzte die Einheimischen. Sie spielten das Spiel des armen und des reichen Mannes mit jahrhundertealter mürrischer Routine, während der Emigrant verlogen und neidisch war. Er verhöhnte die Heimat und hudelte Lob über eine Endstation, in der er gefangen war wie eine Ratte. Als ob das Glück in frischer Luft, Fischfang, Blumenblüte und Ziegenzucht bestand. Es war widerlich. Kain hatte den Abel erschlagen, weil er genug davon hatte.

Der Freak zog eine Schachtel Zigaretten aus der Tasche. Es waren nur Krümel.

»Können Sie mir eine von Ihren leihen.«

Das schmutzige T-Shirt hing über schmutzigen Jeans. Seine Fingernägel starrten vor Schmutz.

»Ich weiß, wo Orlando sein Benzinlager versteckt hat.«

Ich zog meine Zigaretten heraus. Jeder Gedanke richtete sich auf wie Eisenspäne unter einem Magnet. Ich drehte mich um.

»Nicht hier.«

Wir vereinbarten einen anderen Treffpunkt.

*

Die Pausen wurden länger, in denen ich im Bett blieb. Aber anstatt Kräfte zu sammeln, verlor ich sie. Sie brauchten mich nicht. Pia fuhr den Daimler alleine, bis ich mich wieder rasierte, den gereinigten Anzug anzog, das gebügelte Hemd, mir eine Zigarette in den Mund steckte, den Hut auf das glatt nach hinten gekämmte Haar drückte, mir den Lavastaub von den Schuhen klopfte und über die Avenida zum Playa Mont schlenderte, wo ich meinen Platz neben dem blauen Holzpfeiler einnahm.

Die Atmosphäre war gespannt. In der zitternden Luft ein Boot und ein Mensch ohne Arme. Einer watete langsam hinunter und verschwand. Ein anderer ging hinterher mit gelben Bermudashorts, in denen der gekrümmte Strich eines Oberkörpers steckte. Jeder wird zu seiner Zeit aufgerufen, jeder hat seine Pose von Anfang an, auch hatte er eine Geliebte, auch schenkte er ihr ein Schloß in Fiesole, der punischen Sklavin, der Negerin aus Ebenholz, Importe aus Marokko, die Liebe ist immer in der Verbannung, für immer hast du mich betrübt.

»Ola«, begrüßte mich Orlando von seinem Landrover herunter. »Wieder auf den Beinen, Señor Schmidt.«

Die tigergelbe gescheckte Moräne, die jubilierende Fischhändlerin, der meterlange, mehrfach gewundene, noch im Tod angriffslustige Leib, die hochgehobene salzige Hand.

»Laß mich mit den blöden Fragen in Ruhe. Du bist eine dumme Kuh, weißt du das. Natürlich denke ich nicht an dich, wenn ich allein bin. Ich erinnere mich dann nicht einmal mehr an dich. Ich vergesse dich sofort, wenn ich die Tür hinter mir zuziehe. Dann weiß ich nicht einmal mehr, wie du heißt.

»Ich sterbe«, seufzte Angelita, »ich sterbe, weil du mich nicht liebst«, sie kicherte, »nein, ich meine es nicht ernst.«

»Also, warum sagst du es dann.«

Ich hatte es eilig, mich wieder anzuziehen. Sie hatte das Geld schon vorher auf den kleinen Schreibtisch gelegt. Ich zählte es, es war wieder mehr als das letzte Mal, über zwanzigtausend. Als ich zur Tür ging, versperrte sie mir den Weg.

»Ich werde mich dreimal am Tag auf dich setzen, du brauchst nichts zu tun, ich werde deine Wäsche waschen, kochen, putzen, das Geld organisieren, du mußt sofort zu mir ziehen, keine anderen Frauen mehr, ich bin deine einzige, pack deinen Koffer und komm zu mir rüber, sofort.«

Ihre Wimpern waren tief über die Augen gerutscht, voller Tränen, ihre Lippen warfen entschlossene kleine Falten, ihre Hände ruhten müde auf meinen Schultern.

»Es ist mir egal, ob hier oder in Kanada oder in New York. Nur wir beide müssen es sein.«

»Laß mich in Ruhe.«

Eine der Tränen löste sich und rollte langsam die Wange hinunter.

»Vielleicht in einem anderen Leben.«

Ich schloß die Tür.

*

Die Frauen saßen hinter den Fenstern mit den feinen Holzgittern und die Männer standen in den offenen Türen. Die Zeit stand still oder drehte sich im Kreis. Es war ein Teig, ich spürte es, der durch nervöse Bewegungen nur schwerer wurde.

Also wartete ich auf meine Chance und verdiente Geld inzwischen. Ich lag zum Beispiel im Bett der Tänzerin, als Pia aufkreuzte, wegen eines dringenden Krankenbesuchs. Während ich mich anzog, weinte die Tänzerin und vergeudete ihre Schönheit.

Es war ein Haus am unteren Ende des oberen Tazacorte. Es hatte blaue Fensterläden und einen blauen Rolladen vor einer Garage. Zwei verwitterte Löwen aus Stein markierten die beiden Enden einer die Straße begleitenden kniehohen Mauer. Schaulustige drängelten sich vor den Eingängen und balancierten auf der Mauer. Das Haus gehörte einer deutschen Malerin, die Barbara hieß.

Es war Edgar Chamorro, der im Wohnzimmer auf dem Boden lag. Er hatte sich mit der Malerin gezankt und hinterher versucht,sich an der Türklinke zu erdrosseln, inmitten von Bierflaschen. Pia schleppte die Arzttasche, was nicht nötig war, wegen einer unästhetischen Liebesgeschichte. Sie legte Edgar die Blutdruckmanschette um. Die Dienstpistole hing über der Stuhllehne.

»Warum hat er sich nicht einfach erschossen?«

»Seien sie still«, zischte sie fürsorglich, »seine Freundin hat mit Orlando geschlafen. Haben sie denn kein Mitgefühl?«

Ein Polizist mit Liebeskummer.

»Hundertachzig zu neunzig, zu hoch«, sagte sie.

»Zu hoch, zu hoch«, äffte ich sie nach. »Machen Sie sich nicht lächerlich, mit ihrer Schwesternausbildung. Zu niedrig, für einen Polizisten, der sich nicht benehmen kann.«

Ich lehnte mich in die Tür wie immer bei Notfällen und rauchte. Es war noch das beste, was man tun konnte gegen den Geruch von Enttäuschung und Wahrheit, der ziemlich penetrant war, auch in diesem Fall. Auch die Zimmerwände waren blau angemalt, hellblau und dunkelblau. Über die Terrasse rannte das Grün der Bananenplantagen und ein kleiner toter Vulkan. Ordinäre Verliebtheiten waren also die Hauptbeschäftigung der Restbevölkerung von San Miguel. Verliebt und unglücklich. Ich war weder unglücklich noch verliebt. Mir fehlte offenbar der entsprechende Mechanismus, vielleicht von vornherein. Oder der Unfall hatte ein Einbildungszentrum in meinem Gehirn zerstört. Allein ein stecknadelkopfgroßes Hämatom konnte die Ursache dafür sein, wie mir der Doktor erklärt hatte.

»Ich liebe sie trotzdem«, schnarrte Edgar durch seinen malträtierten Kehlkopf und streckte mir einen Zettel hin. Poesie. Der letzte Trick, wenn alles zu spät ist.

»Geben Sie es ihr, Schmidt. Tun sie mir den Gefallen.«

»Und was tun Sie für mich.«

Ich hielt den Zettel demonstrativ von mir weg.

»Ich tue es, wenn Sie mir zugeben, daß Orlando mein Schiff in die Luft gesprengt hat.«

»Welches.«

»Na das, mit dem ich ankam.«

Edgar starrte mich an, mit den tiefsinnigen Augen des fortgeschrittenen Alkoholikers.

»Es waren beide. Das Schwein hat beide in die Luft gesprengt.«

*

Vor der Serpentine unterbrach ich die Fahrt. Ich parkte an einer Müllkippe und ging an den Rand der Schlucht. Das Meer war grau und gekräuselt. Ein schwermetallischer Vorhang. Ich werde dich aufschneiden. Mit dem Bug eines gekaperten Schiffes. Ich fahre die alte Narbe entlang.

»Bringen Sie mir die Flasche.«

»Sie sollen doch jetzt nicht trinken. Wir müssen noch Krankenbesuche machen.«

»Jetzt nicht, jetzt nicht«, äffte ich sie nach. »Immer nicht, ich habe Sie durchschaut, Sie alte Schlampe, überhaupt nicht soll das heißen, ich will nicht verfaulen auf diesem ausgekotzten Stück Dreck, verstehen Sie.«

Ich ging auf die Kante zu. Pia stürzte aus dem Wagen. Ich grüßte zu dem hieroglyphischen Lametta hinunter. Dann ließ ich mich langsam zum Auto zurückbringen. Zu Dutzenden starteten die Eidechsen, machten dunkle Blitze auf dem Schotter, hatten fette blaue Hälse und waren dabei, Krokodile zu werden.

*

Ich war fertig für heute. Ich hatte die Kneipen abgeklappert und die Adresse eines Arbeiters bekommen, der das geheime Benzinlager Orlandos bewachte. Ich balancierte über den Schuttplatz, wo Orlando seit Tagen riesige Haufen von Felsblöcken ankarren ließ. Es gluckste unter den Steinen. Es war Ebbe und Neumond. Die Milchstraße glänzte wie durchlöchertes Silberpapier.

Dann erkannte ich es plötzlich. Erst hatte ich es für einen der künstlichen Wellenbrecher gehalten, dabei war es ein großes Schiff, vielleicht hundert oder zweihundert Meter vom Strand entfernt, mit erleuchteten Fenstern, zwei Reihen übereinander, es hatte zwei schräg nach hinten zeigende Schornsteine, jedenfalls die Schatten davon, und Rauch aus beiden, und eine leise schlagende Maschine, oder war es Tanzmusik, aus einem Pavillon, auf dem Oberdeck. Ich streifte Schuhe und Hose ab und rannte zum Wasser.

Ich spürte nicht, daß ich auf den glitschigen Steinen ausrutschte und mich verletzte.

»Hallo, Hilfe, warten Sie...«

Ich kraulte überraschend gut. Nur hätte ich auch das Jackett ausziehen sollen, ich bekam die Arme nicht richtig hoch. Schon war ich unter der Bordwand, ein erlösender schwarzer Schatten in der Silberfolie des Himmels, ich verschluckte mich, hustete und verlor dic Besinnung. Eine Hand berührte mich an der Schulter. Angelita. Dahinter waren das begeisterte Gesicht von Pia und das professionell trübsinnige des Polizeichefs.

*

Am nächsten Tag begrüßte er mich gut gelaunt im Playa Mont.

»Sie hatten zu viel getrunken, gestern, Schmidt. Aber trösten Sie sich. Den andern ging es genauso. Sie führten Freudentänze auf, wenn sie glaubten, es sei ein Schiff. Dabei waren es Wracks, wenn es überhaupt etwas war.«

Er zeigte mit dem Daumen über die Schulter.

»Vergnügungsdampfer mit Lampions und lustigen Gesellschaften, Kriegsschiffe, große Segelyachten, Flugzeugträger, alles, was man sich ausmalen konnte. Die Leute waren verrückt danach, sich etwas einzubilden. Sie haben es sich abgewöhnt.«

Ich kniff die Augen zusammen. Ich nahm mir eine der Wimpelstangen als Markierung. Ja, es konnte ein Schiff sein, was da am Horizont flimmerte. Es entfernte sich, es löste sich auf.

»Zu fünfzig Prozent ist es ein Schiff.«

Der Polizeichef lachte schallend.

»Warum haben Sie es gemacht«, unterbrach ich ihn.

»Was.«

»Mein Schiff in die Luft gesprengt.«

Es gab eine Pause.

»Wer sagt sowas.«

»Niemand, aber es ist doch logisch, oder etwa nicht.«

Ich dachte an die perlmuttfarbenen Linien und daß eine davon meine gewesen war, um den Norden der Insel herum, tagelang bleiben sie an derselben Stelle.

»Ich sagte Ihnen doch, Schmidt, daß es eine Explosion im Maschinenraum war.«

»Man hatte Segel gesetzt. Das Meer war glatt wie nie. Sie sagten es selber. Warum sollte die Maschine laufen. Das Tempo war gering. Also eine Explosion, nein, das ist nicht logisch.«

»Ja, Sie hatten Segel gesetzt. Aber es wehte kein Lüftchen. Unter der Steilküste weht nie ein Wind, das sollten Sie wissen. Sie mußten die Maschine angehabt haben.«

»Aber Ihre Hilfspolizisten haben nichts gehört, selbst als Sie längsseits waren keinen Ton.«

»Haben sie das gesagt. Vielleicht war die Maschine extrem gedrosselt. Ich nehme an, so war es. Sie muß heiß gelaufen sein. Sie kühlte nicht ausreichend.«

»Ich verstehe nichts von Maschinen.«

»Nein«, sagte Orlando.

Die Hitze war wie ein Schwamm, sie wischte die Worte weg wie nichts.

*

Auf dem Hinüberweg zur anderen Seite begegnete ich Northeim. Er war wieder in Begleitung des Deppen, der diesmal ein Lederzeug um die Stirn trug. Der Junge hatte Anfälle und die Neigung, kopfüber gegen den Boden zu schlagen.

»Können Sie mir zeigen, wo mein Schiff untergegangen ist. Kann man es sehen von hier aus.«

»Warum wollen Sie das wissen. Das sind doch ganz nichtssagende Informationen. Das wollen Sie nicht wirklich wissen«

Ich hatte Mühe, mich zu beherrschen. Jeder wollte mich bevormunden. Dabei war ich der einzige, auf der ganzen Insel der einzige...

»Kriminalistisch gesehen ist Ihr Fall doch längst abgeschlossen.«

Northeim spuckte eine Kippe ins Meer. Der Idiot lachte Beifall.

»Alles geschah doch in Gegenwart des Polizeichefs. Vor wem wollen Sie klagen, wenn etwas faul ist.«

»Ich könnte ihn erpressen.«

»Mit welchem Mittel.«

»Bei seiner Ehre.«

Northeim schüttelte den Kopf. Der Idiot krümmte sich und machte Anstalten, seinen Kopf gegen dem Boden zu rammen. Northeim beruhigte ihn.

Was verlangte ich mehr. Das Wasser war spiegelglatt. Die geläufigen Worte. Die eingeschlossene Unruhe. Sollte ich sagen, etwas ganz anderes. Lächerlich.

»Nichts. Natürlich nichts.«

Es mußte genügen, daß die Vorbereitungen für meine Abreise vorankamen. Ich zog meinen Taschenspiegel aus dem Jackett und kämmte mir die Haare zurück.

*

Es war ein verdammtes Hintereinander von Verzögerungen, die nur andere Titel trugen, aber im Endeffekt die Tage vernichteten wie Schreibpapier, auf dem einem nichts gelungen war als die Notiz eines Datums. Frühstück im Playa Mont, Krankenvisiten,

Schwächeanfälle, Zigaretten und Wein am Kiosk. Die Frauen waren als einzige Geld wert. Je mehr ich getrunken hatte, desto mehr wurde ich dankbar. Ich bediente sie mit unterdrückter Begeisterung. Ich konnte ihren Sinn fühlen. Jede der Liebesvereinigungen war der Anfang meiner Flucht. Ich bäumte mich auf und spähte über die Kante ihrer Körper aufs Meer hinaus.

Es war längst Nacht, aber der Fels glühte noch. Und der Wind produzierte noch immer nur Staub und heißen Wasserdampf. Ich nahm mir eine Flasche, legte mich aufs Bett und zitterte. Der Lärm der allnächtlichen Fiesta steigerte sich und wetteiferte mit der Brandung. Sie fuhren mit den großen Diesellastern, sangen und johlten. Sie hielten vor dem Haus. Frauenchöre brachten Ständchen dar. Ich konnte nicht unterscheiden, ob sie auf mich gemünzt waren oder den Polizeichef. Eine Hundemeute verfolgte das Pack.

Ich schleppte mich auf den Gang. Don Fernando saß im Dunkeln auf seinem Rollstuhl. Er kicherte. Ich schob ihn wortlos zur Seite und klopfte an Pias Tür.

»Es ist vier Uhr morgens, was ist los.«

»Ich muß einen Hausbesuch machen, fahr mich hin.«

Sie riß die Tür auf. Ihr Haar hing offen über die Schultern. Sie sah aus wie die Sünderin auf den milden Heiligenbildern über den exakt bezogenen Ehebetten.

»Ich weiß, was Sie wollen. Sie wollen bloß ficken.«

»Also fahren Sie mich hin.«

»Zu welcher«, schrillte es empört aus der Bluse, die sie sich überzog.

»Zu der großen Blonden, Calle Nr. 4.«

»Wie Sie aussehen.«

Sie knöpfte an meinem Hemd herum.

»Mitten in der Nacht«

Der Doktor wollte etwas sagen, bekam aber stattdessen einen Hustenanfall. Es war gewissermaßen ansteckend. Ich hustete ebenfalls heftig. Pia holte einen Waschlappen und säuberte mir das Gesicht. Die Blonde gehörte zu denen, die ich am meisten verachtete, mit ihrer glucksenden Erwartung, als wäre es Liebe, was mich letztendlich in ihre Arme trieb, lächerlich, sie war ein Kretin mit einem kleinen Sparbuch, schwammigen Beinen und einer trockenen Haut, die nach ranzigem Fett roch. Ich hatte sie mehrmals ermahnt, sich zu waschen, aber es half nichts.

Wir fuhren mitten im Strom der Laster, des Staubs und der überspritzenden warmen Gischt, aus der Menschen hervortraten wie gelbe Beulen. Am Playa Mont hing Orlando am Tresen mit einem bronzenen Gesicht voller Stumpfsinn.

»Soll ich warten.«

»Nein, hauen Sie schon ab.«

*

Ich war nackt, ein Affe in der Wildnis, ich schaute nach New York hinüber, Männer in grauen Anzügen, Frauen in eng geschnittenen grauen Kostümen, aus verborgenen Lautsprechern drang gedämpfte Klaviermusik, jeder war beschäftigt mit einer ungeheuren nichtssagenden Erinnerung und glitt in einem angenehmen Gleichtakt durch die Straßen, selig, mit einer hohen weißen Stirn, die dünnhäutig den Blick auf pulsierende Herzen freigab.

*

Wenn ich die Malerin hatte, hatte ich Edgar.

Ich saß hinter einer Flasche und beobachtete sie, zwei Punkte auf dem Meer. Der kleine war ein Ruderboot, in dem sich Edgar Chamorro und die Malerin befanden, der andere war das Boot des Polizeichefs. Seit Tagen zogen sie diesselbe Schau ab. Edgar wollte Beweise der Liebe, Barbara sollte mit ihm aufs Meer hinaus, sie tat es widerwillig. Er wollte bis zu einem Punkt, wo es kein Zurück mehr gab.

In meinen Augen war Edgar reif für New York, egal aus welchem Grund. Er war der Steuermann des Polizeiboots und er hatte die Zündschlüssel dazu.

Abends stellte die Malerin für gewöhnlich ihre Staffelei im neuen Hafen auf. Auch diesmal. Ich schlenderte hinüber.

»Warum tun Sie das. Was finden Sie an ihm.«

»Ich liebe ihn. Ich komme nicht los von ihm. Er ist furchtbar eifersüchtig. Er sagt, ich sei eine Hure. Was soll ich machen. Ich kann nichts mehr tun. Nicht einmal malen kann ich mehr. Ich esse nichts mehr. Ich bin nur noch Haut und Knochen. Was soll ich machen.«

Sie weinte.

»Geben Sie ihm einen Tritt. Er soll zum Teufel gehen.«

Sie beugte sich über ihre Staffelei.

»Oder wir fahren alle zusammen nach America.«

Ich überwand mich und legte eine Hand auf ihre Schulter. Sie schüttelte sie ab. Es funktionierte nicht. Ich biß mir auf die Lippen. Du fängst es falsch an mit der hysterischen Kuh.

Sie arbeitete hastig weiter. Sie versuchte, die vorher aufgetragenen Kleckse zu verteilen. Sie hatte Zöpfe, die hin und her wippten. Ich zündete mir eine Zigarette an und schaute aufs Wasser. Es waren noch Minuten bis zur Dunkelheit. In den Palmwipfeln über der Klippe kreischten tausende dieser spatzenähnlichen Winzlinge, als ginge es um Leben und Tod.

Was haben wir getan. Der versinkende Purpur. Das still sich lösende Rosa. Alles in Eile, in Auflösung.

»Hören Sie, Sie frieren, Sie zittern doch.«

Die Malerin nahm die Staffelei, knallte sie auf den Boden und trampelte auf ihr herum.

»Lassen Sie mich in Ruhe, Sie Gigolo. Jeder weiß doch, was Sie von den Frauen wollen.«

Sie fing wieder an zu heulen, grundlos, wie ich meinte. Ich wechselte das Thema.

»Sie waren doch auch einmal mit Orlando befreundet.«

»Ja, aber das ist lange her, vor vier, fünf Jahren, warum«, schluchzte sie.

»Nur so. Mich interessieren seine Gewohnheiten. Ich meine, er fährt viel die Küste auf und ab.«

»Er hat nichts zu tun, der Polizeihund. Er paßt auf, daß ihm keiner verlorengeht. Er möchte den lieben Gott spielen.«

Sie packte ihre Malsachen zusammen. Wir gingen an der inneren Mole entlang. Neben dem aufgebockten Ruderboot saßen einige Arbeiter. Sie schauten uns neugierig nach. Die Malerin zündete sich eine Zigarette an.

Sie hatte knochige gelbe Nikotinfinger. Ich stellte fest, daß sie genauso zitterten wie meine.

»Kommen Sie morgen auf die Klippe da oben. Da sieht uns niemand.«

Ihre Hand war sehr kalt, als ich sie zum Abschied drückte.

*

Für immer. Aus Liebe. Konkret ging es so, daß beide erst einmal vermißt waren. Das Ruderboot fehlte. Sie waren nachts auf die See hinaus, anders als sonst. Zwei Tage später fand man Chamorro im Boot treibend vor Puerto Naos, ein verkrusteter Tintenfisch, der zu lange an der Sonne gelegen hatte, aber noch lebte. Barbara blieb verschwunden. Man ging davon aus, daß es sich um einen Unglücksfall handelte.

Ich betrachtete es als Glücksfall. Ich sprach mit Chamorro, der seitdem einen fanatisch aufs Meer gerichteten Blick hatte. Er war einverstanden, das Boot des Polizeichefs zu stehlen. Was wir noch brauchten, war ein Kapitän, Sprit und natürlich Geld.

Ich schaffte mir einen kleinen schweinsledernen Aktenkoffer an, von dem ich mich nicht mehr trennte. Ich wollte meine Geldbündel immer bei mir haben. Es gab keinen sicheren Ort.

*

Ich wachte auf, weil es unter meiner Haut rumorte, als wäre eine Bande Mäuse unterwegs und könnte nicht raus. Es war noch stockfinster. Ich schlug die Bettdecke zurück und knipste das Feuerzeug an. In den Beinen war es am schlimmsten. Es sah aus, als ob unsichtbare Finger kleine Mulden in den Muskel tippten. Viele in Tazacorte hatten es. Es begann mit einer gewöhnlichen Muskelschwäche, eine Art Krampf nach einer längeren Gehstrekke. Man dachte sich nichts dabei. Dann fing das Zucken an, ganz vereinzelt zuerst. Der Alkohol, sagte der Doktor. Im Endstadium war es eine komplette Lähmung. Man konnte nicht mehr richtig atmen. Es war gut, wenn das Herz schon vorher stillstand.

Ich sprang aus dem Bett und schlug die Läden zurück. Das Meer gurgelte verschlafen am Strand. Ich musste in Bewegung bleiben. Der Mensch ist ein Muskeltier. Hauptsächlich für die Bewegung da. Die Verdauung, die Lunge, das Herz, die Nerven, alles dafür.

Ich parkte am Eingang der Straße Nr 3. Es war eine groß gewachsene Rotblonde mit Sommersprossen wie Schmutzflecken, mit drei Kindern von drei verschiedenen Männern, von denen es den letzten erwischt hatte, bevor er sich wie die andern nach Venezuela verdrücken konnte. Er schuftete also in den Bananenplantagen und sie gab das Geld aus, im Moment alles für mich.

Ich wußte nicht, wie sie hieß. Ich merkte mir ihre Namen nicht. Wozu. Sie waren austauschbar. Genauso wie die Namen auf den Totenscheinen. Wenn es geschehen war, war es gleich.

Als ich die Treppe hochkam, hörte ich sie schreien. Sie stritt sich mit ihren halbwüchsigen Jungen herum. Es ging um ein Fahrrad, das einen Platten hatte und keiner wollte es flicken. Sie hatte einen muskulösen Körperbau, der von der andauernden Anspannung kam. Sie schüttete mir bei der Begrüßung Kaffee über die Hose.

»Schon gut«, sagte ich, »lassen Sie.«

Sie schickte die beiden Großen auf die Straße, das kleine Mädchen ins Nachbarzimmer. Während wir uns auszogen, sagte sie ordinäre Worte auf spanisch, die ich nicht verstand. Während wir miteinander schliefen, kaute sie einen Kaugummi.

»Sind Sie fertig«, sagte sie und strich mir das Haar aus der Stirn, als ob sie mich schlagen wollte.

»Wo ist Ihr Mann.«

»Ich laß ihn nicht rein, wenn er kommt.«

Ich haßte Komplikationen. Ich hatte ein Klappmesser in der Tasche, aber es wäre zu blöde gewesen, für nichts. Ich steckte das Geld in die Tasche und trank den Kaffee rasch zu Ende.

Vor dem Haus parkte Angelita auf ihrem Motorrad.

»Was ist los. Spionierst du mir nach.«

»Sie können machen, was Sie wollen. Ich liebe Sie.«

»Geh nach Hause.«

Pia putzte. Es gab mehrere Putzfrauen für das ganze Haus, aber ausgerechnet bei mir mußte sie putzen. Ich sagte, sie solle den Staub nicht so aufwirbeln. Es gab diese speziellen kleinen Handbesen aus Stroh, mit denen nichts anderes getan wurde, als den Staub in den Häusern aufzuwirbeln. Jeder zweite hatte chronische Bronchitis davon.

»Bei einem Arzt muß es ordentlich aussehen.«

»Ich bin nicht der Arzt. Ich bin der Chauffeur.«

»Der ganze Sand auf dem Boden. Es knirscht unter den Schuhen.«

Von der einzigen schwarzen Düne unten am Strand wehte der Sand durch die offene Balkontür. Pia ging hin und schloß sie.

»Mach sie wieder auf.«

»Aber es kommt doch Sand herein.«

»Machen Sie sie wieder auf.«

Sie stand an der Tür und machte nichts. Ich stand auf und zog den Riegel hoch. Mein Blick fiel aufs Meer. Und auf das Boot des Polizeichefs, das etwa einen Kilometer vor der Küste lag. Es war längsseits neben ein anderes, größeres gegangen, das ich noch nie gesehen hatte. Sie bewegten sich träge in der Dünung. Irgendetwas wurde hin und her gereicht.

*

Irgendwann war eine Momentaufnahme gemacht worden, ein Schnappschuß, und das war man dann, für alle Ewigkeit, so kam es mir vor, bei den andern, nicht bei mir, natürlich, ich hatte nicht vor, den Zirkus mitzumachen.

*

Ich hatte den Polizeichef in der Hand. Ich dachte, ich hätte ihn in der Hand, weil alle wußten, daß er mein Schiff in die Luft gesprengt hatte.

Ich traf Edgar an der Bar des Playa Mont. Ich fuhr mit ihm zum neuen Hafen hinüber.

»Warum ausgerechnet hier«, fragte er vorwurfsvoll, »Orlando ist zu Hause. Es muß ja nicht direkt vor seinen Augen sein.«

»Warum nicht. Ist es verboten, im Hafen spazieren zu gehen.«

Ich parkte unter der Riesenmauer.

»Um welche Zeit ist es am besten.«

»Was.«

»Das Schiff zu klauen.«

»In den frühen Morgenstunden, wenn die Fischer noch nicht zurück sind.«

Ich stieg aus, klemmte mir die Aktentasche unter den Arm und ging auf die Anlegestelle der großen Yacht zu. Edgar folgte mir zögernd. Die diesseitige Hälfte des Hafenbeckens war fast vollständig bedeckt von einem Wirrwarr kleiner Fischerboote, von denen die meisten unbenutzt und in einem miserablen Zustand waren. Bretter waren lose, Taue hingen ins Wasser, viele waren leck mit öligem Wasser unter den Sitzbänken. Die Yacht Orlandos, die direkt an der Pier festgemacht war, hatte nur eine schmale Fahrrinne ins freie Wasser hinüber.

Auf der anderen Seite, vor den Skeletten aufgedockter Boote, badeten Kinder an einem kleinen schwarzen Sandstrand. Ihre Schreie kamen verzögert herüber. Es waren lange Sekunden zwischen dem Aufreißen ihrer Münder und dem Laut, den sie abgaben. Vielleicht war schon ein anderer Tag, nur daß ihre Bilder noch in den heißen Luftschichten vibrierten, während sie schon längst zu Hause waren. Vielleicht war es dasselbe mit den Fischen im grünen gläsernen Wasser.

»Was ist mit dem Geld«, erinnerte mich Edgar ungeduldig, während er ängstlich zur Einfahrt des Hafens schielte. Ich hatte die Geldbündel in meiner Aktentasche in einem extra Fach vorbereitet. Es war die Anzahlung für den Kapitän. Die Leute glaubten nichts, bevor sie nicht Geld sahen.

Edgar hatte es eilig, zum Auto zu kommen. Er trug seine Pistolen achtlos am Gürtel, mit offener Schnalle. Ich rückte mir den Hut ins Gesicht. Ich fand die Sonne unerträglich hinter der Mauer, es war, als hätte sie einen fernen, bösartigen Widerhall.

»Warum machen Sie es nicht selber, Edgar. Sie fahren das Boot doch sonst auch.«

»Für die hohe See braucht es einen ausgebildeten Kapitän. Ich kann hier an der Insel entlangschippern, aber nicht nach America hinüber. Kümmern Sie sich lieber um das Geld und machen Sie nicht so viel Wind.«

*

Er war vielleicht zehn Jahre alt.

Ich sah, daß er nicht in Ordnung war. Er hatte einen eigenartig nach vorn gewölbten Brustkasten, wie der schwere Bug eines Schiffes, er rang nach Luft, wobei er eigentlich nur noch kurze schnappende Kopfbewegungen machte, die Lippen waren blaß und blau, eine Farbe, die mich an Veilchen erinnerte, vielleicht war ich deshalb auf der Stelle sentimental, und die dunklen schönen Augen, weit aufgerissen, mit einer unbegründeten Freundlichkeit, mitten in einer panischen stillen Atemnot.

»Was will er«, sagte ich.

»Er ist krank«, sagte Pia, »Herzfehler.«

Ich beugte mich zu ihm hinunter.

»Mein Junge«, sagte ich. Meine Augen blieben an seinen Lippen hängen.

»Es gibt keine Heimat, für niemand.«

»Käptn, Käptn«, flüsterte er.

*

Ich schob den Flaschenhals aus der Tüte und nahm einen Schluck. Northeim und der bandagierte Idiot kamen auf mich zu. Hinter ihnen hüpfte der Ocean wie ein nervöser Haufen Silbergeld.

»Sie haben das Zeug zu einem Mystiker«, sagte Northeim, während er die letzten Schritte über den Schotter stolperte. Die Hitze des ausgehenden Tages schwankte heftig zwischen den Felswänden hin und her.

»Sie wissen es nur nicht.«

Mein Blick rutschte über die schmutzigen Felshöhlen oberhalb von Tazacorte. Auch da wurde hauptsächlich Wäsche aufgehängt. Ich konnte nichts machen, solange ich kein Benzin hatte.

»Jedes Endergebnis ist eine Falle. Aber jede Endstation, egal wie verkommen, ist ein neuer Anfang.«

Ich ließ ihn reden. Es war mir zu anstrengend, mir vorzustellen, daß jedes Ding seinen Widerspruch in sich selbst hatte. Der Himmel spannte sich wie eine dünne blaue Haut über den Barranco. Die Enge. Der Luftmangel. Ich wartete auf die Nacht, die Kühle, den vorübergehend angenehmen Sternenraum.

*

Wieder war ich zu spät gekommen. Die Diagnosen schienen unverdächtig. Aber es waren immer Personen, die mir etwas hätten verraten können. Ich füllte den Totenschein aus. Ich kreuzte an: natürliche Todesursache. Aber ich wußte es besser. Anstelle der Gebühr ließ ich mir diesmal einen spendieren.

*

Es war Barbara. Die Wellen hatten sie mitten vor die Öffnung des großen Barranco auf die Steine geworfen. Krebse kletterten über ihr Fleisch und höhlten es aus. Orlando ließ sie gleich in eine der Grabnischen in den Friedhofsmauern von Los Llanos einbetonieren, mit einem Eimer Kalk zusammen. Edgar klebte reglos an der Bar des Playa Mont und starrte das Meer an.

Für mich war die Sache erledigt. Ich strich ihren Namen von meiner Strichliste. Totsein war noch die einzige Leistung, die mir imponierte. Alles wurde abgeschnitten, Angst, Mitleid, Hoffnung, Schmerz. Von Toten ging eine angenehme Entspannung aus, die sich sichtbar auf ihre Umgebung fortsetzte, sie litten nicht mehr und sie quälten ihre Liebsten nicht länger.

Außerdem wurde mit jedem Vorläufer, den ich gekannt hatte, die Vorstellung davon ordinärer. Ihre ansteigende Zahl nivellierte den gelegentlichen Schrecken, es wurde zu einer Art sportlicher Ehrensache, was die kann, wie der abgegangen ist, das kann ich auch.

Also füllte ich den Totenschein aus. Geboren, gestorben. Pia mit ihrem Schildkrötengesicht stand hinter mir.

»Sind die Seelen der Toten allein oder befinden sie sich in Gruppen.«

»Ich denke, Sie glauben nicht an ein Leben nach dem Tod.« Sie versuchte, ein schnippisches Schildkrötengesicht zu machen.

*

Ich lehnte am Geländer des Balkons, rauchte und sah die Avenida hinunter. Angelita kam schwungvoll, auf Schuhen mit hohen Absätzen. Es ging ein paar Schritte gut, dann stolperte sie. Es war keine Straße für Frauen mit Stöckelschuhen.

Sie kam die Treppe hoch, klopfte zweimal an die Tür und trat wie jedesmal ohne abzuwarten ein. Sie trug ein blaues Kleid, das vorne von oben bis unten durch Knöpfe zusammengehalten wurde.

»Ich habe einen Abszeß auf der Nase«, sagte sie.

»Es ist noch keine Sprechstunde. Pia wird das nachher erledigen.«

»Aber ich will mit Ihnen sprechen. Ich muß unbedingt mit Ihnen sprechen.«

»Pia ist zum Hafen hinübergegangen. Du mußt warten.«

Sie faßte sich plötzlich ans Herz und heulte los. Ich haßte Belästigungen mit Gefühlsdingen. Es half sowieso nichts, man mußte abwarten. Es würde wie immer Gras über die Sache wachsen, egal, was es war.

Ich horchte auf den Wind, der in den Türritzen zischte. Daß Pia nie die Außentür verschloß. Als dürfte man mich jederzeit aufstöbern. In der heiligen Mittagshitze. Unter dem grauen Schaum, den sie machte.

Sie lehnte in der Eingangstür und ich in der Balkontür. Ich haßte das sinnlose Warten. Lieber warten auf nichts. Ich ging zum

Schreibtisch hinüber, zog die Schublade auf, nahm die Flasche heraus und goß mir ein Glas ein.

»Gluck, gluck, gluck«, sagte ich.

Selbst im Schutz des Hauses saß man wie vor der Luke eines glühenden Ofens.

»Ich komme nicht wegen des Abszesses, ich komme auch nicht wegen Ihnen, was Sie mit mir gemacht haben, deswegen komme ich nicht.«

»Ach du meine Güte, was denn sonst noch.«

»Es ist, daß ich nicht weiß, wer ich bin, daß ich nichts wert bin, daß ich nichts kann, daß mich niemand wirklich schätzt.«

»Ein ganz schönes Sündenregister, alle Achtung. Du solltest zu einem Priester, beichten gehen.«

»Ich bin nichts, wer bin ich denn.«

Sie brach in heftige Tränen aus. Das Kind würde mir noch durchdrehen. Ich mußte Zeit gewinnen, bis Pia kam.

»Also hör mal. Es pfeifen doch alle Männer hinter dir her. Du könntest haben, was du willst, von jedem.«

»Ach hören Sie auf. Ich bin keine von Ihren Huren.«

Sie hieb sich mit den Fäusten auf die Knie. Ich ging zum Fenster und drückte die Plastikflügel der Jalousie auseinander. Die Avenida war leer. An der Felswand drehte sich der Staub, hielt sich einen Moment auf einem Absatz und verschwand.

»Sie wollen mich nicht verstehen. Wer bin ich, wer bin ich. Sagen Sie mir, wer ich bin. Sonst kann ich mich gleich umbringen.«

»Aber so ein hübsches Mädchen doch nicht.«

Sie ging hoch wie von der Tarantel gestochen.

»Sie sind ein Schwein, ein gemeines Schwein.«

»Beruhige dich, verdammt noch mal.«

Ich zog mich hinter den Tisch zurück.

»Mach es so wie ich«, ich machte eine kreisende Handbewegung, »es hat keine Bedeutung, nicht wirklich, der Job, das Geld, die Frauen...«

»Aber Sie sind scharf auf das Boot des Polizeichefs. Sie kriegen mich nicht los. Ich werde dabeisein.«

Pia stürzte durch die Tür.

»Was machst du denn hier, Angelita. Laß den Herrn Schmidt in Ruhe.«

Wie verräterisch verschmähte Liebe ist. Es mußte noch einen Ringkampf im Wartezimmer gegeben haben zwischen Angelita und Pia. Die Stühle lagen jedenfalls kreuz und quer. Als ich auf die Straße trat, (der verdammte Ocean, er saß mir auf der Pelle mit seiner glattgewaschenen Selbstgefälligkeit), kamen die Schülerinnen der oberen Klassen von der Oberstadt herunter. Es war Mode geworden, sich die Haare an der Seite abzuscheren und den Rest in den grellsten Farben zu färben, rosa, violett, schwarz, grün. Manche formten mit Hilfe von Kleister in die Luft stehende Kunstwerke. Seid ihr da, ihr Schönen. Sie johlten mir zu, hoben die Beine und machten ordinäre Bemerkungen. Sie waren mir sympathisch. Sie waren bestimmt unschuldig. Ich verfolgte sie, wie sie sich auf die Kaimauer schwangen und im wiegenden Gänsemarsch Richtung alter Hafen abzogen.

*

»Orlando hat die Bootsschlüssel zurückverlangt. Ich kann nichts mehr für Sie tun. Sie müssen sich einen andern suchen.«

Edgar hing unbrauchbar an seinem Platz im Playa Mont. Ein gewöhnliches Wrack der Liebe.

»Der Kapitän ist ein gewisser Pedro. Er war früher Bürgermeister von Jedey. Er wohnt noch da oben, an der Straße nach Fuencaliente. Aber er möchte nicht, daß Sie persönlich Kontakt mit ihm aufnehmen. Sie machen zu viel Wind, Schmidt, ich habe es Ihnen schon mal gesagt. Sie verderben sich alles.«

»Wie soll ich dann an den Mann rankommen.«

»Weiß ich nicht, Ihr Problem.«

*

Ich starrte in die zugemauerten Tore des alten Hafens. Es schonte die Augen. Für sich allein waren sie die Reste einer kolossalen

Seefestung, aber unter der Gebirgswand ein lächerliches Spielzeug.

»Wenn Sie wollen, sprenge ich das alte Biest weg«, sagte Orlando.

»Nein, es ist gut fürs Auge. Sonst flimmert das Meer so.«

Die Mittagshitze war erbarmungslos wie gewöhnlich. Trotzdem räkelten sich welche im grauen Licht der Straße und unten auf den Elephantenkieseln im grauen Gegenlicht des Wassers.

Es waren die jungen Leute mit den violett gefärbten Haaren und den Nadelstreifenjacketts. Modepuppen. Sie gaben eine Parole aus und schon schnitten sich alle die Haare kurz und trugen Jacketts mit Nadelstreifen, oder Petticoats, oder Blue-Jeans mit künstlichen Löchern. Alles im Dutzend. Dazu einige blöde Worte, die sie ständig wiederholten. Sie glaubten, nur weil sie unter Vulkanen lebten, seien sie gefährliche Charaktere.

»Andererseits«, sagte ich zum Polizeichef hinüber, von dem ich nicht wußte, ob er eingeschlafen war oder nur aus Bequemlichkeit wie tot auf seinem Plastikstuhl klebte, »andererseits, warum soll die menschliche Natur anders sein als Ihre Bananeninsel, eintönig wie ein Kasernenhof.«

»Was haben Sie gesagt«, brummte Orlando und zog sich hoch.

»Nichts.«

Ich studierte den Schlüsselbund, der an einem Karabinerhaken neben seiner Pistole hing.

*

Das Zittern nahm zu, die Platzangst.

Die Kunst ist das wahre Leben.

Wer sagte das. Ich drehte mich um. Ich achtete auf die Bewegung der Beine. Edgar war hinter mir und Metamores vor mir, mit einer Laterne in der Hand. Die andere Hand war in einer ausgebeulten Tasche. Sie hatten mich hektisch hergebracht. Wegen eines Notfalls angeblich. Wir befanden uns auf der ramponierten Stiege eines ramponierten Lagerhauses, in dem offenbar niemand wohnte. Auf jedem Treppenabsatz mit Brettern zugenagelte Türen. Sie wollten bis unters Dach. Sie hatten etwas vor mit mir. Ich glaubte nicht an einen Kranken. Es war eine Falle. Metamores forderte mich auf, in die einzige geöffnete Tür zu gehen. Es roch nach Abfall und Erbrochenem. Ich stellte mich mit dem Rücken zur Wand.

»Nehmen Sie die Hand aus der Tasche, sonst mache ich gar nichts.«

Auf einem Misthaufen von einem Bett stöhnte jemand. Der Schatten eines Oberkörpers schaukelte über die Wand. Alles Theater, um mich abzulenken.

»Nehmen Sie die Hand vom Revolver.«

»Mann, sind Sie nicht ganz dicht«, schrie Metamores, »meinem Kumpel gehts schlecht und Sie machen hier Theater.«

Er schmiß die Notfalltasche durch die Tür. Ich drehte mich vorsichtig ins Zimmer. Ich wollte die Kugel nicht in den Rücken bekommen. Ich ging rückwärts, stieß einen Eimer um und ließ mich aufs Bett fallen, neben ein Totengesicht, das schweißgebadet war. Ich tastete nach dem Puls. Er war flach und jagte wie ein kleiner kalter Blitz über den heißen Knochen. Der Bauch war ein schmutziger gelber Ballon mit einem Geäst aus schwarzen, prall gefüllten Adern. Auf einer Anrichte standen an die hundert Flaschen, jede denkbare Sorte Alkohol, leer.

»Es ist die Leber. Er stirbt.«

»Ich knall Sie ab, wenn Sie nichts tun.«

Ich löste das Morphiumpulver auf, wie ich es bei Pia gesehen hatte. Ich nahm eine irrsinnige Ration. Mir war es egal, viel hilft viel. Ich jagte es ihm durch die Hose in den Oberschenkel.

Metamores setzte sich neben den Sterbenden. Er legte den Arm um den Typ. »Er ist mein Kumpel. Wir hatten uns in Algerien verschanzt, bevor wir hierherkamen, etwa fünf oder sechs Jahre. Ich weiß es nicht mehr genau. Wir haben in Südfrankreich angefangen. Ein ganzer Haufen, ziemlich schlagkräftig. Wir waren Spezialisten, Leute, die technisch begabt waren und Phantasie hatten, Elektriker, Bergsteiger, Architekten, Automonteure, Maler, Kunstmaler, Oberstudienräte, einer, der alle asiatischen Kampfarten konnte, zwei Soldaten. Nur der da hatte nichts gelernt, aber er konnte gut zuhören, er hatte die Ruhe weg. Er suchte den Tod, es war ihm egal, er hat viele umgebracht. Er wurde automatisch der Häuptling unseres Vereins.

Wir schlugen uns nach Süden durch. Durch den winterlichen Staub in der Sierra. Es war bitterkalt. Die Seen und Flüsse waren zugefroren. Erst bei Alicante sahen wir die Sonne wieder. Dann hatten wir Augenprobleme. Alle. Sie waren entzündet und brannten wie die Hölle. Alle heulten. Wir legten mit Kamillentee getränkte Wattebäusche auf. Es war eine Zeit vollkommener Ruhe. Vierzehn Tage Kamillenkompressen und gleichbleibende Dämmerung. Alle Stunde durften wir für fünf Minuten die Augen öffnen. Für ihn war es nicht gut gewesen. Er hat zu viel nachgedacht und das Saufen begonnen. Es war nichts mehr los mit ihm, seitdem.«

Der Mann stöhnte in kürzer werdenden Abständen. Metamores und ich suchten seinen Puls. Wir konnten ihn nicht mehr finden und beschlossen, daß er tot war. Metamores war gerührt. Ich machte mir seine weinerliche Stimmung zunutze. Ich bat ihn, mir bei Gelegenheit die Schlüssel des Polizeiboots zu geben, für einen Schabernack, ich wollte ein wenig vor die Küste fahren, um dem Polizeichef eins auszuwischen, es sei nur gerecht, er wisse ja besser als ich, was er mit meinem Schiff gemacht habe.

Den Rest der Nacht verbrachte ich im alten Hafen. Es war ein Etappensieg, für den ich nichts konnte. Aber warum sollte ich mir Gedanken machen.

*

Ich war weggetreten. Zuviel Alkohol. Der Polizeichef, Metamores und das allesfressende Kindergesicht der Tänzerin waren über mir. Sie waren aus demselben schmutzigen Material wie die Felswand hinter ihnen.

»Was hat er. Ist er krank.«

»Nein, oder ja, natürlich, geben sie mir noch einen.«

Ich stand wieder auf, mit einer Schwere, als hätte ich Wasser in den Beinen, tanzte durch die Löcher mit Spülwasser und alten

Fischköpfen, stolperte, die Tänzerin kicherte dramatisch, niemand kümmerte sich um die Straßenreinigung, der falsche Neger von einem Polizeichef hatte zuviel versprochen, die Tänzerin machte Kurven um mich herum, mit ihrem teuren Peugeotrad und ihren bunten Fesselschonern, die Mama gestrickt hatte.

»Wie gehts, Herr Schmidt. Besuchen Sie mich nachher. Ich liebe Sie.«

»Schlecht.«

»Dann tanzen Sie wenigstens mit mir.«

Sie lachte im voraus. Es klang einstudiert.

»Was ist los mit Ihnen. Zu alt. Es geht nicht mehr da unten.«

Ich antwortete nicht. Das kleine Biest wollte sich rächen.

»Bevor es die Pille gab, da wollten die Herren immer, da konnten sie immer und da wollten sie immer. Und die Frauen haben euch angebetet dafür. Aber jetzt, Probleme...«

Sie faßte sich theatralisch an die Stirn, machte ein paar Umkreisungen mit dem Rad und zeigte ihr tadelloses Profil.

»Hau ab. Laß mich in Ruh.«

*

War es Liebe, daß sie mir jedesmal mehr dafür bezahlte. Später wußte ich, woher das ganze Geld war. Die Liebe war eine Art Langstreckensport für sie. Sie sei selig dabei, aber die Tiefe der Seligkeit sei abhängig von der Dauer der Vereinigung. Ich hätte nichts dagegen einzuwenden gehabt, wenn es wirklich nur das tatenlose Beisammensein gewesen wäre (diese ungenauen Bestimmungen, komm, wir wollen uns lieben, man liebt Vater und Mutter, das Vaterland, Pudel und eine besondere Sorte Eiscreme). Aber sie meinte natürlich die Bewegung, das Bumsen, den Rhythmus. Sie war ein sportliches junges Ding und ich ein weißer hagerer Frosch mit den Resten einer athletischen Konstitution, über die sich die Haut bereits in Falten warf. Sie war einfach zu jung für mich. Ich war längst fertig und sie fing schon wieder an.

»Komm, leg dich auf den Rücken.«

Sie ritt auf mir wie eine Furie. Was bezweckte sie damit. Ich würde wieder Tage damit zubringen, Eiskompressen um mein geschwollenes Glied zu drapieren.

»Was ist«, keuchte sie in einer Atempause.

»Ich glaube, das Gummi ist geplatzt.«

»Ist doch egal.«

Sie setzte ihre Übung fort.

»Dann ist es sowieso zu spät.«

»Warum zu spät.«

Ich versuchte, sie festzuhalten.

»Du könntest etwas zarter mit mir umgehen. Ich meine, wenn du ihn nicht schonst, ist es ganz aus damit.«

»Stell dich nicht so an. Ich liebe dich doch.«

Ich verstand nicht, warum sie nicht einen Augenblick still halten konnte. Ich zog die Beine an, um sie zu bremsen. Sie drückte mir die Knie wieder flach. Ihre Haare verspritzten einen Schweiß, der den unschuldigen Duft von Kindern hatte.

Am nächsten Tag kam sie ins Playa Mont und erklärte unnötig laut, daß sie ein Kind von mir bekäme.

»Es kann von jedem sein«, sagte ich genauso laut, »bei einer kleinen Hure kann es von jedem sein.«

Sie schaute mich an. Ich zog vorsichtshalber die Hände aus den Jackentaschen. Aber sie drehte sich nur um und ging.

*

Der Abend fing schlecht an. Ich träumte, ich badete am Strand vor der Avenida. Vielleicht hätte ich mich nicht auf den Rücken drehen sollen, jedenfalls bewegte sich die überhängende Bergwand. Und das Wasser des ganzen Oceans bewegte sich zielstrebig auf einen einzigen Punkt zu, mit großer Geschwindigkeit, und riß mich mit. Dabei schien mir, als hätten sich meine beiden Augen geteilt. Das eine wäre mir geblieben, das andere schwebte unbeteiligt über mir. An der Stelle von Tazacorte war ein großes Loch, durch welches sich das Wasser rasend in eine ungeheure Höhle ergoß und mich vernichten würde. In kilometerweiter Ferne konnte ich das schwache Glitzern von Wänden erkennen, Glas oder Eis.

Als ich stürzte, wachte ich auf. Und fluchte über Orlando. Es waren seine Caterpillars die seit Tagen den Strand aufschütteten und einen Höllenlärm dabei machten. Ich fiel wieder in den Schlaf zurück und hörte einen Chor hoher Frauenstimmen, Jubel, ich schrak hoch, starrte aufs Fenster, aber es blieb dabei, jubilierende Frauenstimmen. Wütend bewegte ich mich auf den Balkon. Draußen prozessierten die gelben Ungetüme zwischen Wolken aus Gischt, Lavadreck und Dieselgas.

Ich zog mich wütend an. Ich durfte meine Kräfte nicht mehr schonen, ich würde werden wie alle, ein ordinärer Alkoholiker mit ordinären Flüchen nach innen. Ich zog mir den weißen Anzug an und ging hustend über die Avenida zur ersten Station meiner konspirativen Kneipenbesuche.

Metamores war schon an der Bar und winkte mir freundschaftlich zu. Er versuchte, die Handbewegung so großzügig zu machen wie sein Chef.

»Zigarette.«

Er zupfte an der Zigarettenpackung herum. Die Spitzen seiner Finger waren aufgetrieben wie kleine Trommelschlegel. Er hatte schon einiges getrunken. Schließlich faßte er in die Tasche, zog einen Schlüsselbund heraus und klimperte damit direkt vor meiner Nase. Ich schnappte danach, aber er wich aus. Ich rutschte mit dem Arm in die Glaser. Es gab einen höllischen Krach, Scherben und eine aufschäumende Bierlache.

»Erst, wenn es losgeht«, lachte Metamores, »außerdem haben wir noch nicht über den Preis gesprochen.«

»Nicht so laut,« Ich drehte mich um.

»Ich habe Edgar schon bezahlt. Er soll Ihnen das Geld rausrücken.«

»Aber ich bin teurer.«

»Also gut, wieviel.«

»Das hängt davon ab.«

Ich mußte weiter. Metamores legte seine Hände auf meine Schultern. Der Alkohol mußte sich in seinem Körper zu einer stinkenden Brühe verwandelt haben.

»Warum gehen Sie schon. Unterhalten Sie sich etwas mit mir.«

»Ich muß noch arbeiten.«

»Ich weiß schon. Aber Sie könnten sich das Geld viel leichter verdienen. Mindestens zweitausend Deutsche Mark, für nichts.«

»Wie.«

»Orlando spendiert es. Wenn man ihm verrät, wo sich Ventura mit seiner Bande trifft. Sie klauen ihm das Rohopium. Er ist wütend wie noch nie.«

»Woher soll ich das wissen.«

»Sie kennen doch Angelita. Die weiß es bestimmt.«

*

Diesmal war sie genauso erledigt wie ich. Wir waren zu weit gegangen. Alles war afrikanisch. Das feuchtblaue glitzernde Haar.

»Es ist eine große Freude in mir, es ist eine große Freude in mir«, seufzte sie.

Warum benützte sie solche Worte. Sie hatte kein Recht dazu. Mein Gesicht lag an ihrem Hals. Ich schämte mich. Nie mehr, schwor ich mir. Die Kraft hatte mich vorzeitig verlassen, Luftmangel, das menschenleere wüstenartige Gebiet, das Herz stolperte noch jetzt. Ich stieß mich vom Bett ab und zog mich an. Der Hut. Die Zigarette.

»Was kostet es diesmal.«

Ich wollte lachen und hustete. Es klang schrecklich. Ich lachte nie sonst. War ich ihr verfallen, weil ich meine Nase an ihren Hals gelegt hatte. Ich zählte das Geld.

»Dreihundert Deutsche Mark sind zu viel. Du sollst mir nicht mehr zahlen als die andern.«

Ich steckte sie ein und wollte gehen. Sie sprang aus dem Bett und lehnte sich an die Tür.

»Also du willst nichts von mir wissen.«

»Du weißt, was mich interessiert. Ich will verschwinden. Alles andere ist unwichtig.«

»Aber zum Ficken bin ich gut genug.«

»Ja, was sonst.«

Sie hämmerte auf meine Brust. Ich hielt die Zigarette weg.

»Sei nicht hysterisch.«

Sie wurde ziemlich laut. Ich befürchtete Ärger von den Nachbarwohnungen.

»Du Schwein, du Schwein.«

»Ich wußte nichts von deinen Hintergedanken. Du brauchst einen richtigen Freund, das ist alles.«

Die Brandung war zu schwach. Es war unvermeidlich, daß man uns hörte. Ich haßte Handgreiflichkeiten.

»Ich will deine Freundin sein«, weinte sie.

»Dann verrat mir, wo ihr euch mit Ventura immer trefft.«

»Warum.«

»Nur so.«

»Darf ich dann mit nach America.«

»Ja natürlich darfst du dann mit.«

»Am Samstag nachmittag. Im Steinbruch unterhalb vom Lomo de los Caballos.«

*

Der Idiot mit der Kopfbandage lief mir über den Weg. Er zog Grimassen, als hätte er einen Kaugummi zwischen den Zähnen und wollte ihn loswerden. Dabei waren es hemmungslose Gehirnblitze, die nichts bedeuteten. Zwischen seinen blubbernden Mitteilungen fiel der Name Angelitas, tot, umgebracht.

»Wer, warum.«

Der Idiot ging stürmisch vor und zurück, schaute den schwarzen Time hinauf, und aufs Meer, äußerst unruhig, als gelte ihm die Gefahr.

»Sei ruhig, ich verrate dich nicht, wo ist sie.«

Der Idiot machte komische Gesten, es war eine Pantomime des Polizeichefs. Der Mann hinter dem Tresen beobachtete uns.

»Beruhige dich. Ich werde sie suchen.«

Ich fuhr zur Villa hinüber. Der Landrover Orlandos parkte vor dem Haus. Es war Licht. Die Fenster waren geöffnet. Ich hörte sie stöhnen. Sie saß in seinem Büro auf seinem Schoß, in ihrer Lieblingsstellung, mit der einen Hand auf seiner Schulter und der anderen an seinem Geschlecht. Ich machte die letzten Schritte bis zum Fenster gemächlich, zündete mir eine Zigarette an, ließ mir Zeit, es war banal, ich schaute ruhig zu, bekam eine eigenartig gute Laune, die lose Birne an der Decke, ich sah mir alles genau an, das abgewetzte schwarze Leder der dreisitzigen Couch, wie der Schweiß aus ihrem blauen Haar in seinen violetten Negermund tropfte.

Dann fuhr ich zurück ins Playa Mont und wartete. Sie hatte ihre Turnschuhe an und kam im Dauerlauf über die Brücke. Sie war blasser als sonst, als hätte sie Blut verloren.

»Entschuldige, ich habe mich verspätet.«

Sie legte mir die Hand auf den Arm, sie war noch naß, sie lächelte verliebt, es waren die blitzenden Zähne im violetten Mund dieser Negerrasse, vielleicht war es üblich, daß die Väter mit ihren Kindern schliefen.

»Ich könnte dein Vater sein«, sagte ich.

»Ich liebe nur dich, Adam, ich könnte mit keinem andern Mann schlafen, solange ich dich liebe.«

Die Felswand wurde wie Samt und entfärbte sich. Das Meer war ein einzelner Schweißtropfen. Ein bayrischer Jodler kam aus dem Barranco. Zufall.

Als ich Orlando später traf, fragte ich ihn, ob es stimme, daß es eine Menge Geld gäbe, wenn man den Treffpunkt der Venturabande wisse. Er sagte ja, zweitausend Deutsche Mark. Ich verlangte viertausend und wir einigten uns auf drei. Ich sagte »am Samstagnachmittag, im Steinbruch unter dem Lomo de los Caballos.«

*

Es war Donnerstag. Ich machte den Medikamententransport nach Puntagorda, einem Dorf im Norden, zwischen dem Time und Garafia. Auf der Rückfahrt platzte ein Vorderreifen. Ich übernachtete bei einer alten Asthmatikerin mit violetten Dauerwellen. Das Haus hatte sie mit einem blauen Nylonnetz überzogen, weil es angeblich dem Passatwind die Wucht nahm. Ich merkte nichts davon. Wir zitterten beide vor Kälte beim Abendessen. Sie hatte vor Jahren eine Lungenentzündung gehabt, die nicht richtig ausgeheilt war.

»Wollen Sie mich abhorchen«, fragte sie, während sie den Sherry einschenkte und verschüttete.

Ich lauschte auf den Boden hinunter. Wurden die Erdstöße heftiger oder war es nur der Sturm.

»Ich bin kein Arzt, ich verstehe nichts davon.«

»Aber Sie haben doch ein Stethoskop im Auto.«

»Eine Untersuchung ist nicht billig. Haben Sie Geld.«

»Wie teuer ist es.«

»Fünfzig Deutsche Mark, umgerechnet.«

Ich holte das Stethoskop aus Pias Notfallkoffer. Sie machte ihren knochigen Oberkörper frei. Ich hielt die Membran auf die Rippen. Es brodelte wie in einem Kochtopf.

»Streicheln Sie mich«, sagte sie und hob ihre Brüste hoch, die zwei dünne Hautlappen waren.

»Nein«, ich packte das Stethoskop zurück, »ziehen Sie sich wieder an.«

»Wieviel wollen Sie.«

»Was.«

»Geld natürlich. Alle Welt weiß doch, daß Sie es für Geld machen.«

»Nicht bei alten Frauen, prinzipiell nicht.«

Sie rannte mit unerwarteter Geschwindigkeit durchs Zimmer, zog eine Schatulle vor, warf Heftchen, Urkunden, einen Packen vergilbter Briefe, Schmuckstücke auf den Boden, kam mit derselben Geschwindigkeit wieder zurück und knallte mir ein Bündel Geldscheine auf die Brust.

»Hier, tausend Mark, genügt das«, piepste sie atemlos.

Auf einem Heftchenroman lächelte ein älteres Liebespaar in einer Alpentracht und versicherte dem Leser ein glückliches Ende. Ich nahm ihre Haut zwischen die Finger. Sie lehnte ihren Kopf unter mein Kinn. Ihr Haar kratzte wie Glaswolle. Sie bibberte vor Kälte und einer grundlosen Wonne. Nach einer Weile, die ich mir unerträglich lang auferlegte, ließ ich sie stehen, nahm das Geldbündel und ging in mein Zimmer.

Während ich die Scheine zählte, starrte ich auf die schwarze Fensterscheibe. Es war der geneigte Kopf einer Galionsfigur, deren weiße Brüste hoch über einem Bug hingen, das mit schneller Fahrt das Hafenwasser von New York durchschnitt.

*

Bei Northeim brannte Licht, wie immer. Beethoven vermischte sich mit dem Klatschen der Brandung und der aufheulenden Bagage in den Bretterbuden. Ich öffnete die Tür wie eine Spieldose, die unter Druck stand.

Ich beklagte mich über Orlando. Northeim argumentierte, der Mann sei doch ein Sklave, ein Handlanger des Schicksals, eine Art Zeremonienmeister der Weltereignisse, soweit man die Insel als Welt begreife, er stelle, ohne es jedoch zu wissen, jeden einzelnen in die richtige Position.

Er unterbrach sich, zog ein rotes Paradehemd aus dem Koffer und kleidete sich sorgfältig an. Seine Unterlippe zitterte, als eine der Abendschönen ans Kellerfenster kam und ein Bein durch die rostigen Gitterstäbe schob.

Der Gegenstand der Liebe, so fuhr er fort, sei nicht die einzelne Frau, sondern die Gesamtheit aller Frauen, die Körpersumme aller Frauen in der Welt, darum sei die Liebe ein fortwährender Trennungsschmerz, ein Leiden der Glückseligkeit, die erst im Tod ihre Erfüllung fände.

»Komm, süßer Tod.«

Er versuchte es zu singen. Er war unmusikalisch. Das bloße Denken machte wunderlich.

Das schwimmende Herzchen mitten im Atlantik. Northeim hatte die Militärkarte von San Miguel an der Wand. Draußen klatschten die Schiffe in die Wellentäler, schwer vom amerikanischen Gold.

»Können Sie mir einen Gefallen tun. Ich weiß, Sie halten nichts von meinen Geheimplänen, aber Sie sind der einzige, auf den ich mich verlassen kann.«

Northeim schaute mich abwesend an.

»Es würde genügen, wenn Sie für mich nach Jedey hinauffahren und mit einem Mann sprechen, der Kapitän gewesen ist und mit dem ich im Prinzip einig bin. Es geht nur noch um die Frage des Geldes und das Wie und Wann.«

»Ich mache es natürlich für Sie, Schmidt, aber ich verstehe Sie nicht. Was wollen Sie in diesem seelenlosen Steinhaufen von New York. Dagegen, zum Beispiel, das Atlasgebirge, kennen Sie es, nein, Sie kennen es nicht, es ist ein Gehirn aus Stein, verstehen Sie, was ich meine, jede Sekunde dieses Planeten ist in ihm abgebildet, jeder Gedanke hat sich in Schönheit formiert, die Alpträume der Hirsche, das Fieber der Löwin und schließlich die Stoßgebete des nackten kleinen Affen...«

*

Ich beobachtete, wie Pia den Daimler zu wenden versuchte. Sie schaute hilfesuchend zu mir herüber. Ich zuckte mit der Schulter, in dem Alter sollte man sich nicht mehr hinters Steuer setzen. Außerdem wollte sie mich nur wieder auf einen der Umwege schleppen, die sie dringende Krankenbesuche nannte. Ich hatte genug davon. Ich hatte es nicht mehr nötig. Ich würde den Job kündigen. Ich hatte schon am Nachmittag fünfundzwanzigtausend Peseten verdient, bei der großen Blonden in dem neuen Block neben dem Gemeinschaftshaus der Cooperative der Fischer und ihrer Nachbarin, die neulich aus dem Norden zugezogen war.

Angelita kam mit ihren Turnschuhen und Jogginghosen um die Ecke gerannt. Sie setzte sich atemlos neben mich an den Tisch.

»Ich liebe dich.«

Ihr Haar war naß vom Zusammensein mit Orlando.

»Du bist der einzige.«

Der Schweiß tropfte noch von ihren Wimpern.

»Komm zu mir. Ich kann dir heute besonders viel bezahlen.«

Pia wollte den Daimler nicht hergeben. Wir gingen zu Fuß. Angelita war aufgeregt. Sie plapperte wie ein Kind.

»Hast du gesehen, Adam, oben auf dem Roque de los Muchachos liegt Schnee.«

Ich hatte es nicht gesehen. Ich wußte nicht, wie Schnee aussah. Es interessierte mich nicht.

»Sollen wir hochfahren. Ich würde so gern darin herumtoben. Es ist so selten, daß es hier schneit, einmal in zehn Jahren vielleicht, und nur dort oben.«

Diesmal wird es schneien, diesmal werden wir uns nicht retten können vor Schnee. Mein Herz pochte so schnell, daß es einen hochrauschenden Druck in meinem Hals gab. Ich ging in die Knie, streifte mit der Hand den Boden, kam wieder hoch.

»Was hast du. Ist dir schlecht.«

»Nein, nein. Ich sage nur, es wird diesmal Schneeflocken geben, die gelb, rosa, rot und violett sein werden und so weiter.«

Angelita lachte los.

»Was sagst du, wie werden sie aussehen.«

Ich hatte zuviel getrunken. Ich merkte es an der Zunge, dem Trägheitsmoment der Silben. Wir gingen die Treppe hoch. Sie hatte keinen Schlüssel für die Tür, sie faßte durch das zerbrochene Fensterchen nach innen. Wir gingen gleich ins Zimmer mit den Puppen auf dem grünen Spanntuch.

»Warum hast du es gemacht.«

»Was gemacht.«

»Na das da, der Einstich da am Arm, du hast dir doch etwas gespritzt.«

»Ach was«, sie hörte auf mit ihrem albernen Gelächter. »Mach dich nicht ulkig, das war ein Kaktus.«

»Ein Kaktus mit einem einzigen Stachel direkt in die Ellenbeuge.«

»Und du mit deiner einzigen Flasche Wein an einem einzigen halben Tag. Leg dich hin, wir wollen uns nicht streiten, nicht jetzt.«

Sie legte eine Kassette in ihren Recorder mit irgendeiner eintönigen afrikanischen Musik mit Trommeln und Flöten. Dann zog sie sich aus und band sich die Bluse vors Gesicht, so daß nur die Augen frei blieben. Um den Unterleib schlang sie sich mein Jackett. Dann tanzte sie mit schwingendem Bauch nach dem blechernen Rhythmus.

»Das haben sie so gemacht, früher. Ich habe es extra für dich gelernt.«

Ich war zu müde. Ich schlief ein. Die Trommeln Afrikas, das schwarze Blut des Nil, die gefräßige Geduld der Krokodile. Ich schreckte hoch.

»Ich würde alles dafür tun, daß du ein glückliches Gesicht machst, einmal ein glückliches Gesicht machst.«

»Das kannst du haben. Ich brauche den Schlüssel vom Boot des Polizeichefs. Ich weiß, daß du mit ihm schläfst. Nimm sie ihm weg, beim nächsten Mal.«

»Aber ich schlafe nicht mit ihm. Ich liebe doch nur dich. Ich könnte nie mit ihm schlafen.«

»Du hast Zeit. Überleg dir, wie du es anstellst. Du kannst ja an mich denken, während du es mit ihm treibst.«

»Dann wirst du mich nie mehr wiedersehen.«

*

Es war Freitag auf Samstag Nacht. Ich konnte nicht schlafen. Ich hatte schon immer schlecht geschlafen. Aber diesmal anders. Beim Abendessen war mir der Kopf auf den Tisch gefallen. Ich hatte mich mit dem Taxi nach Hause bringen lassen. Ich stand auf dem Balkon, mit einer trüben Unruhe, ähnlich dem Kreiseln und Rauschen, Schlucken, Gurgeln, Seufzen, Aufbäumen und Zurückfallen des Meeres an den paar Metern Geröll unter der Straße, was leidet ein Meer an ein paar Metern Strand, was leidet mein träges graues Gehirn, warum vergaß es nicht dieses Kindergeschwätz, ich stand da und stürzte in den grauen Behälter der Morgendämmerung.

*

Angelita erschien an der Ecke. Sie hatte ihr weißes geblümtes Kleid an. Es war kurz nach neun. Sonst nur die unmerkliche Bewegung der alten Weiber, die aus dem Puerto in die Sprechstunde gingen. Absonderungen der Schwärze am gleichmütig spielenden Wasser.

Ich betrachtete sie. Sie betrachtete einen der Felsbrocken, der über Nacht aus der Wand gebrochen war. Dann machte sie kehrt und ging wieder zurück.

Mein Leben, da geht mein Leben. Ich fluchte still in mich hinein. Schuld war nur der geschwollene Kopf, in den die lange Dämmerung von Tazacorte hineingesickert war und jetzt wieder langsam zusammen mit dem Alkohol verdampfte. Und die vom Mondlicht blasse Idee einer Frau. Ich döste im Stehen. Die Sonne überwand die Gebirgsmauer der Cumbre und gesellte sich zu dem noch hochstehenden Mond.

War mein Gehirn eine Wüste, leer und ahnungslos. War es deshalb so. Und sie eine Löwin mit einem blau-violetten Frauenhaar, einem nackten weißen Bauch und einer schattigen Oase zwischen den Beinen.

Ich stürzte die Treppe hinunter. Ich taumelte über die demolierte Piste, einige Bananenarbeiterfrauen waren unterwegs, um ein paar Bananen aus den öffentlichen Bananenplantagen zu stehlen, zwei Schüler schwänzten die Schule und machten Bocksprünge auf ihren gelben geländegängigen Mopeds, das Meer starrte mich an mit seiner mühelosen Geduld. Hat die Liebe Geduld, keine Geduld. Sie ist mein Leben. Die Fata Morgana meiner wüsten Gedanken, pssst, pssst, jemand flüsterte hinter der offenen Stelle in der Bananenmauer, da war er wieder, der ausgetretene, viel benützte Pfad, alte verfaulte Bananenstrünke, zu Wällen hingeworfen, das Geräusch einer Herde aufgeregter grüner Elephanten.

Pia war hinter mir, mit dem Daimler. Sie hielt und kurbelte die Scheibe herunter.

»Wo wollen Sie hin.«

Ich warf mich auf den Beifahrersitz.

»In die Calle Nr. 2, schnell.«

»Zu Angelita? Die ist doch noch viel zu jung, das können Sie nicht machen, Schmidt.«

»Halt die Klappe, mach schon, beeil dich.«

Sie gab Vollgas und drehte den Daimler auf der Stelle. Ich flog gegen die Tür.

»Die andere Richtung«, ich schlug nach ihr. Sie bremste und sprang aus dem Auto.

»Sie sind ein primitiver Säufer, eine blöde, blöde männliche Sau ... « Sie suchte verzweifelt nach Worten und mußte schließlich würgen. Dabei schaute sie mich haßerfüllt an. Dann lief sie zur Villa zurück.

Als wäre die Reue ein Liebesbeweis, ja, ich übertreibe nicht, ein Beweis der Liebe in mir.

Ich stemmte mich auf den Fahrersitz, löste die Handbremse, mußte den Zündschlüssel drehen. Es ging nicht. Meine Finger waren taub. Es war die kochende Luft. Sie blies einem durch die Ohren bis ins Gehirn. Ich schlug mit der Faust aufs Armaturenbrett. Pia rannte immer noch. Ich sah es im Rückspiegel. Niemand war hinter ihr her. Komm zurück. Ich führte Selbstgespräche.

Nein, keine Gespräche. Ich war erledigt, wenn ich die Mistkarre nicht in Gang brachte. Ich stieg aus. Zu Fuß mußte ich es schaffen bis zum Playa Mont. Eine Puppenstube, die Häuser da drüben und das blaue ausgemergelte Meer. Ein Säufer, der nach Liebe dürstet. Es ging schrittweise vorwärts, schönes kleines Tempo. Ich mußte mir nur diese klebrigen Typen vom Leib halten. Sie klebten eigentlich alle nach einiger Zeit. Leichte Rechtsbiegung. Vor der Brücke landete ich im Dreck des ausgetrockneten Bachbettes.

»He, Sie da unten, Schmidt, wir suchen Sie.«

Es war Orlando mit seinen beiden Revolvermännern. Sie zogen mich hoch. Sie waren auf dem Weg zum Steinbruch. Sie hatten die Venturabande gestellt. Die Wasserwächter hielten sie in Schach.

»Kommen Sie mit. Es wird Verletzte geben.«

»Aber ... «

»Los, steigen Sie ein.«

Ich saß eingeklemmt zwischen Metamores und einem mir nicht bekannten Mann mit einem glatt rasierten Gesicht, schmaler Adlernase, sorgfältig nach hinten gekämmten Haaren, was ihn sympathisch machte, und gepflegten Händen, die ein zwischen den Knien stehendes modernes Gewehr mit Zielfernrohr hin und her wippen ließen.

Nach den ersten Windungen der Serpentine von Los Llanos wurde mir übel. Der rasche Anstieg drückte auf die Ohren. Ich hatte das Gefühl, wir würden durch eine andere Kraft als die eines gewöhnlichen Landrovers den Berg hochkatapultiert.

»Ich knalle sie ab wie die Hasen.«

Orlando kaute auf seinem Zigarillo, er zermalmte ihn zwischen den Zähnen. Ich beugte mich über Metamores und hielt den Kopf aus dem Fenster.

»Kotzen Sie mir nicht an den Wagen«, murmelte Orlando laut genug, daß ich es hören konnte.

Wir waren bereits zwischen Argual und Los Llanos. Edgar reichte mir ein Taschentuch nach hinten. Ich war nüchtern wie noch nie. Ich wollte widersprechen. Irgend etwas Unangenehmes war eben gesagt worden. Ich schaute verstohlen in die schweigenden Gesichter. Egal. Es war nicht meine Hinrichtung. Ich erschrak über den unpassenden Gedanken.

»Und wenn es die Falschen sind.«

»Die Falschen, die Falschen, es sind schon nicht die Falschen.«

Ich pfiff leise vor mich hin. Los Llanos. Wieder torkelten die violetten Blütenköpfe über die Straße. Orlando betrachtete melancholisch seinen zerknautschten Zigarillo.

»Ich möchte nicht wissen, wieviel Negerblut in Ihnen steckt.«

Ich setzte alles auf eine Karte. Als ob ich das Ruder noch herumwerfen konnte.

»Kein Tropfen. Alles spanisch.«

Orlando gönnte mir einen spöttischen Seitenblick.

»Und der Haß auf die großen Grundbesitzer.«

»Eine Frage der Gerechtigkeit.«

»Wer spricht. Der schwarze Sklave oder der spanische Polizist.«

Es war bisher immer interessant gewesen, dem Polizeichef zu widersprechen, wo alles vor ihm kuschte. Aber unsere Meinungsverschiedenheiten hatten keine Folgen, sie änderten nichts, nicht für ihn und nicht für mich. Jetzt allerdings war es wie ein Wettlauf, von dem ich nicht wußte, worum es eigentlich ging. Ich registrierte nur die Panik, die mich befiel, weil wir bereits zwischen dem Fußballplatz und dem Friedhof von Los Llanos waren.

»Alle sind gleich, verdammt noch mal. Wenn sie sich an die Spielregeln halten. Hier kann jeder leben. Ich sorge schon dafür.«

Er zermalmte einen neuen Zigarillo. Auf der Kreuzung stand eine einzelne ungeheuer hohe Palme, ein kahler dünner Mast mit einer kleinen grünen im Himmelsblau verschwindenden Krone.

»Aber Sie allein machen das Geschäft mit dem Opium.«

Jetzt hatte ich ihn.

»Es ist eine Arbeit wie jede andere. Wenn es die richtigen Leute machen. Ich habe nichts davon, keine Reichtümer, wenn Sie das meinen. Im Übrigen, Schmidt, Sie können ganz ruhig sein. Jeder weiß doch, wie Sie Ihre Brötchen verdienen.«

Die Männer lachten übertrieben. Orlando brachte sie mit einer unwilligen Handbewegung zum Schweigen. Das Auto raste die kerzengerade Straße zum Lomo de los Caballos hoch.. Sie lehnte fast senkrecht am Himmel. Rechts und links schwappte das Grün der Bananenplantagen über, deren neue Stauden im stinkenden Morast der alten versanken. Ein süßlicher Geruch von Verwesung hing zwischen den zusammenbrechenden Hohlblockmauern.

»Halten Sie an. Lassen Sie mich raus.«

Es war die letzte Chance. Ich kicherte vor mich hin.

»Sie fahren mit.«

Orlando öffnete sein silbernes Etui und betrachtete die Zigarillos, als gäbe es lebensgefährliche unter ihnen.

Wir erreichten den Lomo. Er war der Absprungtisch einer Schanze. Der Blick segelte ohne Halt in die Tiefe. Es war zu spät. Die Geschwindigkeit war zu groß. Dabei konnte man noch in Ruhe die Gegend besichtigen. Die gegenüberliegende Wand war einen halben Kilometer höher. Es gab einen Absatz mit einer kilometerlangen Bananenplantage. Oder waren es Avocados. Es war nicht zu unterscheiden. Darunter war die Wand gebuckelt wie eine Kameradschaft lehmiger Sphinxen, so groß wie Fußballfelder, die ihre Tatzen in den Abgrund hielten.

Ich warf mich über Metamores und faßte nach dem Türgriff. Es gab ein Handgemenge, das unterging im heftigen Schütteln des Fahrzeugs, das sich in die miserabelste Serpentine stürzte, die es auf der Westseite gab. Eine gelbe Staubwolke hüllte uns ein, rollte schon voraus und kam selbst durch die Fensterritzen und die Belüftung. Alles hustete.

Dann kam ein schwarzes Felstor. Man hatte es für die Piste in den Lavaschotter gesprengt. Dann auf einem ersten Absatz die erste Haarnadelkurve, in der sie den Wagen zum Stehen brachten. Sie warteten, bis die Staubwolke weggetrieben war. Dann stiegen sie aus, ich blieb sitzen. Wir parkten genau auf der Stelle, wo die Wasserleitung die Piste kreuzte. Fünfhundert Meter unter uns der graue Boden des großen Barranco mit der alten Kiesgrube. In der gegenüberliegenden tausend Meter hohen Wand das Dorf Caldera. Das feine Geknatter waren Schüsse. Die Wasserwächter waren in den Kurven unter uns und hielten die Venturaleute in Schach. Sie säßen hinter einem Bagger, berichtete Metamores, als sie wieder ins Auto kletterten. Ich hatte alles vor Augen. Es war wie eine Erinnerung, wenn Erinnerungen so unvermeidbar sind.

»Wir fahren an ihnen vorbei und nehmen sie in die Zange.«

»Ich kann hier oben bleiben. Ich halte nichts von Schießereien.«

Mein Protest war schwach. Es war lächerlich, zu glauben, an einem gewissen Punkt, es gäbe einen Ausweg.

»Sie kommen mit. Hier haben Sie eine Pistole. Sie wissen, wie man mit einer Pistole umgeht.«

Ich zuckte mit der Schulter, faßte sie am Lauf und behielt sie so in der Hand, die ganze Zeit. Ich habe nicht geschossen, bestimmt nicht. Die Venturaleute hatten uns längst bemerkt. Der Rover zog eine riesige Staubwolke hinter sich her. Als wir den Talboden erreichten, kamen sie mit ihrem Auto hinter dem Bagger hervor, einem alten schwarzen Citroën, ein Scheißauto, wenn die Hydraulik nicht funktionierte. Sie fuhren zur anderen Seite hinüber, wo die Serpentine zum Dorf Caldera begann. Chamorro machte die Abkürzung über das trockene Bachbett. Orlando und der feinnervige Scharfschütze legten die Gewehre in die Fenster.

»Auf die Reifen, auf die Reifen.«

Die Gewehrläufe hüpften wie irrsinnig auf den Türrahmen. Orlando ballerte hemmungslos, während der Scharfschütze einzelne Schüsse abgab. Dann stoppte das andere Auto abrupt.

»Kommt raus und Hände hoch.«

Ich hörte die absurden Geräusche einer Lokomotive, die in einer Bahnhofshalle zum Stillstand kommt. Eintönig paffte sie durch eine menschenleere Angelegenheit, in der ein einziger anhaltender jubilierender Schrei ertönte. Chamorro rannte mit vorgestreckter Pistole hinüber. Er winkte uns.

»Ihre Tochter ist dabei.«

»Welche.« Orlando wurde bleich.

»Angelita.«

»Ist sie verletzt.«

»Ich weiß nicht.«

Sie saß auf dem Trittbrett neben dem Fahrersitz und schaute ins Leere. Sie hatte das geblümte Kleid vom Vormittag an. Es war über ihre linke Brust gerutscht. Auf der Haut waren Blutspritzer. In der Ellenbeuge steckte eine Nadel. Orlando schlug mich mit dem Gewehrkolben in den Rücken, weil ich nichts machte, nur mit der Taschenlampe in ihre Augen leuchtete. Africa, mein Africa. Ich schreckte auf. Der jubilierende Schrei kam von dem Idioten mit der Ledergamasche. Er schüttelte den Wagen, in dem drei leblose Körper lagen.

»Sie ist nicht tot. Weg mit dem Bastard.«

Ich wurde mit Stiefeltritten traktiert und rutschte zwischen ihre Beine. Die schwarzen Stöckelschuhe waren abgelaufen, immer. Sie hatte einen gewissen X-Fuß. Und dann mit diesen Stöckelschuhen auf dieser verdammten Schutthalde. Zu blöd. Sie schleppten sie zum Landrover und jagten zwischen wegspritzenden Kieseln zur Serpentine von Los Llanos hinüber.

*

Die Zeit bekam einen ziemlich großen Vorsprung, von meinem Standpunkt aus gesehen. Ich konnte nichts dagegen tun, seit Tagen nicht. Ich wußte nicht, ob ich mich bedauern sollte. Ich lag im Bett und schaute zwischen meinen Füßen hindurch aufs Meer. Pia machte ihre Eiskompressen, die Bananen hängten ihre Finger über die Klippe und die Bläue der Wasserfläche wechselte unter der wechselnden Brise.

»Tut es weh.«

Sie tupfte mit einem alkoholgetränkten Wattebausch an meinen Rippen entlang. Es tat weh.

»Nein«, sagte ich und hielt still.

Jede Bewegung tat weh.

Ich hatte ein komisches Gefühl in der Herzgegend. Oder war es das Bein oder die Niere. Als ob etwas endgültig kaputt gegangen wäre. Es sollten Prellungen sein, wie mir Pia versicherte. Schlief ich, träumte ich von Angelita. Wurde ich wach, riß jemand an mir herum. Es war bestimmt gefährlich.

Kommst du tanzen, die Kapelle will Schluß machen, ach komm doch, es ist so viel Platz da, nein, ich bleibe sitzen, es tanzt doch gar keiner mehr, mit mir, nur du, es ist das letzte Mal, ja, nein, ich bin müde, ich schlafe schon, ich habe dich gut gesehen, im Dunkeln, die Augen , das niedersinkende Gesicht, über den weißen Schultern, unter dem blau-schwarzen Haar.

»Ist was«, sagte Pia.

»Bring mir eine Zigarette und eine Flasche Roten, aber schnell.«

Es waren tatsächlich nur die Prellungen von Orlandos Gewehrkolben, nichts weiter. Vielleicht waren einige Rippen gebrochen, egal.

*

Northeim besuchte mich, hauptsächlich um seine Erkenntnisse loszuwerden.

»Jeder muß drei Tode sterben, Schmidt. Sie sind verlassen worden, das ist der erste. Aber dann, wie langsam stirbt die Erinnerung der Liebe, wie unendlich langsam. Sie stirbt ja nie ganz. Dieser langsame immerwährende Tod.«

Er kicherte unpassend, während er sich eine Zigarette zwischen die Lippen schob.

»Und dann, dann wartet ein noch schlimmeres Sterben.«

Er starrte mich mit hochgezogenen Augenbrauen an, als hätte er es persönlich erfunden und wollte es jetzt an einer Testperson ausprobieren.

»Die Liebe selbst schwindet. Sie spüren die Kälte, das Nichts an ihrer Stelle. Und sie spüren entsetzt, es ist das eigene, innerste Selbst. Dann wünschen Sie sich nichts sehnlicher, als wieder im Stadium des Schmerzes zu sein, wo Sie litten wie ein Dreck, aber doch liebten.«

Er lehnte sich zufrieden zurück, als hätte ich korrekt reagiert.

»Ich beglückwünsche Sie zu Ihrem Unglück, Schmidt«, bemerkte er abschließend. »Denn die wahre Liebe ist ja doch die unerhört schmerzende Erinnerung an sie.«

Ich gurgelte mit der Flasche Roten. Ich verstand gar nichts, aber es klang auch nicht unangenehm. Das Meer zwischen meinen Füßen war blaß, genauso blaß wie der blaue Himmel. Auf der Avenida machten einige Fußgänger beschwörende Bewegungen, wie es schien, nein, sie tanzten in einer Art Trance, Fahrräder wurden fallengelassen, Autos blieben stehen mit laufendem Motor.

»Waren Sie in Jedey, bei dem Kapitän.«

»Ja, er verlangt hunderttausend Deutsche Mark.«

»Ist er wahnsinnig.«

»Er will seine Familie mitnehmen. Er kann ja nicht mehr zurück.«

»Hunderttausend. Das schaffe ich nicht, niemals.«

*

Es ging aufwärts mit mir. Ich merkte es daran, daß ich an New York dachte. Nur die rechte Lunge tat noch weh, so daß ich kurze Atemzüge machen mußte. Außerdem hatte ich einen Ausschlag bekommen, der sich von Kopf bis Fuß erstreckte. Vielleicht hatte ich mich angesteckt, als ich mich über sie gebeugt hatte. Ich sah aus wie eine Erdbeere. Pia rätselte, was es war. Sie schlug in ihrem Schwesternlehrbuch nach. Sie fragte mich, wo der Ausschlag begonnen hatte.

»Verschwinde. Guck mich nicht an wie ein Meerschweinchen.«

Masern, Scharlach, Keuchhusten, egal, ich war zu alt um Kinderkrankheiten zu kriegen.

»Es ist die Kinderlähmung«, sagte ich und hob demonstrativ den Arm, um ihn wieder fallen zu lassen.

»Verschwinde. Und dieser Schläger von Polizeichef soll gefälligst den Diesel anwerfen. Ohne Ventilator schwitzt man sich kaputt.«

Der Wind hatte gedreht. Ich schnupperte, ob er vom Meer kam. Es war sinnlos, mit der geschwollenen Nase.

»Und fahr zu dem Jungen in die Calle Nr. 3, du weißt schon, dem kleinen Messerstecher. Er soll kommen. Ich habe etwas mit ihm zu besprechen.«

Er hatte neulich versucht, seinen Vater zu erstechen, im Streit.

Er war Schiffsjunge auf demselben Fährschiff der staatlichen spanischen Gesellschaft gewesen, auf dem Pedro Kapitän gewesen war. Er sollte eine Anzahlung bei ihm abliefern, um ihn bei Laune zu halten.

Den Nachmittag verbrachte ich im Hinterzimmer wegen der Hitze. Die Bougainvillea bewegte sich im Fallwind. Sie hämmerte gegen die Fensterbank. Einige Blütenblätter wurden abgerissen und kreiselten über die Scheibe.

Pia hatte den Messerstecher nicht angetroffen und Orlando auch nicht. Der Strom funktionierte nicht und niemand wußte, wie der Diesel im Hof anging.

Ich haßte diese andauernde Blüte. Dabei war es keine richtige Blüte, es waren tausend rote Herzen. Wäre es nach mir gegangen, wären sie längst ausgerissen worden.

Ich schleppte mich ins Vorderzimmer. Ich bekam einen Hustenanfall und hielt mich am Waschbecken fest.

»Sie sollen doch noch nicht aufstehen.«

»Wann sonst.«

Es war ein Zirkuszelt. Die Zuschauer schwankten in den Bänken. Draußen brüllten die Löwen. Die Affen rüttelten in ihren Gefängnissen. Die Clowns kämpften um ihr Leben. Von der Kuppel stürzten elastische Mädchen und starben. Dann trugen sie etwas herein. Voraus marschierte eine Truppe kleiner Neger, die goldene Gefäße schwenkten, aus denen wohlriechender Rauch kam. Dahinter ein alabasterweißer Mensch, makellos. An Händen und Füßen war er an ein Holzgerüst genagelt. Das Blut tropfte auf Krokodile, die den nachfolgenden Zug der Akteure anführten. Man richtete das Gerüst auf, dreht es zur Besichtigung einmal um sich selbst und hievte es dann mit einem Flaschenzug in die Höhe. In der Zwischenzeit waren auch die letzten Plätze besetzt. Glitzernde Dompteure, Damen mit kleinen Hunden, ein Spanier unter Tigern, ein Mann mit einer Portiersuniform und Elephanten. Aus Plastikschwimmbecken sprangen Seehunde hin und her, dazwischen Schwärme von fliegenden Fischen, die mit jedem neuen Hin- und Hersprung die Farbe wechselten, einmal in Grün flogen, dann in Gelb, in Rot, in Blau. Die Seehunde schubsten Bälle in die Luft. Die Fischschwärme zerstoben und regneten zwischen die Zuschauer. Dann umkreisten zwei Dutzend Lippizanerhengste das Wirrwarr und machten militärische Bewegungen. Das Kommando gab ein Zwerg, dessen Beine und Arme hufeisenförmig waren. Ein Tellerwerfer warf Teller auf silberne Spitzen, die die Lippizaner auf der Stirn trugen. Die Krokodile fraßen knirschend das Porzellan, das herunterfiel. Der alabasterne Jüngling blutete unentwegt. Zum Schluß kam der Zirkusdirektor, der hinter dem Vorhang gelauert hatte und gab den menschenfressenden unter den Tieren den Weg in den Zuschauerraum frei.

*

»Heute gehts aber raus«, sagte ich und versuchte, munter zu sein. Pia mußte mir die Aktentasche ans Bett bringen.

»Sie haben hoffentlich nichts geklaut.«

Sie überhörte meine Frage.

»Haben Sie etwas gemerkt von dem Erdbeben heute Nacht.«

»Nicht, daß ich wüßte.«

Sie brachte mir die Waschschüssel ans Bett. Sie hatte einen unnötigen Schwung dabei. Ich starrte durch die Balkontür aufs Meer. Wie lange noch. Zum ersten Mal sah es geschrumpft aus, unansehnlich. Ich hatte einfach einen schlechten Tag. Aber wenn ich ehrlich war, so mußte ich mir eingestehen, daß meine körperliche Verfassung schlechter war als vor dem Unfall. Ich war müde und gedankenverloren. Außerdem nahm die Muskelschwäche zu und dieses komische Zittern, das inzwischen Rücken und Bauch erfaßt hatte.

*

Das erste Mal brachte mich Pia ins Playa Mont. Ich steuerte gleich auf Orlando zu, der mit einem verdammt gleichgültigen Negergesicht zwischen seinen beiden Leibwächtern saß.

»Ist sie tot.«

Er richtete seinen müden Negerblick auf mich. Plötzlich schossen Tränen in seine Augen, ohne daß sich etwas in der Mördervisage regte.

Nach einer Weile sagte er, »sie lebt.«

»Wo ist sie. Sie haben sie umgebracht, Sie haben sie umgebracht.«

Seine beiden Hilfstypen standen auf und hielten mich fest. Er schaute mich unter wässrigen Augenlidern an. Dann machte er eine lässige Handbewegung. Die beiden schleiften mich auf die Straße und warfen mich auf den Rücksitz des Daimler.

Ich ließ mich von Pia in den alten Hafen fahren. Ich stand eine Weile herum. Dann sah ich sie. Der durchsichtige weiße Teint, die gläsernen schwarzen Augen. Sie lehnte an der Theke und schaute durch mich hindurch. Ich zitterte unter ihrem abwesenden Blick. Sie wendete sich ab und ich kämpfte mich durchs Gewühl. Nur ihr Haar streicheln, ihren Kopf in meine Hände nehmen. Mein Herz machte nicht mit. Ich rutschte über eine Bierdose, haltsuchend umklammerte ich sie von hinten, angeekelt stieß sie mich weg. Man legte mich auf den Karren des Beinamputierten, der auf einem Stuhl saß und fröhlich mit seinen Stümpfen schlenkerte.

Ich schaute an mir herunter. Ich hätte schwören können, daß es mein Herz war, was da zwischen meinen Beinen baumelte, groß wie ein Wasserhoden.

*

Northeim begleitete mich auf den Friedhof von Los Llanos. Ich wollte auf den Friedhöfen nach ihr suchen. Irgendwo mußte der Hund sie begraben haben. Oder sie lebte tatsächlich noch. Für Northeim war es ein und dasselbe. Er versuchte, mich davon zu überzeugen. Wir überquerten den lehmigen Platz mit der permanenten Kinderkirmes. Sie bestand aus einem müde sich drehenden Karussell, mit Holzpferdchen, Kutschen, riesigen Gockeln, gesattelt, einem Esel, einem Frosch, einer Katze, alles Invaliden, es fehlte an Köpfen, Ohren, Augen, Beinen, der Krieg der Zeit und der Mangel an Ersatzteilen, man hatte notdürftig ausgebessert, mit Holzlatten, Tennisbällen und Pappkarton. Wo eine Figur für immer verloren war, stand ein einfacher Schemel, die Plattform drehte sich, es fehlten die Kinder.

Der Friedhof war eine schmale Umfriedung aus Beton, weiß getüncht, wie eine leergelaufene Badeanstalt, mit blaugrünen Nadelbäumen, aus der sich Düsternis ergoß.

Die Toten waren eingemauert, in Viererreihen. Überall standen Leitern griffbereit, für die oberen Etagen. Auf Simsen und hinter Glas verwelkten Blumen, letzte Grüße, in umgestürzten Vasen, abgebrannte Kerzen waren da, kleine Puppen in Holzbettchen, silbern bemalte Autoschlüssel, Fotografien, Landkarten, Coca-Cola-Büchsen, Postkarten mit Kühen auf Hochalmen, Sprüche, wir werden uns wiedersehen.

Wir beschäftigten uns bis in die Dunkelheit damit, die Namen zu entziffern, ich hielt die Leiter und Northeim kletterte hoch. Angelita war nicht dabei.

*

»Muß ich jetzt sterben.«

Sie mußte. Sie knetete bereits an Pias Hand herum, aber versuchte, auch noch meine zu erwischen. Ich zog mich an die Tür zurück und steckte mir eine Zigarette zwischen die Lippen. Ich ärgerte mich über die Störung. Pia hatte mich aus dem Playa Mont geholt, wo ich dabei war, eine gerade Linie in meine Unternehmungen zu bringen. Die verdammten Krankenbesuche. Eigentlich waren es die Kranken, die mich am meisten störten und die Besuche bei den Frauen. Im Endeffekt war meine Arbeit abstoßend. Ich schaute zum Meer hinüber.

»Sie müssen trinken, soviel wie möglich«, flötete Pia mit ihrem Diakonissentrick, die entscheidende Frage auszuklammern.

»Aber ich muß soviel Wasser lassen, ich mache dauernd ins Bett, ich will nicht soviel trinken.«

»Sie müssen mehr trinken, als Sie Durst haben.«

»Ich habe wahnsinnigen Durst.«

»Also dann trinken Sie mit dem Durst um die Wette.«

Ich mußte grinsen. Wer hatte dieses Gerede erfunden. Waren die Wissenschaftler schuld mit ihren Versprechungen. Man hätte Insulin gebraucht, spezielle Infusionen direkt ins Blut geben müssen. Aber es gab nichts davon auf der Westseite. Die Sterbenden machten jedesmal ein blödes Gesicht, wenn es soweit war. Nicht einmal zu der einzig brauchbaren Erkenntnis wollten sie sich zwingen lassen, daß sie nichts bedeuteten, daß ihnen nichts zur Verfügung stand, daß sie kein Recht hatten. (Darf ich darum bitten, mir einen Spiegel vor die Visage zu halten, wenn es soweit ist.)

»Machen Sie doch die Zigarette aus, bei Schwerkranken«, pfiff Pia wichtig vom Bett her.

*

»Sie kommen mir vor, wie einer, der seinen Faden verloren hat.« Orlando begrüßte mich mit der gewohnten Lässigkeit. Ich setzte mich wortlos an meinen Tisch. Das Playa Mont zitterte unter der Sonne. Wir waren die einzigen Gäste.

»Und lassen Sie mir Angelita in Ruhe. Sie will nichts mehr von Ihnen wissen. Sie hat jetzt andere Interessen.«

»Dann verraten Sie mir, warum sie keiner mehr gesehen hat, auf der Westseite, wo angeblich nichts verborgen bleibt. Ich kann es Ihnen sagen. Sie ist verblutet, da oben im Steinbruch. Ich war doch dabei, wie Sie sie erschossen haben.«

»Halten Sie die Klappe, Schmidt. Sie wissen selber, daß Sie den

Alkohol nicht vertragen können. Ich bitte Sie. Niemand macht Ihnen einen Vorwurf. Aber für Ihre Zustände, wenn ich mal so sagen darf, sind Sie selber verantwortlich.«

»Es gibt Zeugen, Orlando. Kommen Sie mit. Wir fahren zu Ihren Hilfspolizisten. Erlauben Sie Ihnen, die Wahrheit zu sagen. Wenn Sie ein Mann von Ehre wären, würden Sie es tun.«

»Hören Sie«, Orlando wurde leise, »es ist meine Tochter, es ist meine mißratene Tochter, sie ist eine Herumtreiberin und eine Schlampe, sie lügt, läßt ihre Wohnung verkommen, schmeißt mein Geld raus und trifft sich mit schrägen Typen...«

Sein Atem ging pfeifend. Er stand auf, kam zu mir herüber, packte mich am Arm und stieß mich in seinen Landrover. Er fuhr in die Calle Nr. 2. Die Tür stand offen.

»Sehen Sie, sie hat die Tür offen stehen lassen. Wer läßt die Tür offen, wenn er die Wohnung verläßt. Sie ist eine Schlampe.«

*

Die Unruhe trieb mich schon am Nachmittag in die Urbanisation zu meiner Kundschaft. Die Runde, für die ich mir sonst eine Woche Zeit genommen hatte, machte ich jetzt jeden Tag. Vorsichtsmaßregeln, die ich vorher beachtet hatte, als ob ich eine Medizin abzuliefern hätte, oder eine Nachricht des Doktors, hielt ich nicht mehr ein. Die Frauen begrüßten mein häufigeres Kommen, plünderten ihre Haushaltsgelder noch mehr, vernachlässigten ihre Kinder und verfluchten ihre Männer. Jede glaubte, jetzt sei doch das Gefühl, die Bekehrung zur Liebe gekommen, ich sehnte mich nach ihnen, ich könnte keinen Tag mehr verstreichen lassen, ohne mich mit ihnen zu vereinigen. Fragen in diese Richtung stachelte ich durch ungenaue Bemerkungen an, die alles bedeuten konnten. Im Übrigen verlegte ich mich, schon wegen meiner schlechten körperlichen Verfassung, mehr auf den Gebrauch der Worte als den der körperlichen Liebeswerkzeuge, was erstaunlicherweise einen noch größeren Effekt hatte, wenn ich von der Höhe der Bezahlung ausging.

Doña Erundina bestellte mich auf den Time. Sie saß wieder auf dem brüchigen Balkon einen halben Kilometer über dem Abgrund des großen Barranco. Sie zitterte vor Wut. Ihre Stimme war tiefer geworden. Die Fettmassen hatten sich vermehrt. Ich machte meinen Blick am Horizont fest, es konnten Schiffe sein...

»Was hat er mit ihr gemacht, der Bastard. Er hat sie umgebracht, er denkt, er kann mich beerben, nachdem er meine Tochter nicht gekriegt hat, er hat meine Angelita erledigt, er hat meine Angelita erledigt.«

»Haben Sie sonst keine Erben.«

Ich trat hinter sie und massierte ihren Nacken, das heißt, einen Brocken nasses kaltes Fleisch. Ihre Stimmung kippte augenblicklich um.

»Weiter so, weiter so«, jubelte sie, »Schmidtchen, wenn Sie glauben, ich hätte keine Seele, dann täuschen Sie sich. In diesen Zentnern steckt ein junges, lebenshungriges, zartes, flatterhaftes Mädchen, ein Schmetterling von einem Mädchen.«

Sie lachte mit Grabesstimme. Unter den Fettwülsten ihrer Wangen zitterte der Seehundsbart.

»Wieviel ist es.«

»Was.«

»Das Erbe.«

»Eine Million, zwei Millionen.«

»Peseten.«

»Nein, Dollar, gute stabile Dollar, wenn man es verkaufen könnte. Aber wer will schon Bananenplantagen auf San Miguel kaufen, wer will schon den Schrott.«

»Geben Sie ihn mir.«

Ich knöpfte ihr das Kleid auf. Es waren die Euter eines Mammuts, die herausplatzten. Ich versuchte, sie zu streicheln. Ich war mir sicher, daß sie es nicht spürte, obwohl sie anfing, vergnüglich zu grunzen.

»Komm schon her, mein Liebling«, grölte sie und zog mich zwischen ihre Beine. Sie schnappte gefährlich nach Luft. Die Adern an ihrem Hals blähten sich dunkelblau auf. Ich küßte verschiedene Stellen, pro forma, und sie tunkte mich tiefer in sich hinein.

»Kennen Sie den Witz…« Sie lachte dröhnend, bevor sie ihn erzählte.

»Schenkst du Rosen, willst du kosen,
Schenkst du Narzissen, willst du küssen,
Schenkst du Wicken, willst du ficken.«

Es folgte ein Lachanfall, den sie fast mit dem Leben bezahlte.

»Wir machen ein Testament, Schmidt, ich vermache Ihnen alles. Ist das nicht witzig.«

Ich wollte mich zurückziehen.

»Morgen. Erst das Vergnügen, dann der Lohn dafür.«

Ich legte meine Hand zwischen ihre Schenkel. Sie lachte rauh und ungeduldig. Sie hatte eine ungewaschene Hose an, aber irgendwie mußte sie etwas spüren. Sie lag wie in letzten Atemzügen vor mir.

»Du bist so gut zu mir.«

Das Bild des Schmerzes und der Lust war ununterscheidbar, auch bei ihr. Nur war es bei ihr noch entsetzlicher.

*

Der Doktor ließ mich zum Nachmittagskaffee auf die hintere Terrasse rufen. Er spreche im Auftrag der großen Kapitalbesitzer. Eigentlich gehöre ich, Schmidt, nicht zu diesem Kreis. Aber Orlando habe mich empfohlen. Es stehe der Verkauf von Staatsland an. Ich könne mich beteiligen. Es gehe um das Lavafeld unterhalb von Las Manchas abajo. Man wolle neue Urbanisationen im alten Landhausstil bauen.

»Die Insel hat Zukunft. Eines baldigen Tages werden die Amerikaner kommen und Urlaub bei uns machen. Sie müssen jetzt einsteigen. Der Tourismus ist die Industrie der Zukunft.«

»Geisterstädte«, sagte ich. Ich blies ihm meinen Zigarettenrauch wie zufällig ins Gesicht. Er bekam einen entsetzlichen Hustenanfall. Den Teufel würde ich tun, mich mit dem Arsch in die Glut irgendeines dieser Barrancos zu setzen und schwarzen Staub zu schlucken.

»Ich glaube, Sie haben eine ganze Menge zu vertuschen.«

Die Hitze klebte auf dem ruinierten alten Hafen wie sonst. Ich fand Orlando in der hintersten Bretterbudenkneipe. Er lag rücklings auf dem Plastikstuhl. Der Kopf war nach hinten gefallen. Die Hände baumelten am Boden. Auf den geöffneten Lippen krabbelten Fliegen. Er hatte die Augen offen, aber reagierte nicht.

»Sie haben sie still und heimlich eingemauert, wie man hört.«

Er bäumte sich auf und brüllte wie ein Stier. Dann riß er die Pistolen hoch und feuerte zuerst aufs Meer, dann auf die verlassene Theke, wo einige Flaschen platzten.

»Auf welchem Friedhof ist sie, wo haben Sie sie versteckt.«

Er war wieder zum Tisch gekommen, stellte den Stuhl auf und nahm diesselbe Position ein wie vorher, nur daß jetzt eine Menge Tropfen über das bronzene Gesicht perlten, Schweiß oder Tränen.

»Sie ist ein Bastard«, murmelte er und spuckte nach den Fliegen.

»Sie ist eine Hure und außerdem ist sie eine dreckige Schlampe, das Abflußrohr in ihrer Wohnung ist permanent verstopft, sie läßt prinzipiell das Licht brennen, bei Tag und bei Nacht, die Küche ist ein Müllhaufen, es gibt in keiner Wohnung soviele Ratten wie bei ihr, ich habe ihr ein Moped geschenkt und sie läßt es verkommen, ich habe ihr einen VW geschenkt und sie ließ ihn sofort in den Barranco stürzen, sie macht alles kaputt, sie hat es von Anfang an darauf angelegt, ich denke, diese Schlampen vererben sich, ihre Mutter war genauso ein Luder, zum Schluß machen sie alles kaputt.«

Es waren ordinäre Schweißperlen, die über seine Wangen liefen.

»Jetzt haben Sie den Ärger nicht mehr. Jetzt haben Sie sie erschossen.«

Er kam hoch, wollte nach mir greifen, torkelte und stürzte platt auf den Tisch. Ich wechselte das Lokal.

*

Ich versuchte, Pia aus dem Weg zu gehen, aber sie fing mich wieder ab für einen ihrer Hausbesuche. Es war ein Raum wie eine Kloake. Ich blieb wie immer an der Tür und zündete mir eine

Zigarette an. Die Wildnis der Bananenstauden hatte den Eingang verschlossen. Man hatte sich Zugang mit der Machete verschaffen müssen, die grünen Blattwedel seufzten wie üblich. Die betreffende Person saß am Fenster, ebenfalls grün. Sie hatte sich angeblich seit Wochen nicht mehr bewegt. Der kleine Paolo war durchs Gebüsch gekrochen und hatte ihr Wasser gebracht.

»Warum haben Sie sich nicht gemeldet«, jammerte Pia stellvertretend für die übersinnliche Welt der Gerechtigkeit.

Die Person sagte nichts. Augenpaare glitzerten durch die stinkende Dämmerung. Es waren Katzen, ein ganzer Haufen, der lautlos über Sessel, Sofa, Tischchen und Kommode wechselte. Man hörte atmen.

»Sie ist tot«, sagte ich ungeduldig.

Die Katzenlichter prozessierten gleichmäßig. Eine saß still und musterte mich. Es war keine Katze. Es war der Lieblingsteddybär von Angelita. Mir wurde schlecht, lächerlich.

»Oder wissen Sie etwas.« Ich ging auf die Alte los.

Sie blieb stumm.

»Sie sind so gut wie tot«, sagte ich. »Wenn wir hier rausgehen, erkären wir Sie für tot, einverstanden.«

*

Eine Spinne hatte ihr Netz über den Weg gespannt. Ich zerriß es. Dann sah ich sie auf meinem Hosenbein sitzen, ein ekelhaft großes Vieh. Es wollte sich nicht abschütteln lassen.

Dann starrte mich der platte ausgetrocknete Kadaver einer Eidechse an.

In einem Wassertank trieb ein Vogel, aufgeplustert vom Verwesungsgas.

Ich kam schweißgebadet zum Auto zurück. Orlando erwartete mich mit seinem Zigarillo im Mund, steinewerfend. Er warf welche an die Eckpunkte des Geländes. Es war oberhalb von Todoque.

»Ein Park. Es könnte alles Ihnen gehören.«

»Ich habe keinen Draht zur Landwirtschaft.«

»Tranquilo. Sie sind bald einer der reichsten Männer der Westseite.«

Er übertrieb.

»Was wollen Sie mit Ihrem ganzen Geld machen.«

Ich dachte an New York. Mit der üblichen ordinären Direktheit. Die Natur wollte menschenleer sein, sie wollte allein sein. Auf der anderen Seite sind die Seelen.

*

Diese verdammte Stille.

Ich drehte mich vom Fenster weg. Das Meer war einfach zu groß. Und es wurden Dinge gesagt und ich stand zwischen den Worten und ihrem Echo und mußte mir den ganzen Mist mitanhören, wohl oder übel, angefangen beim Dieselgeräusch des defekten Landrovers von Orlando. Im Nachbarhaus schepperte das Mittagsgeschirr.

»Kommt er nun zum Essen oder nicht.«

»Weiß ich doch nicht.«

»Er macht, was er will.«

»Ich werde es ihm nicht aufkochen.«

»Dabei schmeckt es aufgekocht noch mal so gut.«

»Er wird Krach schlagen.«

»Na und.«

Mir wurde schwindelig. Es wiederholte sich alles, mit denselben Worten. Reiß dich zusammen. Am Strand trommelten die schwarzen Kiesel in der zurückbrandenden Welle.

Was sollte ich machen. Die paar Schritte zum Playa Mont hinüber waren ein Witz. Ich tastete mich ins Treppenhaus. Konnte es sein, daß das Licht einen solchen Lärm machte. Es brodelte unter dem Türspalt hervor. Ich fand die Sonnenbrille nicht. Ich öffnete die Tür. Aber da war nichts. Ein Drama, nur weil ein Säufer seinen Alkohol nicht bekam. In Orlandos Hinterhof summte das Lorbeergebüsch. Das Wasser des Brunnens gab helle Schmerzlaute dazu.

Die Avenida lag da wie die Erinnerung eines Weges, vergangen und einverleibt vom Strand und von den Erschütterungen durch Sturmfluten und Erdbeben. Auch heute sollte ein Stück Land verschlungen werden, mitten in einem klaren Licht und einer sonderbar unbewegten Luft. Ich hielt mich nahe an der Bananenmauer. Die Sonne schlug in Brocken herab und auf den riesigen Wogen glänzte ein Abgrund aus Lametta. Ein zusammengebrochenes Mauerstück mit wuchernden Kakteen versperrte den Schattengang, ich mußte ausweichen. Vielleicht war ich unvorsichtig mit meinem frisch gebügelten italienischen Sommeranzug und den italienischen Halbschuhen. Es waren noch hundert Meter bis zum Playa Mont und sie bestanden nur aus etwas Licht und Einsamkeit.

Ich hatte mich getäuscht. Ich war nicht allein. Sie hatte ein schwarzes Kostüm an, eine weiße Bluse und hochhackige Schuhe. Ihr Haar hatte sich rötlich verfärbt. Sie ging zielstrebig, obwohl auch ungeschickt, wie immer auf dem unregelmäßigen Boden, auf dem man keine Stöckelschuhe tragen sollte. Ich grinste sie an. Wir würden uns genau an derselben Maueröffnung treffen wie neulich. Einer der Spielzeuglandrover der Firma Suzuki parkte davor. Wir verfehlten uns knapp.

*

Am nächsten Tag nahm ich meinen Platz ein wie sonst, bestellte meine Flasche Roten und kämmte mir das Haar zurück. Der Atlantic protzte immernoch mit einer Dünung, die wie eine Herde silberner Elephanten vor dem Horizont wimmelte, vor der Bucht zu einem durchsichtigen grünen Gebirge wurde und sich auf dem Schotter vor dem Playa Mont knirschend zerschlug.

Dort torkelten den ganzen Tag schon die Caterpillars von Orlando herum und wirbelten Staub auf. Aus dem Dreck sollte ein Park werden, mit Sträuchern, immergrünen Bäumen, Blumenbeeten, kleinen Kanälen, die die Kaimauer mit schmalen Schleusen durchbrechen sollten und Katarakten, die sich aus überfließenden Brechern speisten und ihr Wasser in flache Badebecken schickten. Die Frauen sollten die Kinder leicht bewachen können, während sie im Schatten von Palmen saßen oder auf geplättelten Gehwegen schlenderten. So stellte er es sich vor. Ein Stadtpark an der wüstesten Stelle.

Ich brütete über meinen beiden Strichlisten, das heißt, im Moment über der mit den Verrätern. Es gab einen Ringkämpfer aus Las Manchas, den ich treffen mußte. Er arbeitete in den Bananenplantagen nördlich von Puerto Naos. Sie befanden sich auf einer schmalen platten Landzunge auf Meereshöhe direkt unter der Klippe. Es war eine durch meterhohe Betonmauern verschachtelte grüne Festung, mit Toren aus Eisenstangen und turmartigen weißen Wachhäusern. Eine einzige kleine Straße führte kurz vor Puerto Naos, am Fuß der dortigen Serpentine, nach rechts in das Gebiet hinein. In einem der Wassertanks sollte Orlando sein Benzin gehortet haben.

*

Pia weigerte sich, weiterzufahren. Es war eine Piste, die sie mit Sprengstoff und dem Caterpillar in den Fels gesetzt hatten, auf der Spur der alten Maultierpfade. Ein grüner Sternenhimmel von Fettpflanzen glänzte in der schwarzen Wand. Zwischen den Kiefernwipfeln trieben die Schaumlinien der See. Die Wolken standen reglos in Etagen. Durchschnittliche menschliche Gefühle wurden hier oben annulliert, genauso wie die Entfernungen. Man durfte erhaben sein. Nur der Daimler schaffte es angeblich nicht. Pia jammerte, sie würde die Bremskabel abreißen, wenn sie weiterführe.

»Wenn du einmal aufhören könntest, zu quatschen«, sagte ich, »wenn man so alt ist wie du, sollte man die Klappe halten und tun, was man einem sagt.«

Wir waren auf dem Weg zur Lucha canaria in San Nicolas. (Wenn du einen erwischen willst, der nützlich sein kann, mußt du auf den Fiestas nach ihm suchen.) Sein Name war Cabeza, er war Champion aller Ringkämpfe, und er bewachte das Benzinlager Orlandos.

Den Rest ging ich zu Fuß. Pia im Schritt mit dem Daimler hinterher. Es war außerhalb des Ortes Richtung El Paso. Die Luft war pappig, wie dünne Watte. Es parkten eine Menge Autos in der alten Lava. Sie hatten aus unverputzten Hohlblocksteinen ein Mauerrund konstruiert, krumm und baufällig von Anfang an. In eine Öffnung wie eine Schießscharte zahlte man 200 Peseten.

Noch kämpften die Jugendmannschaften aus Las Manchas und La Laguna. Es waren kleine dicke und kleine dünne. Jeder mußte mindestens einmal gegen jeden antreten. Wenn einer mit der Hand oder mit dem Rücken den Boden berührte, hatte er verloren. Es waren nur wenige Griffe erlaubt. Selbst die schmächtigsten hatten eine Chance.

Die Hauptmannschaften saßen am Rand des kreisrunden, betonierten Innenraums, der mit Lavasand bedeckt war und warteten. Ich ließ mir die von Las Manchas zeigen und setzte mich gegenüber auf eine Holzbank. Sie hatten graue Trikots an und waren einer so dick wie der andere. Gut, einer war dick von Muskeln, beim andern baumelte ein fetter Bauch zwischen fetten Schenkeln, aber wer war Cabeza. Stark oder fett hätte man mir sagen müssen.

Es wurde Nacht. Sie hatten Glühbirnen über den Platz gespannt, die jetzt angingen. Drei Burschen mit roten Käppis und Armbinden, auf denen mit säuberlichem Schriftzug Cruce roja San Nicolas aufgestickt war, nahmen neben mir Platz. Sie erkannten mich, machten sich wichtig und bliesen mir billigen Fusel ins Gesicht.

Ich konzentrierte mich auf die Hauptringer, die vom Lautsprecher angesagt wurden. Im Lärm der Zuschauer war nichts zu verstehen. Sie stellten sich auf der Außenlinie des Kampfrundes auf. Die Gastgeber marschierten dann bedeutungsvoll, im Gänsemarsch mit auf dem Rücken verschränkten Armen, auf der Außenlinie zum Gegner hinüber. Sie reichten sich die Hände. Nach dem Kampf würde das Leben ein anderes sein.

Ich versuchte, in den Gesichtern zu lesen. Ich nahm mir die drei dicksten der zwanzigköpfigen Mannschaft vor. Aber alle schauten gleich mißmutig, tragisch und wie überdrüssig über ihre ganze Kraft in meine Richtung, die auch die Richtung ihrer Gegner war, die links vor mir Platz genommen hatten.

Ein schmächtiger Schiedsrichter sprach sehr streng mit den

Mannschaftsführern. Zwei der Ringer schälten sich aus den Trainingsanzügen. Die Menge grölte lauter. Die Ringer faßten sich mit der Rechten unter die hochgekrempelten kurzen Hosen, berührten kurz mit den Fingerspitzen der Linken den Sand, schmiegten die Köpfe zwischen Schulter und Hals des Gegners, rieben sich in die angenehmste Position, die Trillerpfeife des Schiedsrichters ertönte, die frei baumelnde Hand ging blitzschnell auf den Rücken des andern, ein Bein schnellte irgendwohin, dann ertönte der dumpfe Aufprall des Körpers des Verlierers, der sich erhob und mit gesenktem Kopf den Kreis verließ. Der andere ging genauso verlegen, zuerst zum Schiedsrichter, dem er wie beiläufig die Hand gab, damit der sie kurz hochhob, dann zu seiner Mannschaft zurück.

Das ging eine ganze Weile so zwischen verschiedenen Kontrahenten, bis die Reihe an den drei mächtigsten war, von denen einer Cabeza sein mußte.

Ich trank wie alle übrigen Zuschauer einschließlich der Frauen reichlich. Aus großen Flaschen in Bastumhüllungen wurde roter Wein ausgeschenkt und nachgeschenkt, wenn man das Glas erhob. Der Moment, wo sich die Köpfe aneinanderschmiegten, war meiner. Ich versuchte, durch ein zwingendes Augenspiel die Aufmerksamkeit des Mannes der Las Manchas- Leute zu erregen, ja, ein Einverständnis herbeizuführen, daß man sich anschließend treffen sollte. Die zwei ersten schauten woanders hin, der eine schien sich auf sein Innerstes zu konzentrieren, der andere sorgte sich um den Rücken des Gegners, den er immer wieder streichelnd bearbeitete, er wischte die Sandkörner vom Hemd, wie ich später belehrt wurde. Der dritte war wirklich der gewaltigste, die Fülle der prächtig in die Arena gehobenen Muskeln betreffend, ja, der wars, mußte es sein, er schaute müde und gelangweilt, ein kampf- und sieggewohnter Auerochse, mit einem melancholischen Blick, der über den immer besoffener werdenden Rand der Zuschauer in das Schwarz der mondlosen Nacht hinausging. Aber in Wahrheit war ich es, den er fixierte, auch als er sich, steif und alt, wie es schien, niederbeugte, den Kopf in die fette Kuhle des Gegners bettete, lange Zeit dazu benötigte, Cabeza, Cabeza, heulte das Publikum, beim Pfiff des Schiedsrichters den Mann in die Höhe hob und ihn hinwarf, einfach so.

Auch er schien sich zu schämen, als er vom Schiedsrichter zu einem Manne trottete, der jedem Kämpfer einen Schluck Wasser aus einem Benzinkanister in den Mund schüttete.

Im Verlaufe des Kampfes wurden immer weniger Männer immer häufiger gegeneinander geschickt, bis nur noch, nach einem undurchsichtigen Plan, Sieger gegen Sieger standen, mein Mann war jedesmal dabei. Und jedesmal trat er auf den Platz mit den Augen auf mich, der ich ihm heftig zuzwinkerte und ein schläfriges krokodilhaftes Klappen der Augenlider zur Antwort bekam.

Es vergingen Stunden. Es dürfte schon zwischen zwei und drei Uhr morgens gewesen sein, der Sand spritzte unter nackten Füßen, die Trillerpfeife weckte die Unaufmerksamen unter den Zuschauern zu erneutem Gebrüll, die Sieger beugten sich über den quirlenden Rand in die Menge, erhaschten hier eine Hand, dort einen Mund und da einen Zuruf. Endlich machte der Endsieger Cabeza seine Runde. Ich war wie besinnungslos, ich sah ihn herankommen, den quadratischen Schädel, er war Wange an Wange mit mir, die riesige Tatze, der beißende Schweiß, der von seinen Achseln tropfte. Ich küßte ihn wie jeder und drückte ihm wie die andern ein Fünfundzwanzig-Pesetenstück in die Faust.

Sonst nichts. Ja verdammt noch mal sonst nichts. Ich hatte vergessen, mit dem Mann über das Benzin zu sprechen. Am nächsten Morgen stritt ich mit Pia herum, daß sie an nichts gedacht habe, daß sie eine alte verkalkte Schlampe sei, die sich die Absicht von Verabredungen gefälligst auf ein Notizpapier notieren solle, wenn sie sich schon das Wichtigste in meinem Leben, das ihr angeblich so am Herzen liege, nicht merken könne.

*

Ich wachte schweißgebadet auf. Jede Nacht die Heimsuchungen von Leuten, die ich angeblich kannte. Diesmal ein kreisrunder Mensch. Er hatte nichts Normales. Einige lose Rippen, einen hauchdünnen Lappen Fleisch, ein Auge, das an einem Faden hing, der an der äußeren Fassung befestigt war. Und ein Herz aus Stein, rotem durchsichtigem Stein, ebenfalls lose hängend, aber mehr am Rand des Gebildes, das sich mir vorstellte als ein guter Bekannter, ich konnte diese Schießbudenfiguren nicht loswerden, ich bewegte mich ins Bad, öffnete das Fenster und blickte auf die grüne Armee der Bananenstauden, die sich anschickte, ins Meer zu stürzen.

*

Die Tänzerin hatte eine Nachricht geschrieben. Kommen Sie, Sie würden mir eine große Freude bereiten, warum sind Sie vorige Woche nicht gekommen. Es war kurz nach drei. Um vier mußte ich Pia mit dem Daimler fahren. Ich hatte genügend Zeit. Ich zog den schwarzen Anzug an und fuhr in die untere Urbanisation.

Ich lag auf ihr. Die Bettlade knarrte. Ihr Gesicht schimmerte wie Marmor. Ich dachte Italien, ganz Italien, eine Römerin, so liegt eine Römerin, das Fenster war geöffnet, nur die Bananenstauden paßten nicht.

Als ich aufstand, sagte ich, »die Liebe ist international.«

»Warum sagen Sie das jetzt.«

Ich zählte das Geld.

»Ich habe an Italien gedacht. Jahrhundertelang haben die Italiener mit den Italienerinnen geschlafen, aus verschiedenen Gründen. Und jetzt ich mit dir. Aber ich weiß nicht, warum.«

»Sie verdienen Ihr Geld damit.«

Ich ging in die Küche hinüber und spülte den Gummi. Es war einer der letzten, der noch funktionierte. Es waren eigentlich Gummifingerlinge aus der Praxis des Doktors. Sie waren zu eng und zu alt. Sie rissen bei der erstbesten Gelegenheit. Ich wunderte mich über Orlando, der am laufenden Band Kinder zeugte und an chronischem Tripper litt. Die Ausbreitung der Geschlechtskrankheit auf der Westseite entsprach der Epidemie seiner Kinder.

»Hast du schon mit Orlando geschlafen.«

»Nein. Wir haben nur geschmust.«

»Habt ihr euch geküßt.«

»Warum fragen Sie.«

Hinterher fuhr ich Pia zu einer Frau, die aus allen Öffnungen blutete. Pia mußte jeden Tag hin. Es war in der oberen Urbanisation, Calle Nr. 1. Sie konnte froh sein, daß der Kot zur Scheide herauskam, sonst wäre sie gestorben. Aber genau das bekümmerte sie am meisten. Diesmal bekam Pia einen Schwächeanfall, als sie aussteigen wollte. Es war der Gestank der Bananen. Das Fräulein stand schon am Fenster und wartete. Sie ließ sich Fräulein nennen, obwohl sie über fünfzig war.

»Steigen Sie aus in Gottes Namen.«

Ich stieß Pia aus dem Auto.

»Sie verreckt, sie verreckt«, brüllte ich hinter ihr her.

Im Dunkeln des Küchenfensters blitzte das Porcellan in einer Vitrine, wie die sterilen Hilfmittel in einem Operationssaal. Die Worte werden wie mundgeblasenes Glas sein, in fünfhundert Meter hohen gläsernen Wolkenkratzern, ein für allemal, nicht wie hier, wo sich die Seelenmasse bewegt wie Brei. Ich starrte die Gasse hinunter über den Strand, auf den der Wind einschlug und über das unruhige Wasser in die Richtung, wo ich New York vermutete.

*

Später im Playa Mont setzte ich mich neben Orlando und sagte, »tragisch, das mit Angelita. Man hätte es vermeiden können.«

Der Polizeichef grunzte und räkelte sich. Er tat so, als hätte er nichts gehört.

»Man sagt, sie ginge jetzt in die Mädchenschule von Los Llanos. Aber die Mädels sehen doch eine wie die andere aus.«

»Davon weiß ich nichts«, das Negergesicht grinste, die Augen blieben ernst.

»Ich habe genug damit zu tun, die Leute zu beschäftigen. Haben Sie schon die Rinne gesehen, die ich unter den Pirigoyo gesprengt habe. Ich werde unter jeden einzelnen Vulkan ein Bachbett sprengen, die ganze Cumbre entlang. Sie können Lava spucken, so viel sie wollen, ich leite das Zeug in die Richtung, in die ich will.«

Es gab eine längere Pause, in der er sich wieder selbstgefällig räkelte, anstatt sich zu schämen. Ich dachte hauptsächlich daran, was für ein Gesicht er machen würde, wenn ich mit seinem Schiff abgehauen war.

»Sie grübeln zuviel, Schmidt. Ich kann Spielverderber nicht leiden.«

*

Wir kamen von einem Hausbesuch, fuhren über den Kirchplatz von Los Llanos und bogen nach links ab, als es geschah. Eine Hauswand faltete sich wie Papier. Ein Trupp Schülerinnen rannte aus einer Buchhandlung, in der es auch Schreibwaren und Schulhefte gab. Eine von ihnen war Angelita.

»Halt an«, rief ich.

In der Halteverbotszone vor dem Polizeirevier war noch Platz.

»Da kann ich nicht parken, das ist der Parkplatz von Orlando.«

»Verdammt noch mal, halt an.«

Der Buchladen lag in einer der feinen Seitenstraßen, die hauptsächlich von den Deutschen frequentiert wurde. Neben der Polizeistation gab es eine Menge Modegeschäfte, eine Möbelboutique, Spezialitätenrestaurants und drei Banken.

Pia mußte mich stützen. Ich zitterte noch. Die Stufen waren übersät von den Splittern zerborstener Fensterscheiben. Im Laden war man dabei, die Bücher aufzulesen. Ich fragte nach Angelita. Die Verkäuferinnen kicherten und wiesen mich in einen dunklen Gang. Es war ein Hindernislauf über Bücher. Ich hörte ihre Stimme. Sie lag auf einer Couch. Völlig nackt. Die Fensterläden waren zugezogen. Ihre Augen glänzten grau über dem verwirrten Haar des Buchhändlers. Er hockte vor ihr wie ein Frosch und streichelte ihre Schenkel.

»Du bist so schön. Du bist eine Schöne«, stammelte er.

»Sie dürfen mich nur streicheln. Sonst erzähle ich es Mamma.«

Es war die Tänzerin. Er schwitzte. Sein Unterhemd war naß. Er legte sein Gesicht in ihren Schoß. Der verächtliche Glanz in ihren Augen nahm zu. Sie bewegte keine Miene dabei. Ich konnte verstehen, daß er sich gehen ließ. Die Schönheit machte kindisch. Die Alten wurden kindisch dabei. Aber was machte das schon. Die Verachtung der zufälligen Personen machte nichts. Die Schönheit war das Objektive, Ewige. Das Fräulein Tänzerin lebte vorübergehend in ihr.

Ich ging zur Kasse zurück. Der Buchhändler kam nach und stellte sich hinter seine Büchertürme.

»Es hat ganz schön zugeschlagen bei Ihnen.«

»Zuviele Bücher,« antwortete er, »die Regale waren überlastet, schon vorher.«

Sein Gesicht war papieren und durchsichtig. Es mochte an der Umgebung liegen. Der Boden zitterte immernoch. Niemand schien es zu bemerken. Vielleicht die Nerven. Ich hatte keine Zeit zu verlieren.

»Es geht um Angelita. Ist sie eines Ihrer Mädchen.«

»Angelita.«

»Ja, Angelita Sowieso, na ja, eine der Schülerinnen, sie gehört doch zu Ihrer Kundschaft.«

»Es kommen viele Mädchen hierher.«

Seine Verkäuferinnen hoben die Köpfe.

»Nein, ich kenne sie nicht.«

Ich schaute hinaus. Pia lehnte am Auto. Dahinter parkte ein Polizeilandrover. Vor der Polizeistation drängelten sich Leute, die Papiere stempeln lassen mußten. Ich mußte ihn von seinen Büchern weglocken.

»Kommen Sie, wir gehen rüber ins Marex. Da läßt sich besser reden.«

Pia fuhr uns. Der Erdstoß hatte ziemlichen Schaden angerichtet. Einzelne Mauerstücke waren abgebrochen. Aber die Häuser hatten standgehalten. Im Marex war die deutsche Bagage versammelt und bedauerte sich. Ich setzte mich so, daß ich den Lomo de los Caballos sehen konnte. Die Wolken hingen wie Wattebäusche in den Kiefern, die wie die Zinken eines Kammes auf dem Bergrükken standen.

»Sie ist eine von den Sprößlingen des Polizeichefs. Sie wissen von dem Unfall. Sie ist seitdem vermißt.«

»Vermißt«, der Buchhändler zuckte mit den Schultern. »Was heißt das schon, auf dieser Insel. Sie können hinter einen Lavabrocken gehen und keiner findet Sie je wieder.«

»Haben Sie sie in letzter Zeit gesehen.«

»Gesehen«, sagte er, »diese jungen spanischen Dinger sehen doch alle gleich aus.«

Er putzte demonstrativ seine Brillengläser.

»Haben Sie ein Foto.«

»Nein.«

Ein Trupp kleiner Schülerinnen mit ihren blauen Kleideruniformen, den weißen Socken und den schwarzen Lackschuhen kreuzte die Straße. Der Verkehr stockte augenblicklich. Wir schauten den Mädchen nach. Sie sahen tatsächlich auf eine eigenartige Weise gleich aus, obwohl es dicke und dünne, blonde, schwarze und braunhaarige gab. Es war der blöde Gesichtsausdruck lauter kleiner Schlafwandlerinnen.

Er wollte nichts verraten. Ich winkte Pia, mit dem Wagen herzukommen. Ich machte noch einen Versuch.

»Ich werde Orlando schicken. Er soll sich die Arbeitserlaubnis Ihrer Leute anschauen. Es könnte sein, daß Sie eine saftige Strafe zahlen müssen.«

Der Buchhändler grinste, »das würde nichts ändern, Sie Arschloch. Sie spielen hier den Möchtegernamerikaner, verstecken sich hinter den Pistolen des Polizeichefs, lassen sich von Weibern herumchauffieren und verachten den durchschnittlichen Alkoholiker, dabei sind Sie nichts besseres, im Gegenteil.«

Die Luft ging ihm aus. Die Leute starrten zu uns herüber. Er war ein verdammter Idiot. Er wußte nichts von meinem Geheimplan.

Nach Tazacorte zurück übernahm Pia wieder das Steuer. Es war Feierabendverkehr, die Hauptstraße wurde gerade repariert. Wir fuhren durch eine einzige gelbe Staubwolke. Wir passierten die Eisdiele mit ihrem Neonlicht, den blauen und orangenen Kacheln und den weißen Plastikstühlen. Sie war wie immer leer. Das junge Ehepaar wie immer verbittert hinter der Anrichte, wie Bademeister ohne Badegäste. Die Tür zum Clo öffnete sich und vor den Spiegeln erschien Angelita. Sie hatte die Haarspange noch im Mund und drehte sich mit hochgehobenen Armen einen Zopf.

Ich sagte, »halt an.« Pia steuerte weitsichtig über das Geröll bis hinunter zur Tankstelle. Dort hielt sie. »Warum hast du nicht angehalten«, ich boxte sie gegen die Schulter. Ich rannte zwischen den Autos hoch so schnell ich konnte und betrat hustend die Eisdiele. Nein, es sei niemand dagewesen die letzte halbe Stunde. Die beiden grinsten ironisch. Die junge Frau schielte. Kein Wunder, daß sie keine Kundschaft hatten. Ich würde ihnen Orlando auf den Hals schicken für das Lügen. Es war kein Einzelfall. Es steckte System dahinter. Ich hätte glücklich sein können. Jetzt stand das Eisverkäuferehepaar dazwischen.

*

Ich schaute ungeduldig zur Balkontür und wartete auf den Abend. Die Nachmittagsonne warf eine glänzende Bahn aufs Wasser, die im Wellengang zu unzähligen Splittern zerbrach. Das Licht wurde an die Decke des Zimmers geworfen und von dort auf das Fußende des Bettes. Meine Füße brannten, aber ich war zu müde, sie wegzuziehen. Die Sonne würde untergehen. Ich wartete darauf.

Später ging ich zum Playa Mont, trank und wartete, bis das Glitzern des Oceans an mein Kinn reichte. Eine Stahlwüste mit vorgetäuschter leichter Bewegung, es waren Kämme und Fallen aus Stahl, da sagen sie, die Heiterkeit des Meeres.

Irgendeine der Kneipenweiber vom Tag zuvor erkannte mich wieder. Sie fragte, ob ich mich erinnern konnte, manche konnten es nicht lassen. Meine Laune rutschte auf den Nullpunkt.

Plötzlich dachte ich, oh, mein verlorenes Glück.

Ich fühlte nichts dabei. Ich sah nur einen Mann und eine Frau im Zustand einer selbstverständlichen Bekanntschaft an der Reling einer in den Hafen einlaufenden Barkasse. Oder sollte ich denken: eine in den Hafen des selbstverständlichen Endes einlaufende Barkasse, die mit einer derartig gedrosselten Geschwindigkeit fuhr, daß es bereits der selige Stillstand war.

Ich wollte nur einmal noch ihren weggewendeten Hals sehen, verdammt noch mal, nur den Anfang davon.

Northeim lachte über diese Bemerkung, als er sich an meinen Tisch setzte.

»Jeder strebt nach höchster Vollendung, Schmidt, ob er will oder nicht, jeder, egal, was er sagt.«

»Arbeit und Familie, Liebespaar und Gruppe, Freunde und Beschäftigungen, das ist das normale Leben, ja wunderbar oft, erfinderisch, aber das gibt es genauso im Ameisenstock, in einer Vogelschar, bei einem Entenpärchen. Ich will Vater und Mutter ehren. Richtig. Sie sind die wunderbare vorhersehende Natur, sie sind immer Vater und Mutter, sie zerreißen sich für dich, damit sie Vater und Mutter bleiben können, sie denken sich nichts dabei, verstehen Sie, sie müssen sich nicht bemühen, Vater und Mutter zu sein, ich ehre sie darum, wie ich das Meer ehre, das sich nicht anstrengen muß, Meer zu sein, wie die Sonne, die keinen Gedanken über ihr Scheinen verliert.«

»Aber die menschliche Natur geht über die Natur hinaus. Den Naturgesetzen zu folgen ist nicht menschgemäß.«

Northeim redete sich heiß wie üblich. Er konnte es sich leisten, von seinem asketischen Beobachtungspunkt aus. Ich winkte einen der Taxifahrer heran, die die Peseten in harte Währung wechselten. Der Preis war hoch. Ich bekam für umgerechnet tausend Deutsche Mark ganze siebenhundert. Aber ich schwamm im Geld momentan. Und ich mußte es in kleinen Portionen umtauschen, um nicht aufzufallen. Am Ende würde ich alles haben. Das Schiff und New York.

*

Ich bin weder anmutig noch natürlich. Als ich später zur Tänzerin ging, annullierte ich den Gedanken wieder. Vielleicht schuf ich Situationen, an deren Ende die Depression war, unweigerlich. Zu sein wie ein Felsbrocken. Oder wie das Bildnis davon. Vielleicht lag es an meinen Bewegungen, denen keine Seelennotwendigkeit zugrunde lag.

Die Tänzerin lachte, als ich die Treppe hochkam.

»Sie gehen wie ein typischer Anfänger.«

»Wie meinst du das.«

Ich schaute auf meine italienischen Halbschuhe. Sie machte einige Zierschritte auf mich zu.

»So.«

»Du bist ziemlich arrogant für dein Alter.«

Ich achtete auf meine Schritte, bis ich den Schemel am Klavier erreicht hatte.

»Ich bin mit meinen Schritten zufrieden. Ich bin nicht so ein Goldfisch wie du, in deinem Aquarium, dabei völlig auf dem Trockenen.«

Ihr Gesicht zuckte nach unten.

»Aber die Schönheit vergeht«, sagte sie mit niedergeschlagenem Kopf. Sie hatte einen sehr langen Hals, wie der Stengel einer Bananenblüte. Das Haar war ornamentalisch nach oben gesteckt. Ich zündete mir ein Zigarette an und warf das Streichholz auf den Teppich. Sie eilte her, machte einen tänzerischen Kreis, allein um den Aschenbecher zu transportieren. Das Zimmer war spartanisch eingerichtet. Eine einfache Liege, eine Tischplatte auf weißen Holzböcken, ein weißer Stuhl, ein schwarzes Klavier, alles spiegelblank.

»Was riecht mehr nach Verwesung als die Schönheit«, sagte sie, blickte erschrocken auf und schüttelte ihren Blütenkopf unter dem stürmischen Gedanken.

»Darf ich Ihnen etwas vortanzen.«

»Ich habe keine Zeit. Aber wenn ich das Geld trotzdem kriege, ist es mir egal.«

»Aber Sie müssen sich umdrehen.«

»Gut.«

Ich tippte mit zwei Fingern eine unsinnige Melodie auf der Klaviatur, während sie sich auszog. Die Fensterscheibe war genauso gewienert wie alles andere. Das Meer dahinter war lautlos. Es schlug mit heftigen grauen Breitseiten gegen den Strand. Angelita! Ich gab dem Hocker einen Stoß und rannte zur Tür. Die Tänzerin machte eine Pirouette und sagte noch mit rasender Geschwindigkeit, »das hab ich bei Marica Besobrasova gelernt, Academie de Dance classique Princess Grace cinque Avenue de la Costa Monte Carlo Monaco.«

Vielleicht konnte ich sie abfangen. Sie war gerade aus dem Wasser gestiegen. Aber der Strand war leer, auf der See ein weißer Dunst, darüber, in Etappen, blau und weiß gescheckte Wellenkämme und dahinter eine schwarze Blockade, die sich rasch in die Höhe schob, wo es eben noch rot und gold war von der Abendsonne. Alles in äußerster Stille. Das Donnern der Brandung war in Wirklichkeit ein kleines weißes Schild mit der Aufschrift »Donnern der Brandung«. Aus einem Haus mit blauen Fensterläden zeigte ein Kinderarm und wurde zurückgerissen. Die Natur hatte keine Geduld. Der Abendnebel kam mit einer einzigen Bewegung über die Kaimauer.

*

Ich wartete im Playa Mont auf Informanten. Es war Mittag. Kein vernünftiger Mensch auf der Straße. Die Hitze war ein lautloser Sturm. Wenn man Luft holte, bekam man einen Schlag gegen den Gaumen.

Am Wasser die Pantomime einer Badenden, bizarr durch die langsam rollenden heißen Luftblasen. Sie bohrte einen Sonnenschirm in den Sand, verbeugte sich, breitete ein Tuch aus, tat es nochmal, zog den Schirm wieder heraus, steckte ihn wieder hinein, das auf und ab gehende Meer...

Ich ging hinunter, drehte sie an der Schulter, Angelita? Nein, natürlich nicht. Ich stapfte wieder auf die Straße zurück. Die Brandungsbrecher spritzten Wasser hinter mir her. Ein Trupp Kinder amüsierte sich mit einer Pfütze. Mit Rollschuhen und Tretrollern durchkreuzten sie das Wasser so schnell wie möglich. Einer rannte mich fast um. Ich fluchte hinter ihm her.

Ich sah einen Körper zwischen den Schenkeln einer Frau. Es kam auf die Bewegung an.

»Ist es gut so. Tut es dir gut.«

»Mach schneller, sei nicht so faul.«

Der Mechanismus der Liebe. Der Mechanismus und die Liebe waren identisch.

Ich traf Northeim im alten Hafen. Er saß auf dem Leiterwagen des Idioten und schaute aufs Meer. Ein Haufen Zigarettenkippen lag halbkreisförmig um ihn herum.

»Wenn sie überhaupt irgendwo ist, dann in der Caldera«, sagte er ohne Umschweife.

»Ich werde den Teufel tun und in das dreckige Loch hinein. Außerdem tun meine Beine nicht mehr mit.«

Ich zeigte ihm meine Waden. Sie zuckten wie Fische auf dem Sand.

Northeim stand auf und marschierte los. Idiotisch. Es war Mittag. Die Sonne und die Windstille. Ein Wetter für Kollapse. Kein Mensch ging auf die Straße, wenn er nicht mußte. Zwei grüne Frauen unter dem Walnußbaum auf der Plaza. Silberne Spritzer über der Mole.

»Wohin wollen Sie, bleiben Sie doch stehen.«

Ich rannte neben ihm her. Northeim grinste nur und hustete an seiner Gauloise entlang. An den Theken standen welche mit halbgeöffneten Augen.

Northeim war schneller als ich.

»Kommen Sie einfach mit«, rief er über die Schulter. An der Bar des Gemeinschaftshauses der Cooperative der Fischer wartete er.

»Wie stellen Sie sich das vor, den ganzen Barranco hinauf. Das schaffe ich nicht. Ich bin krank. Meine Muskeln.«

»Versuchen Sie es. Wenn nötig, kann man Sie mit dem Maulesel zurücktransportieren.«

Wir nahmen ein Taxi bis zu der Stelle, wo die Straße sich teilte. Dort stiegen wir aus. Ein schmaler Fußpfad ging in die rechte Wand. Der lose Schotter hüpfte auf den Boden des trockenen Bachbetts hinunter. Northeim ging zügig, ungewöhnlich für einen Mann, der normalerweise hinter Büchern hockte.

»Nicht so schnell«, rief ich hinter ihm her.

Er eilte unverändert weiter. Wir waren schon dreißig, vierzig Meter über dem Bachgrund. Ich wagte nicht, den Blick von den Füßen zu nehmen. Die Sonne brannte im Rücken. Man hörte nichts als das Schlagen der Steine.

»Wo soll das sein, der Zeltplatz. He, Northeim, wissen Sie überhaupt, wo das ist.«

Northeim winkte nur. Auf der anderen Seite rauchte ein Müllplatz. Die Augen tränten davon. Der Boden zitterte wieder. Eine Ankündigung, die nie zu etwas Schlimmerem führte. Ich ärgerte mich, daß ich nicht an Proviant gedacht hatte. Mein Flachmann war nur Viertel voll. Das Meer entfernte sich rasch. Ein glänzender blauer Korken am Ende eines schmutzigen Flaschenhalses. Vor uns öffnete sich die Schlucht. Schon klebten wieder schmale Terrassen voller Bananen und Avocados da. Unter uns leuchtete das rote Ziegeldach einer Finca.

Wir trafen auf ein Pinienwäldchen. Auf dem bemoosten Boden lagerte eine Picknicksgesellschaft. Eine Menge bunter Kleider schwärmte unter Geschrei zwischen den Bäumen. Hüte nickten losgelöst auf grünen Wellen. Dort war eine Hand und da eine marmorweiße Wade. Im Zentrum schwamm eine weiße Tischdekke mit Tellern und Tassen, Körben, Brotleiben, Gläsern und rauchenden Töpfen.

»Eingeborene«, sagte ich und zeigte mit meinem Flachmann hinunter.

»Passen Sie auf, daß Sie nicht ausrutschen«

Northeim zog mich von der abschüssigen Stelle weg.

»Das ist doch die Familie Gonzales, da, die beiden Töchter da drüben, die kennen Sie doch auch, sehen Sie, die eine da, es sind Zwillinge, aber sie sehen sich nicht ähnlich, absolut nicht, ist es nicht seltsam, sie sind völlig verschieden, dabei sind sie eineiige Zwillinge, die eine lebt völlig zurückgezogen und spricht mit niemandem, dabei ist sie ein hübsches Ding, wirklich, ganz hübsch, finden Sie nicht auch, und da, da ist die andere, sehen Sie, sie springt gerade über einen Graben, sie ist hinter Filipe her, ihrem Verlobten, er war Ringermeister auf der Westseite, letztes Jahr, werden Sie zuschauen, dieses Jahr...«

»Es interessiert mich nicht.«

In dem Moment passierte es. Ich rutschte ab. Es roch nach Omelette in Olivenöl. Eine Frauenstimme schrie affektiert und entfernte sich. Ein Glas splitterte und entfernte sich ebenso. Am

Rande meines Gesichtsfelds entstanden silberne Schauer, die sich symmetrisch formierten. Es waren Gitterroste, die schräg gegeneinander versetzt waren. Sie flogen ins Aus. In der Mitte war, größer werdend, ein in Kolonnen marschierendes Schwarz. Nun, in sechseckiger Anordnung silberne Pyramiden wie die Zähne in einem aufgerissenen Haifischmaul, die heranflogen und sechsfache Picknicksgesellschaften enthielten.

»He, hallo, Schmidt, was ist denn, können Sie mich hören.«

Ein kleiner Kollaps, sonst nichts. Ich war weich im Moos gelandet. Alles erheiterte sich. Auch ich fand es lächerlich. Ich war einfach ein Idiot, daß ich nicht wußte, was gut für mich war und dem weitereilenden Philosophen hinterherrannte, nachdem ich mir den Flachmann hatte füllen lassen.

Die Schlucht wurde breiter. Wir kamen in den Steinbruch, wo der Unfall gewesen war. Wir marschierten schweigend an einigen Loren vorbei, die auf einer kurzen Schienenstrecke vor sich hin rosteten. In der rechten Wand war die Serpentine zum Lomo de los Caballos, links verschwand die andere in den Klüften, in denen das Dorf Caldera lag.

»Wer hat Ihnen verraten, wo Angelita ist«, rief ich hinter Northeim her.

»Verraten, verraten«, Northeim warf die Arme in die Luft. Wir unterquerten ein Betongerüst, das einen großen Wasserkanal trug. Die Schlucht wurde wieder eng. Der glattgewaschene Fels formte einen Gang von wenigen Metern Breite. Ein Rinnsal plätscherte im Kies. »Zuletzt gilt nur der verräterische Blick etwas, Schmidt, verstehen Sie, der Blick, der die Sterblichkeit kennt und die Ewigkeit verspricht.«

Ich verstand nichts. Ich hatte Mühe, das Tempo zu halten. Northeim sprang hin und her über den sich windenden Bach. Die Kieselsteine knallten metallisch gegeneinander.

»Lassen Sie mich in Ruhe mit ihren Phrasen. Ich habe ein paar offenstehende Rechnungen zu begleichen, mit Leuten, die Sie kennen. Es gibt ein Schiff und wo New York liegt, ist keine Frage. Genau genommen liegt es überall, nur nicht hier, auf dieser gottverlassenen Insel.«

Marschieren war nicht gut für mich. Ich war schweißgebadet.

»Und Angelita.«

Northeim drehte sich um. Es waren noch mindestens zehn Kilometer bis ins Kraterinnere.

»Ich muß eine Pause machen«, sagte ich.

Wir waren um einen hausgroßen Felsen gekommen und sahen nach einer kurzen Geraden schon auf den nächsten. Sie hatten tellergroße grüne und rotbraune Einschlüsse, Mineralien, die sich beim Erstarren der Lava konzentriert hatten. Hoch oben begrenzte Lorbeergebüsch das Himmelblau. Hübsch, wenn man sich dafür interessierte. Aber ich fühlte mich wie eine müde Ratte, die relativ gleichgültig auf ihre Falle zuging.

Northeim reichte mir eine Zigarette.

»Stellen Sie sich vor, Schmidt, ein eisiger Schneesturm und wir auf einer spiegelnden steilen Eisfläche, die Finger schon blutig vom Versuch, uns festzuhalten, unbekannte Personen sind schon hinuntergerissen, man hört Hilferufe, Verwandte und Freunde noch in Sichtweite, vor uns, wie um das Elend noch größer zu machen, Münder, zum Entsetzensschrei geöffnet, Augen, aber es ist totenstill, die Luft ist längst aus den Lungen gerissen, der leere Weltraum ist am Platz der Seele, nur die Augen, die in unerschöpflicher Liebe, in einem unerschöpflichen Strom der Liebe brennen.«

Der Fuchs unter den Weintrauben, dachte ich. Das Enorme aus der Ferne verehren, damit man in Ekstase kommen konnte.

»Die Wahrheit sehen«, sagte Northeim, »ist es nicht jedesmal ein Schauer der Erlösung, so gut wie der Tod.«

Ich hing kurzatmig an der Wand. Ich konnte nicht mehr. Ich brauchte ihn nicht anzusehen. Ich wußte, daß er mich mit aufgerissenen bubenhaft neugierigen Augen musterte, wie einen Frosch, dem man im Begriff war, aus Gründen der Wissenschaft, das Genick zu öffnen.

»Los, weiter«, sagte er und eilte mit affenartiger Geschwindigkeit voraus. Der Bach wurde breiter. Er füllte nun streckenweise die ganze Breite der Schlucht. Wir mußten über die seitlichen Felsen. Über uns thronte die nackte Wand, die in der Ferne in das graue Rund der Caldera überging.

»Halten Sie an«, keuchte ich, »ich kann nicht mehr.«

»Jetzt schon.«

»Ja, jetzt schon. Ich geh zurück. Es hat keinen Sinn. Es ist lächerlich, hinter einer kleinen Schülerin her zu sein.«

Wir setzten uns an den Rand eines Wasserbeckens, das in den gescheckten Fels gewaschen war. Es sah aus wie eine der flachen Kupferpfannen, die sie hier in Gebrauch hatten.

»Zum Umkehren ist es zu spät. Wir kommen vor der Dunkelheit nicht mehr aus dem Barranco heraus.«

Northeim nahm einen Kieselstein und schleuderte ihn aufs Wasser. Er hüpfte einige Male und landete mit einem Knall an der gegenüberliegenden Wand.

»Dann bleib ich hier sitzen, im Schatten.«

»Es wird kalt werden.«

Northeim nahm einen neuen Stein und warf ihn wieder.

»Außerdem ist es unsicher in der schmalen Stelle hier, wegen des Steinschlags und der plötzlichen Regengüsse. Noch einen Kilometer und wir können im Haus des ersten Wasserwächters übernachten.«

»Also gut«, sagte ich, »aber langsam.«

Nach fünfzig Metern war ich erledigt. Ich warf mich neben eine der Pfützen. Die Oberfläche war gekräuselt, obwohl es nicht den leisesten Luftzug gab hier unten. Sie reflektierte das Sonnenlicht in zwei Weidenbüsche hinein, dessen Äste sich zu drehen schienen wie silberne Küchenquirle.

»Passen Sie auf«, sagte Northeim, »in meiner Jugend war ich auch hinter den Weibern her, wie verrückt. Aber allmählich stellte ich fest, es ist eine wie die andere. Eine momentane Spielerei, ein Zwicken, Naschen und Reiben, aber es war völlig einerlei, mit wem man es trieb.«

Was hatte ich hier oben verloren. Mit einem Idioten in einer Felsspalte zu sitzen und idiotische Gespräche zu führen.

»Nicht wahr, Herr Schmidt, geben Sie es zu.«

Ich erschrak. Ich dachte an meine Präservative, das heißt den kläglichen Ersatz, den ich benützen mußte. Andererseits konnte ich froh sein, daß ich sie hatte.

»Frauen interessieren mich nicht«, sagte ich.

»Außer einer.«

Northeim lehnte sich wichtig zurück, nahm einen Kiesel und ließ ihn übers Wasser tanzen.

Ich schleppte mich über die Steinbrocken zu einem nächsten Tümpel. Dutzende von Fröschen wurden lebendig und stürzten ins Wasser, wo eine gelbe Blüte mit fünf großen lanzenartigen Blättern in Bewegung geriet. Ein fingerdicker grüner Strang verlor sich in der Tiefe.

Die Schlucht machte eine weit ausladende Biegung. In einiger Entfernung hüpfte der Bach silbern durchs Kieselfeld. Hausgroße glattgewaschene Felsen lagen herum, in Gruppen, als ob sie gesellig wären, grün und grau, mit Einschlüssen, die sich versteckten wie Näbel oder vorragten wie Brüste. Northeim machte mich darauf aufmerksam, als wäre es bedeutungsvoll.

Ich war vollkommen damit beschäftigt, nach Luft zu schnappen und still in mich hinein zu fluchen. Mein Hut und die Haare waren lästig in die Stirn gerutscht. Es hätte keinen Sinn gehabt, nach dem Kamm zu kramen. Die Pampa hatte mich im Handumdrehen zu einem unzivilisierten Wilden gemacht.

»Ich möchte Sie nicht langweilen«, fuhr Northeim unverdrossen fort, ohne abzuwarten, ob ich ihm zustimmte oder nicht.

»Adam und Eva sind Ihnen doch ein Begriff.«

»Nein«, sagte ich.

»Die beiden Worte stammen aus dem Hebräischen und meinen Mensch und Leben. In Wirklichkeit stehen sie aber für etwas, was ich das Grundprinzip der Welt nennen möchte: Liebe und Verrat.«

Komisch, mein Atem wollte sich nicht beruhigen, obwohl ich schon eine ganze Zeit am Felsen lehnte. Es war Platzangst. Ich dachte verzweifelt, daß ich aus diesem Loch nicht mehr raus käme.

»Also nehmen wir ein Bild. Kennen Sie die Kathedrale von Autun, in Frankreich, nein, da hat ein Mann namens Giselbert im zwölften Jahrhundert ein gotteslästerliches Relief in den Stein gehauen, so etwa.«

Northeim mimte eine Figur. Er ging auf den Boden, stützte sich auf die Knie und den rechten Ellbogen und faßte mit der rechten

Hand vor sein Gesicht und mit der linken hinter sein Gesäß. Es war akrobatisch und anstrengend, hinderte ihn aber nicht, weiter zu dozieren.

»Das ist Eva. Sie müssen sich noch vorstellen, daß sie in der linken Hand den Apfel hat und daß der Apfel den hervorragenden Zweig eines Buschversteckes berührt. Was meint der Bildhauer damit. Er will sagen, die Menschen haben Gott verlassen, damit sie es miteinander treiben konnten. Die sexuelle Nähe war ihnen wichtiger als die Nähe zu Gott. Es war der Beginn der ganzen gottlosen sich selber ständig wiederholenden Welt.«

Northeim sprang auf und schaute mich an, als wollte er mich erschlagen, wenn ich ihm jetzt widerspräche. Aber ich hatte genug damit zu tun, meinen Brustkorb in Bewegung zu halten.

»Aber Sie haben ihre Augen nicht gesehen. Das gibt es sonst nicht mehr, die Augen einer Steinplastik, aber in Wahrheit ein Abgrund.«

Er rannte im Kreis herum und schaute mich fiebrig an. Seine Worte sagten mir nichts. Ich interessierte mich für New York. Und ich verstand soviel, daß er ein Kauz war, der in der Klemme steckte, ähnlich wie ich, nur daß er es aufgegeben hatte zu glauben, daß das Glück woanders sei.

»Rauchen wir noch eine«, sagte ich. Mir war nicht zum Rauchen zumute, aber es würde die Ruhepause verlängern. Er steckte sich eine seiner Gauloises an und rannte auf eine schmale Treppe zu, die in den Fels geschlagen war und auf eine nächst höhere Etage führte. Inzwischen war das Rinnsal zu einem Wildbach angeschwollen und versperrte den Weg.

»Halten Sie, Northeim, ich kann nicht mehr.« Er drehte sich um und zog nervös an seiner Zigarette.

»Außerdem teile ich Ihre Ansichten nicht. Nach Ihrer Meinung wäre alles bei den Frauen, das Leben, die Liebe und der Verrat. Dabei sind sie in meinen Augen genauso blöde wie jedermann.«

»Ach Schmidt, hören Sie auf, welche Frauen haben Sie schon gekannt. Allerdings sprechen Sie von einer Sorte, die in der Überzahl ist, das gebe ich zu, bei Männern und Frauen. Es gibt nämlich die durchschnittlichen Denunzianten und es gibt die himmlischen Verräter. Eva gehörte natürlich zu der zweiten Kategorie. Genauso übrigens, wie die Naturdinge, die niemals Denunzianten aber immer heilige Verräter sind.«

Ich mußte grinsen, weil ich mich, während er sprach, damit beschäftigte, auf allen Vieren die Treppenstufen zu besteigen. Meine Backen schlotterten schlaff neben meiner rot angelaufenen Nase. Ich war eine Ratte, daß ich hinter diesem Rattenfänger hinterherkroch.

Ich mußte mehrmals pausieren. Am Ende der Treppe war ein natürliches Plateau, das in Form eines Halbkreises in die Schlucht vortrat. An seinem Fuß toste unsichtbar der Bach. Rechts, an der Wand, war ein künstlicher etwa ein Meter breiter Kanal, in dem das Wasser pfeilschnell und lautlos dahinschoß. Wir befanden uns in einem gepflegten Garten, mit sattem dunklem Gras, Kartoffelbeeten und Avocado- und Mandelbäumen und einem weißgetünchten niedrigen Haus an einem von Büschen überwucherten Hügel mit einem Steinplatz und einer Zisterne aus Holz. Weiter hinten, im Schatten von Olivenbäumen, stand der metallische, vom Rost stumpf gewordene Körper eines Wassertanks. Aus einer Überlaufrinne plätscherte es in den Kanal.

»Was ist los. Mir wird schwindlig.«

Immer dasselbe. Ich tippte bereits mit dem Finger ins Moos. Ich bin nicht auserwählt worden. Vielleicht war es ein Erdstoß. Northeim hielt mich fest.

»Es ist das schnelle Wasser da drüben.«

Ein Mann saß auf einer Holzbank neben der Tür. Über einem Lattengestell rankte eine Pflanze mit grünen kugeligen Früchten so groß wie Medizinbälle. Auf einem Tisch stand ein Korb. Vor den Büschen des Hügels ein Maultier. Gediegenes Landleben. Wir bekamen frisches Wasser vorgesetzt. Ich mischte es mit dem mitgebrachten Roten, damit ich es schlucken konnte. Der Wasserwächter zeigte uns das Schleusenwerk. Aus dem brausenden Felskanal standen Räder, Schieber, Falltüren und Hebel hervor. Er lebte monatelang allein in der Schlucht, bis er abgelöst wurde. Er hatte eine gegerbte, dunkelbraune Haut. Sein Alter war unbestimmbar. Er fragte mich, was ich hier oben wollte.

»Ich suche eine Frau. Das heißt, ursprünglich ... «

»Una mujer, una mujer, en la caldera«, der Wasserwächter schüttelte sich vor Lachen. Ich fühlte mich ertappt.

»Ich gehe zurück, sofort«, sagte ich.

»Aber was ist denn los. Es wird Nacht. Wo wollen Sie denn hin.«

»Zurück nach Tazacorte. Es ist noch hell genug.«

»Nein, warten Sie. Ein paar hundert Meter weiter oben gibt es einen Unterstand. Da stört uns niemand.«

Es war ein winziger quadratischer Steinbau, fensterlos, mit Unrat, der aus der Türöffnung quoll. Er stand auf einer Felsnase neben einem über hundert Meter langen Betongelaß, das an die rechte untere Kante der Schlucht gemauert war. Drinnen donnerte der Wildbach. Das natürliche Bachbett war leer, bis auf ein paar Pfützen, die goldgelb glänzten von einem mineralischen Schlamm, der die Steine bedeckte.

»Lassen Sie«, sagte ich, als Northeim aufräumen wollte. »Ich übernachte draußen.«

Ich legte mich auf den Vorplatz zwischen die glatten scheckigen Felsen, die noch warm waren von der Sonne und langsam zu atmen schienen wie Tiere im Schlaf. Ich schlief ein, von einer Sekunde auf die andere.

»Was war los vorhin. Sie sind erschrocken.«

Northeim rüttelte mich wach.

»Nein«, ich schüttelte müde den Kopf, »ich war müde. Es war die Anstrengung, wir sind zu weit gegangen.«

»Sie haben das Bild wiedererkannt, nicht wahr Schmidt.«

»Was für ein Bild. Lassen Sie mich schlafen.«

Ich legte mich zurück. Er hatte verdammt noch mal auf irgendeinen Knopf gedrückt, der mich hellwach machte. Ein Häuschen mit Garten, pah. Wenn eine Erinnerung, dann die an Paläste, die in den Himmel ragten, aus Glas und weißem Marmor, gläserne Kabinen, die lautlos auf und ab glitten, mit wortlosen Schönheiten in Kleidern aus bunten Glasplättchen, die im drehenden Licht der Scheinwerfer glitzerten.

Ich hätte mich nicht rühren sollen. Northeim beantwortete jeden auch noch so schwachen Reiz von außen mit einem Vortrag.

»Eine furchtbare Vorstellung, die Sie da haben, Schmidt. Aber prinzipiell nichts Neues. Radikal. Es würde Krieg bedeuten. So etwas bedeutet Krieg.«

»Dabei sehe ich etwas ganz anderes. Ich sehe einen Ägypter. Er hat ein einfaches braunes Wolltuch um seinen Körper geschlungen. Er ist barfuß. Er steht vor einem Haus. Es ist Abend. Es ist ein Dorf am Nil. Boote werden festgemacht. Segel werden heruntergelassen. Der Wind raschelt im Schilf.

Hühner gackern. Eine Kuh rumort in einem Bretterverschlag. Ein Kind rennt über den Platz. Die Mutter streckt eine Hand aus der Tür. Die Männer versammeln sich unter dem Vordach. Die Mädchen verschwinden mit Wasserkrügen auf dem Kopf. Hinter den Palmen die Berge der Wüste. Sie verschwimmen in rotgoldener Farbe. An diesem Abend gab es einladende Blicke, wie jedesmal.

Dieser Mann tauchte immer wieder auf, in den Steppen Asiens, in den Wüsten des vorderen Orients, in den dunklen Tiefen Afrikas, schließlich in Italien, Frankreich, in den Kleinstaaten des späteren Deutschland. Wieder und wieder. Der Schatten an einer Wand, der Schein in einem Fenster, das Schlagen des Regens gegen eine Hutkrempe, die abgelaufenen Schuhe. Die Tische waren gedeckt, in den Ackerfluren summten die Dörfer, aus den Städten bogen sich die Kirchen herauf.«

»Hören Sie auf, Northeim. Ich bin müde, ich möchte schlafen. Außerdem werfe ich alles weg für New York. Das wissen Sie doch.«

»Also sehen Sie, Schmidt, Sie rennen doch hinter etwas anderem her, immer hinter etwas anderem, oder nicht.«

Ich haßte Belehrungen. Womöglich hatten sie Northeim vorgeschickt, um mich umzukrempeln.

»Wenn Sie Angelita meinen, dann habe ich es längst bereut. Sie hören mir nicht zu, verdammt noch mal. Ich habe es Ihnen vorher gesagt, da unten, am Bach. Sie sind nicht anders als dieser Orlando, nur schlimmer, ein Geistesspitzel, Gedankenpolizei.«

Northeim schwieg einen Moment, dann sagte er, wie zu sich selber, aber im Grunde war alles, was er sagte, ein Selbstgespräch, vielleicht unterhielt er sich deshalb so gerne mit mir, weil ich ihm das Gefühl vermittelte, daß ich ihm nicht zuhörte, »die Seele ist eine Blume, sie will schön sein und muß daran untergehen. Eine Blume ist eine Blume, wenn sie sich ganz verbraucht in ihrer Pracht.«

»Der Mensch ist keine Blume. Er ist ein armes Schwein, weil er bei lebendigen Sinnen verfaulen muß.«

»Schmidt. Sie sind gegen das Leben so kalt wie gegen den Tod. Versuchen Sie es doch wenigstens mit Angelita. Werfen Sie sich weg. Ein einziges Mal. Sie werden sehen. Sie werden umdenken.«

»Also gut, ich bin ein Feigling. Wenn Sie das meinen. Aber für die Kleine da oben in der Caldera, wenn sie überhaupt da ist, riskiere ich nichts. Mein Herz ist nicht in Ordnung. Es stolpert in der dünnen Luft. Was bekäme ich schon für die Anstrengung. Was würde mich erwarten. Sie würde sich lustig machen über einen japsenden alten Idioten, der ihr hinterhergekrochen kommt.«

Jetzt kam wieder diese Müdigkeit, ein lauer Luftzug, aber mit schweren Händen, die sich auf meine Schultern legten. Ich lehnte mich bereitwillig zurück. Das Gold in den Pfützen des Bachbetts breitete sich aus, so rasch wie die Dämmerung, schwappte hoch und machte mich schwer und komisch. Einige Baumgestalten lösten sich aus der Tapete des Hochwaldes und stiegen mit großzügigen Bewegungen bergab. In den durchsichtigen blauen Himmel spitzte sich die Zinne der Caldera wie ein rotlippiger Mund.

Ich hörte noch, wie Northeim leise und feierlich sein Nachtgebet sprach, »komm lieber Tod, komm doch, nimm mich im schönsten Augenblick, ersticke meinen Jubelschrei, nimm mich doch jetzt, wo ich am schönsten bin.«

*

Der nächste Tag weckte mich mit einem plötzlichen Sonnenstrahl, der in einem Moment über den Rand des Kraters zuckte und verlosch. Oder war es die normale morgendliche Übelkeit gewesen, die meinen Magen konvulsionsmäßig bewegte, ohne daß etwas hochkam. Ich war von Anfang an erschöpft und fragte mich, wie ich hierhergekommen war. Im Hochwald in der östlichen Wand des Kraters klebte noch das nächtliche Schwarz und begann, langsam abzutropfen. Ich setzte meinen Flachmann an die Lippen und ärgerte mich, daß ich ihn beim Wasserwächter nicht hatte auffüllen lassen. Northeim war schon unten bei den Pfützen und spritzte sich Wasser ins Gesicht.

»Wie kommen wir am schnellsten hier wieder raus.«

»Der kürzeste Weg ist der zurück durch den Barranco. Aber am schnellsten sind wir, wenn wir über das Dorf Caldera gehen, da droben, links von der Hochalm, sehen Sie es, die paar Häuser. Da gibt es Landrover. Man kann uns nach Hause fahren.«

»Also gut.«

Wir gingen auf dem Betonkanal bis zu einem Wehr. Hinter dem Wehr sammelte sich das Wildwasser aus zwei tiefen schmalen Schluchten. Wir kletterten aufs Bachbett hinunter und wateten durch das reißende Wasser, die Schuhe in der Hand. Northeim machte es Spaß und ich verbog mir die Beine. Ich zog mir noch die Schuhe an, als Northeim schon in der linken Wand der linken Schlucht war, die ihrerseits in dutzende kleiner seitlicher Gänge und Abgründe führte. Der Rand des Kraters und die blaue Himmelsscheibe verschwanden hinter dem überhängenden Fels.

Ich verfluchte diesen philosophierenden Bergsteiger, der jetzt auch noch »alles dient der Ehre Gottes« schrie, als er mich mit ausgebreiteten Armen auf der nächsten Plattform empfing. Ich fühlte mich miserabel mit meinem zerrissenen verdreckten ungebügelten Anzug, dem sich auflösenden Leder meiner Schuhe, dem rasselnden Atem und den gesprungenen Lippen. Ich blieb lange auf dem Bauch liegen und horchte auf das Trommeln des Herzens (ein Herz aus Papier, ich hab nur dieses Herz aus Papier).

»Der Mensch steht zwischen Gott und Natur«, sagte Northeim unpassend auf mich herunter, »er ragt wie ein Finger in den Weltraum hinein. Daß er eine heiße Sehnsucht entwickelt, daß er jede Minute des Anblicks genießen will, daß er Tränen weint, Trauer und Freude sich vermischen, daß er an der Farbe einer Blüte, an der Form eines Steins, an der Bildung von Wolken, am

Licht der Sonne, an der Wärme einer Flamme, daß er an jeder nur denkbaren Figur mit verrückter Sehnsucht hängt, mit der Eifersucht eines, der darum betrogen wird, ist reine Dummheit. Er hat doch alles in sich, es kommt alles aus ihm.«

Ich hörte nicht zu. Ich war damit beschäftigt, die Steinstufen zu überwinden, die so glatt waren wie Porcellan. Ich bewegte mich mechanisch hinter Northeim her. Von den Kiefern rieselten trokkene Nadeln herunter und bildeten einen rutschenden Teppich. Aus den Wänden sprangen silbern Wasserfälle vor und verschwanden in schwarzen Falten. Wir mußten den Wildbach kreuzen.

»Machen Sie schnell«, rief Northeim, »wenn eine Flutwelle kommt, sind wir tot.«

»Tot«, echote es von meinen Lippen, »wie angenehm.«

Auf einer natürlichen Felsentreppe verließen wir die Schlucht. Das Rauschen des Wildwassers verlor sich. Es wurde mit jedem neuen Schritt von einem fast unhörbaren aber durchdringenden Brausen ersetzt, das keine bestimmte Richtung hatte. Es waren die langen gekerbten Gabeln der Kiefernnadeln, die im Lufthauch millionenfach zitterten.

»Dieses verdammte Geräusch«, fluchte ich. »Wann sind wir draußen aus diesem Loch.«

Northeim markierte die Fußtritte. Wer ausrutschte, war verloren. Er sei es gewohnt, weite Märsche zu machen, von zu Hause, in der norddeutschen Tiefebene, rief er zurück. Ich wollte es nicht wissen. Aber da habe es keinen Horizont gegeben, jedenfalls kein Maß für den Fortschritt, wie hier, man habe keine Chance gehabt, gegen die Entfernung, nichts in greifbarer Nähe, nur eine fliehende Markierung, wo Wasser, Erde und Himmel sich vermischten.

Mir war hauptsächlich schwindlig, oder übel, oder beides zusammen, der Magen tat mir weh, war es Hunger, alle Muskeln taten weh, ich hätte gerne verrückt gespielt, aber ich war gezwungen, den Körper einigermaßen vernünftig vorwärtszubewegen, was demütigend war, auf einem Weg, der nicht aufhörte und von dessen einer Kehre man auf zwei oder drei nächste hinaufblicken konnte. Riesige Kiefern klebten elegant am Fels und streckten wie zum Hohn armdicke Wurzeln heraus. Northeim war eine Schleife über mir, sein Kopf grinste aufgespießt auf dem gerippten Dolch einer Farnpflanze. Ich drehte mich zurück zu den Gucklöchern des Abgrunds, Gelegenheiten für Fehltritte, aber meine Beine entschieden sich zu nichts.

Dann wurde der Wald licht, ein Dom mit grünen Säulen und weißen schlanken Fenstern. Wir traten auf die Hochalm hinaus, die steil am nördlichen Umfang des Kraters lehnte und glänzend grün war, noch naß vom Morgentau. Unter uns eine zerklüftete Arena, mit den verdorrten Rücken kleiner Gebirge, den bleichen Parks aus dünnem Gras und den vom Feuer zerzausten Wäldern. Über uns die Mauer des Kessels, die jetzt eine hellbraune Farbe hatte, mit Erkern und Rissen, mit den roten Adern des Eisenerzes und den weißen Linien der Wasserfälle. Drüben, neben dem Sattel der Cumbrecita, fiel etwas Purpurrotes über hunderte von Metern über die Wand.

»Da drüben.«

Diese verdammte Schutthalde, sie überschüttete einen mit nutzlosen Aufregungen. Ich preßte die Augenlider zusammen, aber es war zu spät. Der Sonnenreflex hatte sich in meine Pupille gefressen, warum hatte ich meine Sonnenbrille nicht aufgesetzt.

»Was ist los.«

Northeim hielt mich fest. Ich hätte mich nicht benehmen dürfen wie ein Bergsteiger. Es war einfach zu viel für mich.

»Machen Sie doch die Augen auf.«

Das Ding entfärbte sich. Es wurde eine graue Fläche, die Bruchlinien bekam. Die Einzelteile zogen sich zusammen, wölbten sich vor und platzten. Es bildeten sich neue Konzentrate, die sich vergrößerten, erst schwankten und dann genau auf meine Augenlider klatschten.

»Helfen Sie mir, ich bin blind.«

Peinlich, diese uncharakteristischen Zustände. Ich riß mich von Northeim los und stolperte den Abhang hinunter. Northeim rannte hinter mir her und hielt mich fest. Wir stürzten und kugelten weiter. Eine große Baumwurzel hielt uns federnd über den Abgrund. Wir beschäftigten uns damit, Arme, Beine und Wurzeln vorsichtig auseinander zu sortieren, was Northeim nicht daran hinderte, seine Lieblingstexte vorzutragen, als müßte er den Worten auch unter den ungünstigsten materiellen Umständen den Vorrang geben. Ich nahm es hin wie das quälende Geräusch der Kiefernnadeln, das, wenn es manchmal vollkommener Stille gewichen zu sein schien, tatsächlich nichts anderes war als dasselbe, jetzt noch mehr quälende Geräusch. Später wunderte ich mich, daß jedes Wort haften geblieben war. Ich führte es auf den jungfräulich gewordenen Zustand meines lädierten Gehirns zurück, auf dem sie sich unterschiedslos abdrückten wie auf einem Pauspapier.

»Wenn Sie meinen, das Denken an die Toten sei eine bloße Marotte, eine Gefühlsduselei und Schwäche von Leuten, die im Diesseits zu kurz gekommen sind, dann täuschen Sie sich. Man erklimmt eine höhere Stufe des Lebens damit. Der freie Geist des Gestorbenen ist hier, ist anwesend. Er braucht zu seinem ewigen Leben aber immernoch die Materie, ist immer Materie gewesen, aber jetzt nicht, wie zuvor, in einem festgelegten Leib, sondern er ist entgrenzt, verstreut, auf viele Leiber, viele Dinge. Nehmen wir hier den Weg, den er gegangen ist und den er verändert hat dabei, nehmen wir Pflanzen, Steine, Tiere, an allem haftet seine Seele. Aber am meisten noch in einem menschlichen Auge, das ihn gesehen hat, nicht als abstrakten Akt des Denkens, sondern als ein Materialisieren des Gedankens des Erinnerten im Gehirn, in den Schwingungen seiner Moleküle, die sich ausbreiten wie Wasserwellen um einen geworfenen Stein, das ganze Wesen dessen, der sich erinnert, ist in Bewegung, der Herzschlag, die Gebärde, das Gesichtermachen. Ich will dir nahe sein, sagt ein Freund zu einem andern, aber es ist nicht die Berührung der Hand, der Kuss der Lippen ist es nicht, sondern es ist die Fortwirkung im Innern, die Erschütterung der Seelen dabei. Und diese Erschütterung, innerlich, Sie verstehen, ist noch am heftigsten dem Gestorbenen gegenüber, als hinderte uns das leibliche Anwesendsein wahrhaft nahe zu sein, wahrhaft vom Bogen der Sehnsucht abgeschleudert zu sein in die Richtung des andern. Also findet sich die innigste Intimität auf dem Gebiet des endgültigen Verlusts.«

Northeim nahm einen Stein und schleuderte ihn in das Dickicht, das die Sicht in den Abgrund behinderte. Es rauschte, dann war es eine Weile still, dann gab es harte kurze Schläge, die von Mal zu Mal dumpfer wurden.

»Schön und gut. Aber diese Ansicht gilt doch nur für Tugendbolde, die sich eine Hinterlassenschaft von Erinnerern geschaffen haben, die vor Dankbarkeit triefen. Ich falle bestimmt nicht in diese Kategorie.«

Das Aufstehen mißlang gründlich. Meine Wadenmuskeln krampften bei jedem Versuch, einen Schritt zu machen. Northeim zerrte mich die Wiese hinauf auf zwei Holzhütten zu, vor denen eine Ziege an einer Eisenkette um einen Eisenpfosten zirkulierte. Aus einem Rohr plätscherte Wasser in einen Steinbottich, lief über und verlor sich im Gras.

Ich hängte meinen Kopf ins Wasser und trank wie ein Ochse. Es war das erste Mal, daß mir Wasser schmeckte.

»Wir warten, bis Sie sich erholt haben, dann gehen wir weiter. Ab jetzt geht es nur noch abwärts.«

»Ich kann nicht. Sehen Sie sich meine Beine an. Sie zucken wie die platten Fische am Strand.«

Northeim massierte mir die Schenkel. Die Krämpfe ließen nach, aber die Schwäche blieb. Die Sonne stand noch hoch am Himmel, war aber schon über der westlichen Öffnung der Caldera. Viel Zeit blieb nicht mehr. Erst jetzt bemerkte ich die Mohnfelder, über hundert Meter lange bunte Tücher, die über den Abhang wehten, dunkelrot das eine und bleichrosa das andere.

»Nein, ich gehe keinen Schritt mehr.«

»Warten Sie.«

Northeim verschwand in den rechten Wald hinein. Er kam zurück mit einem jungen Mann, der der Zwilling des Deppen von Tazacorte hätte sein können. Er hatte dieselbe Geschwulst am Hals. Es war ein Posten Orlandos, der die Mohnfelder bewachte. Sie führten einen Maulesel mit sich und hievten mich auf das Tier. Northeim übernahm die Zügel. Ich mußte wie ein Sack auf dem Tier gehangen haben. Egal. Für mich war es eine höchst elegante Art der Fortbewegung.

Die Alm klebte mit ihrem spitzen Winkel an der Kraterwand,

von wo ein Steg nach Westen abging. Ich fühlte mich beobachtet, als wir zwischen den Mohnfeldern waren. Ich drehte meinen Kopf zurück und blickte ins Gesicht der Ziege, die sich ähnlich umgewendet hatte wie ich.

»Sie ernten den Mohnsaft in der Morgendämmerung. Er ist weiß, wie Milch. Unter der Sonne wird er schwarz.

»Was machen sie mit dem ganzen Zeug. Das ist doch viel mehr, als sie für medizinische Zwecke verbrauchen können auf der Westseite.«

Ich nahm mir vor, auf die Pupille der Leute zu achten, wenn wir zurück waren.

Der Steg folgte der Wand und ihren Verwerfungen auf ein und derselben Höhe. Ich beschäftigte mich damit, auf die Kehren zu lauern und mich jedesmal enttäuschen zu lassen vom Anblick einer neuen. Wenigstens bildete der Hochwald mit seinen letzten Wipfeln eine schattige Gasse. Die saftigen grünen Zweige steckten in schwarz verkrusteten Stämmen, die alle einmal gebrannt hatten. Ich fühlte mich verraten an eine Felswand, einige Nadelbäume, einen Kilometer Maultierpfad, idiotische Demütigungen, die noch gemeiner wurden, nachdem ich Hut und Sonnenbrille verloren hatte. Ich dachte an die verpaßten Termine mit Leuten, die mich nach New York bringen sollten.

Wir passierten ein verlassenes Bergwerk. Die verrosteten Schienen einer Schmalspurbahn kamen aus einem Stollen und endeten auf dem Waldboden. Hinter einer vergitterten Öffnung rauschte es.

»Halten Sie an, ich habe Durst.«

»Es gibt nichts zu trinken, der Wasserkanal ist abgeschlossen.«

Ich war ausgedörrt wie eine Backpflaume. Ich ließ mich einfach in den morastigen Lehm plumpsen. Ich nahm eine Handvoll und versuchte, mir einen Wassertropfen in den Mund zu drücken.

»Sie müssen sich noch etwas gedulden, Schmidt. In zwei Stunden sind wir im Dorf.«

Ich zog eine höhnische Grimasse. In zwei Stunden war ich verdurstet. Die Natur hatte sich auf Millionen Jahre eingerichtet. Ich konnte nichts von ihr erwarten, natürlich nicht. Ich konnte die

Leute nicht verstehen, die sie anbeteten. Wenn sie überhaupt seufzte, dann dauerte es tausend Jahre lang, es war unhörbar für mich, natürlich. Wenn sie überhaupt über etwas nachdachte, dann dauerte es neue tausend Jahre, oder sollte ich sagen zehntausend. Kein Menschenleben konnte daraus irgendwelche Konsequenzen ziehen. Selbst wenn sie sich entschlossen hatte, etwas zugunsten eines Individuums zu verändern, es erlebte nichts mehr davon. Das Leben der Natur und das Leben des Menschen waren sich vollkommen fremd. Ich nahm mir vor, es nicht zu vergessen.

»Was könnte ich von einem Mädchen erwarten, einer Schülerin«, sagte ich.

Wir bogen jetzt in den Hochwald hinunter, rotbraune Buckel, die wie alles die Tendenz hatten, ins Innere des Kessels zu stürzen. Nach einer kleinen Aussichtsplattform mit einem Holzgeländer betraten wir eine breite bequeme Piste mit den Spuren von Autoreifen.

»Was erwartet sie in New York«, sagte Northeim.

Ich wußte es nicht. Das Gegenteil natürlich. Jeder kannte die glücklichen Gesichter auf den Postkarten, jede der einheimischen Familien hatte sie in der Schublade, Väter, Söhne, Schwestern, Brüder, Neffen, Onkel, die vor Fabriken posierten, in Straßen unter Wolkenkratzern, auf belebten Plätzen, in Bahnhöfen, in der Untergrundbahn, in den riesigen Hallen von Restaurants, Bankhäusern, Hotels, auf den Auffahrten neu errichteter Villen, in gepflegten Parks vor blühenden Magnolien, sie trugen die Anzüge etwas weit, die Schuhe waren noch starr, eben gekauft, wie die Schlipse, die sie ungelenk geknotet hatten. Der Bananensklave war sich noch selber fremd, aber das Glück war schon bei ihm.

»Was wollen Sie machen, in New York«, unterbrach mich Northeim noch mal.

Ich antwortete nicht. Durch die Lücken der Baumkronen konnte man auf die Häuser des Dorfes Caldera hinuntersehen. Sie hingen wie abgestürzte Felswürfel in der Wand. Hohe Stützmauern hielten Äcker und Gärten fest. Ein silbern glänzendes Rohr kam oberhalb des Dorfes aus dem Fels, der noch einmal fünfhundert Meter senkrecht in die Höhe ging und unter einem weiß ziehenden

Wolkenballen umzukippen drohte. Die unmittelbare Umgebung des Dorfes war kultiviert. Feigenbäume säumten den Weg. Im Schatten der talwärtigen Mauer glänzte das Gelb der Zitronen und das dunkle Grün der Avocados. Zwei Männer saßen mit Körben in den Zweigen über dem Abgrund.

Es war eine Ansammlung von etwa zwanzig Häusern. Einige schienen unbewohnt. Auf den eingestürzten Dächern blühte der Feigenkaktus. Auf einem Hof hing Wäsche. Ein Junge bändigte ein Maultier auf einer gepflasterten Terrasse, die über eine andere Terrasse mit Apfelbäumen ragte. Das Rohr endete mitten auf der schmalen steil nach unten gehenden Dorfstraße. Es entließ einen vollen Strahl Wasser, das sich in einer Rinne auf der linken Straßenseite sammelte und abwärts schoß, über quer gepflasterte Stufen hüpfte und kleinere Wasserströme nach links und rechts abgab, die in gemauerten Vertiefungen kanalisiert wurden, in den Häusern verschwanden und auf der anderen Seite wieder heraus kamen, wo sie in sprühenden Katarakten in die Gartenterrassen weiterstürzten.

»Es ist ein eigenartiger Menschenschlag hier oben«, sagte Northeim. »Sie haben eine Erbkrankheit der Schilddrüse, die enorm anwächst. Man glaubt, daß sie blöde sind, aber ich glaube es nicht. Inzwischen sind es fast nur noch Männer, die hier leben. Sie sterben aus. Das Dorf ist im Begriff zu verfallen.«

»Warum flüstern Sie. Muß man hier flüstern.«

Ich war auf dem abschüssigen Weg nach vorn auf den Nacken des Maultiers gerutscht und verlor den Halt.

»Northeim, helfen Sie mir.«

Er zog das Tier in einen Seitenweg in die Horizontale. Ein Landrover parkte vor einem Hof. Zwei Männer luden etwas auf. Sie drehten die Gesichter auf geschwollenen Hälsen. Die Sonnenseite war glühend rot. Auf die Frage, ob sie uns mitnehmen würden nach Los Llanos hinüber, nickten sie nur.

Wir gingen in den Hof. Es war ein U-förmiger Platz umgeben von kleinen aneinandergebauten Hauswürfeln. Zwischen den unregelmäßigen Pflastersteinen wuchsen Gras und Kakteen. Ein Lorbeerbaum bedeckte den Himmel. Sein Stamm war geflochten wie ein Zopf, bleich und grau wie eine kranke Haut. Eine Rundbank war halb im Holz versunken. Zwei alte Männer saßen da, mit Pfeifen über den Kröpfen und Augen, die aus dem Gesicht zu fallen drohten.

Ich fühlte mich miserabel. Ich verlangte nach etwas zum Trinken. Sie brachten zuerst Wasser, dann Wein.

»Wann fahren wir endlich.«

Zwei junge Männer ritten auf den Hof auf mannshoch mit Reisig bepackten Maultieren. Sie benützten keinen Sattel. Als sie absprangen, hatten ihre Hosen einen blutigen Abdruck. Das rohe Fleisch schaute aus dem Rücken der Tiere, wo es im nächsten Moment von Fliegen wimmelte.

Ich schüttete den Wein in mich hinein, um die Unruhe zu bekämpfen. Wieder sah ich graue geometrische Linien, wie auf einer durch Steinwürfe unruhigen Wasseroberfläche. Oder waren es Ideen aus einem grauen, aus der Tiefe heraufreichenden Tumult. Ich zwang mich, konkret zu werden, ich murmelte New York, New York.

Ob es ein Geheimnis gab. Ich sprang auf, nahm den Abstand zur Tür in drei, vier Sätzen. Es war nichts, nichts besonderes. Ich lehnte mich in den Türrahmen und schöpfte Luft. Im Schein einer Glühbirne, die von der Decke hing, eine alte und eine junge Frau, zwischen Schüsseln und Eimern, sie knackten die grüne, äußere Schale der Mandeln, sie notierten mein Eindringen nur mit einem Blick, also nichts, kein Entgegenstürzen, keine Eruption. Ein kleiner Junge lag fast unerkennbar in Knäueln von Kissen und Decken auf einem riesigen Doppelbett. Graue Pilzflecken bedeckten die Wände. Es roch nach Moder. Ein Eisschrank stand schief auf dem feuchten, festgestampften Lehmboden. Auf einer Kommode ein altertümliches Fernsehgerät.

»Entrao, entrao«, hörte ich aus dem Gesicht der Älteren, »un café.«

Der Junge glotzte mich aus erschreckten Froschaugen an und stotterte etwas.

»Es ist nicht der Papa«, sagte die Jüngere.

»Wir fahren«, rief Northeim von draußen.

Wir saßen hinten auf dem offenen Teil des Landrovers. Ich stützte die Beine gegen ein Bündel Bananenblätter, um die Stöße abzufangen. Hinter uns erhob sich eine riesige gelbe Staubfahne. Sie fuhren wie die Verrückten in den Barranco hinunter, während die gegenüberliegende Seite sich wie eine schmutzige Flutwelle über uns türmte. Nach einigen Windungen der Serpentine wurde es Nacht, von einem Moment auf den andern. Die Scheinwerfer funktionierten nicht. Sie drosselten das Tempo. Mir war, als versänken wir blubbernd in einer schwarzen Flüssigkeit und über uns entwichen die gelben schwach leuchtenden Blasen der Luft.

Ich war dabei einzudösen, als ich Northeim vor sich hinsprechen hörte.

»Sie können sich nicht geirrt haben, alle, verstehen Sie, Schmidt. Ich habe viele gekannt, einige sehr gut sogar, es waren durchschnittliche Menschen dabei, die meisten von ihnen, aber es gab auch außerordentliche Charaktere darunter. Sie sind alle in diesselbe Richtung gegangen. Ich will sagen, die meisten, die ich gut kenne, sind tot. Ich befinde mich also in bester Gesellschaft mit ihnen. Es ist das natürlichste und jedem Menschen intimste, was da geschieht. In den Strudel der Atome zurück, in den Gesang der Millionen zurück. Das ist der wahre Grund unserer Sehnsucht. Wir sind aus einer Laune herausgeschleudert worden. Und sehnen uns entsetzlich zurück. Dabei ist es doch lächerlich, das entsetzliche Sehnen. Als wäre das Leben eine Verdammnis, ein andauerndes Urteil. Es ist eine abenteuerliche Verirrung, aber doch ganz ohne Risiko. Ein Verlaufen mit garantierter Rückkehr. Das Gleichnis vom Vater und dem verlorenen Sohn. Sie kennen es bestimmt. Es war immer sicher, daß der Vater den Sohn wieder aufnimmt rücksichtslos vor Glück.«

Ich starrte in die Dunkelheit. Ich versuchte, mich an meinen Vater zu erinnern. Ich mußte ja einen gehabt haben. Ich erinnerte mich nicht. Vielleicht war er gewesen wie ich. Ich zog Kamm und Taschenspiegel aus dem Jackett. Es war sinnlos, zu dunkel. Außerdem pappte das Haar auf meinem Schädel wie der Helm eines Karnevalsvereins.

Orlando polterte herein, ohne anzuklopfen.

»Ich stecke Sie in die Straßenarbeiterkolonne, Schmidt. Sie können hier nicht einfach fehlen, wann es Ihnen paßt. Wo sind Sie gewesen die ganze Zeit. Eine gewisse Arbeitsmoral, das ist das Mindeste.«

»Hast du ihn reingelassen.«

Pia machte ein verkalktes Gesicht. Dahinter fieberten einige Patienten.

»Mach die Tür zu«, sagte ich.

Orlando fing noch einmal an, mit gesteigerter Stimme. Es war vor allem für die Zuhörer draußen gedacht.

»Nicht auf meiner Westseite. Ich organisiere Arbeit und Ordnung für jeden. Aber jeder hat seine Verpflichtungen zu erfüllen.

»Geschenkt«, sagte ich. »Wenn Sie einen anderen Chauffeur haben, dann nehmen Sie den. Ich bin krank.«

Ich kicherte.

»Ich gehöre in ein Sanatorium. Auf der anderen Seite der Welt.«

Ich schaute durch die Balkontür. Das Meer ging auf und ab zwischen den Stangen des Geländers, wie ein grüner Paternoster. Ich dachte an die Liste der Leute, die mir etwas verraten konnten.

»Ach krank, krank. Sie sind ein versoffener alter Penner, ein versoffener alter Penner sind Sie.«

Die violette Farbe seines Gesichts hatte einen ungesunden Glanz, als er die Tür hinter sich zuschmiß. Ich stand auf und kickte ihm den Eimer mit Blumen hinterher. Pia mußte das andere Grünzeug einsammeln, das sie während meiner Abwesenheit aufgestellt hatte. Sie wußte, daß ich es haßte. Es roch wie auf einem Friedhof.

Ich hätte mich nicht dazu hergeben sollen, diesen idiotischen Rundgang zu machen. Ich haßte Rundgänge. Man landete auf jeden Fall dort, wo man angefangen hatte. Es würde Tage dauern, bis ich wieder im Gleichgewicht war. Ganz abgesehen von den Schürfwunden, die wieder heilen mußten. Ich ging rüber in die Sprechstunde, um mir Salbe und Verbandszeug zu holen.

Im Wartezimmer der übliche schwitzende Bienenstock von

Menschen, der an der Süße des Leidens arbeitete. Es gab die Arbeiterinnen und es gab die Königinnen unter ihnen. Eine der letzteren hatte sich gerade erhoben und tanzte um das Tischchen mit den jahrealten vergilbten Zeitschriften herum. Sie jubilierte über die vergangene Nacht, die die schwerste aller denkbaren Leidensnächte gewesen sei. Sie suchte die Praxis jeden Tag auf, um denselben Affentanz zu machen. Ich lehnte mich in die Tür und zündete mir eine Zigarette an.

Ihr Kopf sei gespalten worden von einem niedersausenden glühenden Beil (ja, so war es, ja, dasselbe haben wir erlebt), das Eisen sei geschmolzen und sei durch alle ihre Adern geströmt, glühend, versteht sich, es habe ein Feuerwerk bunt schmerzender Explosionen gegeben, jedes einzelne Haar habe geschmerzt (ja, ja, ja, dasselbe haben unsere Haare auch gemacht), schließlich habe sich der Schmerz im Bauch zusammengezogen, er habe die Größe eines gelben Mondes angenommen, er war dabei, sie in ein dunkles luftleeres Grab zu ziehen (uns auch, uns auch, stöhnte das Wartezimmer), jeder Schmerz habe seine eigene Farbe gehabt, das Herz sei ein schwarzes stilles Loch, das Gehirn zitterte wie ein Feld silberner dünner Messer, die Därme wühlten wie ein brauner ekelhafter Strom, es nützte nichts, die Augen davor zu verschließen, jeder Schmerz habe seine eigene Musik, das Pfeifkonzert im Kopf, der Peitschenknall der Adern, (ja, ja, ja), die Erde habe sich gedreht wie ein Kreisel, das Innere habe sich nach außen gestülpt, die Galle sei hochgekommen, alles sei grün gewesen und rot, es sei etwas geplatzt, kann es die Speiseröhre sein, habe sie den Doktor gefragt, aber der wisse ja nichts, zum Schluß sei es schwarz gewesen, altes Blut, so sehe altes Blut aus, wie Kohle, vielleicht ein Krebs, in der Lunge, der das Herz umklammere und es auszuspucken beginne (ja, ja, ja, du Heroldin unserer Qualen).

Das Wartezimmer schwankte unentschieden, bäumte sich auf, hielt die Luft an und fiel feige in sich zurück.

Eine Zentnerlast habe auf ihr gelegen, das könne sich jeder leicht vorstellen, sie sei fast erstickt daran, wie ein Mühlstein sei es in den Unterleib gerollt und mit einem Kanonenschlag hinten hinaus, sie lächelte ein feines piquiertes Lächeln, sie müsse es schon beim Namen nennen, da helfe alles nichts, und daß der Abführtee geholfen habe, dafür sei der Doktor schon zu loben, obwohl sie mit einer noch schlimmeren kommenden Nacht rechne, schließlich kennte sie ihren Körper am besten.

Das Wartezimmer atmete erleichtert aus und schaute vorsorglich in sich hinein.

*

»Es war ein Erdbeben.«

»Es war kein Erdbeben.«

»Doch, es war ein Erdbeben.«

Ich stand am Waschbecken und hielt mich fest. Das Erdbeben hatte meine Haare wieder durcheinandergebracht. Ich zögerte, den Kamm in die Hand zu nehmen. Man konnte nie wissen. Die Zahl der Stöße nahm zu, meiner Meinung nach.

Ich war wütend auf Pia. Seit Tagen war ich zurück und sie hatte mir nichts gesagt. Jeder auf der Westseite wußte es inzwischen. Doña Erundina hatte es am Tag meiner Abwesenheit hinausposaunt. Der Polizeichef war bereits in Aktion getreten. Sie hatte mich zu ihrem Alleinerben eingesetzt, in Form einer Schenkung zu Lebzeiten und ihren Neffen und die ganze lauernde Sippschaft enterbt, meinetwegen, aus Liebe zu mir, sie hatte es vom Notar in Los Llanos besiegeln lassen. Orlando hatte ihr ausgerichtet, daß er sie für verrückt erklären würde, einem dahergelaufenen, herumhurenden deutschen Penner die halbe Westseite zu vermachen.

»Ja natürlich sollen Sie zu ihr heraufkommen. Aber Sie hätten sich sehen sollen, als Sie aus der Caldera zurückkamen. Sie waren doch völlig weggetreten. Außerdem ist es nicht so wichtig. Orlando wird das Testament ohnehin für ungültig erklären.«

*

Ich nahm den Daimler und fuhr den Time hoch. Doña Erundina schäumte vor Wut, als ich Orlando erwähnte. Sie bestand darauf, daß wir sofort in die Amerikanische Bank von Los Llanos fuhren, um das Geld abzuheben. Einer ihrer Arbeiter fuhr uns die Serpentine hinunter. Wir saßen auf der Rückbank.

»Es ist nicht viel. Vielleicht fünfundzwanzig- oder dreißigtausend Dollar. Ich habe nicht viel Bargeld.«

Sie blickte wie eine Bulldogge. Aus den Falten ihrer Backen tröpfelte der Schweiß. Ich versuchte, meine Enttäuschung zu verbergen.

»Ich bin ganz naß«, sagte sie und kicherte. Dann nahm sie meine Hand und versuchte, sie zu kneten.

»Schmidtchen, du hast Kinderaugen, weißt du das, das hat mir gleich gefallen an dir. Du hast mich angeschaut wie aus einer ungetrübten, untrübbaren Ewigkeit, oh Schmidtchen, ich habe selbst ein ewiges Kinderherz, einsam, verzweifelt, ausgesetzt, ungeliebt, in einer Welt der Grausamkeiten, gerne glaube ich, daß du deine Genossin nie, nie, nie verletzen würdest, nicht wahr, du tust es nicht, lieber selber leiden als leiden lassen, lieber selber sterben als sterben lassen, das schreiben wir auf unsere Liebesfahne«, sie machte eine entschlossene Bewegung und schob meine Hand zwischen die Ungetüme ihrer Schenkel, »du bist meine Religion, mein Gott, mein riesiger unerschütterbarer Fels, immer mich umspielende Luft, ich brauch nicht zu fragen, bist du da, bist du für mich da, bist du mir nah, spürst du mich, spürst du mein Herz, dein ganzer Sinn für mein blind glaubendes Frauenherz ist doch, mein Schutz, meine Gegenwart, mein Leben, mein Blut, mein Herzschlag zu sein, ich liebe dich, Schmidtchen, lieb mich auch.«

Ich wußte nicht, was ich auf diesen Ausbruch antworten sollte. Ich zog meine Hand aus ihrem Schoß und zündete mir eine Zigarette an.

»Ich kann Ihr Geld nicht annehmen«, sagte ich probeweise.
»Nein, nein, nein, du mußt mich nicht lieben, ich zwinge dich zu nichts, du mußt mich nur ein bißchen streicheln, wie neulich, mehr nicht.«

»Abgemacht«, sagte ich und schaute aufs Meer.

*

Orlando hatte Wind bekommen und erwartete uns schon vor der Amerikanischen Bank. Er tat nichts, er lehnte nur an seinem Landrover und schaute uns zu. Erundina machte einen riesigen Krach im Büro des Bankdirektors. Orlando hatte ihm Anweisung gegeben, nur in Peseten, in Tausend-Pesetenscheinen auszubezahlen. Doña Erundina setzte sich auf einen Klappstuhl auf den Gehsteig, ich hielt einen Regenschirm über sie wegen der Sonne und sie beobachtete kichernd, wie ihre Arbeiter die Peseten kistenweise ins Auto schleppten. Anschließend schafften wir es in mein Zimmer in der Villa. Diesmal stand nur Metamores am Polizeilandrover und schaute zu. Er wußte nicht, daß ich es in den folgenden Nächten portionsweise in einer der Höhlen über dem Bachbett neben dem Playa Mont verstecken würde.

Das Geld gab mir Auftrieb. Es war wie die Injektion eines Weckmittels. Ich fuhr diesmal selber zu dem ehemaligen Kapitän nach Jedey hinauf und brachte ihm eine zweite Rate von umgerechnet fünfundzwanzigtausend Deutschen Mark. Es war ein weißhaariger untersetzter Mann mit einer undurchsichtigen Miene. Er hatte ein ordentlich geführtes Haus mit neuen Anbauten, zwei erwachsene Söhne und eine Menge Enkelkinder, die er liebevoll streichelte. Warum sollte ich ihm mißtrauen. Er kannte Cabeza, den Ringkampfchampion und wollte mit ihm die Sache mit dem Benzin erledigen. Ich fragte, wieviel, er sagte, egal, fünftausend, was sollte ich einwenden, ich wußte nicht, wieviel Benzin nötig war für den Atlantic, ich konnte die Preise nicht bestimmen in meiner Lage, natürlich nicht.

Als ich von Jedey zurückkam, war ich erledigt. Ich hing am Tresen im alten Hafen. Irgendwann in den nächsten Tagen mußte ich den Startschuß geben, aber ich brachte das Glas gerade bis zum Mund, abgesehen davon, daß ich die Hälfte dabei verschüttete.

»Warum stehen Sie die halbe Nacht hier herum«, sagte die Tänzerin, die ihr Peugeotrad genau vor meinen Füßen zum Stehen brachte.

»Weil auf dieser Promenade jeder Arsch durchkommt. Jeder Beamte, jede Nutte, jede Krankenschwester und jedes Häschen.«

Ich schaute auf die andere Seite des Tresens nach Africa hinüber, in die Richtung, wo ich Africa vermutete, das war erledigt, das konnte ich ein für allemal streichen, der Löwe ist müde, der Löwe stirbt, ich fuhr mir durchs Haar, es war dünn geworden, in den paar Monaten, ich verachtete mich, daß ich so am Leben hing.

»Noch einen Roten.«

»Was sagen Sie, Señor Schmidt.«

»Noch einen Roten.«

Ich flüsterte, ich verachtete mich, ich schob das Glas über die Platte, die Finger waren ekelhaft steif.

*

Die Treppe machte mir zu schaffen, es war nur ein Stockwerk, aber in Wahrheit wurde sie immer länger.

»Na, wie waren die Frauen heute Nacht.«

Er hustete, als wollte er ersticken.

Er hatte sich von seinem Hilfspersonal vor meine Zimmertür schieben lassen, wo er im Dunkeln auf mich wartete. Ich war zu müde. Mit einem Rest von Übermut lehnte ich mich an die Wand.

»Wollen Sie nicht das Licht anmachen.«

»Wozu.«

»Wenn ich nicht so ein Krüppel wäre, so ein mieser Menschenrest, ja, ja, ich weiß, Sie brauchen mir nicht zu widersprechen.«

Ich hatte es nicht vorgehabt. Ich konnte warten, die ganze Nacht. Irgendwann würde eine der Schwestern aus ihrem Zimmer kommen und ihn aus dem Weg räumen.

»Es stimmt doch, daß wir Männer mehr Gefühl haben als die Frauen, Schmidt, Sie müßten es doch wissen, nicht wahr, ein Mann macht es doch einzig und allein aus Begierde und Lust, sonst kann er es ja gar nicht, stimmts, egal wie niedrig und pervers, es ist die pure Lust, jedesmal, aber die Frauen...« Er unterbrach sich mit einem Hustenanfall, der der letzte zu sein schien, »aber die Frauen machen es zuerst einmal, um versorgt zu sein, für eine soziale Stellung, fürs Geld, gegen das Alleinsein, um die Königinnen zu sein, ach, aus hundert Gründen, bloß nicht aus denen der Lust.«

Der Krüppel hatte Sorgen. Ich kramte in meinen Taschen nach den Zigaretten.

»Ich weiß nicht. Ich mache es fürs Geld und um mir ein wenig die Zeit zu vertreiben.«

»Ahahaha.« Der Doktor lachte asthmatisch.

»Ich wollte Sie fragen, ob Sie mich mitnehmen, mich mitnehmen, Schmidt, wenn es überhaupt noch eine Chance gibt, aber es gibt keine Chance mehr«, er heulte auf, als handelte es sich um seinen persönlichen Triumph, »gegen den Polizeichef kommen Sie nicht an, niemand kommt gegen den Polizeichef an, er hat seine Spione überall, jeder ist sein Spion.«

Irgendein Verdacht keimte in mir auf. Ich wischte ihn weg. Ich überlegte, wieviel ich von ihm verlangen konnte, ich sah diesen unterwürfigen Blick, dieses gefährliche Blitzen, daß eigentlich alles ihnen gehört. Ich würde ihn natürlich sitzen lassen, sie wollten betrogen sein, für eine Illusion. Ich stellte mich gleichgültig.

»Sie haben doch alles, Doc, Geld, Anerkennung, Luxus, Bedienung, was wollen Sie eigentlich noch.«

Gut, daß es dunkel war. Ich konnte mich kaum halten vor Schwäche. Ich grinste bei dem Gedanken, daß wir in einem Boxring standen und beide erledigt waren. Ich fand die Zigaretten. Es würde ein abendfüllendes Programm geben, bis ich eine angesteckt hatte. Ich tastete nach dem Lichtschalter und knipste das Licht an. Der Doktor hing vornübergebeugt in seinem Rollstuhl, die Spucke triefte auf seine Weste.

»Ich hasse sie, ich verachte sie«, er spuckte und hustete, der Ekel schüttelte seinen roten Kopf und den Rollstuhl, dessen Bremsen nicht angezogen waren.

»Ich habe diesen Beruf immer gehaßt. Ich glaube nicht, daß es irgendeinen Arzt gibt, der seinen Beruf nicht haßt, diese Mäuler, diese Löcher, diese Scheiße, die sie einem entgegenstrecken, wem kann so etwas Spaß machen, Schmidt, he, wem, glauben Sie, macht sowas Spaß, es ist die Hölle auf Erden, diese brüllenden blutigen Kadaver...«

Er bewegte sich, als badete er in schönsten Gedanken, ich sah genau, wie er nach vorne rutschte und zu kippen begann, er verlor das Gleichgewicht, er schaute zwischen seine Knie wie in einen Abgrund hinunter, dann schaute er hoch zu mir, irgendwie ironisch, besserwisserisch, er sagte nicht, halten Sie mich fest, ich trat einen Schritt zurück, um ihn stürzen zu lassen, er lächelte, schloß genießerisch die Augen und knallte mit dem Kopf zuerst auf den Fußboden.

»Helfen Sie mir, Schmidt, um Gottes willen, helfen Sie mir.«

Er blutete aus einer Platzwunde an der Stirn und ruderte mit seinen Stummelarmen wie ein Fisch auf dem Trockenen.

»Ich bin zu schwach, Doktor, ich kann Ihnen nicht helfen, warten Sie, bis die Schwestern kommen.«

Ich versuchte, mir die Zigarette anzuzünden.

»Sie brauchen mich nur ein Stück zu drehen. Ich kann doch nicht so liegen bleiben.«

Er wimmerte vor Schmerzen.

»Warten Sie auf die Schwestern.«

Ich bewegte mich auf meine Tür zu.

»Nein, warten Sie, Schmidt, warten Sie. Ich wollte Ihnen doch nur sagen, ich wollte doch nur, daß Sie wissen, daß ich nicht so ein üblicher Inselidiot bin, nein, das bin ich bestimmt nicht.«

Er wimmerte vor sich hin.

»Ich habe nur dafür gearbeitet, mein ganzes Leben lang, wie jeder hier, lassen Sie sich bloß nichts erzählen, wie jeder, dem das Salzwasser nicht inzwischen das Gehirn aus dem Schädel gefressen hat, nach America zu kommen, ich war soweit, ich hatte es so gut wie geschafft, ich hörte mir die Jammertiraden dieser Arschlöcher an und hatte schon die Koffer gepackt, die guten Anzüge, die ledernen Handschuhe, das Silberstöckchen und den Zylinder. Ich wäre als reicher Mann eingezogen in die große Stadt über dem Meer. Ich lachte schon, verdammt noch mal, ich mußte lachen, wenn ich an mein Gold dachte, das ich am Boden der Zisterne gestapelt hatte für den Tag X.«

Er hustete und spie grünen Schleim aus, während er sich fast behaglich am Boden wand. Ich stoppte und wurde ganz ruhig, die Flamme an der Zigarettenspitze war ganz ruhig, die ganz und gar Erledigten sind die besten Verräter.

»Aber dann kam diese verdammte Krankheit, die Hände vertrockneten wie das Gras im Juni, jeden Tag mehr, sehen Sie sich das an.«

Er streckte mir die Armstummel hin, an deren Ende je ein Fettbürzel zuckende Bewegungen machte. Sein Gesicht war eine einzige Fratze aus Schmerz und Begeisterung.

Sie kamen zu dritt über den Gang gehetzt. Daß alte Frauen so behende sein können.

»Ist das Gold noch in der Zisterne.«

»Ja. Sie bekommen es, wenn Sie mich mitnehmen.«

»Ist es die Zisterne im Hof.«

Sie hoben ihn hoch. Er hustete und schnitt Gesichter. Er sagte nichts mehr. Er versuchte nur, mir mit seinem Gesicht etwas zuzuzwinkern, was eine ekelhafte undurchschaubare Mischung von allem Möglichen war.

*

Den Rest der Nacht blieb ich wach. Ich zitterte ohne Unterbrechung. Das Schlimme daran war, daß ich dachte, man jagte mich, mit etwas vollkommen Unbekanntem. Ich ging rüber in die Küche. Die Alten hatten den Roten weggeschlossen. Ich warf Geschirr auf den Boden, sie hatten es bestimmt gehört, aber sie hockten mit triumphierenden Gesichtern in ihren Betten, bestimmt taten sie das.

*

Ich ging so früh wie möglich ins Playa Mont. Es war komisch, wie ich meine Beine bewegte, aber die Hauptsache war, daß ich mich fortbewegen konnte.

Auf dem Schuttplatz waren die Anhänger der großen Bananenlaster im Kreis aufgestellt worden. Seit Tagen kamen die Arbeiter aus den Plantagen herunter und bastelten in unbezahlten Überstunden märchenhafte Figuren aus Sperrholz und buntem Papier auf die Ladeflächen. Irgendeines der Heiligenfeste stand an. Eigentlich gab es an jedem Tag irgend ein Fest auf der Westseite. Das Jahr war zu knapp, um alle Heiligen unterzubringen. Also die Feste jagten sich, aber tatsächlich dienten sie nur als Vorwand, sich an jedem Tag hemmungslos zu besaufen.

Es war Mittag mit dem üblichen Dröhnen der Mittagshitze. Ich war ein reicher Mann. Ich schaute auf das Höhlenloch in der Südwand, in dem meine Pappkartons lagen, an die fünfzigtausend Mark immer noch, außerdem hatte ich diese Schenkungsurkunde über unübersichtlich viel Land auf der Westseite. Außerdem hatte ich mir vorgenommen, in die Zisterne im Hinterhof zu klettern.

Ich wollte die Talseite wechseln zum alten Hafen hinüber. Wegen des Schattens benützte ich die Innenseite des Bretterzauns, den sie um den Wagenpark errichtet hatten. Die Tür war nur angelehnt. Ich drückte sie auf. Ich ging von Wagen zu Wagen. Hinter einem erwartete mich Metamores und grinste. Er machte Handzeichen, die beruhigend sein sollten. Er stand zehn Meter vor mir, warum sagte er nichts. Er hatte die Hand an der Pistolentasche, kein Grund zur Panik, wo sollte er die Hand sonst hängen haben, der Affe. Ich fing an zu rennen, so gut ich konnte. Als ich den Ausgang an der anderen Seite erreichte, lehnte Metamores da.

»Was ist los, warum verfolgen Sie mich.«

»Orlando macht sich Sorgen um Sie, ich meine, ich passe auf, daß Ihnen nichts passiert, das ist alles.«

»Dann nehmen Sie die Hand von der Pistole weg.«

»Warum, wohin sollte ich sie sonst tun.«

»Was ist mit dem Schlüssel. Haben Sie Orlando etwas davon gesagt.«

»Aber nein, natürlich nicht. Sie können sich auf mich verlassen, bei einem Jux bin ich immer dabei.«

Ich ging schweigend auf die Tür zu und beobachtete seine Hand. Er mußte meinen, daß ich Angst vor ihm hatte, dabei war es das komische Zittern, von dem ich mittlerweile nicht mehr richtig wußte, ob es aus mir kam, oder ob es sich um die leichten Erdbeben handelte, die niemand bemerken wollte.

»Außerdem, wenn ich Ihnen einen guten Rat geben darf, Schmidt, machen Sie sich Orlando nicht zum Feind. Er meint es gut mit Ihnen. Sie könnten ihm einen Gefallen tun, jetzt, wo sie jede Menge Land besitzen.«

»Was für einen Gefallen.«

»Orlando will eine neue Urbanisation bauen, oben in Las Manchas abajo. Ein Teil des Landes gehört Doña Erundina, das heißt, gehört jetzt Ihnen. Aber keiner auf der Westseite würde es wagen, von Ihnen Land abzukaufen, das muß Ihnen klar sein, die ganze Schenkung ist doch ein Witz. Also Sie können nichts damit anfangen. Machen Sie es doch einfach so, überschreiben Sie es Orlando, wenigstens das betreffende Stück, das geht in Ordnung.«

Wie sollte ich unterscheiden, woher das Zittern kam. Auch das Rauschen im Kopf und die Entfärbungen. Die Zeit drängte und sie waren hinter mir her.

*

Ich lag auf dem Bett und hatte den Ventilator auf mich gerichtet. Pia machte sich am Waschbecken zu schaffen. Sie war eine Schlampe, was das Putzen betraf. Sie tat es wirklich nur um hinter mir her zu spionieren. Der Fußboden war mir egal, aber wenigstens das Waschbecken sollte blank sein. Sie kriegte es nicht fertig, weil es sie nicht interessierte. Die Leute hatten keine Lebensart. Als ob der allgegenwärtige Staub von den Vulkanen etwas mit »göttlicher Natur« zu tun hatte. Es war ordinärer Dreck, ganz ordinärer Dreck.

»Wir müssen noch zu dem Korbmacher fahren, er stirbt.«

»Er stirbt, er stirbt. Dann nimm dir einen Totenschein und fahr ihn rüber. Für mich ist Feierabend.«

Vielleicht sollte ich doch hin. Ich schreibe dir eine Botschaft und stecke sie ihm in den Mund. Vielleicht hängst du glühend in den glühenden Felsen der Caldera, wie das Kind neulich.

Ich wartete, bis sie gegangen war. Ich zog die Jalousien hoch. Die Nachmittagssonne stand wie ein Schweißbrenner über dem Meer. Ich zog mir das Hemd aus der Hose. Der Schweiß lief in kleinen getrennten Bächen über die Brust. Ich durfte nichts hoffen, nicht zu sehr.

Ich ließ mich von Pia auf das Baugelände dieses jungen Deutschen hinauffahren. Sie hatten die Gegend bereits planiert und Mauern gezogen, illegal, weil Orlando dahintersteckte. Der Deutsche wollte mich herumführen, aber ich machte nur ein paar Schritte vom Auto weg.

»Orlando ist es doch egal, von wem er das Land kauft. Er kann froh sein, wenn Sie es ihm verkaufen. Von Erundina hätte er es nie bekommen. Es hat die ideale Lage, auf halber Höhe, direkt über Puerto Naos. Wir werden Paläste bauen, Terrassen, Springbrunnen, künstliche Seen, Palmenhaine und Spielplätze.«

Der Wind preßte mich an eine Mauer. Von den Caterpillars stieg schwarzer Staub auf. Die Mauern waren als Windschutz gedacht, aber es blies umso schlimmer durch die künstlichen Gassen. Auf einem angefangenen festungsartigen Turm lag einer in einer Hängematte. Eine Hand mit einer Flasche baumelte heraus.

»Es ist eine gute Geldanlage, glauben Sie mir. Es geht bald los, mit dem neuen Tourismus.«

Ich schaute zum Lavafeld hinüber. War es die erhitzte Luft oder hüpfte sie mit ihren schwarzen Stöckelschuhen über die Steine.

*

Ich hing an der letzten Bar im alten Hafen. Es war noch nichts los, nur der Polizeichef mit seinen Gorillas war auf der anderen Straßenseite. Und drei kaffeetrinkende unbeschäftigte Frauen waren in der Küche, ein Mädchen war hinter einem Türspalt und die Insel war die Bordwand einer Arche Noah, über und über beladen mit Bananen, in einer blau überschwemmten Welt.

»Ich verkaufe Ihnen die andere Hälfte der Westseite«, rief Orlando gut gelaunt über die Straße.

»Ich will sie nicht.«

»Sie kriegen sie, Sie können sie haben, Schmidt, einverstanden.«

»Ich mag Ihre Bananenscheiße nicht. Es reicht, wenn ich den Schnaps davon trinken muß.«

Ich ertappte ihn dabei, wie er mit seinen Hilfspolizisten zwinkerte, die Zunge herausstreckte und das Kunststück fertigbrachte, sie schlenkern zu lassen wie bei einer Schlange.

»Verräter«, murmelte ich, als ich an ihm vorbeiging, »du mit deiner schokoladenbraunen Maske.«

*

Am Abend brachte mir Pia Bohnensuppe und Ziegenfleisch ins Zimmer. Ich knallte ihr den Schenkungsvertrag von Erundina aufs Tablett.

»Du kannst gleich wieder abziehen. Fahr hoch in die Avenida Generalissimo Franco in Los Llanos. Das sind die einzigen Straßennamen, die sie haben. Sie haben ihren Diktator nie runtergeholt, wußtest du das, egal, laß eine Fotokopie von dem Papier machen und sag Orlando Bescheid. Wenn er mir einen anständigen Preis zahlt, kriegt er das Land, das er braucht.«

*

Kommst du. Die Rennbahn zwischen dem Playa Mont und den zerschmissenen Häusern des alten Hafens zitterte.

Die Natur möchte menschenleer sein. Sie möchte allein sein. Nur die Seelen, die dunstige Menge der vielen, vielen.

Wieder trat sie auf.

Mit Stöckelschuhen sollte sie doch nicht über den Schuttplatz gehen. Sie stolperte natürlich, wenn sie nicht genau in die Fahrspur der Laster traf. Sie hatte ein rosarotes Chiffonkleid an, das an der Seite mit einer schmalen Zunge bis auf den Boden reichte. Großer Ausschnitt, kleiner Busen. Der Träger war links über den Arm gerutscht. Dazu das ebenso rosafarbene Hütchen. Sie schaffte es nicht, natürlich nicht.

*

Der Notar wohnte in einem der herrschaftlichen, im Verfall begriffenen zweistöckigen Häuser in der Nähe des Kirchplatzes in Los Llanos, die noch die schweren dunklen Holztüren aus Tea-Holz und die schmiedeeisernen Türklopfer hatten. Ich hatte nicht gefrühstückt, ich frühstückte seit Tagen nicht mehr. Ein paar Gläser Roten gegen das Zittern, das war alles. Es schmeckte nicht mehr, aber es beruhigte. Orlando wartete schon vor dem Eingang. Der Bürgersteig war ein schwankendes Boot. Die Kacheln rutschten in der Sonne hin und her, wie kleine Wellen. Ich ließ mir nichts anmerken und begrüßte ihn leutselig.

Orlando stieß die Tür zu einem dunklen großen Gang auf, aus dem kühle Luft herausschwappte. Er mündete in einen Innenhof mit einem Dschungel aus Blüten und Palmen, die das sprudelnde Auge eines Aquariums umgaben mit rosarot ziehenden Fischen, die sich wie die Adern auf einer Netzhaut gruppierten.

Ich schreckte zurück. Orlando faßte mich unter den Arm und dirigierte mich die Treppe hoch, die aus schwerem, schwarzem ausgetretenem Holz bestand und auf eine Innenveranda mit ebenso schweren Bohlen führte, die lautlos unter unseren Schritten federten.

»Hierher«, hörten wir eine tiefe Stimme.

Orlando steuerte auf eine der vielen Türen zu. Wir durchquerten zwei Räume voller Schreibtische, Aktenschränke und aufgerollter Lagepläne, die über Tische und Sessel verstreut waren. Der Notar saß im Dunkel eines dritten, kleineren Raumes hinter einem riesigen Schreibtisch, auf dem sich ein Durcheinander von Zetteln, Plänen, Heftern befand. Der Tisch war aus einem glänzenden schwarzen gedrechselten Holz. Der Notar steckte in einem schwarzen Anzug, der ihm einmal gepaßt hatte, als er dünner war. Das dunkle gekräuselte Haar hatte einer Stirnglatze Platz gemacht, auf der sich explosionsartig Schweißperlen bildeten und in die buschigen Augenbrauen versickerten. Was daneben lief, wurde von einem genauso buschigen Schnauzbart aufgefangen.

Er hatte einen Teller grüne Bohnen mit Fleischbrocken vor sich. Es roch stark nach Knoblauch.

»Das ist also unser neuer Landbesitzer.«

Er lachte mit vollem Mund und verschluckte sich.

Er nahm ein weißes Tuch von den Ausmaßen einer Tischdecke, knüllte eine Ecke zusammen und wischte sich das Gesicht.

Jetzt erst bemerkte ich die Gestalt an der Wand. Es war ein hagerer älterer Mann, der auf der Ecke eines wuchtigen Lehnstuhls hockte und ein äußerst betrübtes Gesicht machte.

»Die Papiere sind fertig.«

Geschickt angelte der Dicke einige Blätter aus den Dokumentenschichten und las murmelnd vor. Als er fertig war, schaute er mich triumphierend an, als erwartete er ein Lob für Schnellesen mit vollem Mund.

»Haben Sie alles verstanden.«

Ich hatte nichts verstanden. Der Notar wartete meine Antwort nicht ab.

»Was wollen Sie mit dem ganzen Land machen. Bananen oder Avocados. Sie heißen mit vollem Namen Adam Schmidt, das stimmt doch, Adam Schmidt.«

Wieder wartete er nicht auf eine Antwort. Er beugte sich ein wenig in Richtung von Orlando und unterhielt sich mit ihm in einem unverständlichen spanischen Dialekt. »Wissen Sie, wie Ihre Mutter hieß, wir brauchen den Namen Ihrer Mutter, das ist hier notwendig, Sie verstehen, die Gesetze verlangen es.«

Es gab einen Erdstoß. Das Haus bewegte sich und ächzte wie in schwerem Seegang. Ich sprang auf. Orlando drückte mich wieder in den Stuhl.

»Keine Angst, die alten Häuser sind elastisch. Sie sind es gewöhnt.«

»Unterschreiben Sie da, da, da und da.«

Ich unterschrieb, ich wollte raus hier. Der Alte in der Ecke hatte angefangen, zu weinen. Ich hatte keine Ahnung, warum.

*

Das Licht war grau, blendend grau, wie glühende Glaswolle, ausgebrannt, wie die ausgebrannten unzähligen Tage mit den Ruinen dieser nicht eingehaltenen Versprechungen, ach, ich war müde, ich war zu müde für solche Unternehmungen, aber wir waren schon auf halbem Weg zwischen dem Aridane-Tal und El Paso, der Sandsturm riß die Bäume mitsamt den Wurzeln aus und ließ die Bananenplantagenmauern platzen wie einen lockeren Haufen bleicher Dominosteine, was zum Teufel trieb mich bei diesem Wetter auf die Straße, es waren nur fixe Ideen, auf dieser Insel existierten nur fixe Ideen, das Skelett eines Begriffs vielleicht, alles darum herum waren ächzende Witze an Fruchtbarkeit, angefangen vom überflüssigen Grün der Bananen, den blutigen Spritzern der Bougainvillea, die die Straße unsicher machte, den Häusern, die nach innen starrten, auf die übertriebene Panik der Schlaflosen, bis zu dem Mandelauge einer Schülerin, mit der finsteren Klugheit von der Größe eines Halbmonds, das in der Caldera rotierte wie in einem versoffenen Schädel.

»Warum schleichst du so«, herrschte ich Pia an, die weitsichtig die Straße hinaufglotzte und im Begriff war, den Daimler abzuwürgen. Wir fuhren frontal gegen den von der Cumbre herabfallenden Sturm.

»Warum hältst du.«

Sie hatte den Motor tatsächlich abgewürgt. Dann brachte sie den ersten Gang nicht rein. Der Saharasand knirschte zwischen den Kupplungsscheiben. Es waren nur Symbole, Möchtegernaktionen in einer Möchtegernwelt, die sich beschränkte auf dieses Herzchen von Insel, das wie eine Westentaschenform der großen Kontinente auf dem Meer herumzuckelte. Sie kurbelte die Scheibe herunter mit dem Ergebnis, daß wir den Sand zwischen den Zähnen hatten.

»Mach die Scheibe wieder hoch.«

»Es ist zu heiß hier drin. Vor dreißig Jahren, als ich mit meinem Mann...«

Sie war eine alte Idiotin. Mir war es recht, daß wir feststeckten, was konnte ich erwarten, was trieb mich, ich konnte froh sein, daß ich keine protzige Erinnerung hatte wie andere, die konnten zehn Jahre überblicken, zwanzig, vierzig, achtzig, die konnten sagen, ich war da und da, ich habe Augsburg gesehen, ich habe mit der und der Frau zusammengelebt, ich habe einen Mann gehabt, einen Opel Kapitän, na und.

»Verdammte Scheiße, fahren Sie los, wie lange soll ich noch warten.«

Ich versuchte, mir eine Zigarette anzuzünden ohne Erfolg. Ich holte den Flachmann aus der Innentasche und führte ihn an den Mund. Es gab einen eigentümlich singenden Ton von dem Sand, der gegen das Blech trommelte. Ich verwünschte die Naturgesetze.

Wir fuhren im Schritt durch das menschenleere El Paso. Große Äste, Papiertüten, zusammenhängende Schwärme von Dachplatten, ganze Bananenstauden, Bretterwände bewegten sich durch die Luft mit einer Geschwindigkeit, die dem Stillstand nahekam. Oder war in jedem Augenblick etwas anderes an derselben Stelle, mir war es egal, ich hatte nicht das Gefühl, daß mir etwas passieren konnte.

»Kein normaler Mensch geht über die obere Wasserleitung in die Caldera«, jammerte Pia zum wievielten Mal schon.

»Halts Maul.«

Sie konnte mich nicht verstehen. Sie war damit beschäftigt die verschiedenen Hindernisse auf der Straße zu umfahren.

»Was«, rief sie nach hinten.

»Ich sagte, es ist der schnellste Weg in den Vulkan. Du hast es selber behauptet.«

»Aber ich wußte doch nicht, daß Sie hineingehen wollten.«

Ich starrte auf die dicke Staubschicht, die sich über die Fenster gelegt hatte.

»Der Wagen verkommt. Warum bringst du ihn nie zum Waschen. Außerdem läßt man die Kupplung nicht so schleifen.«

Ich nahm zwei große Züge aus der Flasche. Wir waren inzwischen auf der kurzen ebenen Stelle bei der Kneipe Las Piedras. Die Cumbre ragte steil in den verschmierten gelben Himmel. Wir fuhren in ihren Windschatten. Der Kiefernwald stand leicht und unbewegt. Die Stille war lästiger als der Lärm vorher. Die Straße ging durch lauschige Plätzchen mit Feuerstellen fürs Picknick. Dann wurde sie einspurig und wand sich in engen Serpentinen auf den Cumbrecita genannten Sattel, eine tiefe Kerbe zwischen den hohen Felstürmen des Kraterrands.

Auf der Cumbrecita war ein kleiner Parkplatz mit einer niedrigen Begrenzungsmauer. Dahinter die gegenüberliegende Kraterwand wie ein unwirkliches hellbraunes Gebirge aus Afrika. Ich schloß die Augen und hörte das richtungslose Brausen, das eher aus mir heraus kam als aus dem zweitausend Meter tiefen Kessel, der schwerelos am blauen Himmel hing, es war verdammt quälend, irgendwie.

»Sie ist doch tot, Herr Schmidt. Was wollen Sie da drin. Sie werden bloß abstürzen. Sie können ja nicht einmal auf der Straße richtig gehen.«

Ein Fußpfad mit einem Holzgeländer führte einen steilen Abhang hinunter, der dicht mit Kiefern bewachsen war. Er endete auf dem etwa einen Meter breiten zugemauerten Kanal, der direkt über dem Abgrund klebte. Der Kanal folgte fast horizontal der Kesselwand und sollte nach zehn oder fünfzehn Kilometern einen passablen Abstieg ins Innere haben. Ich hangelte mich an dem Geländer entlang.

»Bitte, bitte bleiben Sie. Der Berg ist in Bewegung. Die Wasserleitung kann jederzeit abbrechen. Außerdem ist es polizeilich verboten.«

Ich zog den Flachmann aus der Tasche.

»Halts Maul.«

Ich nahm einen Schluck.

»Verschwinde.«

Ihr Geschrei ging mir auf die Nerven. Außerdem würde es die Wasserwächter anlocken. Drüben, an der anderen Wand klebte das Hochplateau mit den Mohnfeldern. Jetzt war es ein grünes Dreieck von der Größe eines Fingernagels.

»Verdammtes Aas.«

Ich winkte Pia zu verschwinden. Ich wartete noch, bis ich das Motorengeräusch nicht mehr hörte, nahm noch einen aus der Flasche und arbeitete mich so gut es ging nach unten.

Als ich zögerte, war ich bereits hundert Meter tiefer auf dem kleinen Vorsprung, den die Wasserleitung am Felsen machte. Es gab jetzt kein Geländer mehr. Die Tiefe war ansteckend, ich hätte es wissen müssen, ich war idiotisch genug, in die Mitte des großen Loches zu blicken, wo das Gebrodel der kleinen Gebirgszüge war, ich konnte mir das Grinsen des Polizeichefs nicht gefallen lassen. Jawohl, ich würde sie finden, es hatte nichts damit zu tun, daß ich mit Angelita geschlafen hatte, mit Liebe hatte es bestimmt nichts zu tun, daß ich nochmal in diesen verdammten Krater hinein stolzierte, wo ich nicht einmal schwindelfrei war.

Mein Blick fiel noch auf den kleinen Schrein aus Beton. Hinter einem Glasfenster waren ein weiß angemaltes Holzkreuz, eine Coca-Cola-Dose, ein vertrockneter Strauß und eine Plastiktüte mit einer weißen Substanz, Mehl oder Salz, Wegeopfer oder Müll, die Insulaner schmissen ihren Dreck überall hin.

Natürlich war es verboten, auf der Wasserleitung zu gehen. Orlando, der Hund, machte sich angeblich Sorgen, wegen des Steinschlags. Dabei sollte sich keiner unterstehen, nach neuen Wasseradern zu suchen. Ich hörte, wie ich vor mich hin meckerte, ich bemerkte sehr gut, daß ich in den Abgrund hinunterstarrte wie ein verliebtes Kaninchen. Ich verfluchte die Erinnerung an Angelita, wenn sie es überhaupt war, die mich zu derartigen Kletterpartien trieb. Ich tastete mich Schritt für Schritt vorwärts. Das Gestein bröselte zwischen den Fingern. Früher schossen hier die Wasserwächter auf einen, früher öffnete man die Schleusen und ließ das Wasser ins Meer fließen, bevor man es an einen armen Bauern unbezahlt verschwendete, ich hatte die Argumente des verlogenen Negerbastards im Ohr, mit den Ungerechtigkeiten sei es vorbei, die Besitzverhältnisse, natürlich, dürften nicht angetastet werden, ich glaubte ihm kein Wort, was hatte ich mit dieser Insel zu tun, sie war ein Zwischenstop, das mußte ich mir vor Augen halten, wenn ich auf die Spitzen meiner verdreckten Lederhalbschuhe sah, die linkisch in die Tiefe zeigten, sie paßten nicht in den alpinen Dreck, sie hatten ihre italienische Eleganz verloren in einem unnatürlichen Loch, genauso wie ich inzwischen jede Eleganz vermissen ließ, was mehr als bedauerlich war, wenn ich mich in Kürze in New Yorker Untergrundbahnen bespiegeln wollte, ich drehte mich um den borkigen Stamm einer Kiefer, die aus dem Felsen wuchs, als sei sie aus Stein und die mit bernsteinfarbenen Harzzungen nach mir leckte, als wäre ich ein Ungeziefer. Alles, was ein Mensch brauchte, war eine funktionierende Idee, die er in Strandkneipen zur Schau stellte und einen Geheimplan, mit dem er sich so gut wie jenseits der angestarrten Tatsachen befand. Ich folgte also so gut wie abwesend der Galerie, die in eine neue Kerbe der Kraterwand hineinführte, die tapeziert war mit riesigen Exemplaren von Fettpflanzen.

Verdammt, zum wievielten Mal eigentlich tastete ich mich um eine der Felsrippen und sah auf die nächste. Es waren die Falten einer Ziehharmonika, auf der jemand herumgetrampelt hatte. Die Galerie machte jeden der Einschnitte mit. Luftlinie waren es vielleicht hundert Meter bis zur nächsten Ecke. Tatsächlich einen halben Kilometer oder einen ganzen, wer konnte es schon abschätzen bei derartigen Entfernungen, die einem vorspiegelten, es wären keine.

Ich dachte an die gewundenen Steinritzungen der alten Guanchen. (Die Spanier haben sie in christlichem Übereifer ausgerottet, Gott hätte es besser gefallen, sie hätten sie umgeschult). Wenn sich jemand Kopfzerbrechen darüber machte, ich nicht. Es seien überdimensionale Fingerabdrücke. Daß ich nicht lache. Dabei waren sie nichts als die verdammt verzwickten Straßenkarten dieser verdammt verzwickten Gehwege, die diese antiken Spaziergänger durch ihr zerklüftetes Eiland gehen mußten und an einer deren Spitzkehren ich gerade wieder anlangte... Du hast das Ziel vor Augen, aber der Abgrund liegt dazwischen, und ein Weg, den zu passieren dir die Kraft ausgeht. Ein blödsinniges Gefühl, am Felsen zu kleben und zu wissen, daß man nichts erreichte dabei. Vielleicht war ich einer dieser Neandertaler. Aber sie waren inzwischen zu Anbetern des Landrover geworden.

Ich meckerte vor mich hin. Ich verstand nicht, warum ich weiterging. Das Ding zog mich an wie ein übermächtiger Staubsauger. Daß ich meinen Blick auf den Boden heftete, nützte nichts. Es wurde schlimmer. Das linke Auge verlor sich im Abgrund. Bevor ich mit süßer Selbstverständlichkeit in die Tiefe spazierte, warf ich mich gegen die Felswand. Mitten hinein in die kohlkopfgroßen fleischigen Rosetten der Fettpflanzen. Es hätte mich nicht gewundert, wenn sie mir einen Finger abgebissen hätten. Ich schmiegte mich eine ekelhafte Ewigkeit an sie.

Ich passierte einen dreißig Meter hohen Obelisken aus grünen kugeligen Steinen so groß wie Fußbälle. Er klebte am Sockel der Galerie. Dann kam ein Holzkreuz mit dem Namen und dem Todesdatum eines Spaniers, neunzehnhundertzweiundachtzig, dann ein zwanzig Meter langer Tunnel, der etwa einen Meter hoch war. Dann rutschte die Passatwolke, die bis jetzt reglos über dem östlichen Grat des Vulkans gestanden hatte, mit zunehmender Geschwindigkeit in die Tiefe und ergoß sich wie brodelnde Milch nach Westen in die Öffnung des Barranco des Angustias. Im Nu war auch ich in Watte gepackt. Die Sicht war gleich Null. Ich hörte es rauschen. Irgendwo mußte ein Wasserfall über die Galerie gehen. Oder der Betondeckel war offen. Ich tastete mich vorwärts zu einer Stelle, wo die Galerie im glatten Fels verschwand.

»Schluß, aus«, dachte ich, lehnte mich an die Wand und kramte nach meinen Zigaretten.

Erst dann sah ich das Loch am Boden, so groß wie eine Hundehütte. Ich konnte mich hineinzwängen. Es war stockfinster. Das Wasser rauschte ohrenbetäubend. Gottseidank hatte ich die Handschuhe an. Vielleicht scheuchte ich Schlangen auf oder Ratten. Der Tunnel erweiterte sich innen ein wenig. Ich ertastete eine flache Betonlippe, die frei über dem Wasser hing. Ich robbte zentimeterweise auf ihr voran. In meinem Rücken bröckelten Steine ab. Ich sah ein graues Licht. Es war das Ende der Röhre. Ich hatte mich zu heftig bewegt. Es klatschte. Ich dachte, daß ich abstürzte. Wie träge die Empfindung doch ist. Es war meine Sonnenbrille gewesen. Sie war mir aus der Tasche gerutscht. Jetzt erst erschrak ich. So heftig, daß ich minutenlang liegen blieb, zitterte und entschieden glaubte, ich sei verloren.

Weiter. Der Betonsims war von Steinrutschen bedeckt. Der Fels hatte Risse und konnte jederzeit abbrechen. Ich rechnete damit. Was blieb mir anderes übrig. Es knackte, aber es passierte nichts. Ich gewöhnte mich an den Gedanken, daß die Zwischenfälle in der Vergangenheit passierten oder in der Zukunft. Aber nicht jetzt. Wie wunderbar. Der warme Aufwind brachte Mandel- und Honigduft mit. Er mußte von den violetten und weißen Büschen kommen, die wie alles andere aus dem puren Felsen wuchsen. Wieder mußte ich einen Felsabbruch überwinden. Meine Knie schwankten häßlich hin und her. Ich faßte in den trockenen Kot von Maultieren, dann lag ich unbequem auf den losen Steinbrocken.

Es war der Punkt der Erschöpfung. Oder der Punkt, wo der Ärger über die Unbequemlichkeiten sich verbraucht hatte und einer angenehmen Betäubung Platz machte. Also es war, als ob der Weg nur aus inneren Hindernissen bestanden hätte, für die ich jetzt kein Gefühl mehr hatte. Jedenfalls machte ich meine nächsten Schritte wie über eine glattgefegte Autobahn. Die Wolken hatten sich mit einem Mal aufgelöst, es winkten noch zwei oder drei wie große Wäschestücke im Wind. Nichts hinderte mich, in die tausend Meter hohe gegenüberliegende Wand zu schauen, mit ihren mächtigen Felsrippen, den weißen Adern der Wasserfälle und den Kiefernbesatzungen in Reih und Glied.

Wieder spürte ich das Vogelmäßige in mir. Ich machte die Arme breit und einen halben Schritt auf die Tiefe zu. Ein Aufblitzen des Verstandes mußte mich dann flach auf die Brüstung geworfen haben. Zwei Raben glitten vorüber und krächzten amüsiert. Ich hatte Schotter losgetreten und sah, wie er rasend zwischen den Wänden hin und her schlug, als wären Steine von Fallsucht besessen. Nach einer Zeit trommelte das Echo herauf und verwikkelte mich erneut in das Wünschen, unbedingt am Boden des Barranco zu sein. Ich nestelte an der Innentasche meines Jacketts, bis ich das vertraute Metall meines Flachmanns spürte. Ich nahm einen Schluck und wartete, bis die Durchblutung wieder in Ordnung war.

Auf jeden Fall wäre es besser gewesen, ich wäre in meinem Bett geblieben und hätte an meinen Füßen vorbei aufs Meer geguckt. Meine Augen rutschten in einem fort in den Kessel. Sah ich von meinen selbstverschuldeten misanthropischen Unternehmungen ab, so hätte ich ehrlicherweise die Insel auch als paradiesisch bezeichnen können.

Ich drehte mich vorsichtig wieder zurück. Ich täuschte mich nicht, was ich sah, war eine ununterbrochene hin und herschlagende Serpentine, die keine Fläche der gesamten Kesselwand ausließ und aus stoßenden, tanzenden, zuckenden, ineinanderverketteten nackten menschlichen Leibern bestand oder waren es rosarote glatthäutige Schweine, es hätten genausogut Schweine sein können, in Qual, in Wonne, in Verzückung, im Schmerz, im Versuch zu fliehen, in endgültigen Umarmungen, dieser Rhythmus konnte doch alles bedeuten, ich starrte hin, ungläubig, war ich so besoffen, ich war nicht so besoffen, daß... mich überfiel der entsetzliche Gedanke, daß ich in New York war, daß die Glaspaläste, die gläsernen Untergrundbahnen, die durchsichtigen Straßen, daß sie alles aus dem edelsten, dünnsten und doch unzerbrechbaren Material gemacht hatten, die Anzüge, die Taschen, die Schreibmaschinen, die Kochtöpfe, nur der Mensch war aus Fleisch geblieben, er fraß und schiß, begattete sich und schwitzte, blubberte, röchelte und blutete und stank, stank nach diesem penetranten Geruch, den Kadaver ausströmten, wenn man sie in Los Llanos einen Tag zu lang der Sonne ausgesetzt ließ.

Dann hörte ich einen einzelnen Schrei, tief und abschließend, unmittelbar bei mir. Meine Augen zuckten die Betonrinne auf und ab. Sie war leer. Jetzt wieder. Endlich sah ich sie. Zwei dick bepackte Maulesel auf der gegenüberliegenden Seite. Dahinter, an die Wand gepreßt, zwei Männer, die dabei waren, ihre Gewehre von den Schultern zu nehmen. Sie grinsten. Sie legten sie auf den Rücken der Tiere, die Läufe schauten zu mir herüber. Ich fragte sie, erst in deutsch, dann in spanisch, wieviel Uhr es sei. Sie sagten, ungefähr drei Uhr. Ich sagte, wieder erst in deutsch, dann in spanisch, um Zeit zu gewinnen, wie lange man noch bis zum Idafe gehe. Sie lachten. Es sei zu spät. Ich müsse umkehren. Ich rannte los. Ich war mir sicher, daß sie mir in den Rücken schießen würden. Aber ich rechnete mir noch eine Chance aus.

Da war sie doch. Ich rannte auf sie zu wie ein elastischer junger Mann auf einem vertrauten Hindernisparcour. Ich mußte lachen. Angelita. Die Liebe ist der Tod. Wir stiegen zusammen den Berg hinauf. Es war eher ein Hügel, parkähnliches Gelände, keine Schwierigkeit eigentlich, und doch, sie schwankte, bekam dunkle Schatten unter den Augen, flüchtig, vorübergehende Windstöße über einem bleichen Wasser, es vergeht, eine vorübergehende Schwäche, die ja vergeht, komm, ich reichte mit der Hand hinunter, ein Seufzer, oder schwerer Atem, warum nicht lügen, für den Moment, du lebst ewig, komm, wir tanzen, tanz mit mir, du hast es mir versprochen, bald, spät, sie hob die Arme...

Die versammelte Bananenmannschaft des Polizeichefs starrte auf mich herunter.

»Mann, was haben Sie da drinnen gesucht«, hörte ich Orlando sagen.

Ich lag auf einer Pritsche, die sie ausgerechnet neben einen Haufen Abfall abgesetzt hatten. Unter meinem linken Arm das Nichts der großen Caldera, über meinen Augenbrauen die fallende Bergwand der anderen Seite, braun und grau mit den weißen zufälligen Tupfern der Passatwolken. Es war genau die Stelle, wo ich losmarschiert war.

»Was haben Sie da drinnen gesucht, was haben Sie da drinnen gesucht.«

Mein Kopf dröhnte wie ein Kessel. Er war irgendwo dagegengeschlagen und vollkommen hohl. Ich tastete nach meinem Flachmann. Er war nicht mehr da.

»Wir sind gottähnlich«, sagte ich, »aber vielleicht ist es auch nur das Huschen eines Menschen.«

»Verstehen Sie ihn.«

Die Stimme des Polizeichefs dröhnte erneut gegen meinen Schädel.

»Nein«, hörte ich Pia sagen, »lassen Sie ihn doch in Ruhe.«

»Ich jage ihm einerseits nach«, sagte ich, »aber heute war es so, daß ich ihm rein zufällig begegnet bin. Und jedesmal möchte ich glücklich sein.«

»Ladet ihn auf«, sagte Orlando, »wir bringen ihn nach Tazacorte.«

*

Ich lag auf dem Bett in meinem Zimmer. Irgendjemand hatte es durchwühlt während meiner Abwesenheit. Im Bett zu liegen war angenehm. Andererseits war es der Ort der Rückschläge. Pia hantierte mit den kalten Kompressen wie immer.

»Hast du mir Orlando auf den Hals geschickt.«

»Was hätte ich tun sollen. Sie hätten sich sehen sollen, wie Sie auf der Cumbrecita gestanden haben. Ein Wunder, daß Sie nicht längst abgestürzt waren. Wissen Sie denn nicht…«

»Wieso, was soll ich wissen.«

»Ja wissen Sie es nicht. Man hat Sie oberhalb der Galerie gefunden, im nackten Fels, in einer überhängenden Wand. Ihre Schuhe haben vorgeguckt, deshalb hat man Sie überhaupt erst entdeckt. Sie waren ganz still. Sie standen wie festgenagelt…«

»Kann mich nicht erinnern. Die Leute übertreiben gern, besonders nach Rettungsaktionen.«

Ich war sehr ruhig. Die Landschaft eines kühlen Morgens kann so sein, wenn der endgültige Sonnenstrahl die nächtliche Heimlichkeit unterbricht. (Er ist verliebt in die Insel, mindestens in die Westseite, so wie er sich benimmt. Ich möchte nichts davon hören, Sie Depp. Er benimmt sich wie eine Fliege auf einem Honigpapier für Fliegen). Es war der Muskelkater. Egal. Ich brauchte nur noch das Kommando zu geben, dann stachen wir in See.

Als Pia draußen war, richtete ich mich auf. Ich stieg aus dem Bett und wankte unter einem sofort eintretenden Schwindel zum Schrank. Der schweinslederne Koffer, den ich neulich gekauft hatte, war an seinem Platz. Ich kramte im Schrank herum. Ich mußte mir ein paar Sachen zurechtlegen, ich mußte mir ein paar Hemden zurechtlegen, nur nicht nervös werden, ich wurde nicht nervös. Ich hatte nur weiße Hemden, ich schaute mir die Kragen an, die Kragen auf San Miguel waren schnell abgewetzt, wegen der Hitze und dem Flugstaub. Ich war nicht nervös. Ich war seltsam ruhig. Ich betrachtete die Hand über dem weißen Hemdenstoff. Selbst wenn ich die Finger ausstreckte, zitterten sie nicht. Ich schaute durch die offene Balkontür. Das Meer war grau und stumpf. Ich hatte das Gefühl, ich konnte die Hand ausstrecken und sein Ende berühren. Es kam mir vor wie die schäbige ehemals weiße, jetzt graue Plastikwand in dem Atelier des Fotografen, die vom Fußboden noch ein Stück über die Wand ging und dem Betrachter einer davor abgebildeten Person den Eindruck vermittelte, sie stünde vor der Unendlichkeit. Diese tausend kleinen

Lügen, sie wimmelten vor meinen Augen wie kleine rosa Schweine, Vorhaben werden doch nie wirklich zu Ende geführt, diese tausend kleinen beschwichtigenden Versprechungen.

Ich riß die Tür auf. Ich stolperte über den Krüppel, der sich wieder vor mein Zimmer hatte karren lassen.

»Verdammt noch mal, Doktor, ich hätte Sie fast über den Haufen gerannt.«

»Kennen Sie Elvis Presley.« Er starrte mich zufrieden aus seinen wässrigen Augen an.

»Nein. Wieso. Ist es ein Name.«

»Nein. Es ist eine Bedeutung.«

Der Alte versuchte, sich kokett in seinem Rollstuhl zurechtzurücken.

»Kennen Sie das, love me tender, love me now.«

Er versuchte, zu singen, aber es blieb bei einem tonlosen Maulspitzen.

»Presley war ein berühmter Sänger in meiner Jugend. Er wurde in wenigen Jahren vielfacher Millionär, konnte sich all das kaufen, von dem er als armer Junge geträumt hatte, aber machte die furchtbare Entdeckung, daß nichts dahinter steckte.«

Er bewegte seinen Oberkörper vor und zurück. Wo hatte ich diese Bewegung schon einmal gesehen, sie war scheinbar friedlich, aber genau genommen sehr gefährlich, obwohl mir dieser Mann nichts anhaben konnte, überhaupt nichts. Ich ging zur Treppe.

»Passen Sie bloß auf, Schmidt. Sie machen alles falsch, Sie machen bestimmt alles falsch.«

Ich sah noch, wie er mir nachschaute, mit Tränen vom angestrengten Husten im Gesicht und wie er seinen Armstummel vor den Mund führte und hineinbiß.

*

Die Avenida war menschenleer. Es war ihre Hauptbeschäftigung. Ich grinste bei dem Gedanken. Sie war aus Plastik, sie schwankte in ihren Aufhängungen bei jedem Tritt, den ich ihr gab. Im Playa Mont war noch niemand, nur die beiden Kellner, die wie ein schwarzweißes Pinguinpaar auf eine erste Invasion des Nordpols warteten. Als ich den kurzen Gehsteig betrat, fiel die italienische Tänzerin auf ihrem Peugeotrad vom Himmel und hielt eine Ansprache.

»Schmidt, ich liebe Sie doch nur, so wie ich kann. Ich gebe zu, ich bin nichts wert, meine Mama hat recht, ich lüge und bin ein böses Mädchen. Aber ich will doch nur schön sein und tanzen, alle sollen mich anschauen und begeistert sein, wenigstens Sie sollen sich begeistern über mich.«

Der Atlantic lag provozierend an seinem Abgrund. Ich wartete gespannt. Die Tänzerin flüsterte:

»Kommen Sie heute Nacht. Sie müssen mich nicht lieben, nur mit mir aufs Meer schauen. In der Nacht sieht es mit den Fischerbooten aus wie eine große Stadt.«

»Lügnerin.«

Ich stieß sie zur Seite, während ich die Abkürzung über den Schuttplatz einschlug. Sie radelte noch ein Stück neben mir her. Ich mußte den Philosophen bitten, zum Kapitän hinaufzufahren. Es konnte losgehen. Morgen oder übermorgen.

Wo waren die Hilfspolizisten. Sonst lungerten sie sprungbereit herum.

Northeim war nicht in seinem Keller. Der Junge mit dem Kropf lehnte apathisch an seinem Müllkarren. Als ich ihn anstieß, um nach Northeim zu fragen, zog er sich mit entsetzten Grimassen den Lederschutz über die Stirn.

Ich ging langsam über die Bucht auf die andere Seite zurück. Die Steine kochten wie in einem Hochofen. Das bleiche Sonnenlicht hing als schlaffe Haut zwischen den Steilwänden. Der Barranco stand offen wie das Maul einer giftigen Kreatur. Ich rückte den Hut zurecht und versuchte, meine Füße in die Schattenflecke des Gerölls zu plazieren. Das Meer konzentrierte sich mit einer lächerlichen Neugierde auf mich. Ich war froh, wieder unter die Palmenschatten des Playa Mont zu tauchen.

Inzwischen war ein Gast eingetroffen, ein ehemaliger Lateinlehrer aus Deutschland, der aussah wie ein gutmütiges Krokodil, dessen Panzer um einige Nummern zu groß war. Er lud mich zu einem Glas ein und noch einem. Wir beobachteten die kleinen Trupps blauuniformierter Schülerinnen, die wie jedesmal um eins nach Schulschluß vom oberen Tazacorte herunterkamen. Jetzt traten sie auf den Bürgersteig, eins, zwei, eins, zwei.

»Ich bete sie an«, sagte ich und schwenkte das Glas in ihre Richtung.

»Wir sind doch viel zu alt.«

Sie machten verdammt wichtige Mienen, als sie ihre Köpfe zu uns herdrehten. Botschafterinnen direkt aus dem Reich der Schönheit, mit Notizheften, die sie unter die schwitzenden Ärmchen geklemmt hatten. Ich prostete ihnen zu.

»Was spielt das Alter für eine Rolle, wenn man noch kann.«

Ich nestelte an meinem Hosenladen. Der Lateinlehrer hielt meine Hand fest.

»Nicht, Menschenskind, machen Sie sich nicht unglücklich.«

Ich blieb über die Mittagszeit im Playa Mont. Es blieb leer, als wären die Säufer mit einem Schlag von der Westseite gerutscht. Der Himmel und die See schaukelten selbstvergnügt hin und her oder besser vor und zurück, wie bei einer Schiffschaukel, die bei genügend Schwung einen Überschlag machen würde. Ich sammelte soviel Entschlußkraft, daß ich mich schließlich traute, selber zum Kapitän nach Jedey hochzufahren. Ich kletterte in die Höhle auf der anderen Seite des Bachbetts und holte das restliche Geld. Es waren etwas über fünfzigtausend Deutsche Mark.

Der Kapitän sagte, natürlich, jetzt spätestens sei alles klar, nachdem das Geld beisammen sei, sei er startbereit, jeden Tag. Ich sagte, ich müsse noch mit Metamores reden, wegen des Zündschlüssels. Der Kapitän machte einen verlässlichen Eindruck, wie er sich über den Kopf eines seiner Enkelkinder beugte, vielleicht eine Idee zu anhänglich, aber er hatte ja auch schon lange keine größere Reise mehr gemacht, vielleicht waren es auch Abnützungserscheinungen in der Wirbelsäule, Schmerzen, ich fragte ihn danach, er schaute mich so an, von unten herauf, traten die Augäpfel verräterisch vor, grinste er etwa spöttisch, er richtete sich wieder auf und schaute zuverlässig aufs Meer hinunter, wo sollte man schon hinschauen auf dieser Insel, wenn ich Sorgen gehabt hatte, so waren sie schnell verflogen.

*

Ich traf Metamores in derselben Nacht im Playa Mont. Ich sagte »übermorgen steigt das Ding«. Er sagte, »gut, morgen um dieselbe Zeit, hier«, und klimperte mit den Schlüsseln.

Ich ging noch rüber zu den ungleichen Schwestern und verdiente mir einen Hundertmarkschein. Anschließend blieb ich im Playa Mont hängen.

Ich bin die Flamme des Oceans der Bläue des Edelsteins der Schwärze des Bluts, ich bin die Schwärze des Oceans der Flamme des Edelsteins… Ich lag neben der Kaimauer, jeder Schotterstein war ein kleines Gebirge, oh, verwechsle mich nicht mit einer hohen Stirn, mit dem Gedanken eines blendenden Diadems, ich kroch auf allen Vieren, als könnte ich so der Morgensonne entgehen, die nüchtern und platt auf der Avenida lag, wo war mein Hut, ich hatte ihn verloren, es kamen Autos vorbei, es wurde gelacht, »he, du alter Penner«, man hatte mich erkannt, andererseits, es gab genug Schnapsleichen auf der Westseite an den Straßenrändern.

Eine kleine Frau mit Bergschuhen an den Füßen ritt auf einem Esel einen langen gepflasterten Weg herauf. Sie war die ehemalige Königin. Ich schlug nach ihr. Es waren doch nur Masken, die man wegschlagen konnte, die wieder zurückfederten an den alten Platz.

»Adam Puppi, Adam Puppi.«

Die Kleine des Polizeichefs stand über mir und schlug mit einer Stoffpuppe auf meinen Kopf.

»Lauf, schnell, lauf, hol Schwester Pia, lauf schon.«

*

Warum ist es so ruhig da draußen. Warum bist du so still. Hörst du mich. Diese Falten unter den Augen. Hat man dich einbalsamiert. Die roten Spritzer auf deiner Bluse sind noch ganz frisch.

Sollen sie ruhig hämmern. Wir machen nicht auf, nicht unter dem halben Kilometer Gebirge. Ich spülte den restlichen Rasierschaum vom Kinn, reinigte den Pinsel und das Rasiermesser, stellte beides auf das Bord über dem Waschbecken, ich hatte mich in meinem Zimmer verbarrikadiert, ich ging nicht mehr vors Haus, ich hatte keine Lust mehr, die Augen in die Höhe zu heben. Das steile Meer, die Felswand, der schräge Himmel, sie lauerten nur auf mich.

Pia stellte das Essen vor die Tür. Abwechselnd überzeugten sie sich durchs Schlüsselloch, ob ich mich noch bewegte. Der Polizeihund erzählte Witze, wie zum Beispiel, ›kennen Sie die letzten Worte eines Sprengmeisters. Was ist denn das für ein Draht. Ha, ha, ha, ha‹. Vor dem Haus patroullierten seine Hilfstruppen. Als ob ich hätte weglaufen können in diesem Zustand.

»Schicken Sie Ihre Bluthunde weg«, brüllte ich durch die Tür.

»Schmidt, spielen Sie nicht verrückt«, kam es honigsüß zurück. »Niemand will Ihnen Böses. Wir machen uns nur Sorgen um Sie.«

»Es reicht, wenn das Fräulein Schwester Oberin sich Sorgen macht. Hauen Sie ab.«

Sie hatten sich bestimmt verbündet.

»Verschwörung. Hilfe.«

Ich schrie zum Fenster hinaus. Das Meer. Man tuschelte.

»Hören Sie zu.«

Orlando wieder. Verlogen wie ein Totengräber.

»Niemand erwartet, daß Sie irgendwelche Taxifahrten machen. Sie haben sich einen Urlaub verdient. Pia schaukelt das Ding schon alleine.«

»Die ist blöd. Außerdem fährt sie wie eine blinde Kuh.«

»Also was ist, Schmidt. Wir begießen Ihre Ferien im Playa Mont. Urlaub und Spesen auf Kosten der Gemeinde Tazacorte. Ich sehe Sie später.«

Er polterte übertrieben laut die Treppe hinunter. Ich spähte durch die Balkontür. Sie fuhren ab. Heute keine Kinder am Strand. Das Meer wappnete sich mit einer besonderen Raffinesse. Ich grinste besserwisserisch über es hinweg.

*

Im Gang war es ruhig. Irgendetwas stimmte nicht. Ich öffnete die Tür einen Spalt weit und bekam einen Schlag gegen das Bein, weg da, ein Krebs hatte sich an meine Hose geklammert, er kletterte über mein Knie, weg da, weg, ich wollte ihn wegwischen und faßte über meinen Bauch, der sich hölzern vorwölbte, es saßen zwei riesige tellergroße Krebse da, ich schrie, ich warf mich zurück, aaah, die stummen Panzer tanzten auf mir herum, mein Jackett flatterte zur Seite, da war gar nichts, beruhige dich, ich hatte seit Tagen nichts gegessen, ich sah Gespenster, ganz normal, ich ging zum Eisschrank, ich öffnete ihn, die Fische schrien auf, sprangen heraus und bissen mich, ihr kleinen Biester, ihr wollt mir wohl Angst einjagen, ich ließ sie laufen, haut ab, haut bloß ab, ich legte mich wieder aufs Bett und zog mir die Decke über den Kopf, das einzige, was mich störte, war der Krach an der Tür, ich versuchte, ihn zu ignorieren, es hörte sich nicht gut an, wie die Schläge der Brandung, wenn sie im Begriff war, etwas zu zerstören, es gurgelte, dazwischen die Schreie von Pia, sollte sie doch verrecken, was hatte sie in meinem Schlüsselloch zu suchen, mitten in der Flut.

Dann packten mich Hände. Es ging mit Schwung die Treppe hinunter. Ich versuchte zu schwimmen. Ich war nackt und leicht. Es waren eine Menge Hände. Ich segelte über die Straße. Hände weg, ihr Schweine. Die nächste Welle rammte mich in den rückwärtigen Teil von Orlandos Landrover. Ich fror. Pia saß auf mir und machte ein blödes Gesicht.

»Wir müssen Sie wegbringen, Herr Schmidt. Es geht nicht mehr so weiter.«

Ich zitterte.

»Er friert. Er braucht eine Decke.«

»Ach was. Wir fahren los. Wir sind ja gleich oben.«

*

Sie fuhren durch die Serpentine nach Los Llanos hinauf. Am Kirchplatz machten sie Halt. Die Männer stiegen aus für einen Cortado am Kiosk. Pia hielt mich fest. Die Früchte der Lorbeerbäume prasselten aufs Autodach. Ich sah ihre zufriedenen Bewegungen, schwarze

Anzüge und braungebrannte Hände und dampfende Tassen in den automatischen Pausen der Lidschläge. Es war das Durcheinander vor der Verwirklichung einer neuen Idee. Sie täuschten sich, wenn sie glaubten, sie könnten mich aus dem Verkehr ziehen, nur weil ich sie an die alte Sehnsucht erinnerte, nicht hier zu sein, so billig.

Ich hob den Kopf hoch, gegen irgendeine Schwere. Der abgerissene Rolladen des verwaisten Reisebüros und darüber die braune Linie der Cumbre. Ich setzte mich mit einem Ruck auf. Pia hielt mich an der Schulter fest.

»Jetzt nicht, Herr Schmidt, Sie können doch nicht nackt auf die Straße gehen.«

Dieses verdammte Puppentheater, dieses dreimal verdammte Puppentheater. Ich spürte die Fäden.

»Wir haben Ihre Kleider alle schon oben am Cresta del Gallo.«

Von Los Llanos fuhren sie auf der unteren Straße Richtung El Paso. Ich sah die braungebrannte mittlere Gebirgswand scharf begrenzt durch die Windschutzscheibe. Es war anders als bei meinen vorigen Ausflügen, das Meer lehnte sich satt zurück in den Weltraum. Das Frühstücksei, oder die blöde Bemerkung am Nachbartisch, Europa ist doch Scheiße. Es konnte auf die Dauer nicht gut gehen, so gedächtnislos zu sein. Jetzt nahmen die Bilder einfach Platz mit fetten Ärschen, es war Ende Oktober, die Weinberge der Cumbre waren verdorrt. Der trockene Brustkorb eines menschlichen Kadavers, parcelliert in die Fensterportionen des Autos, aber deswegen nicht weniger abstoßend, es war unfreundlich, wo sie mich hinchauffierten, die Hitze stieg in den erbarmungslos weiten blauen Himmel, dünner Rauch aus hunderten von Kartoffelfeuern, verbrennen sie Schweineherzen oder die Gedanken an ansteckende Krankheiten. Der doppelstöckige Bau der Reparaturwerkstatt für uralte Volkswagen war für immer geschlossen, in wenigen Tagen hatte sich der Herzstrauch der Bougainvillea an dem großen Blechrolladen hochgerankt. Auch eine treue Kundschaft vergißt schnell.

»Wo fahren Sie mich hin.«

»Zu guten Freunden. Sie werden sehen. Sie werden gut aufgehoben sein.«

Ich wollte etwas anderes. Ich dachte angestrengt darüber nach, aber es fiel mir nicht ein.

Freunde. Es war ein komischer Klang. Er ähnelte New York, wenn man es gegen den unantastbaren Mittagsglanz des Meeres sagte, es war genauso beschämend, als läge die kühle grüne Hand des Oceans auf einer winzigen Glasmurmel und rollte damit über den Meeresgrund und am Umkehrpunkt gäbe es einen eindeutig erstickten Klang. Es gab nicht viele Klänge von eindeutigem Charakter. Er erinnerte mich an das Geräusch, das die Füße der Verstorbenen an einer gläsernen Schwingtür machten, in der neuen Klinik für Krebskranke, neben der unteren Tankstelle von Los Llanos. Eines der ehrgeizigen Bauprojekte von Orlando, der den gewinnbringenden Wert langdauernder zum Tode führender Krankheiten erkannt hatte. Es war ein Glaspalast, mit gläsernen Boxen, stillgelegte Aquarien, wo Atemzüge aussahen wie bei Fischen auf dem Trockenen und wo mit blutunterlaufenen Armen über das stille Meer der Leintücher gerudert wurde, waren es Freunde, wenn sie den Kopf hoben, wie selbstvergessene Taucher, die sich augenblicklich an etwas erinnerten, wenn sie den Gong der anschlagenden Füße hörten, wenn die Schwingtür zum Ausgang aufging und wieder zurückfederte, wenn sie, jeder einzelne, wieder zurücktauchten unter die Sichtblenden ihrer Boxenwände, wahrscheinlich waren es Freunde.

Ich spähte über den Fensterrand. Auf der einen Seite das Meer wie ein niedergeschlagener Himmel, auf der anderen Seite das lange Haus, in dem der Österreicher sein Spezialitätenrestaurant eingerichtet hatte. Die Straße machte eine scharfe Biegung nach rechts. Sie war holprig und wand sich zwischen kleinen Eukalyptusbäumen durch, die Äste machten bittersüße Verrenkungen und wurden kritisiert von einem strotzenden Beet aus überladenen Tomatenstöcken, sonst gab es keine Anzeichen von Leben, niemand sonst nahm Notiz von dem Transport, ich schaute triumphierend unter das angeberische Kinn der alten Dame, auf dieser Insel konnte man niemanden verschleppen, man fiel automatisch aufs Meer zurück, von jeder Stelle.

Mit jedem Meter, den wir an Höhe gewannen, wurde es heißer.

Seit Tagen wehte der Levante. Die Besatzung schwitzte. Ich nicht. Diesmal werde die Insel reagieren, hatte es geheißen in der Gerüchteküche des Playa Mont. Die Nadeln der großen Kiefern haben sich braun verfärbt, die Westseite werde aufbrechen wie eine Wunde, die nie wirklich verheilt war.

Wir passierten Jedey und das Haus des Kapitäns. Müde hing die Inselflanke über dem Wasser, erschöpft von der zwanzig Jahre dauernden Konzentration. Ich rutschte auf dem Blechboden hin und her, ein Schweinekörper oder ein rosarotes Herz ohne Funktion, bloß daß ich mich eingenäßt hatte, ein ängstliches rosarotes Schweineherz also. Ich riß mich zusammen und schrie sie an.

»New York, ist das nicht dieses weiße unschuldige Dynamitkügelchen, das jeder von euch auf der Zunge trägt, darum lispelt ihr so, ihr Haie ohne Lippen, ihr könnt an nichts anderes denken, gebt es ruhig zu...«

»Halten Sie ihn doch fest«, murmelte Orlando, während er melancholisch zur Küste hinunterschaute.

»Ich habe keine Botschaft an untergehende Schiffe. Die Kabylei...«

*

Sie hatten mich zu einem ärmlichen Bauerngehoft gebracht, das auf der halben Strecke zwischen San Nicolas und Fuencaliente lag, direkt neben der Piste. Es war eine einsame Stelle, wo die Insel in ihre keilförmige Spitze überging. Die steile Flanke war dicht mit Kiefern bewachsen. Die baumlosen schwarzen Schneisen, die vom Grat der Cumbre bis ins Meer hinunterreichten, waren alte, von Flechten silbern schimmernde Lavastraßen. Dazwischen wucherten eine Menge Kräuter, Kakteengewächse und Fettpflanzen und strömten den Geruch einer hermetisch abgeschlossenen Gewürzhandlung aus. Weiter im Süden sah man die weißen Hauswürfel von Las Indias in der Wand hängen und unten, an der Küste, ragten die Bananenplantagen von Puerto Naos und Charco Verde ins Meer, wie die grün bemalten Ausleger eines stahlgrauen, kieloben treibenden Kriegsschiffs.

Vom fahrenden Auto sah man das Haus nur für Sekunden. Man sah eigentlich nur das Dach, das aus Wellblech bestand und mit alten Lastwagenreifen beschwert war, damit es der Fallwind nicht ins Meer hinunterschleuderte. Letzteres lag gut tausend Meter tiefer in der Sonne wie Gelee, das man unmittelbar vor seiner Verfestigung etwas geschüttelt hatte.

Genau genommen war es die Ziegenhütte des Anwesens, in die sie mich gesteckt hatten. Die Wohngebäude der Familie lagen auf der anderen bergwärtigen Seite der Straße. Es war ein fensterloser einzelner kleiner Raum vor dem großen Stall, der an die fünfzig, sechzig Ziegen aufnahm. Die Tür stand offen.

*

»Na also«, dachte ich, als ich meinen Koffer wiedererkannte und meine schweinslederne Aktentasche, die allerdings leer war. Genauso beruhigend war, daß ich einige meiner weißen Hemden und zwei meiner Anzüge entdeckte, die an einem Bleiwasserrohr hingen, das man zwischen die Vorder- und Hinterwand des Zimmers geklemmt hatte. Auf dem grob hingestrichenen Zementboden fand ich zwei Paar meiner noch kaum getragenen italienischen Halbschuhe.

Das kommt dir doch bekannt vor, dachte ich, während ich das schmale Bett untersuchte, dessen Drahtrost in Auflösung begriffen war, an den kleinen dunkelbraunen Tisch ging, dessen Schublade aufstand, in der eine Fotografie lag mit dem Bild einer Großfamilie, die melancholisch aus ihren Sonntagskleidern schaute, einen Stuhl ausprobierte mit einer unbequemen Bastsitzfläche und einer überlangen kerzengeraden Rückenlehne, wie ein Beichtstuhl, aber er war ja nicht für die Ewigkeit.

Wenn Orlando geglaubt hatte, daß er mich auf diese Weise zurückhalten konnte, so hatte er sich getäuscht. Als ich nämlich vor die Tür trat, hatte ich sofort das Gefühl, New York näher zu sein als je, ich brauchte mich gewissermaßen nur auf die Zehenspitzen zu stellen und konnte hinter dem blassen Rand der Weltkugel die Freiheitsstatue sehen.

»Wie lange bin ich schon hier oben.«

»Zwei Wochen, es sind zwei Wochen.«

Ich wußte nichts von ihnen. Auf einem Grasplatz eine Terrasse weiter unten stand ein Ziegenbock mit einem glänzenden rotbraunen Fell. Er betrachtete mich mit einem unverschämt menschlichen Blick. Er war mit einer Eisenkette an einen Holzpflock gebunden. Er hatte bereits alles in seinem erreichbaren Radius abgefressen. Er war nur dafür da, die besten Grasplätze leerzufressen und dann die Ziegen zu bespringen.

»Er hat denselben Standpunkt wie ich«, höhnte ich später in einem Gespräch mit dem halbwüchsigen Filipe, einem Negermischling mit einem melancholischen Blick, der mir das Tablett mit dem Frühstück herunterbrachte.

»Was sagst du dazu, Filipe, aber du verstehst es noch nicht.«

Dabei hatte er einen Hintern, der in Zukunft zu nichts anderem gut sein würde, als mit immer stärkeren Motorrädern durch die Gegend zu knattern und die kleinen, immer größer werdenden Mädchen in den einsam liegenden Nachbarhütten zu besteigen. Aber was kümmerte es mich. Es war so unwichtig, wie der hinter einem Abteilfenster vorbeihuschende hundertfach bekannte undifferenzierte Abschiedsblick eines naturgemäß Unbekannten.

*

Die Frau, die mich versorgte, hieß Doña Clarita und war die Bäuerin. Sie handelte nach demselben System aus Selbstbefriedigung und Mitleid, wie ich es von Pia kannte, nur daß sie mich mit Hilfe von Eßgewohnheiten zu einem durchschnittlichen Bewohner von San Miguel machen wollte. Aber es konnte noch weniger klappen, weil ich diesmal so gut wie abreisefertig war. Also die Verführung von Kartoffeln, Kohl, Knoblauch und Ziegenfleisch war an einen Mann vergeudet, der sich im Niemandsland eines Wartesaals befand, mit einer Erregung, die nichts zu tun hatte mit der Bedeutungslosigkeit der Haltestelle. Also wie sollte ich ihr verständlich machen, daß ich keinen Appetit hatte, als sie vor mir stand und den dampfenden Topf über ihren stattlichen Bauch hielt.

»Ich habe keinen Appetit jetzt«, machte ich einen Kompromiß. »Stellen Sie ihn einfach hier hin.«

Ich zeigte auf einen riesigen Holzblock, auf dem die Spuren unzähliger Beilhiebe und die braune Farbe alten Blutes zu sehen waren. Ihr Blick war eine Mischung aus Befremden und grundloser Freundlichkeit. Mein Blick ging an ihrer scheußlich karierten Schürze vorbei über den Atlantic.

»Aber essen Sie es gleich. Sie müssen es essen, solange es noch warm ist. Sonst schmeckt es nicht.«

Columbus hatte Pech gehabt, als er in der neuen Welt ankam. Er hat nichts wirklich Neues angetroffen. Es gab zu viele Seelen für die paar wenigen Ereignisse, die im Lauf von Jahrhunderten wirklich zählten. Ich hatte Glück, ich hatte die Aussicht auf New York.

»Haben Sie keinen Wein da.«

»Nein. Er ist zu teuer. Orlando hat uns sehr wenig Geld gegeben für Ihren Unterhalt.«

Ich trat ins Freie. Die kleine Terrasse vor der Kammer war ein von schütterem vertrocknetem Gras überwachsener Felsbrocken, an den sich eine aus Hohlblocksteinen gemauerte Zisterne anlehnte. Ihr Durchmesser betrug etwa sieben bis acht Meter. Sie war mit alten, von der Sonne bleichen Teabohlen abgedeckt, die konzentrisch in die Mitte zeigten, wo ein Loch offenblieb, um das Regenwasser durchzulassen. Große Lavabrocken schützten die Bretter vor dem Sturm.

»Ich werde welches beschaffen. Können Sie nicht anschreiben solange.«

Ich zitterte fürchterlich. Dabei war ich ruhig, ganz ruhig. Ich faßte verstohlen zu meinem Schenkel hinunter und drückte ihn gegen den Boden. Es nützte nicht. Er zuckte noch heftiger in meiner Hand.

»Ich werde meinen Sohn Filipe schicken. Wir sind verwandt mit den Leuten in Jedey, die den Laden haben. Er fährt mit dem Moped. Er ist gleich wieder da.«

Sie schaute mich komisch an, nicht wie ein Mensch, sondern wie die vorauseilende Traurigkeit einer Wolke. Sie hatte die dunkelbraune Haut, die die Negersklaven auf ihrem Transport nach America auf der Insel zurückgelassen hatten, einen behäbigen Matronenbauch und blaue Krampfadern vom Kinderkriegen und vom Stehen am Waschstein.

»Wir haben zu siebt in dem kleinen Raum da gewohnt«, rief sie triumphierend, »und nur von dem bißchen Acker gelebt.«

Mächtige festungsartige Mauern aus schwarzen Lavabrocken gliederten die Nachbarschaft in schmale Terrassen, auf denen wilder Hafer stand. Überall wucherte die Opuntie, ein Kaktus mit gelben und roten Blüten, als brennte ein permanentes Feuerwerk. Der Wind zerrte in ungepflegten Mandelbäumen.

Während ich mich unterhielt, bemerkte ich die fremde Berührung, ein Luftzug am Hals, ich veränderte meine Position, nein, es war längst ein eisiger Schreck, es war der Schatten der Hausmauer, der sich zentimeterweise auf mich zu bewegte.

»Ist Ihnen nicht gut.«

Die Fragen wurden immer idiotischer, je häufiger sie wiederholt wurden. Ich hob die Hand gegen die Sonne. Ein wütender schlangenkopfartiger Schatten ratterte über mein Jackett und versank unter meinem Kinn.

»Legen Sie sich hin. Trinken Sie etwas.«

»Nein. Kein Wasser. Wasser macht mich schwindlig.«

*

»Man vermißt Sie unten«, sagte Northeim, der mich mit seinem Fahrrad besuchen kam. Er hatte einen halben Tag dafür gebraucht. Die meiste Zeit hatte er schieben müssen. Das Rad hatte keine Gangschaltung. Es war ein altes englisches Modell mit einer verrosteten Kette. Er machte ein Gesicht wie einer, den ich enttäuscht hatte und der sich besorgt fragen mußte, wie er mich dennoch in sein Weltbild der gerechten Ereignisse einbauen konnte. Es belustigte mich, daß ich gewissermaßen eine unwahrscheinliche Ratte im Universum war, die, obwohl sie vom Alkohol und von den Weibern lebte, mit einem Bein bereits auf der anderen perfekten Seite der Welt stand.

»Sagen Sie ihnen, daß ich weitermache.«

»Wie weitermache.«

»Haben Sie etwas zum Schreiben da. Ich schreibe Ihnen die Namen auf. Oder besser die Adressen. Ich habe die Namen nicht im Kopf.«

Northeim machte ein blödes Gesicht, um mir zu zeigen, daß er mein Verhalten mißbilligte.

»Die Frauen, meine Kundinnen. Sie wissen schon. Sie können ja mit dem Taxi heraufkommen.«

»Schmidt, erholen Sie sich doch erst mal hier oben, genießen Sie die Ruhe, die klare Luft, die Aussicht...«

Er reichte mir sein Notizbuch und einen Kugelschreiber. Meine Finger waren steif und gehorchten nicht.

»Verdammt, ich bin zu nervös. Ich diktiere sie Ihnen.«

Während ich die Adressen herunterbetete, »die Blonde aus der Calle Nr. 4, die beiden schwarzen Schlanken mit der Kinderbrut, Calle Nr. 2, die italienische Tänzerin, Calle Nr. 1, Meerblick, die dünne von den beiden Frauen des Polizeichefs«, (bei der letzten zitterte er irritiert mit der linken Augenbraue), beobachtete ich eine Fliege, die in die Regentonne gefallen war. Sie schwamm an den Rand, aber ruderte so hektisch, daß die Wellen sie jedesmal zurückwarfen.

»Aber verraten Sie mich nicht, meinen Zustand, das ist das Einzige, um was ich Sie bitte. Diese Schwächeanfälle, sie kommen nicht oft. Aber es würde mir schaden, dem Geschäft. Sie wissen schon. Ein Liebhaber, der zu schwach ist.«

»Wie ein Philosoph, der nichts weiß.« Northeim kicherte idiotisch.

»Ich habe das ganze Geld in die Überfahrt gesteckt. Es ist nur noch fürs Leben. Es ist alles vorbereitet. Alles geht nach Plan.«

Ich hatte die Fliege nicht aus den Augen gelassen. Mit einer wütenden Handbewegung klatschte ich sie unter das Wasser.

»Was machen Sie denn da.«

Northeim sprang auf und schüttelte seine Jacke.

»Ich bin nervös, das ist alles.«

Northeim widersprach. Es sei der himmelstürzende Bewegungsdrang, dem gegenwärtig nichts übrigbliebe, als in frustranen alltäglichen Zuckungen zu verenden. Ich sagte, es sei eine simple chemische Krankheit, ich hätte es nachgelesen in einem medizinischen Wörterbuch, ein Enzym arbeite nicht mehr richtig, Myasthenia gravis pseudoparalytica, »Sie verstehen doch italienisch«, es sei griechisch, antwortete er schnippisch, also ich müßte nur etwas weniger trinken, dann würde es besser werden, sagte ich.

»Ich akzeptiere nicht die These der Schuld«, dozierte Northeim, der mir genausowenig zuhörte, wie mir irgendjemand zuhörte, »im Allgemeinen nicht und nicht was die Krankheiten betrifft. Der Mensch ist nicht schuld an seinem Befinden, ob er einen hohen Blutdruck hat, ein Geschwür oder einen Herzinfarkt, als ob Gesundheit ein Lohn wäre, und Krankheit eine Strafe, absurd, wenn die Erdkruste aufreißt, wenn das Meer verrückt spielt, was hat das mit Moral zu tun, das einzig Wahre am Menschen ist sein Fleisch, es ist wie das Universum, turbulent, rasend, blühend, in sich zusammenbrechend, es ist der Umschwung des Mondes, der das Meer und die Gehirne aus ihren Gräben zieht, die Eruptionen der Sonne entscheiden, das Platzen einer Milchstraße.«

»Vielleicht sollte ich etwas weniger trinken«, sagte ich und schaute auf das Nachmittagsmeer, das glänzte, als wäre es ein endgültiger Zustand für alle.

»Die Ratten, sehen Sie sie, da unten, und diese aufgeplusterten blauköpfigen Eidechsen, sie nehmen Formen an, da drüben sitzt eine, es könnte genauso eine Ratte sein, aber es ist ein Eidechsenvieh, es hat jede Menge dieser spitzschwänzigen kleinen Teufel hier oben, ich habe sie in Tazacorte nicht bemerkt, nicht in dieser Zahl, man muß aufpassen, daß sie einen nicht anknabbern, während man schläft.«

*

Doña Clarita übernahm die Kasse und die Organisation. Es war ja nur für ein paar Tage und es war praktischer so. Ich brauchte nur vors Haus zu treten und zu winken. Meine Kundinnen parkten oben auf der Straße auf einem Kinderspielplatz, auf dem sich eine

Wippe, eine Schaukel und ein kleines verrostetes Karussell befanden. Letzteres bestand eigentlich nur aus einem Trittbrett und einer Haltestange, die im Kreis um eine zentrale Stahlnabe gingen. Man brachte es mit dem einen Fuß in Schwung, während man mit dem anderen auf dem Trittbrett stand. Ich machte es ein paar Mal, als sich mein Zustand gebessert hatte. Der Spielplatz ragte gefährlich über die See hinaus. Wenn Kinder hier gespielt hatten, so mußten sie die grausamsten gewesen sein. Jedenfalls gingen die Frauen von hier zuerst zu Doña Clarita, wo sie den Preis ausmachten. Ich wußte nicht, wieviel sie verlangte. Ich hatte mein Essen, frische Wäsche und den Wein. Und ich konnte meine Kundschaft noch ausreichend bedienen, sonst wären sie ja auch nicht regelmäßig wiedergekommen. Es waren mir völlig Unbekannte dabei, es war mir egal. Sie genierten sich und kicherten, wenn sie den kleinen Raum zum ersten Mal betraten. Ich tat so, als merkte ich es nicht, ich machte es ganz routinemäßig. Ich hatte immer noch die umfunktionierten Untersuchungsfingerlinge aus der Praxis in Tazacorte, ich benützte sie weiter, nicht eigentlich aus Vorsicht, mehr aus Gewohnheit, ich zog mich nie ganz aus, ich schaute sie nicht an, manche versuchten, sich verführerisch zu benehmen, zögerten mit dem Ausziehen, machten mit dem Büstenhalter herum, mit dem Höschen, ich war höflich und wartete, ich war sehr langsam geworden, auch waren da diese Überrumpelungen, eine Mischung aus Dunkelheit und Muskelschwäche, es konnte ein banaler Schatten sein, der eines Tischbeins, des Wasserhahns, eines Mandelbaumzweigs, auf den mein zufälliger Blick fiel, intime Kanäle, Bruchstücke eines unbeleuchteten Labyrinths, zuckende Adern eines Sterns, der abgesoffen war und sich einbildete, ich wäre sein Vaterland, ich entschuldigte mich dafür, daß ich sie nicht mehr stoßen konnte wie ein junger Bock, sie kicherten vielleicht darüber, manche taten mütterlich, ich nahm es ganz undeutlich wahr, die Worte und Gesten verschwammen wie Zeichnungen auf einem Löschpapier. Am Schluß sagte ich immer noch ein paar lobende Worte, die ich einstudiert hatte, damit ich nicht über ihrer Ironie ins Stottern kam, ich versuchte, elegant dazustehen dabei, wenn ich über ihre Haut sprach, über ihr Haar, die Augen, wie schön sie doch seien.

Es war zwei Uhr morgens. Ich setzte mich an die Hauswand. Die Dunkelheit war ein kalter fremder Rauch. Ich zündete mir eine Zigarette an. Über dem Meer stand eine Fischotter, die so groß war wie eine ägyptische Pyramide. Sie fing Fische, die sie mit einem Kescher aus dem Wasser peitschte. Einmal war ein Mensch dabei, nicht größer als ein Fisch. Er winkte unternehmungslustig mit den Armen. Sie biß ihm den Kopf ab. Ich ging zu ihr hinüber und versuchte, zu argumentieren. Sie beugte sich fast charmant zu mir herunter.

Olé. Der Wind stürzte ohne Halt von der Cumbre herunter. Freie Fahrt für die Dunkelheit. Die Ziegen brummten. Das Wellblech klapperte dringend. Manchmal ruckte die Tür, als hätte sie zum Beispiel die Chance, ein leibhaftiger später Besuch zu sein. Dann kam die Sonne über die Caldera. Ihre Zinne leuchtete wie Rosenquarz. Palmen eilten aus der Dunkelheit mit zurückgeworfenen grünen Köpfen, als ginge es in die Richtung ihres speziellen Glücks. Das Morgenlicht machte entschiedene Sprünge die Westseite herunter, trat ins Grün der Bananenplantagen und knipste den Ocean an wie eine hellblaue Theaterlampe. Rührend, aber was hatte ich damit zu tun. Von tausend Metern Höhe sahen angemalte Lügen nicht anders aus, vielleicht weniger grell. Erholung in den Bergen. Orlando hatte sich getäuscht. Ich war abfahrbereit. Jeder Lidschlag gehörte New York. Die ganze Nacht hatten die Hunde gebellt, jetzt nicht mehr, ich horchte, war mit zwei, drei Sätzen am Rand der Terrasse, da versank der Ziegenstall des unteren Nachbarn schon tief im Tageslicht und ich hatte zu tun, nach einer meiner Sonnenbrillen zu tasten.

*

Ich sagte zu Doña Clarita, nur noch in den Nachmittagsstunden, nicht nach Sonnenuntergang mehr, ich bin zu müde, also Termine nur zwischen vier und sechs. Die hereinfallende Nacht machte mich unglücklich, schon die dunkle Unterseite der Abendwolke war mein persönliches Pech.

Eine arbeitslose Lehrerin war dagewesen. Ich hatte es kurz

gemacht und war gleich wieder vor die Hütte getreten. Meine Augen klammerten sich an den Horizont, eine goldglänzende Stadt auf italienischen Halbschuhen. Ein Wolkengeschwader stand aufgebauscht neben der Cumbre, während die Lehrerin in einen Fiat Panda einstieg, den sie sich gemietet hatte, der auf dem Kinderspielplatz parkte, wo sie wendete. Eine Wolke stürzte unversehens aufs Meer hinunter und faszinierte den Abgrund.

Ich wurde traurig, komisch, möglicherweise ein Abschiedsschmerz, der sich in die Landschaft erstreckte wie eine anhängliche Riesenkrake. Bevor ich losheulte, ging ich ins Zimmer zurück, um mich mit der Mausefalle zu beschäftigen, die mir Doña Clarita besorgt hatte.

Eine Maus raschelte nachts in der Plastiktüte, in der ich das Brot aufbewahrte. Das Brot war mir egal, aber ich konnte nicht schlafen und wollte nicht warten, bis ich mit den Nerven vollkommen am Ende war. Schließlich stand eine große Reise bevor. Wo bist du, mein Mäuschen. Ich kicherte vor Verzweiflung, als ich merkte, daß ich mit der Mausefalle nicht zurechtkam. Es war ein kleines Holzbrett mit einem an einer Feder befestigten Bügel, den man anspannte, indem man ihn umlegte und der dann von einem Stück Draht, das man auf der anderen Brettseite unter ein hauchdünnes Häkchen fabrizierte, in angespannter Position gehalten wurde. Mit anderen Worten, das einzige, auf das die Falle zuerst schnappte, waren meine ungeschickten Finger. Das ging eine Stunde, zwei Stunden so. Ich brauchte zwei Flaschen Roten, um das Zittern loszuwerden. Und als ich dann das Stückchen Brot an der richtigen Stelle hatte, schnappte das Gerät zu, kaum daß ich damit den Boden berührte. Das einzige, was mich tröstete, war, daß es die Maus genauso erbarmungslos treffen würde wie mich.

*

Orlando wollte mich kleinkriegen hier oben. Er wußte nicht, daß ich noch alles unter Kontrolle hatte. Es klappte wie am Schnürchen. Ich bediente zwei Kundinnen und schickte Filipe nach Jedey, wo er den Kapitän an unsere Verabredung erinnerte.

Der Kapitän ließ ausrichten, daß ich nur den Startschuß zu geben brauchte.

Ich lehnte mich in die Tür. Der beißende Glanz des Nachmittags löste sich auf. Der Bauch des Oceans stülpte sich vor. Er war kühl wie ein Gebirge in seinem Grab. Tief unten stieß eine Wolkenschicht gegen den lotrechten Teil der Steilküste. Die Sonne fiel mit Geschwindigkeit in sie hinein, versetzte sie in rote Wallung, tropfte aus ihr hervor und brachte nun die Wasserfläche in Verzükkung, bis sie verschlungen war. Land und Meer verschmolzen zu einer dunklen Platte, die von einem dünnen leuchtenden Himmelsblau überwölbt wurde. Noch über Stunden spiegelte es sich in den Bananenwassertanks des Aridanetals.

»Mucho frio aqui arriba«, sagte Doña Clarita, die mit einer Unmenge Essen über die Straße kam, gefolgt von Filipe, der ihr mit der Taschenlampe leuchtete. Sie behandelte mich nicht besser und nicht schlechter als ihren Ziegenbock.

»Sie müssen essen, sonst wird nichts aus Ihnen«, beharrte die Frau, während Filipe melancholisch zur Küste hinunterblickte, wo die Wassertanks erloschen und die Fischerboote mit ihren Scheinwerfern eine unregelmäßige Verzierung bildeten.

*

Gut, daß ich mich beschäftigen konnte, die letzten Tage.

In der Nacht gab es einen kurzen Lärm, der mich weckte. Ich dachte, daß die Falle zugeschnappt war. Tatsächlich. Am Morgen lag sie in einer ganz anderen Ecke des Zimmers, zugeschnappt, aber ohne Maus und Brot. Also probierte ich es mit einem Stück Hartkäse, den ich unmittelbar unter die spitze Halterung legte. Ich bezahlte dafür mit mehrmals eingeschnappten Fingern, unter deren Haut sich kleine blaue Blutergüsse bildeten. Zum Schluß hatte ich den Käse genau dort, wo der Bügel mit voller Wucht aufs Brett schlug und selbst eine fette Ratte erschlagen hätte.

*

Zigarette. Ich versuchte, mir eine Zigarette anzuzünden. Flasche. Ich zog die Flasche her. Ich versuchte, etwas ins Glas zu schütten. Es ging daneben. Ich nahm sie in den Mund.

*

Ich wurde auf dem unbequemen Baststuhl wach, mitten in der Sonne und dem Sturm, den sie den Levante nannten. Er hatte etwa vierzig oder fünfzig Grad und fegte von der Cumbre herunter, als wäre da oben die Hölle. Dabei war kein Wölkchen am Himmel, höchstens ein gemeiner blauer Strudel, der die Luft auf der einen Seite verschluckte und auf der andern wieder ausspie.

Ich dachte darüber nach, ob die Maus nichts anderes war als ein intelligenter Mensch in Gestalt einer Maus und darüber, daß sie intelligenter sein mußte als zum Beispiel ich. Und wenn sie intelligenter war als ich, ob ich deshalb eifersüchtig war und ihr folglich den Tod an den Hals wünschte. Ich konnte mich nicht entscheiden und konzentrierte mich aufs Meer. Wir würden nordwestlich davonfahren, wie Columbus.

Ich sah noch Filipe, der mit seinem Vater lautlos mit lächerlich in der Luft stehenden Melkeimern den Abhang herunterschwebte, mit aufgeblähten Backen und Worten, die längst über dem Meer waren. Dann quittierte die Sonne überraschend ihren Dienst an der Westseite und purzelte wie ein losgerissener Scheinwerfer vom schwarzen Theaterboden auf die Silberfolie des Oceans.

*

Ich bekämpfte die Sinnestäuschungen, indem ich mich ein paar Tage ins Bett zurückzog. Das Meer schäumte und zehntausend französische Zimmermädchen mit Köpfen mit Spitzenhäubchen beschäftigten sich damit, zu ertrinken. Die Luft zeigte ihre miserabelsten Eigenschaften und krachte wie ein Panzer in die Mandelbäume. Man mußte sich für jeden seiner Atemzüge ausdrücklich entscheiden. Ich tat es. Bravo. Es gab Philosophenkollegen von Northeim, die glaubten, daß der Körper ein Dreck sei und die

Seele seine Gefangene. Auf jeden Fall benahm sich meine wie ein Schmetterling, der seine Raupenhülse gnadenlos traktierte. Oder waren es, um genau zu sein, hunderte von Seelen, die unter meiner vom Lavastaub schwarzgepuderten Haut rumorten wie ein Haufen glitschiger Aale, am Herz taten sie weh, oh mein wehleidiges Herzchen, und die Waden tanzten, der Polizistenknecht, der Erbschleicher, der Möchtegernamerikaner, der Kinderverführer, der Gockel, der hergelaufene Deutsche, der ist doch impotent, bei mir kriegt der keinen mehr hoch, ich konnte es nicht vermeiden, daß der Sturm das Geschwätz bis zu mir herauf schleuderte. Die Ratten saßen einem selbstverständlich auf der Brust.

Das einzige, was unsichtbar war, aber wirklich existierte, war die Maus. Sie existierte im Überfluß, dank meiner Köder, die sie mit tadellosem Geschick aus der Falle holte, die erst zuschnappte, wenn ich einen neuen hineinbugsierte. Meine Finger sahen schlecht aus inzwischen.

*

Meiner Abreise stand nun nichts mehr im Weg. Filipe mußte mir die Fingernägel schneiden, weil ich zu sehr zitterte. Stimmte es, daß ganze Weltreiche wegen einer Fingerbewegung taumelten.

*

Es war kein Traum. Ich wachte auf von dumpfen Explosionen, wie sich ein Laie Kanonendonner vorstellt, der von weither kommt, über die See. Ich zog mir den Bademantel über und ging vor die Tür. Oben auf dem Kinderspielplatz hatten sich eine Menge Leute versammelt, schrien und streckten die Arme nach etwas aus. Es befand sich im Steilhang von Las Indias und sah aus wie ein ausgebeulter roter Feuerwehrschlauch, der an mehreren Stellen geplatzt war und rote Farbe versprühte. Tatsächlich war es ein sprudelnder Lavastrom, der sich mit rasender Geschwindigkeit in die Tiefe stürzte. Der Wald unter der Cumbre stand in wehenden gelben Flammen, deren zischende Laute bis zu mir drangen, wenn das Nadelkleid einer neuen Gruppe von Kiefern in einem Feuerball explodierte. Die Häuser des Bergdorfes existierten nicht mehr. Ihre Standorte wurden von den Leuten oben mit Geheul festgestellt, wenn es für einige Sekunden einen riesigen Funkenpilz gab. Er rührte von den Zisternen her, deren Wasser sich in Dampf verwandelte und mit hohem Druck in die Luft ging.

Irgendwie beruhigend. Abschiedsvorstellungen in Form handfester Beweise von der Größe mehrerer Güterbahnwaggons. Die Natur benahm sich primitiv und zufällig. Sie benahm sich wie ein moderner Krieg, der zwar exact organisiert war, aber nicht zwischen Freund und Feind unterscheiden konnte. Vielleicht hätte es mich irritieren sollen, daß der Weg nach Tazacorte zufällig verschont geblieben war. So entstanden Religionen, weil man Zufälle mit persönlichen Terminen verknüpfte, wie zum Beispiel bei der Überquerung des Roten Meers.

Filipe kam mit dem Essen herunter und dem Wein und einer rosaroten Farbe im Gesicht, als hätte man ihm die Haut abgezogen.

»Vater sagt, es ist nicht gefährlich. Die Lava ist in einem festen Bett. Sie kommt nicht zu uns herüber.«

»Und der Wald.«

»Ist abgebrannt. Außerdem ist die Straße dazwischen. Und hier unten sind ja nur noch ein paar Mandelbäume.«

Ein paar Mandelbäume. Wir waren überall ein paar Zentimeter von der roten Suppe entfernt, das sah doch ein Kind. Die Oberfläche war gespannt. Die Ziegen hoben nervös ihre Hufe. Sie waren rosa. Vielleicht verwandelten sie sich in langbeinige elegante Schweine, die den Luxus der Vorahnung kannten.

*

Ich döste vor mich hin, mit Zigaretten und Wein. Ich lag angezogen auf dem Bett, fertig zur Abfahrt. Die sonst milchweiße Passatwolke war jetzt rot vom Widerschein der Lava. Über die Kante der Steilküste wirbelte der Wasserdampf herauf, mit wilden roten Strähnen, genau zwischen meine Schuhe. Also die Insel lichtete Anker. Die Sonne flatterte als Wimpel über den Rauchwolken. Die Meerfläche war bleich und fiel an den Rändern in sich zusammen. Auf dem Kinderspielplatz drängelten sich die Wagenladungen der Gaffer. Orlandos Caterpillars schlugen eine Schneise zwischen dem Inselteil, der sich verflüssigte und dem festen Rest. Die Ziegen scharten sich zu besorgten Haufen und erneuerten die Idee der Arche Noah, was sie einigermaßen beruhigte. Die Schmeißfliegen verklumpten sich an der Decke, als hätten sie dadurch ein komplettes Gehirn. Die Ratten warteten höflich an der Türschwelle. Nur ich war so unhöflich, mit einer vollen Flasche nach ihnen zu werfen, die den ironischen Ton der Vergeblichkeit von sich gab, und ihren Inhalt natürlich. Ich torkelte nach draußen. Die Luft zitterte. Nicht nur über dem schwarzen Pudding, der eine Geschwindigkeit hatte, als befände er sich im freien Fall. Eine Taube streifte mich mit einem bedrohlichen, unerhörten Rauschen, eine Eidechse belauerte mich, hau ab, du Rattenschwanz. Ich lehnte mich über die Wassertonne. Sie zogen es vor, zu ersaufen, die leicht Gefiederten, Schmetterlinge, Libellen, gemeine Mücken, ich glotzte in mein Spiegelbild, flatternde Backenfalten und Hängeaugen, ich mußte verschwinden, sofort, sonst krepierte ich, ohne je glücklich gewesen zu sein, ich schaute den Feldweg entlang, der langsam ansteigend nach Norden, auf die Straße von San Nicolas führte, graue Flechten auf altem Lavageröll, hunderte blaukröpfiger Wächter auf Rattenschwanzärschen, das mörderische Geheul des Esels hinter der ersten Wegbiegung und das verächtliche Meckern des vollgefressenen Ziegenbocks.

Ich rannte los.

Es gibt keinen freien Willen, wenn gewisse Prinzipien anerkannt sind.

Am Weg standen Schülerinnen. Drei herausgeputzte Wesen, die auf den Landrover warteten, der sie in die Grundschule nach San Nicolas bringen sollte, außerordentliche Klugheit, gewaschene Ohren, Pferdeschwänze und Brillen. Sie musterten mich aus dem Abgrund ihrer wissensdurstigen Augen, die kleinen Lügnerinnen, hinter ihren vorgehaltenen Schreibheften.

Ich lief weiter mitten in den Feigenkaktus. Das Licht schlug zurück, mit tausenden spitzer Nadeln, schmerzhafte Illuminationen knapp über den Gegenständen, ein wildes Gerstenfeld, ein blondes Haar aus reiner Erinnerung, ein Dreschplatz mit grauen warmen Steinen, das Publikum drängelte sich, die Opfer zeigten ihre Brüste, vollkommen entsetzt von den Doppelschreien der Zikaden, ich lief im Kreis, wo ich hintrat, verstummten die Insekten, und türmten sich hinter mir auf, mit einem einzigen goldbeschlagenen Chitinflügel, du kannst mich haben, wenn du mich erlöst, lächerlich, in der letzten Minute noch zu verhandeln, mit einem huschenden Schatten, mit einer minimalen Handbewegung, die Mandelbäume wechselten ihren Standort, die Beulen erheiterten mich, welche Adresse, mein Gott, jetzt doch keine Bedingungen mehr, meine Stirn schlug auf den Boden, ich robbte ein Stück vorwärts, ich stieß gegen einen Militärstiefel, ich schaute hoch, es war Metamores, mit der Hand auf der Pistolentasche.

»Was macht denn unser Herr Schmidt in den Bergen.«

»Ich trainiere.«

»Ah ja«, sagte Metamores gedehnt, »es sieht aber so aus, als ob Sie uns fortlaufen wollten. Dabei ist alles vorbereitet, ich habe es Ihnen doch ausrichten lassen.«

*

Metamores brachte mich zurück. Doña Clarita und Filipe legten mich aufs Bett. Ich sagte, sie sollten die Tür zumachen. Ich wartete, bis ich sie nicht mehr hörte, dann schlich ich zur Tür und verschloß sie von innen. Es war stiller als je. Es war die Stille der vollkommenen Abwesenheit, der Ziegenstall hatte sich losgelöst und schwebte irgendwo in die Dunkelheit hinauf, schwebte an irgendeinem Rand entlang, ein Luftschiff mit Ziegenleben.

Den ganzen Vormittag döste ich im Bett. Doña Clarita rief mit gellender Stimme nach Filipe. Man klopfte wegen des Frückstücks und wegen Damenbesuch an die Tür. Man sagte, daß man das Essen auf den zerhackten Baumstrunk gestellt hatte.

Ich fixierte die angespannte Mausefalle. Der Köder war sauber weggefressen. War es wichtig, daß ich das Biest erwischte, wegen der paar Tage, bis ich die Insel verließ. Sie störte mich nicht mehr. Sie war mucksmäuschenstill. Ich versuchte, über sie nachzudenken, aber es fiel mir nichts ein. Ich nahm ein Stückchen Käse. Nach einigen böse fehlgeschlagenen Versuchen hatte ich es festgeklemmt. Dann stellte ich das Brettchen auf einen kleinen Stein, damit die Falle bei der leisesten Berührung sich bewegen und zuschnappen mußte.

*

Das Wasser tropfte langsam in die Tonne. Wenn ein Haus ein Wasserrecht hatte, so war es auf ewig, und wenn es nur ein paar Tropfen pro Minute waren, die die Wasserherren in den kleinen verschlossenen Cajitas mit raffinierten Holzschiebern abzweigten. Die Pausen waren lang genug, daß ich jedesmal glauben konnte, jetzt wärs das letzte Mal.

Dann kam ein anderer Takt dazu. Es war ein schnelleres Klopfen, ein quälender Wettbewerb, der mich schließlich zwang, aufzustehen. Ich ging hinaus. Es war unter der Zisterne. Ich beugte mich über die Geranienrabatte. Filipe saß am Fuß der Mauer, mit dem Gewehr seines Vaters im Schoß. Er klopfte gedankenverloren mit einem trockenen Mandelbaumzweig gegen den Lauf.

»Filipe.«

Der Junge wollte nicht hochschauen.

»Filipe. Ist das Gewehr geladen.«

Widerstrebend schaute er hoch und nickte. Ich nickte zurück. Mandelauge Afrika. Es bildete sich ein resoluter blauer Strudel, ein Nachthimmel mit einer um eine Winzigkeit zirkulierenden Neonreklame. Ich nickte immer noch und zeigte mit dem Finger auf mein Herz. Filipe bewegte den Gewehrlauf und drückte ab. Es war nicht geladen.

*

Doña Clarita stand in der Tür.

»Sie haben Besuch, Herr Schmidt, stellen Sie sich vor, es ist

Angelita. Angelita ist wieder da. Haben Sie anständig gegessen. Sie müssen essen. Sie brauchen jetzt Ihre Kraft.«

Ich drehte mich aus dem Bett. Ich ging gebückt vor Schmerz. Ich stieß gegen die Tür. Sie hatte eine Flasche Roten und Kartoffelsuppe auf dem Tablett. Ich trank gleich aus der Flasche. Es tat gut. Sie hatte meine Wäsche aufgehängt. Sie war in zehn Minuten trocken. Der durchsichtige Unschuldshimmel und die flüssige Lavapampe waren ein ideales Klima für die Hauswirtschaft. Mich machte es krank. Die alte Puffmutter. Natürlich war es nicht Angelita. Es war die Sportlehrerin aus Los Llanos. Sie sah Angelita ähnlich, aber im Prinzip sahen diese Südländerinnen alle gleich aus, mit ihren blauschwarzen Locken und ihren haarigen Unterschenkeln, sie hatte hektische Flecken im Gesicht, als hätte sie sich nach mir gesehnt. Filipe stand mit seinem Geländemotorrad auf dem Weg weiter oben und gab Gas. Sie hatten es gut inszeniert, das kleine dreckige Schaupiel der Erinnerungen, ein paar kleine dreckige Bestandteile aus seinem Leben, dachten sie und er ist wieder der alte Bock.

Ich nahm sie in den Arm und sagte »Angelita«. Ich küßte sie auf den Mund und drückte sie immer heftiger an mich. Ich hörte unverständliche Worte, die ich zwischen die Küsse direkt in ihren Mund hineinsprach. Doña Clarita grinste triumphierend. Die Sportlehrerin begann sich zu wehren, während ihr Clarita beruhigende Klapse auf den Hintern gab. Schließlich schrie sie um Hilfe und stürzte den Abhang hinauf.

Bei den nächsten Frauen klappte es. Es war angeblich jedesmal Angelita und ich sagte »Angelita, Angelita« während der Liebesmechanik.

Goldglänzende Stadt. Goldglänzende Wolkenherolde auf einer silbernen Wasserspur.

Insel der Glücklichen, deren Geröll wie schwarzer Eiter die Hänge hinuntertropfte. Das Scheinwerferlicht der Caterpillars war unbestechlich. Orlando sprengte hundert Meter breites Niemandsland neben die Lava.

Doña Clarita führte mir eine Blonde ins Zimmer, die einen gewaltigen Zopf auf dem Rücken hatte, eine schöne athletische

Frau, sie stammte von den Berbern ab, sagte sie, fünftausend Jahre alte Liebe, ich mußte grinsen, zwischen den glutroten Wolken zeigten sich helle wässriggrüne Streifen, aus den Gesichtern tropften klebrige Gedanken, die Stimmen kamen wie aus einem Grab, hilflos und kalt, Himmel und Meer vereinigten sich zu demselben nächtlichen Blau, die Bananenwassertanks erloschen und die Fischerboote weit draußen schalteten ihre Scheinwerfer ein und entwarfen ein neues Sternzeichen. Ich hätte geweint, wenn ich gekonnt hätte.

*

»Ich fahre übermorgen. Übermorgen geht es los.«

»Nimmst du mich mit.«

»Nein.«

Ich stand in der Tür und beobachtete die Passatwolke. Über der Lava hatte sie mächtige rote Bäuche, wie ein ausgeleierter Baldachin in einem übertriebenen Theaterhimmel, an dem unentschiedene Hilfskräfte herumzerrten. Auf halber Höhe vermischte sie sich mit dem grauen Rauch aus den brennenden Wäldern und der schneeweißen Dampfsäule, die mit unverminderter Geschwindigkeit von der Küste südlich von San Remo heraufwirbelte. Die Oberfläche des Feuerstroms war inzwischen schwarz geworden, erloschener Koks, harmlos, wenn er sich nicht immer noch wie verrückt nach unten bewegt und aus plötzlichen Rissen blutrot aufgeglüht hätte.

Später konnte ich nicht schlafen. Ich setzte mich vor die Tür. Die Passatwolke hatte das untere Drittel der Inselflanke erreicht. Der Ziegenstall fuhr wie ein Schiff im Nebel. Im Süden glimmte ein dünnes Rot. Der Himmel war tintenblau. Der Vollmond ein hastig hochgezogener Lampion mit schlechter Beleuchtung. Die Geräusche der Ziegen drangen zaghaft und schuldbewußt nach vorn. Die Ziegenhüterjungen hatten sich in der Gegend verteilt und gaben sich Pfeifsignale. Sie umzingelten die Hütte und warfen riesige Schatten in den Nebel. Ich ging wütend auf die Zisterne hinaus und drohte ihnen, verschwindet. Der Mond glitt eilig durch die Schwaden und war in Wirklichkeit ein blasses Stück Fleisch. Breitbeinig stand einer davor, durchsichtig, also doch, es gibt sie, ich jagte keinem Phantom nach.

*

In der Nacht wachte ich auf. Ich wußte, ich hatte sie getötet. Ich nahm die Taschenlampe und leuchtete. Die Falle war durchs Zimmer geflogen, als sie zuschnappte. Es war ein schönes dunkelgraues Tier. Der Bügel hatte es genau unter dem Hals getroffen. Am Mund hing ein Blutstropfen wie eine Träne. Die Augen waren geöffnet und blickten in jede Richtung, mit einem unendlich nachsichtigen Schwarz. Ich weinte. Irgendetwas schüttelte mich, stundenlang, so daß ich das Gefühl bekam, es weinte ein anderer. Ich versuchte, die Maus zu befreien, aber es ging nicht.

*

Ich hatte das Angelitagetue satt. Ich bekam einen Unhöflichkeitsanfall ausgerechnet bei einer Kundin, der ich nichts vorwerfen konnte, es sei denn, ich hätte ihr übel genommen, daß sie sich von mir holte, wofür sie mich bezahlte. Nein, sie hatte sogar im Unterschied zu den andern den Vorzug, daß sie mich ihrerseits unterhalten wollte. Sie arbeitete in einem Wanderzirkus mit, für einen Gotteslohn, mit immer demselben billigen roten Kleid mit schlampig vernähten Rissen und verschmiertem Lippenrot unter der Nase.

»Glaub ja nicht, daß es uns anders geht als dir«, sagte sie bitter, »du Angeber. Auch wir spielen unter allen Umständen, weil wir davon leben müssen, egal, ob die Barrancos vor Hitze knistern, die Viehtreiber uns in den Arsch zwicken und der Direktor uns in die Fresse haut.«

Sie zog eine versöhnliche Grimasse und erzählte schnell, daß sie hauptsächlich ein Bär war, die ganze Vorstellung über in einem Bärenfell furchtbar schwitzen mußte, bis sie sich zum Schluß über einen Mitspieler warf, der ein Laubfrosch war und ordinäre Bewegungen machte, sie machte es mir vor, aber ich mußte nicht lachen, obwohl ich es komisch fand.

Hinter ihrem Rücken rauchten die Cumbrewälder. Sie waren schwarz wie die kalte Lava. Dabei würden wieder grüne Nadeln sprießen. Diese Bäume brannten nur außen, sie waren unnatürlich, sie verbündeten sich mit dem Feuer, ohne daran zugrunde zu gehen.

Ich grinste sie an.

»Du hörst mir gar nicht zu.«

*

Der Morgen war rosa wie ein frisch geworfenes Ferkel. Die schwarze Suppe der Lava duckte sich unter seinem optimistischen Licht. Die Dampfsäule stand neben der Steilküste wie von einer startbereiten Lokomotive. Aus dem Mandelbaum tropfte der Tau. Die Luft war so klar, als wäre sie plötzlich bereit, den Blick auf den gegenüberliegenden Erdteil preiszugeben. Selbst das Grün der Bananenplantagen von Charco Verde erheiterte sich am Anblick zarter Fische, die seine Wurzeln kitzelten. Alles hatte die Leichtigkeit des wolkenlosen Himmels und die Zartheit der Linie des Horizonts.

Filipe kam mit dem Frühstück.

»Warum ist kein Wein dabei.«

»Zum Frühstück gibt es keinen Wein.«

Er sagte es mit einer dicklippigen Streitlust und starrte trotzig aufs Meer hinunter.

»Misch dich nicht in meine Angelegenheiten. Geh und hol schon die Flasche. Du verstehst nichts.«

Er starrte traurig auf den Boden.

»Außerdem mußt du gleich zum Kapitän nach Jedey fahren. Sag ihm nur, es sei soweit. Morgen zur verabredeten Zeit in Tazacorte.«

Dieser Junge lachte nie, auch wenn er mit den anderen Ziegenhüterjungen spielte. Er stotterte etwas. Es war wie das Geräusch einer Welle in der Nacht, die sich nicht richtig entwickeln konnte und vorzeitig zusammenbrach, so, als verschluckte sie sich.

Warum so traurig. Man muß erst alt werden, um traurig zu sein.

»Glotz mich nicht so an. Mach deine Arbeit. Dann fährst du noch zu Metamores in Tazacorte unten. Er soll dir den Schlüssel geben. Er weiß schon.«

*

Es war der letzte Tag vor der Abreise. Ausnahmsweise nahm ich mein Mittagessen zu mir. Ich beugte mich über den Tisch und schob mir das Zeug über den Tellerrand direkt in den Mund, ich schluckte ohne zu kauen, was danebenging, fiel auf die Tischplatte und unter den Tisch, ich fraß wie ein Schwein, ich hatte die komische Befürchtung, so einen konnten sie drüben in New York nicht brauchen.

Vielleicht war alles falsch. Ich hatte ein flaues Gefühl im Magen. Es wäre vielleicht besser gewesen, wenn ich das Zeug wieder von mir gegeben hätte. Jesus Maria besuchte mich. Es war der Mann der Doña Clarita, ich hatte vorher nie mit ihm gesprochen. Er hatte ebenfalls ein Moped und fuhr morgens in der Dunkelheit hinunter in die Plantagen und kam nachts zurück. Jesus Maria, wie man schon so heißen konnte. Er machte ein jammervolles Gesicht, es war ausgemergelt wie das aller Plantagenarbeiter. Er setzte sich auf den Rand der Zisterne und drehte sich eine Zigarette, wir vermieden unsere Blicke, seine Hände waren voller Narben und frischer Geschwüre. Er seufzte, sein Blick wanderte in meine Nähe, glitt wieder davon, zum Meer hinunter, wanderte wieder her, über den Schlachtblock, eine Eidechse, schließlich sagte er, »morgen ist das große Fischerfest in Tazacorte, alle werden dort sein.«

»Warum sagen Sie mir das. Ich gehe auf keine Feste.«

Ich ertappte ihn bei einem Blick, den er voll in meine Augen schickte, eine zudringliche solidarische Freundlichkeit.

»Ich brauche keine Ratschläge...«

Jetzt fixierte er mich unverhohlen, ein idiotischer Blick, mit dem sich ganz zum Schluß Verlierer anglotzten, Leute, die zwanzig Jahre geworden sind, vierzig, sechzig, und jedesmal, wenn sie sich aufrappeln wollten, wieder hingestreckt wurden, sie konnten nicht einmal sagen, wodurch, sie lagen einfach mit der Schnauze im Dreck und guckten sich gegenseitig verständnisvoll ins Gesicht.

»Glaub bloß nicht, daß ich mich festnageln lasse auf eurer Scheißinsel, da habt ihr euch getäuscht, gib zu, daß du es glaubst, gib es zu, gib es zu ... «

Ich stürzte mich schreiend auf ihn. Er fing mich lässig ab, dieser hagere Bananenknecht fing mich ab wie ein piepsendes Inselkarnickel, ich lag in seinen knochigen Armen, du meine Güte, war ich heruntergekommen.

»Du verdammtes Schwein«, röchelte ich, »wenn du glaubst, daß du mich festhalten kannst ... «

Vielleicht hatte ich einen Fehler gemacht. Aber ich war nicht sicher. Vielleicht gab es keine Unterschiede, wenn man die Standpunkte anzupassen lernte, wenn man zum Beispiel auf dem Gebiet der Bewegung Kriegszüge mit Urlaubsreisen oder mit Nachmittagsbesuchen auf benachbarten Balkonen verglich.

»Tranquilo, tranquilo.«

*

Um fünf fuhren wir los. Ich und Filipe auf seinem gelben Geländemoped. Die Sitzbank war zu kurz für zwei. Ich mußte ihn umarmen. Es war noch dunkel und ziemlich kalt. Wir zitterten. Wir fuhren auf der oberen Straße Richtung El Paso. Hinter San Nicolas standen die Schatten der Caterpillars wie eine Herde trauriger Kamele. Der lange First der Cumbre und die große Calderaöffnung glänzten schon in der Sonne. Vor El Paso nahmen wir die Stichstraße nach unten. Die Nordwand des großen Barranco wurde ins Licht gehoben wie ein langsam bewegtes Schwert. Ich summte Filipe ein Lied ins Ohr, »wenn bei Capri die rote Sonne im Meer versinkt ... «

La Laguna und das obere Tazacorte schliefen noch. Ich befürchtete, der knatternde Auspuff würde die Leute wecken. (Noch ist es dunkel, noch gurgeln die Herzen, Löwinnen an ölig spiegelnden

Flüssen). Ich wagte nicht, mich umzuschauen. Andererseits rutschten wir durchs Dämmerlicht wie nach einem Geheimplan, dem sich alle existierenden Dinge anschlossen, solidarisch winkend, hier ein ausgeblutetes Haus, da eine längst zur Gewohnheit gewordene Straßenkurve, dort eine in Schwermut verfallene Bananenstaude, sie erwachten zu einer altbekannten Konspiration, ich fühlte es.

In der Serpentine der Steilküste stürzten wir noch einmal ab ins Dunkle, das gesättigt war vom fremden, metallischen Geruch des Meeres. Vor dem Playa Mont ließ ich Filipe anhalten. Ich wußte nicht genau, wo mich der Kapitän erwarten wollte.

Von einem Moment auf den andern wurde der Küstenstreifen sichtbar. Die Nacht fiel weg wie unter dem Schlag eines Messers. Die Felswände erhoben sich im eiligen Rausch ihrer Höhe. Ein kurzer schuldbeladener Jubel über Kreaturen, die von menschlichen Herzmaschinen angetrieben wurden, verdammt, ich konnte mich sehen in den stolzen Schluchten von New York, ich sah schon das Lockmittel des Leuchtfeuers auf der anderen Seite, den Glanz der Seelen, die man nicht mehr betrüben konnte, hinter Wellen und Wellen von aufgepflanzten oceanischen Kriegsspeeren, die im Morgenlicht glitzerten, sieggewohnt vor der wortlosen Bucht, den tuschelnden Militärstäben im Eingang des Barranco, den stupiden Verlautbarungen, jetzt doch keine Tasse Kaffee, die Einwanderungsbehörde erwartete mich, fallen Morde der alten Welt unter die Generalamnestie, sind die Planken anständig geschrubbt.

»Was meinst du, Filipe, wieviel Beweise meiner Unschuld braucht die Polizei von New York.«

Wo, verdammt noch mal, waren die Penner von Tazacorte. Einmal konnten sie was erleben.

Filipe ließ sein Moped wieder an. Er tuckerte mit wenig Gas an der Villa des Polizeichefs vorbei. Dann kam die Villa des Doktors. Ich schaute höhnisch zu meinem ehemaligen Quartier hinauf und dann hinüber zum Polizeiboot, das unauffällig im Hafenwasser dümpelte.

Filipe fuhr an die innere Mole. Ich sah mich um. In der

Hafenausfahrt kräuselte sich das Wasser. Wir stiegen ab. Es war noch niemand auf dem Boot, wie es schien. Es war auch noch nicht sechs. Ich wartete.

Plötzlich ging eine Leuchtrakete hoch, vom Boot. Gleich hinterher erhob sich Gejohle und Geschrei. Ich konnte immer noch nichts sehen. Dann tauchten sie auf, aus der Kajüte und hinter dem Steuerhaus, in ziemlich besoffenem Zustand, der Polizeichef, der Doktor auf dem Rollstuhl, der Kapitän aus Jedey, die Holländerin, Edgar Chamorro, Metamores und einige der Weiber, die mich finanziert und die mir die Liebe geschworen hatten. Sie gestikulierten herüber und machten witzige Bemerkungen, über die sie hemmungslos lachten. Der Motor wurde angelassen. Sie fuhren Schleifen durch das Hafenbecken, bumsten sich einen Weg durch die kleinen Ruderboote und steuerten immer wieder auf die Stelle zu, wo ich stand. Dabei riefen sie »New York, New York.«

Ich stand da und registrierte alles irgendwie nüchtern, das und das. Dann zog ich mir eine Zigarette aus der Packung, angelte nach einem Streichholz und ließ das Boot mit der johlenden Bagage nicht aus den Augen. Ich zündete mir die Zigarette an. Es klappte beim ersten Mal. Allerdings durchzuckte mich auch die Entdeckung, daß ich meinen Hut vergessen hatte.

Ich drehte mich vorsichtig um. Ich mußte vorsichtig sein. Ich ging ein paar Schritte. Mir wurde tatsächlich etwas schwindelig. Als ich zu fallen begann, war Filipe neben mir. Gekräuseltes Haar und ein Arsch wie eine kleine Hure, hau ab, du kleiner Verräter. Ich versuchte, ihn wegzustoßen, aber er hielt mich fest. Schwankend gingen wir an der überflüssig hohen Außenmole entlang. Als wäre ich nicht Herr meiner selbst, als wüßte ich nicht, was gespielt wird. Ich kramte nach meinem Taschenspiegel und meinem Kamm.

»Angelita lebt«, sagte Filipe ziemlich unvermittelt.

Ich glaubte ihm. Was blieb mir anderes übrig.

In fremden Städten

Unterwegs mit der Sammlung Luchterhand

Muhammad Asad
Der Weg nach Mekka
Reporter, Diplomat, islamischer Gelehrter: Das Abenteuer eines Lebens
SL 1071

Andrej Bitow
Armenische Lektionen
Eine Reise in ein kleines Land
SL 862

Albert Camus
Hochzeit des Lichts
Heimkehr nach Tipasa
Mittelmeer-Essays
SL 755

Kim Chernin
In meiner Mutter Haus
SL 881

Dieter Eue
Haste mal ne Mark?
Umsonst durch die Republik
Ein Bericht
SL 1029

Oskar Maria Graf
Reise durch die Sowjetunion 1934
SL 1012

Günter Grass
Zunge zeigen
SL 970

Peter Härtling
Der Wanderer
SL 964

Franz Hohler
Wo?
SL 910

Rosetta Loy
Straßen aus Staub
Roman
SL 1004

Orlando Mardones
Mensch, du lebst noch
Ein Chilene erzählt
SL 823

W. Somerset Maugham
Betörende Südsee
Erzählungen
SL 948

Andrej Platonov
Unterwegs nach Tschevengur
Roman
SL 868

Hans Werner Richter
Durchs rote Turkestan
Eine Reise von Taschkent bis Samarkand
SL 899

Udo Oskar Rabsch
Tazacorte
Ein Inselroman
SL 1068

Anna Seghers
Transit
Roman
SL 263

Gabriele Wohmann

im Luchterhand Literaturverlag

Ach wie gut, daß niemand weiß
Roman
396 Seiten. Gebunden

Ein russischer Sommer
Erzählungen
288 Seiten. Gebunden
»Die Kompliziertheit unseres heutigen Lebens hat in Gabriele Wohmann die umfassende Meisterin gefunden.«
Österreichischer Rundfunk

Er saß in dem Bus, er seine Frau überfuhr
Erzählungen
288 Seiten. Gebunden

Der Flötenton
Roman
480 Seiten. Gebunden
»Wagt man heute, sich an einem ›Gesellschaftsroman‹ von Herzen zu delektieren, dann liegt er hier vor. Verfaßt von einer Meisterin der modernen Romanprosa, die im gegebenen Fall ersichtlich auch davon profitierte, daß sie über drei Jahrzehnte hinweg eine wuchernde Fülle an Material in mehreren Erzählbänden gesammelt hatte. Es gibt keinen nüchterneren, keinen genaueren Beobachter unseres nachbarlichen (›gehobenen‹) Alltags als Gabriele Wohmann.«
Ilse Leitenberger

Kassensturz
Erzählungen
256 Seiten. Gebunden
»Gabriele Wohmann hat wieder einmal bewiesen, daß die kurzen, in sich geschlossenen psychologischen Erzählungen ihre Stärke sind. Generationskonflikte, gestörte Zweierbeziehungen und gerontologische Themen sind die von der Autorin geschriebenen ›kleinen Katastrophen‹. *Kassensturz* ist lehrreicher als manch soziologisches Seminar.«
Peter Mohr, Rheinischer Merkur

Paulinchen war allein zu Haus
Roman
Luchterhand Bibliothek
256 Seiten. Gebunden
»Gabriele Wohmann ist in dem, was sie zur Sprache bringt, was sie schließlich leidenschaftlich sachlich, kühl beteiligt – auf ihre leidende, komplizierte, abwehrende Art – zu einem Buch werden läßt, etwas gelungen, das aus einem Roman ein bitteres (und manchmal unvermutet schönes) Kammerspiel macht, in des Wortes mehrfacher Bedeutung.« *Karl Krolow*

Gabriele Wohmann

in der Sammlung Luchterhand

Abschied für länger
Roman
SL 905

Ausflug mit der Mutter
Roman
SL 213

Ausgewählte Gedichte 1964–1982
SL 437. Originalausgabe

Ein gehorsamer Diener
Hörspiele
SL 935. Originalausgabe

Ein russischer Sommer
Erzählungen
SL 976

Entziehung
Materialien zu einem Fernsehfilm
SL 152. Originalausgabe

Gegenangriff
Prosa
SL 55. Originalausgabe

Gesammelte Erzählungen aus dreißig Jahren
3 Bände. SL 651/652/653

Das Glücksspiel
Roman
SL 459

Ich lese. Ich schreibe
Autobiographische Essays
SL 554
Originalausgabe

Der Irrgast
Erzählungen
SL 695

Jetzt und nie
Roman
SL 385

Kassensturz
Erzählungen
SL 1021

Der kürzeste Tag des Jahres
Erzählungen
SL 531

Ländliches Fest
Erzählungen
SL 204

Paarlauf
Erzählungen
SL 360

Paulinchen war allein zu Haus
Roman
SL 219

Schönes Gehege
Roman
SL 620

Schreiben müssen
Ein Arbeitstagebuch
SL 961. Originalausgabe

Unterwegs
Ein Tagebuch
SL 672. Originalausgabe

Verliebt, oder?
Erzählungen
SL 485
Originalausgabe

Schweizer Autoren

im Luchterhand Literaturverlag

Eine Auswahl

Peter Bichsel
Kindergeschichten
Luchterhand Bibliothek
96 Seiten. Gebunden
Auch als SL 144

Schulmeistereien
SL 697

Im Gegenteil
Kolumnen 1986–1990
SL 920

Der Busant
Von Trinkern, Polizisten und der schönen Magelone
SL 781
»Man hört ihn fast reden beim Lesen: leise, bedächtig und ein wenig näselnd. Es ist schön, ihm zuzuhören.«
Die Weltwoche, Zürich

Rudolf Bussmann
Der Flötenspieler
Roman
240 Seiten. Gebunden

Adelheid Duvanel
Anna und ich
Erzählungen. SL 662
»Der Versuchung, sie zu den ganz wichtigen Autorinnen unserer Zeit zu zählen, sei schamlos nachgegeben: eine große Dichterin, deren Kommunikationswille zum Ausdruck schöpferischen Wagemuts gerät.« *Frankfurter Rundschau*

Gnadenfrist
Erzählungen
96 Seiten. Gebunden

Das verschwundene Haus
Erzählungen
100 Seiten. Gebunden

Franz Hohler
Das Kabarettbuch
Mit zahlreichen Szenenfotos
296 Seiten. Gebunden

Der neue Berg
Roman
440 Seiten. Gebunden
Auch als SL 1003
Der Schweizer Schriftsteller und Kabarettist Franz Hohler hat seinen ersten Roman geschrieben, und einen ungewöhnlich spannenden und hellsichtigen dazu.

Die Rückeroberung
Erzählungen
SL 479

Vierzig vorbei
Gedichte
96 Seiten. Broschur

Schweizer Autoren

im Luchterhand Literaturverlag

Rolf Niederhauser
Nada oder die Frage eines Augenblicks
Roman
256 Seiten. Gebunden
Auch als SL 946
»Ein hervorragend komponiertes, gut beobachtetes, gescheit inszeniertes Stück Literatur. Und ein Roman, der nicht gerade Geringes zum Thema hat: Vater, Kind, Alltag.«
Volker Hage, Die Zeit

Requiem für eine Revolution
Tagebuch Nicaragua
SL 962. Originalausgabe

Schweiz
Geschichten aus der Geschichte nach 1945
Hg. Rolf Niederhauser/Martin Zingg
SL 947. Originalausgabe

Matthias Zschokke
Brut
Schauspiel mit Musik
88 Seiten. Broschur
»Mit Zschokke scheint eine neue Verzauberung durch Theater möglich, die uns so lange fehlte.«
SFB

ErSieEs
Roman
SL 1028

Piraten
Roman
224 Seiten. Gebunden
»So lustig und spannend war Literatur noch selten. Matthias Zschokkes Roman ›Piraten‹ ist unverschämt und hemmungslos frech und dazu so brillant geschrieben, so bestechend schräg und komisch, daß er zu einem Lesevergnügen erster Art wird.« *Berner Zeitung*

Englischsprachige Erzählerinnen und Erzähler

in der Sammlung Luchterhand

Woody Allen
Allen für alle
Seine besten Stories
SL 1053

Joan Barfoot
Tanz im Dunkeln
Roman
SL 1017

Duett für Drei
Roman
SL 1075

Kim Chernin
In meiner Mutter Haus
SL 881

F. Scott Fitzgerald
Diesseits vom Paradies
Roman
SL 984

In the mood
Jazz-Geschichten
Hg. von Konrad Heidkamp
SL 1011

Katherine Mansfield
Prélude und andere Erzählungen
SL 942

Seligkeit
Erzählungen
SL 803

W. Somerset Maugham
Betörende Südsee
Erzählungen
SL 948

James Purdy
Malcolm
Roman
SL 1024

Der Neffe
Roman
SL 1036

Leslie Marmon Silko
Gestohlenes Land wird ihre Herzen fressen
'Ceremony'
SL 1030

William Carlos Williams
Eine Nacht im Juni
Arztgeschichten
SL 1031

Zum Autor:

Udo Oskar Rabsch, geboren 1944 in Ostpreußen, lebt in Stuttgart als Arzt und Romancier. Bisher erschienen folgende Romane:

Mexikanische Reise
oder Abschied vom Regiment der Schwangeren (1980)
»Ein Emanzipationsroman für Männer« – Schwäb. Tagblatt

Der Hauptmann von Stuttgart (1981)
»Ein Leseabenteuer ohnesgleichen« – Die Zeit

Julius
oder Der schwarze Sommer (1983)
»Diese Figur, welche er, Papiere vollkritzelnd, entwirft, dieser Kandidat der Theologie, Julius mit Namen, gehört mit zum Sympathischsten, was derzeit durch die literarischen Apokalypsen schlurft. Ein Schwächling, ein Zärtling, einer, dem die Welt lange vor dem Zusammenbruch unrettbar verlorenging ... ein nachapokalyptischer Parzival ... das, wovon alle Bücher reden, jedenfalls in den Klappentexten, nämlich, daß es gelte, Mut zu machen und Widerstand zu wecken, das verwirklicht fast allein Udo Rabsch' Julius. Etwas, wogegen kein Kraut gewachsen ist: Literatur.« – G. Stadelmeier, Die Zeit

»Der erschütterndste Antikriegsroman seit Remarque's ›Im Westen nichts Neues‹« – Point, Südfunk 3

»Man legt dieses Buch nicht gerade beruhigt aus der Hand nach der fesselnden Lektüre« – Volker Hage, Börsenblatt

»Es gibt wenig Bücher, die einen so anrühren, daß man glaubt in ein schwarzes Loch zu fallen, sobald man den letzten Satz gelesen hat ... weil man nicht aufhören möchte zu lesen. Julius ist eines von ihnen.« – ZITTY

1993 erscheint der Roman *Tango-Vorstadt*
Alle Titel im konkursbuch VERLAG CLAUDIA GEHRKE.